МОСКВА ЭКСМО-ПРЕСС 1998

АННА ДАНИЛОВА

КРЫЛЬЯ СТРАХА

МОСКВА, «ЭКСМО-ПРЕСС», 1998

УДК 882
ББК 84(2Рос-Рус)6-4
  Д 18

Разработка серийного оформления
художника *С. Курбатова*

Данилова А. В.

Д 18   Крылья страха: Роман. — М.: ЗАО Изд-во
ЭКСМО-Пресс, 1998.— 560 с. («Детектив глазами
женщины»).

ISBN 5-04-001515-1

Первое дело частного детектива Юли Земцовой едва не стало
для нее последним. Расследуя убийство бизнесмена и его жены и
пробираясь сквозь паутину фальшивых улик, Юля обнаруживает
связь между этим страшным преступлением и бесследным исчезновением тринадцатилетних девочек — жертв маньяка, ее безжа-
лостного и, казалось бы, неуловимого противника в этой
смертельной игре...

УДК 882
ББК 84(2Рос-Рус)6-4

Часть первая

Глава 1

Он сказал, что она стала громко кричать. Она раздражала его своим криком и воплями, и тогда он не выдержал. Да, он так и сказал, что, если бы она не кричала, он бы, возможно, и не убил ее и что нож оказался в подвале якобы случайно, такой большущий охотничий нож, с каким ходят на медведя. А когда Юля спросила его, почему же на теле девочки обнаружили семь глубоких ножевых ран, хотя для того, чтобы заставить ее замолчать, достаточно было бы всего одной, он ответил, что после первого удара ему все стало безразлично и он вонзал нож во все мягкие участки тела, пока не понял, что девочка мертва. И тогда он снова сделал это. Словно ему было все равно, жива она или нет. Ведь тело-то было еще теплым.

Девочку нашли под трубой в подвале, засунутой головой вниз так, что всем, кто видел труп, казалось невероятным, как это вообще можно было вот так зверски втиснуть это хрупкое тельце в узкую щель между горячей трубой и ледяным цементным полом, да еще при этом согнуть ноги жертвы в коленях, приподняв нижнюю часть туловища. Сколько же силы понадобилось для этого. Зрелище было не для слабонервных. Особен-

Анна Данилова

5

но жутко смотрелись тонкие белые, в разодранных колготках бедра девочки, залитые кровью.

А Зименкова, убийцу, поймали в считанные минуты, когда он выбирался из подвала. Все-таки девочка кричала не напрасно.

* * *

Юля снова проснулась ночью и села на постели, чувствуя, как громко и часто стучит сердце и как невыносимо тяжело дышать. Крымов порекомендовал ей больше работать над собой. Легко сказать. Но что делать, если каждую ночь у нее перед глазами возникает окровавленный труп тринадцатилетней Саши Ласкиной, изнасилованной и убитой в подвале собственного дома, девочки, которая знала наизусть всего «Маленького Принца» Экзюпери и написала своим детским почерком тридцать девять стихотворений о любви?..

Юля встала, зажгла свет в спальне и некоторое время потерянно сидела, не зная, что делать.

Крымов сказал, чтобы она звонила ему хоть в три часа ночи, если ее снова станут мучать кошмары, но сейчас-то было уже около четырех утра. Звонить или нет?

* * *

Юлия Земцова проработала в коллегии адвокатов всего один год, когда ей подсунули это бесплатное дело Зименкова. И как ни настраивалась она, как ни пыталась, пока ехала на Садовую осматривать труп, представить себе место преступления, увиденное потрясло ее. В подвале было много мужчин с хмурыми лицами — следователи прокуратуры, инспектора уголовного розыска, эксперты. Она так и не вспомнила, кто же именно ей позвонил и сказал, чтобы она приехала на место. Ей совершенно ни к чему было смотреть, как вытаскивают Сашу Ласкину из-под трубы, сдирая кожу с лица и груди. Ей бы хватило и фотографий. Что касается Зименкова, то, глядя на него, Юля никогда бы не подумала, что видит перед собой убийцу. Тонкое, интеллигентное лицо, спокойный взгляд, развитая речь. Подготавливаясь к защите этого мерзавца, она с каждой минутой все больше и больше убеждалась в том, что никакой она не адвокат и что никогда не сможет защищать таких вот подонков, что ее женская сущность и непрофессионализм, помноженные на отсутствие опыта и чрезмерную эмоциональность, рано или поздно вынудят ее уйти из адвокатуры. Так оно и вышло. После суда над Зименковым, а суд этот постоянно откладывался и в общей сложности растянулся на восемь месяцев, она, покинув зал заседаний, вышла на улицу, глотнула свежего воздуха и чуть не потеряла сознание. И хотя на улице была весна и солнце щедро заливало распускающиеся деревья и кусты, а над головой раскинулось нежно-голубое апрельское небо, в ее ушах все еще продолжали звучать полные боли и горечи слова родителей Саши Ласкиной, проклинающих ее, Юлию Земцову, адвоката, ЗАЩИЩАЮЩЕГО убийцу их дочери. И что самое удивительное — Юля так и не поняла, как это вышло, — Зименкову дали всего двенадцать лет. А ведь могли дать пожизненное, а то и смертную казнь. Она защищала его, абстрагированшись от ужаса содеянного им, просто как человека с ослабленной психикой. Но мыслимо ли это: всего двенадцать лет?! Причем явно без какой-либо взятки судье, поскольку у безработного Зименкова денег не было, а из близких у него — только мать-пенсионерка. Неужели Юлия сумела убедить судью в том, что, Саша Ласкина оказалась в подвале не случайно, что, несмотря на то что она была, как показала экспертиза, девственницей, она вела активную сексуальную жизнь и доказательством тому могли послужить показания ее одноклассниц. Кроме того, Саша явно спровоцировала Зименкова, поскольку была с ним знакома уже больше двух недель и всячески его унижала, удерживая на опасном расстоянии.

Правильно ли поступила Юля, показав на процессе обратную сторону жизни внешне скромной девочки? Кто от этого выиграл? Зименков? В день похорон Саши Ласкиной в камере, где он ожидал суда, ему отбили половые органы и сломали челюсть. «Неизвестно кто». А спустя месяц после суда его нашли в камере мертвым. Вот и разберись, где настоящая справедливость, а где — лишь на бумаге.

* * *

— Крымов, это я, — все-таки не выдержала она и позвонила.

— Кошмары?

— Кошмары.

— Да я тоже не сплю, — услышала Юля и сразу же пожалела о звонке: Крымов был не один. Очевидно, его очередная подружка должна вернуться домой пораньше и поэтому сейчас, прыгая на одной ноге, пытается попасть другой в труси-ки. Юля так явственно себе это представила, что физически, всем телом ощутила исходившую от голоса Крымова прохладу.

— Ты извини, что я позвонила.

— Я ОДИН. Так что можешь не торопиться бросать трубку. Ты мне прекращай раскисать и приходи в агентство вовремя. Постарайся еще часика два поспать, а потом прими холодный душ, позавтракай и приезжай. Короче, не расслаб-ляйся.

— У нас новое дело? — немного оживилась она. Детективное агентство Крымова, бывшего следователя прокуратуры, которое он организо-вал вместе со своим другом Шубиным, бывшим инспектором уголовного розыска, стало для Юлии за последние полгода местом, где она проводила большую часть времени, стараясь найти приме-нение своим силам и попробовать себя в роли частного детектива. И хотя пока ей поручали только самую черную и подчас бесполезную ра-боту, состоящую в том, чтобы опросить, к приме-ру, всех жильцов многоквартирного дома на предмет выяснения личности по фотографии, или в слежке за каким-нибудь неверным мужем или женой, чисто психологически она чувствова-ла себя на новом месте много комфортнее, чем когда была адвокатом. И это при том, что Юля променяла пребывание в уютном кабинете юри-дической консультации на тяжелый физический труд с выматывающей многочасовой ходьбой по городу или простаиванием на одном месте в жару и холод, дождь и ветер.

Дел было мало, а уж интересных — тем более,

но рядом были Крымов, Шубин и Надя Щукина — люди, которые после психологической травмы, связанной с делом Зименкова, помогли Юле немного забыться и поверить в свои силы.

— Я взял тебя не чай заваривать — у нас этим занимается Щукина, — а дело делать, — говорил ей всегда Крымов, когда чувствовал, что Юля вновь впадает в апатию и начинает курить одну сигарету за другой. — Спину держи прямо, с людьми говори повелительным тоном и старайся побольше находиться на солнце — помогает.

И Юля старалась делать все так, как советовал Крымов. Первые три месяца особенно. Она почти не смотрела в его сторону, а только слушала. Тридцатипятилетний Женя Крымов был голубоглазым брюнетом, бабником и вообще уверенным в себе, сильным человеком, словом, являлся полным контрастом светловолосой и черноглазой двадцатишестилетней закомплексованной донельзя Юле Земцовой и уже этим «давил» на нее, стараясь пробудить в ней интерес к жизни и растормошить ее как следует во всех отношениях. И растормошил. Была весна, хотелось любви, и Юля влюбилась в Крымова. Лучший друг ее бывшего мужа, Крымов, которого она знала больше пяти лет, вдруг предстал перед ней совершенно другим человеком — нежным, заботливым и любящим. Их роман длился целых три дня и оборвался так же внезапно, как начался: она увидела Крымова целующимся на улице с другой девушкой.

— У тебя весеннее половое недержание, — сказала ему Юля в этот же день, но только вечером, когда он пришел к ней домой на свидание. — А это диагноз, — и прогнала его. Всю ночь проплакала, а утром как ни в чем не бывало пришла на работу, выпила за компанию с Надей чашку кофе и, выслушав от своего бывшего возлюбленного план работы на день, пошла бродить по городу в поисках любовницы директора химического комбината.

— Юлия, ты меня слышишь?

Она очнулась и тряхнула головой. Неужели она задумалась и забыла, что разговаривает по телефону с Крымовым?

— Извини. Не похоже, чтобы я уснула, значит — задумалась. Так, что там у нас, новое дело?

— Есть кое-что, но пока не для тебя. Я Шубина с утра запрягу, чтобы он съездил в Балтийск и отыскал родственницу одного клиента. — И вдруг: — Юль, а ты не хочешь, чтобы я к тебе сейчас приехал?

Юля почувствовала, как тело ее заволновалось, а к щекам прилила кровь.

— Нет, не хочу. У тебя под рукой телефон, ты можешь набрать любой номер и напроситься в постель к любой красивой девушке нашего города. А мне это не нужно. У меня у самой есть телефон, и я могу.

— Вот и я о том же. — Голос Крымова изменился, стал жестче. — У тебя под окнами вот уже три вечера подряд стоит большая черная машина. Ты ПОЭТОМУ мне отказываешь?

— Может, и поэтому. Ладно, Крымов, давай не будем начинать все с самого начала. Я пришла к тебе работать, а не стелить постель. Ты, конечно, красивый мужчина, но не для меня.

— Тогда до утра, — судя по его тону, он оби-делся.

— До утра. — Она положила трубку и верну-лась в постель. Но укрывшись одеялом, вдруг так отчетливо представила себе обнаженного Крымо-ва, что чуть не застонала от досады: к черту прин-ципы! Она бы сейчас так сладко понежилась в его объятиях... «Но не звонить же ему еще раз!»

* * *

Агентство находилось на первом этаже ста-ринного, недавно отремонтированного особняка, стены которого были выкрашены в приятный серый цвет, а белые наличники, освежающие и без того роскошные, европейского стиля окна с аккуратными решетчатыми рамами делали офис внешне схожим с деталью голландского город-ского пейзажа. Для Юлии внешний вид места, где она работает, всегда играл большую роль, так же как и место, где она живет. Ее жизненные принципы практически с самого детства основы-вались на таких понятиях, как красота, стиль и комфортность, без которых, по мнению ее мате-ри, воспитавшей Юлию такой эстеткой, жизнь потеряла бы всякую прелесть. И если в такой не-ухоженной стране, как Россия порядок еще толь-ко предстояло навести, то, по мнению все той же мамы, нормальным людям не оставалось ничего другого, как строить государство в государстве, то есть свой собственный мирок в большом и гряз-ном мире. И это касалось не только чистых стен и мебели, чаще всего приходилось окружать себя, как ни странно, НЕСЛУЧАЙНЫМИ людьми, а это оказалось куда более сложным занятием.

Свои стены, свои люди, своя жизнь. Это стало, пожалуй, ее кредо. Но вовсе не означало, что Юля культивировала подобную чистоту, инстинктивно подражая своей матери. Юля была в меру ленива, и это делало ее жизнь нормальной, лишенной патологии.

Мама Юли жила в Москве со своим новым мужем. Юля же после неудачного брака с Земцовым осталась с его фамилией, двухкомнатной квартиркой и трехлетним опытом супружеской жизни. Основной причиной их развода, по мнению обоих, было полное отсутствие общих интересов и, как выяснилось, любви. Быть может, поэтому процедура развода прошла безболезненно и тихо.

* * *

Юля остановилась в нескольких шагах от крыльца своего офиса и внимательно посмотрела на стоящую на другой стороне улицы женщину в черном костюме. Она появлялась здесь вот уже три дня и, казалось, не могла решиться позвонить в дверь агентства. А в том, что эта особа приходила именно к ним, Юля нисколько не сомневалась: здесь в трех кварталах от здания, в котором располагалось агентство, не было ни одного магазина, учреждения или какого-либо другого общественного места, куда бы можно было войти такой представительной даме, как эта. Разве что к кому-нибудь домой, поскольку на Абрамовской улице, названной так в честь знаменитого купца Абрамова, в этих престижных домах жили наиболее обеспеченные горожане.

Юля чуть помедлила на крыльце, делая вид,

что роется в сумочке в поисках ключей, и поняла, что рассчитала все правильно: она уловила боковым зрением, что дама двинулась прямо к ней. Минута, и она услышала приятный бархатистый, хотя и взволнованный голос:

— Здравствуйте.

Юля повернулась и увидела женщину совсем близко — она стояла по левую сторону от крыльца и теперь смотрела на Юлю снизу вверх. Это была высокая стройная блондинка с длинными прямыми волосами, узким лицом, на треть скрытым темными очками, одетая в черный облегающий костюм с довольно короткой юбкой, что наводило на мысль о том, что женщина еще молода и не стесняется своих ног. «Пришла нанять Шубина, чтобы тот проследил за ее мужем». Это была первая мысль, после того как Юля оценила стоимость костюма и духов незнакомки. В эту дверь входили только очень состоятельные люди, и не потому, что Крымов столь высоко ценил работу своего персонала, просто очень много денег уходило на оклады так называемым «внештатным» сотрудникам, официально работающим в прокуратуре и угро, моргах и криминалистических экспертных лабораториях, не считая невидимых агентов, целыми днями названивающих в офис и докладывающих о результатах своей кропотливой и нудной работы. Плюс еще счета за аренду здания, телефон, электричество и горячую воду.

— Здравствуйте, проходите пожалуйста, — Юля постаралась улыбнуться, хотя особой причины для этого на сегодняшнее утро у нее не было.

Женщина поднялась на несколько ступенек и,

лишь оказавшись совсем близко к Юле, пробормотала извиняющимся голосом:

— Вы знаете, я кружу вокруг вашего агентства вот уже несколько дней.

— Три дня, если я не ошибаюсь, — не выдержала Юля, открывая дверь ключом и приглашая потенциальную клиентку войти.

— Да, правильно. Но вот как представлю, что мне придется разговаривать с мужчинами... ведь у вас работают в основном мужчины.

Юля решила ее на этот раз не перебивать: пусть говорит.

— ... и вот увидела вас.

В агентстве еще никого не было, Щукина почему-то задерживалась, а потому рассчитывать на кофе пока не приходилось.

Юля провела посетительницу в серый и неуютный кабинет шефа с закрытыми плотными жалюзи и спросила:

— Зажечь свет, или вы не хотите, чтобы я видела ваше лицо?

Возникшая пауза подсказала Юле, что она угадала тайное желание посетительницы. Что ж, Крымов всегда предупреждал своих работников о том, что контора у них специфическая и что с клиентами нужно обращаться как можно бережнее.

— Тогда поговорим в полумраке. Я вас слушаю.

Юля сидела за столом Крымова, спиной к большому окну и в отличие от собеседницы могла слегка рассмотреть ее. «Породиста, роскошна, с проблемами, богата, ревнива...»

— Только пообещайте, что не примете меня за сумасшедшую.

«Хорошенькое начало».

— Не беспокойтесь, можете рассказывать мне все. И поверьте, если это будет в наших силах, мы вам поможем. — Юля вдруг почувствовала, что ранняя посетительница становится ей неинтересна. Кроме того, сильно раздражал факт, что дама явно тянула время.

— Ведь это детективное агентство? Или сыскное? Вы ищете?

— Мы делаем ВСЕ.

— Понятно. Значит, так. Начну с главного. Вот уже примерно неделю я живу в доме человека, который называет меня своей женой. Этого человека зовут Сергей Садовников. Насколько мне известно, он бизнесмен и очень богатый человек.

— Подождите, я что-то не поняла. Как это ЖИВЕТЕ?

— Он называет меня своей женой... Лорой. Но я не его жена. Я вообще не знаю, ЧЬЯ я жена. Я знаю, что у меня точно был какой-то муж, семья и, кажется, даже дети, но мой муж был много старше меня и лысоват. А Сергей Садовников молодой красивый мужчина, прекрасный в постели и все такое... Вот вы смотрите сейчас на меня и думаете, что я умом тронулась... Но это не так, поверьте. Ведь в жизни...

Юля вдруг вспомнила, что забыла включить магнитофон, как ее учил Крымов. Кажется, все самое интересное она уже пропустила и не записала. «Идиотка!»

— Подождите минуточку, кажется, я оставила закрытой дверь. А я жду клиента. Извините ради Бога... — Юля вышла из кабинета и сделала вид, что действительно открыла наружную дверь, но когда вернулась, то, проходя мимо стеллажа с аппаратурой, незаметно включила магнитофон и даже услышала едва различимый шелест пленки.

— Значит, говорите, Сергей Садовников. Мне знакома эта фамилия. И вы — его жена?

— Да нет же, говорю вам, — женщина перешла на шепот: — Мне кажется, что со мной что-то произошло. Точнее, с моей памятью. Но в его доме я нашла альбомы с фотографиями... с МОИМИ фотографиями... Мы с ним на море, на теплоходе. И везде — Я. Понимаете, мне страшно. Мне незнакома эта большая квартира, мебель, особенно кровать. У нас была совершенно другая кровать, испанская, я точно помню, с резной широкой спинкой и инкрустациями. А мой НАСТОЯЩИЙ муж был смуглый и худой мужчина. И он — не Садовников.

— А имя-то свое вы помните? — с недоверием в голосе спросила Юля, которая уже поняла, что видит перед собой не вполне здоровую женщину.

— Нет, не помню, — тяжко вздохнув, проговорила посетительница и пожала плечами. — И как вы думаете, зачем я к вам пришла?

— Даже и не знаю. И зачем же?

— Вы сейчас разговариваете со мной как с маленькой девочкой. А я пришла к вам с надеждой, что вы поможете мне найти себя. По-идиотски звучит, верно? Но мне бы хотелось, чтобы вы отыскали мой настоящий дом и моего мужа, если он, конечно, был. Главное условие — вы должны верить мне и не считать меня больной. В противном случае все, что я буду вам сейчас говорить, окажется бессмысленным. Ведь в жизни случается всякое. А что, если меня, к примеру, привезли сюда из другого города? Я читала про такое в книгах. Или же кто-нибудь проводит надо мной какие-то опыты?! Сейчас вы имеете возможность оценить, что мыслю я вполне логично и здраво. Я не больна. Я совершенно здорова. Что, если меня напичкали какими-нибудь препаратами, чтобы вызнать какую-то информацию, мало ли?.. Я чувствую себя совершенно растерянной, и мне очень неприятно сознавать, что со мной происходит что-то непонятное. Мне трудно это объяснить, но Садовников ведет себя, как бы это сказать... ИДЕАЛЬНО, что ли... Он ведет себя так, словно я действительно его жена. Он очень нежен со мной, ласков. И, если уж быть до конца откровенной, мне даже НРАВИТСЯ быть его женой. Возможно, что раньше я была замужем за мужчиной такого ранга, что кому-то было просто выгодно перевезти меня в другой город, чтобы шантажировать его.

— Кого? — спросила совершенно сбитая с толку Юля. — Кого шантажировать?

— Да мужа моего, конечно, кого же еще?!

— А почему вы решили, что ваш муж был ТАКОГО ранга? — Юля выразительно приподняла руку кверху. — Это ваша интуиция или вы помните какие-то детали?

— Да вы посмотрите на мои руки! — блондинка протянула руки и, сверкая свежим лаком на длинных ногтях и бриллиантовыми перстнями, помахала ими перед самым носом Земцовой. — Они же холеные!

И вдруг она, закрыв лицо руками, повалилась на стол и всхлипнула:

— Как же все это дико! Словно мне приделали другую голову. Я ничего не понимаю, ничего. И этот Садовников. Я называю его Сережей, а ведь мы с ним совершенно незнакомые люди. — Она подняла голову и посмотрела на Юлю затуманенным взглядом, словно мысли ее витали далеко-далеко. — Мы спим с ним, он рассказывает мне о своих делах...

— Послушайте, а вам никогда не хотелось назвать его другим именем? — вдруг осенило Юлю. — Ведь мы, женщины, подчас называем своих мужей именами других своих мужчин. Вот я и подумала.

— Да, кстати. Хотела, и не однажды. Но только в первый раз мне хотелось назвать его Сашей, а вот совсем недавно чуть не сорвалось с языка совершенно другое имя — Валя.

— И никого из этих мужчин не помните? Ни Сашу, ни Валентина?

— В том-то и дело, что нет.

— В принципе я все поняла, но для того, чтобы помочь вам отыскать следы вашего прошлого, потребуются время и все детали, даже мельчайшие, которые сохранились в вашей памяти. Быть может, вам было бы удобнее все это записать на бумаге? Постарайтесь вспомнить расположение комнат в вашей прежней квартире, куда выходили окна и что вы могли из них видеть, быть может, какой-нибудь характерный пейзаж. Это позволит нам побыстрее сориентироваться в ситуации.

— Да-да, кое-что я действительно помню. Вид из окна нашей спальни был довольно неприятный — стена дома, окна и мелькающие в них люди.

Хлопнула входная дверь — это пришли Крымов или Надя Щукина. Юля вздохнула с облегчением. Крымов прослушает магнитофонную запись и сразу же откроет Юле глаза на клиентку-пациентку: здорова ли она и стоит ли браться за подобное дело.

— Кстати, как вас называть? — Юля встала из-за стола и вдруг поймала испуганно-недоверчивый взгляд посетительницы. — Да вы не волнуйтесь, я встаю, чтобы сходить за кофе.

— Ах, кофе. Да уж, чашка горячего кофе сейчас бы не помешала. А что касается моего имени, то называйте меня Лорой, так же как Садовников, поскольку своего настоящего имени я не помню.

— Я покину вас, Лора, всего на несколько минут, а вы за это время постарайтесь написать все, что припомните о себе. — Юля положила перед Лорой стопку бумаги и дала ручку. — И подумайте над тем, чтобы обследоваться. Я имею в виду не ваше психическое состояние, а состав крови, к примеру. Возможно, что вас действительно кололи сильными препаратами, в результате чего вы и потеряли память.

И опять этот недоверчивый и испуганный взгляд.

Юля вышла из кабинета и быстрым шагом направилась в приемную, где царствовала Надя Щукина. Это была просторная светлая комната с двумя письменными столами, мягкими креслами и диванчиками для посетителей. Здесь к услугам клиентов был большой выбор сигарет, повсюду стояли хрустальные сверкающие чистые пепельницы, а у вежливой и всегда неизменно улыбающейся Нади можно было спросить не только кофе, но и глоток спиртного.

Наде исполнилось тридцать два года, она была некрасива, но обаятельна, поэтому появлявшиеся здесь клиентки, ожидая увидеть в хозяйке этой роскошной приемной потенциальную соперницу — надменную красавицу секретаршу с длинными ногами и размалеванным лицом, всегда приятно удивлялись, когда перед ними возникало симпатичное низкорослое существо с веселыми карими глазами и копной рыжеватых блестящих волос. Крымов знал, как обаять клиентов, а потому и взял на место секретарши умную и расторопную Щукину, которая отвечала, конечно же, не только за кофе, бутерброды, сигареты и пепельницы, но и за всю работу, связанную с экспертизами. Проработав пять лет экспертом в НИЛСЭ (научно-исследовательская лаборатория судебных экспертиз), Надя Щукина по семейным обстоятельствам была вынуждена уйти с работы, но после развода, сопровождавшегося непрерывными скандалами и претензиями со стороны амбициозного и неумного мужа, шесть месяцев искала работу, пытаясь восстановиться в прежней системе НИЛСЭ. В это время ей и встретился Крымов, который, объяснив молодой женщине, в чем будет заключаться ее задача как секретарши частного детективного агентства, попросил Надю представить ему список всех работников НИЛСЭ, которые, по ее мнению, смогут сотрудничать с агентством. И Надя, сообразив, чего от нее добивается будущий шеф, уже на следующий день принесла ему такой список, причем против каждой фамилии стояла краткая, но довольно емкая характеристика не только как специалиста, но и как человека. Деньги — основной рычаг, которым успешно пользовался Крымов, — сработали и в этот раз: практически весь список вошел в платежную ведомость Крымова. И хотя оклады экспертов были мизерными, работать в таком стабильном режиме было одно удовольствие. Когда возникал вопрос о необходимости экспертизы, Наде Щукиной стоило только поднять трубку, связаться с нужным человеком — механизм приходил в движение, и результаты не заставляли себя долго ждать. Если какое-либо дело параллельно расследовалось органами правопорядка, срабатывали старые связи самого Крымова и Шубина с прокуратурой и уголовным розыском. Из хорошо оплачиваемых источников в этих же самых инстанциях они добывали практически весь интересующий агентство материал.

* * *

— У тебя клиентка? — спросила Надя, встречая Юлю на пороге приемной и хитро сощурив глаза. — Та самая, которая ходила кругами вокруг нас и боялась войти?

— Как, ты тоже заметила? Слушай, Надя, две чашки кофе, пожалуйста. Ты себе не представляешь, что это за экземпляр. Очень странная история, жду не дождусь Крымова, чтобы рассказать.

— Кофе готов. Разве ты не почувствовала его аромат еще в коридоре? — Надя проворно поставила на поднос чашки с дымящимся кофе и стакан с минеральной водой, положила рядом пачку сигарет. — Ну давай беги, потом придешь расскажешь.

— Не представляю, как ты все успеваешь. — И Юля, подхватив поднос, понеслась в сторону кабинета шефа. С трудом открыв дверь, она почти ворвалась туда, но так и застыла на пороге, обнаружив, что кабинет пуст. Посетительницы и след простыл. И только слабый запах духов говорил о том, что Лора Садовникова ей не померещилась.

Подумав о том, что Лора могла просто выйти из кабинета и отправиться в поисках туалета, она подождала некоторое время, стоя возле стола и прихлебывая кофе, после чего не выдержала и решила заглянуть в туалет. Но Лоры там не было. Тогда Юля вернулась в кабинет и, желая прослушать запись ее разговора с Лорой, разбаррикадировала замаскированный под архивную папку магнитофон и была просто потрясена, когда обнаружила, что кассеты с пленкой нет.

Она вернулась к Наде и тихо опустилась в низкое мягкое кресло, которое словно обняло ее, успокаивая.

— Что с тобой? — Надя присела рядом и попыталась заглянуть ей в лицо.

— Она ушла, представляешь? И забрала пленку с разговором. Словно ее и не было.

Глава 2

Для конца сентября это была слишком теплая погода. Совсем как летом. И было много солнца. Поэтому, наверно, стоило Юле открыть жалюзи, как весь кабинет сразу же заиграл светящимися веселыми полосками, словно приглашающими занятых делом людей бросить все и выйти на улицу, погулять по желтым солнечным аллеям, подышать сухим горьковатым воздухом и полюбоваться на ярко-синее сентябрьское небо в кружащихся голубях.

Крымов барабанил пальцами по столу и смотрел на старавшуюся выглядеть спокойной и независимой Земцову. На нем были темный костюм и рубашка в мелкую серую полоску, галстук, расшитый под золото и рубины, а сбоку, под пиджаком, виднелась кобура. Юля была в своем любимом зеленом платье, облегающем, простом, но обошедшемся ей полгода назад в шестьсот долларов. Она старалась не смотреть на себя в зеркало, висевшее на левой стене и притягивающее взгляд. Юля и без него знала, что от утренней интеллигентной бледности на ее лице не осталось ровным счетом ничего, что щеки ее пылают, черные глаза влажны от близких слез досады, а морковного оттенка помада наложена уже пятым слоем, поскольку губы еще перед приходом Крымова она успела раз сто искусать и съесть помаду вместе с Надиными бутербродами. Что касается волос, то если бы не гель в сочетании с воском, ее пушистые пепельного оттенка волосы сейчас вместо строгой укладки стояли бы от ужаса перед гневом Крымова просто дыбом!

— Значит, говоришь — ушла?! — переспросил он уже во второй раз. — Лора Садовникова... — он хмыкнул. — Интересно. А про деньги она тебе ничего не говорила?

— Не успела. Я вообще не понимаю, как все произошло. Я пошла за кофе.

— Ты мне это уже говорила. Упустила клиентку, вот что ты сделала.

— Но ведь если она здорова и действительно нуждается в нашей помощи, то обязательно объявится не сегодня-завтра. А если у нее не все в порядке с мозгами, то зачем нам такая клиентка? Ты же не станешь сейчас звонить Садовникову.

— Конечно, нет, о чем ты... — Крымов поднялся и резко взъерошил волосы. — Да ладно, мать, не расстраивайся. Может, ты и права. Надо будет — придет сама. Но история интересная. Просто блеск! Обожаю подобные дела, когда все непонятно и с каждой минутой становится еще непонятнее. Даже обидно будет, если окажется, что твоя Лора обыкновенная сумасшедшая. Это пошло и никому не интересно. Честно говоря, я от безделья просто не знаю, куда себя деть. Может, бросить все к чертовой матери и вернуться в прокуратуру? Но тогда я не смогу оплачивать свою огромную квартиру. Нет, лучше уж податься в мафию, хотя и там тоже практически оклад. Ну просто негде развернуться человеку!

Юля не успела увернуться, как он, обойдя стол, вдруг сгреб ее в охапку и поднял над полом.

— Слушай, птичка, почему ты не позволила мне сегодня утром приехать к тебе?

— Отпусти, Крымов, ты мне сломаешь все ребра.

— И то правда. А что ты такая невесомая? Ты что, совсем не ешь? Ну-ка подойди к зеркалу, — он опустил Юлю на пол, подвел к зеркалу и придирчиво начал осматривать ее. — Приподними-ка подол платья.

— А это еще зачем? Крымов, никогда бы не

подумала, что ты настолько озабочен, что удовольствуешься видом моих обнаженных ног.

— Не хами. Лучше скажи, зачем ты носишь это ужасное платье? Оно же длинное. У тебя изумительные ножки, а ты их прячешь. Неужели в тебе после нашего бурного романа не осталось ни капли кокетства, неужели я отбил у тебя интерес к мужчинам?

— Женька, пусти. — Она едва успела вырваться из его объятий, как в кабинет постучали. Юля метнулась в угол и замерла там, делая вид, что рассматривает искусственную пальму, а Крымов сочным и почему-то удивительно довольным тоном гаркнул:

— Войдите!

Появилась Надя. На лице ее играла усмешка. Казалось, она могла видеть сквозь стены.

— Там к тебе пришел один господин.

— Кто такой?

Надя протянула визитку. Юля повернула голову и, взглянув на Крымова, поразилась его реакции: он едва сдерживал свою радость. Когда Надя ушла, Крымов, перед тем как позволить уйти и Юле, проговорил с нескрываемым весельем:

— Представь... Садовников! Говорю же — блеск! Ты иди, я тебе потом все расскажу.

Она пожала плечами и вышла из кабинета, но в коридоре, конечно же, встретилась с Садовниковым. Высокий, молодой, с ироничным лицом, во всем черном. Голубые глаза раздевают на ходу. И она поняла странную посетительницу, женщину, которой понравилась роль жены этого роскошного мужчины. Здесь действительно было над чем подумать и что выбрать.

Садовников скрылся в кабинете Крымова. «Интересно, Женя успел вставить в магнитофон новую кассету?»

— Не расстраивайся, — сказала ей Надя, которой ничего не надо было объснять. — Я понимаю, как тебе хотелось присутствовать при разговоре, но зато Садовникову бы не понравилось, если бы его слушала и женщина. Люди все такие разные и одновременно одинаковые, что иногда не составляет никакого труда угадать, кто и зачем пришел.

— Вот и я тоже так думала, когда появилась эта Лора. Я просто была уверена, что она хочет проследить за своим мужем, а она выложила мне эту странную историю.

— Насчет Лоры ничего не скажу, а вот что касается Садовникова, то здесь ты можешь не сомневаться — он действительно пришел, чтобы поручить нам выяснить, есть ли у его жены любовник. Это было написано на его лице. Красивый, сукин сын, скажи?

Юля кивнула головой.

— У тебя такой кислый вид, что так и хочется угостить тебя пирожными. Я же сказала тебе — не расстраивайся, тем более что тебе только что звонил твой поклонник.

— Опять ЭТОТ?

— Этот! — хохотнула Надя. — Мне только непонятно, почему он тебя так раздражает?

— А тебе бы понравилось, если бы за тобой ездила большая черная машина с каким-нибудь монстром за рулем? Ведь я ни разу не видела его и не представляю, кто этот человек. И что толку от его цветов, если я даже не знаю, сколько ему лет?

— Ты упрямая девица. Я же предлагала тебе выяснить, кому принадлежит этот «мерс», но ты сама отказалась.

— Можно подумать, что вас с Крымовым это остановило. Да я больше чем уверена, что вам уже давно известно имя этого человека и вы только и ждете, когда я сама начну интересоваться им. Играем в какие-то детские игры. Ладно, Щукина, выкладывай, кто это?

— Ломов.

— Поконкретнее, пожалуйста.

— Наши услуги дорого стоят.

— И все же?..

— Не последний человек в городе, скажем так.

— Надя, если он не последний человек, как ты говоришь, в городе, значит, он стар и лыс. Или же просто бандит. Все, больше мне пока ничего не говори. Я слышу голоса, это у Крымова открылась дверь, пойду-ка я еще разок взгляну на Садовникова. Вот если бы ОН присылал мне цветы и гонял за мной на машине, тогда бы я не торчала здесь с вами в ожидании клиентов.

Она видела, как Крымов провожал клиента до выхода, и, дождавшись, пока за Садовниковым закроется дверь, направилась к шефу.

— Могу поспорить, что ты ничего не рассказал ему о визите его жены, так? — спросила она, удобно устраиваясь на высоком черном стуле.

Крымов вернулся за свой стол и посмотрел на Юлю подозрительно серьезно.

— Ты знаешь, я ему действительно ничего не рассказал о визите жены. Я вдруг подумал, а что, если та женщина не имеет к Садовникову никакого отношения? Но потом, когда он попросил меня проследить за его женой и дал мне несколько ее фотографий, я подумал, что дело еще интереснее, чем могло показаться в самом начале. Вот, взгляни, это она?

Юля держала в руках цветные снимки, на которых была изображена красивая блондинка в черном облегающем трико и балетной юбке, явно и с удовольствием позирующая невидимому фотографу.

— Да, это она. В этом трико она выглядит просто потрясающе. Думаю, что снимки сделаны несколько лет назад.

— Правильно. Умница. Этим фотографиям больше пяти лет. Ну и как, она сильно изменилась?

— Нет, почти не изменилась. Не располнела, такая же холеная. Словом, эта особа выглядит так, словно за ее телом присматривает добрый десяток массажистов, косметологов и тому подобных. Садовников подозревает свою жену в измене?

— В общем-то, да. Доказательств никаких, она практически все время проводит дома, занимается хозяйством, собой, много читает. Развлекается очень просто — организовала маленький женский клуб, состоящий из нескольких подруг. Они собираются раз в две недели, пьют чай и пытаются инсценировать пьесы. Совершенно невинное, на первый взгляд, развлечение.

— А почему только на первый взгляд? Ты предполагаешь, что это клуб лесбиянок?

— Юля, я что-то не узнаю тебя. Да мне это бы

даже в голову не пришло! Какое испорченное воображение.

— Может быть. И что же дальше? На каком основании он строит свои подозрения?

— На... билетах. Точнее, на авиабилетах. А если быть еще более точным, то на обрывках билетов. Он наткнулся на них совершенно случайно, когда рылся в мусорном ведре, куда по ошибке выбросил обручальное кольцо.

— И где эти обрывки?

— Они у меня. Он догадался положить их в целлофановый пакет.

— Он подозревает, что к Лоре кто-то прилетал на самолете?

— Прилетал или она сама летала к кому-нибудь. Но почему-то тайно.

— Вы разговаривали не больше сорока минут. Неужели за это время успели поговорить обо всех родственниках, знакомых, соседях и прочем?

— Он деловой человек и пришел ко мне с уже готовым списком всех знакомых, с адресами и телефонами, фотографиями и даже видеокассетой.

— Надеюсь, ты догадался расспросить его о здоровье его жены? А что, если она, почувствовав, что с нею творится что-то неладное, решила сама найти хорошего специалиста и показаться, скажем, в одной из московских клиник. Не знаю уж почему, но это первое, что пришло мне в голову.

— Вполне возможно. Но Садовников сказал, что его жена внешне выглядит совершенно здоровым человеком, и на мой вопрос, не страдает ли она каким-либо психическим заболеванием и нет ли в ее роду шизофреников, он покраснел и заявил, что в этом плане в их семье все в порядке.

— Что ж, тем лучше. Ты будешь работать самостоятельно или поручишь мне заняться Лорой?

— Мне надо все обдумать. В первую очередь я хочу тебя спросить: ты готова к тому, чтобы сесть за руль? Я знаю, что твоя машина уже давно стоит на приколе и ты за все лето ни разу не открывала гараж. Сколько тебе потребуется времени, чтобы привести машину в порядок?..

— Нисколько. Она и так в полном порядке. Неужели ты хочешь поручить мне последить за Лорой? Или мне это только снится?

— Уже пора. Я сейчас сделаю копию записей Садовникова, из которых ты почерпнешь всю информацию относительно его жены и всего, что с ней связано, начиная с адреса и телефона, а я тем временем займусь самим Садовниковым. Интересная парочка, ничего не скажешь. Ты довольна?

— Конечно. Мне только непонятно, почему ты раньше не позволял мне следить за клиентами на машине? Боялся, что я нахожусь не в том психологическом состоянии?

— И да и нет. Понимаешь, просто раньше я не видел в твоих глазах того блеска, который обычно бывает у охотничьих собак. Видела бы ты себя, когда ты рассказывала о Лоре! Я уже говорил тебе, что работа у нас необыкновенная, она требует страсти. Мне кажется, что как раз сейчас наступил момент, когда ты сможешь уже сама, без моей помощи взяться за это дело. Ты ведь понимаешь, что оно не такое уж сложное, это тебе не убийство какое-нибудь.

— Ты хочешь поставить меня на место? Зачем ты так разговариваешь со мной?

— Чтобы ты правильно оценила мой жест. Ну что ты смотришь на меня так своими огромными глазищами? Собираешься расцарапать мою физиономию?

— Знаешь, иногда я жалею, что пришла работать в твое агентство. Думаешь, приятно, когда к тебе относятся как к больному ребенку? И я сама не понимаю, почему я еще не ушла отсюда. Возможно, просто не настало время.

— Не кипятись. Я не сказал тебе главного — господин Садовников заплатил нам пять тысяч баксов наличными.

— Сколько?.. — вырвалось у Юли, поскольку она знала, что за такие деньги они месяц тому назад искали похищенную новорожденную девочку, да и то им тогда показалось, что это слишком большая сумма. — Пять тысяч долларов?

— И это только аванс.

— Ты что-то скрываешь от меня.

— Правильно. Он попросил меня заснять свидание его жены с предполагаемым любовником.

— Но если она чиста, тогда что мы будем делать? Возвращать деньги назад?

— Нет. Если она не изменяла мужу и эти билеты оказались в мусорном ведре СЛУЧАЙНО, то он даже и не вспомнит об авансе. Ты просто еще не поняла, с кем имеешь дело.

— Он бизнесмен, насколько мне известно.

— Казино «Плаза», ресторан «Тиль» и закусочные на набережной, «Радио-Архипелаг» — это все Садовников.

— В таком случае ты продешевил, — пожала плечами Юля. — Но все равно, у нас появился шанс получить зарплату, не так ли? Жаль, что Игорек сейчас далеко. В Балтийске, говоришь?

* * *

Получив от Крымова необходимые инструкции, сведения и деньги, Юля первым делом отправилась в гараж. Крымов не знал, что она все лето гоняла ночами по городу, чтобы не отвыкнуть от машины. Когда-то Юля почти жила в ней и даже иногда ночевала. Это было во время ее супружеской жизни, когда ей просто необходимо было побыть одной. Как ни уговаривал ее Земцов не дурить и ночевать дома, она роскошной мягкой кровати предпочла жесткие сиденья своего скромного белого «Форда», подаренного ей отчимом на двадцатилетие. Помнится, чувство свободы перемещения в пространстве тогда захлестнуло ее настолько, что она чуть было не укатила путешествовать в одиночку по Крыму, но вовремя опомнилась и, испортив себе желудок пиццами, шашлыками и копчеными цыплятами, вернулась домой.

В Театральном переулке Юля оказалась ближе к вечеру. Пока выстояла очередь на заправочной станции, пока перекусила в пельменной, время и прошло. И вот теперь, разглядывая из окна автомобиля старый, красного кирпича, четырехэтажный «сталинский» дом, половину третьего этажа которого занимала квартира Садовниковых, она решила не спеша продумать свои дальнейшие действия. Итак, Лора. Что ей нужно от жизни? Либо всех запутать и в конечном счете обмануть мужа, либо разобраться в самой себе. И что это за авиабилеты, обрывки которых нашел Садовников? Что все это означает?

В десять вечера Юля, как проинструктировал

ее Крымов, связалась с Садовниковым по сотовому телефону.

— Добрый вечер, это из агентства, — проговорила она, почему-то волнуясь.

— Я понял, — услышала она осторожный и тихий голос Садовникова. — Лора легла спать.

— Спасибо, — она отключилась и поехала домой.

* * *

Поднимаясь по лестнице, Юля услышала шорох и остановилась. «Трусиха, — отругала она себя и, вздохнув, поднялась еще на один лестничный пролет. — Это же кошки».

Но это были не кошки. Это была женщина.

— Вы меня не узнаете?

Юлия смотрела на нее и никак не могла припомнить, где она видела ее раньше. И вдруг на какое-то мгновение все вокруг поплыло и превратилось в душный и пряный мирок Эльвиры Басс — ее учительницы музыки, и Юля словно услышала ее низкий грудной голос, гортанный, чуточку сорванный. Копна седых вьющихся волос, чистое бледное лицо с тонким носом и полными губами, черными влажными глазами и впалыми матовыми щеками. Никто из учеников Басс не предполагал, что после выпускного вечера в музыкальной школе Эльвира Борисовна пригласит их всех к себе на чай. Она готовилась к приходу гостей и напекла много медовых пирожных, ореховых трубочек и сырных печений с ванилью и миндалем, поэтому в квартире было жарко и пахло горячим ароматным тестом. Эльвира Борисовна играла на маленьком кабинетном рояле, время от времени прикладываясь к хрустальному бокалу с черносмородиновым вином, после которого на крышке рояля оставались липкие круги. Сколько же ей было лет? Никто не знал. Женщина без возраста, она носила красивые вязаные и кружевные блузки, темные юбки и дорогую французскую обувь, которую ей привозил из Израиля ее сын. Как же давно это было!

Но сейчас перед Юлей стояла не Эльвира Басс, а точная ее копия, разве что потоньше и поизысканнее одетая.

— Вы похожи на Эльвиру Борисовну.

— Я ее дочь, Марта.

Но это Юле ни о чем не говорило. Ей всегда казалось, что в доме Эльвиры Борисовны жили только ее вещи и воспоминания о сыне.

— Вы ко мне?

— Да, я прождала вас на лестнице больше трех часов, но я была уверена, что вы в городе и никуда не уехали. Так мне, во всяком случае, сказала ваша соседка.

— Больше трех часов. Проходите, пожалуйста. — Юля поспешила открыть квартиру и впустила туда Марту. «Пожалуй, она будет чуть повыше своей матери». — Мне очень стыдно, но «Подражание народному» Хачатуряна мне так и не вернули. Вы ведь за нотами?

Она почему-то была уверена, что от Эльвиры могут приходить только за нотами.

— Нет, я пришла к вам только потому, что вы теперь работаете в детективном агентстве. Я знаю это от вашей матери, с которой пару месяцев тому назад ехала в одном вагоне в Москву. У нас беда.

У Марты были совершенно изумительные зеленые глаза, прозрачные и чистые, словно изумруды. Но всего в ней было слишком: слишком большие глаза, слишком полные губы, слишком бледная кожа, слишком крутые кудри на висках.

— Но почему вы не пришли прямо в агентство?

— Я бы хотела иметь дело с конкретным человеком, с которого можно было бы потом спросить за работу. Наша семья собрала деньги, и мы решили обратиться за помощью именно к вам.

— Но у меня еще мало опыта.

— Думаю, что он вам и не понадобится. Здесь самое главное — не спугнуть. Понимаете, у нас пропала Рита, моя дочь. Ей тринадцать лет. Хорошая тихая девочка. Замкнутая и сложная, как все подростки. Ее нужно найти. Если она мертва — то никакие деньги не помогут ее воскресить, если жива — то никаких денег не жалко, чтобы увидеть ее снова.

— Я ничего не поняла. Вы хотите, чтобы я искала ее САМА, не подключая к этому остальных сотрудников нашего агентства?

— Это ваше дело. Но мы знаем вас и потому обращаемся только к вам. В милиции нам уже отказали, это уж как водится. Сказали, что прошло всего два дня, что девочка «сама отыщется». Но Рита не такая, и если бы у нее была возможность позвонить, она бы непременно позвонила, она же знает, как мы переживаем, как волнуется ее бабушка.

— Я не могу действовать в одиночку, у меня есть начальство. Крымов — опытный следователь, и если чисто внешне он мог показаться вам слишком молодым или просто недостойным вашего доверия, то вы ошибаетесь.

— Мы не интересовались Крымовым... — перебила ее Марта. — Скажите, вы беретесь найти Риту? У вас есть возможности, связи. Если вы будете действовать не одна, мы не против, но деньги мы передадим только вам.

«Ну и денек».

Она смотрела на Марту и пыталась понять, почему во всем городе выбор семьи Басс остановился именно на ней, на Юле Земцовой? И вдруг ее бросило в жар: она все поняла. «Зименков! Они откуда-то узнали о том, что я защищала Зименкова». Все местные газеты писали тогда об этом процессе, и как всегда бывает в таких случаях, статьи, написанные разными авторами, заканчивались традиционным: имеет ли право такой зверь, как Зименков, вообще на защиту? Ведь, казалось бы, и так все ясно: око за око, зуб за зуб. О самой же Юле писали осторожно, отдавая дань ее усердию в подготовке к процессу и одновременно предлагая читателям самим разобраться в самой этике защиты убийцы.

— Хорошо, я согласна, — Юля собралась выслушать Марту до конца. — Расскажите мне поподробнее о Рите. Если не возражаете, я принесу диктофон. Не беспокойтесь, он останется при мне. Никто из посторонних ничего не узнает.

Ее уже стало нервировать то, что окружающие ее люди панически боятся диктофонов, фотоаппаратов и прочей техники. Пусть все остается в воздухе, а не на бумаге. Дикари.

— Понимаете, как я уже говорила, Рита — девочка замкнутая и неразговорчивая. Учится хорошо, нас с мамой слушается. Но теперь об этом можно смело говорить в прошедшем времени. Потому что вот уже два месяца как мы просто не узнаем Риту. И хотя внешне она держалась по-прежнему тихо, я чувствовала, что с ней что-то происходит. Во-первых, надо начать с того, что она стала куда-то отлучаться днем. Мы были уверены, что она ходит на английский, на улицу Некрасова, к Альбине Георгиевне, и представьте себе мое удивление, когда Альбина звонит мне и спрашивает, почему это наша Риточка перестала брать уроки. Мы с мамой дождались Риту вечером и спрашиваем, где она была, и что, вы думаете, она ответила?

— У Альбины.

— Правильно. Она ОБМАНУЛА. А ведь раньше она никогда нас не обманывала.

— У нее появился мальчик?

— Вот и мы с мамой тоже так подумали.

— Но что же в этом плохого?

— Мы думаем, что они и сбежали вместе. Рита в последнее время читала знаете кого?

— Вальтера Скотта, — сказала Юля первое, что пришло в голову.

— Представьте себе — да! Но как вы догадались?

— Да потому что я тоже в ее возрасте читала Вальтера Скотта, но, по-моему, это самое безобидное чтение, какое только можно себе представить. «Айвенго», «Пертская красавица».

— Но потом Риточка резко перешла на Шарля Нодье, а это уже, знаете ли, французский классический роман. Это сплошные любовники.

— Но это тоже нормальное чтиво. Это же не

Генри Миллер, в конце-то концов. У девочки началось половое созревание, она встретила мальчика, влюбилась в него. Может быть, все не так трагично, как вам кажется?

— Как бы мы хотели на это надеяться. Мой муж умер год тому назад, и я чувствую себя ответственной за судьбу Риточки.

— Если вы хотите, чтобы я вам помогла, вы должны написать мне все ваши координаты, фамилии Ритиных подружек, учителей, адреса, телефоны, как обычно.

— Я все приготовила.

— Вот и отлично. А когда вы видели Риту в последний раз?

— 25 сентября, ровно два дня тому назад... и больше она дома не ночевала.

— Она не оставила записки?

— Нет, ничего. Она взяла с собой теплые вещи, — вдруг сказала Марта и растерянно посмотрела на Юлю.

— Что же вы молчали? Теплые вещи? И вы так переполошились?! Девочка пустилась в любовное приключение. Это не смертельно. Это даже нормально. Сейчас другое время. Многие подростки...

Но она вдруг поняла, что и так хватила лишнего: осталось только продолжить фразу, сказать, что «многие подростки живут половой жизнью», и она тотчас потеряет клиентку.

— Многие подростки пытаются доказать родителям и в первую очередь себе, что они самостоятельны. Если ваша девочка взяла теплые вещи, значит, ее не украли, а она ушла САМА. То есть СОЗНАТЕЛЬНО. И будьте уверены — она позвонит. Переболеет независимостью и вернется.

— Так вы раздумали искать ее?

— Ни в коем случае. У вас есть описание ее вещей?

— Нет.

— Тогда напишите, я вам сейчас принесу бумагу и ручку и тем временем согрею чай. Если хотите, я угощу вас мартини.

— Коньяк, если можно, — неожиданно совсем по-деловому произнесла Марта и, получив от Юли бумагу и ручку, принялась сосредоточенно вспоминать детали одежды своей дочери.

После ее ухода в квартире пахло почему-то эвкалиптовым маслом, нафталином и приторными цветочными духами.

Юля посмотрела на часы: половина первого ночи. «Ничего себе денек».

Она решила позвонить Крымову, но вместо его голоса услышала лишь длинные тоскливые гудки. Стоило ей положить трубку, как зазвенел теперь уже ее телефон.

— Да, я слушаю.

— Добрый вечер, — услышала она низкий и чуть хрипловатый голос своего таинственного поклонника и почему-то обрадовалась ему, как старому знакомому. С его первого звонка прошло уже целых две недели.

— Добрый, — ответила она. — Скажите, а почему вы ведете себя так глупо? Звоните по ночам, ездите за мной на машине, присылаете цветы, вернее, оставляете нежные белые розы прямо на пороге. Чего вы хотите?

— Я хотел бы познакомиться с вами, но я значительно старше вас и боюсь вам не понравиться.

— Мне кажется, что вы занимаетесь всем этим просто от скуки. День закончился, и вам нечем заполнить свой вечер, вы выбрали жертву и теперь медленно, но верно идете к цели. Вы хотите, чтобы я стала вашей любовницей? Или дочкой? Или внучкой?

— Вы такая же несерьезная, как я, — вздохнул на другом конце провода ее собеседник и, как показалось Юле, даже улыбнулся с облегчением.

— Мне сказали, что ваша фамилия Ломов. Это так?

— Так. Но кто вам сказал? Крымов?

— Вы и его знаете?

— Я знаю многих. И мне нравится то, что вы дали ему от ворот поворот.

— Он вам не по душе?

— Да нет, пусть живет.

— Сколько вам лет?

— Много.

— Не хотите — не говорите. А мне уже пора спать. Спасибо, конечно, за цветы. Только не оставляйте их больше на пороге, по-моему, это просто кощунственно.

— Но вы позволите мне и дальше делать вам подарки?

— Только в том случае, если вы не будете настаивать на нашем близком знакомстве. Остановимся пока на варианте телефонного романа.

— Как вам будет угодно. Тогда не забудьте перед тем, как лечь спать, выглянуть из квартиры, чтобы забрать цветы. Спокойной ночи.

— Спокойной ночи.

Она положила трубку. Подошла к двери и посмотрела в «глазок» — на лестничной площадке как будто никого. И только после этого открыла и увидела у себя под ногами большой букет роз, завернутый в коричневую плотную бумагу. Она взяла букет в охапку и с удивлением и удовольствием обнаружила в нем белую картонную коробку, перевязанную красной лентой. Кто бы ей ни говорил, что принимать подарки от незнакомых людей неприлично, Юля все равно этому не верила. Получать подарки — всегда приятно, если только в коробке, понятное дело, не бомба. Кроме того, это весьма романтично.

«А почему бы и нет?..» — подумала Юля, закрывая за собой дверь и замерев перед зеркалом в прихожей с розами, прижатыми к груди. В этой фразе было все: а почему бы не позволить себе пофлиртовать с еще незнакомым Ломовым? А почему бы не позволить себе роман, и даже не телефонный? А почему бы не покататься на роскошной машине с престарелым любовником перед носом красавца Крымова? А почему бы...

Что в коробке? Она открыла ее и увидела прозрачную коробочку с вышитыми, ручной работы, английскими носовыми платками. Подарок был, безусловно, оригинальным и свидетельствовал о неординарности ее поклонника. Но вот как бы узнать, что именно он имел в виду, посылая ей носовые платки? Может, он думает, что она плакса? Чушь. Скорее всего он знает толк в таких вот шикарных и дорогих вещах. Это Крымов подарил бы коробку немецких безвкусных конфет, пошловатые духи «Мадам Роша» и букет революционных гвоздик. Ломов не таков. Но все же: кто он?

Вспомнив о Крымове, она снова набрала его номер. На этот раз трубку взяли.

— Женя, это я.

— Привет. Что, снова не спится?

— Я хотела тебе рассказать о Рите Басс.

— А кто это?

— Ты один? — она затаила дыхание и услышала даже, как тикает будильник в его спальне.

— Один, — горестно вздохнул Крымов.

— Вот и отлично, тогда слушай.

* * *

В шесть утра она была уже возле дома Садовниковых. Сидя в машине, Юля с трудом сдерживалась, чтобы не заснуть, не спасал даже прихваченный в термосе кофе. Она понимала, что такие «домашние» женщины, как Лора Садовникова, вряд ли встают раньше восьми-девяти часов, однако Крымов настоял на том, чтобы она установила наблюдение за их домом начиная с шести. И вот теперь, дрожа от утреннего озноба, Юля до ломоты в глазах вглядывалась в людей, выходящих и входящих в подъезд, где жили Садовниковы, и даже иногда фотографировала их, если находила интересное лицо. Откуда ей знать, а вдруг любовник Лоры живет на одной лестничной клетке с ней или, что вполне вероятно, у самого Сергея Садовникова рыльце в пуху. Ведь это только мужчины думают, что им, женатым, позволено ходить на сторону и это является чуть ли не нормой, но стоит женщине завести любовника, как подобное уже считается развратом.

Прошел час, другой, солнце осветило весь двор с детской площадкой, кустами акации и дикой смородины, а Садовниковы, похоже, еще крепко спали в своей постели или же завтракали.

...Юля вздрогнула, как будто ее кто-то окликнул. Так и есть — она задремала. Часы в машине показывали четверть девятого. Широко раскрытыми глазами она смотрела на дверь подъезда. Двор между тем заполонили собачники. Старушка гуляла с черным карликовым пуделем, парень в спортивном костюме, напоминающем расцветкой пижаму, держал на поводке раскормленного ротвейлера, мальчик тянул за собой огромного серого дога, который, несмотря на свои большие размеры, был еще явно щенком и не понимал, куда его тянут и зачем. Девушка в розовом сарафане вытирала о траву туфельки, словно случайно испачкала их, возясь с симпатичным рыженьким коккер-спаниелем, пытающимся уткнуться мордочкой в колени хозяйки.

Спустя полчаса двор и вовсе опустел. Дверь подъезда почти не открывалась. Юля, осушив еще пару стаканчиков кофе, вдруг поняла, что сделала это совершенно напрасно. Туалета в машине не было предусмотрено, а потому не оставалось ничего другого, как покинуть место наблюдения и искать общественный туалет. А ведь Крымов ее предупреждал, что перед тем как отправляться «на работу», нужно, чтобы желудок был почти пуст и чтобы из-за таких вот дурацких причин, как лишняя чашка кофе, не пропустить самого главного.

Наконец Юля осмелилась выйти из машины, чтобы попытаться решить свою проблему, не отходя далеко, тем более что поблизости манили сочной зеленью густые кусты. Это рядом с ним с полчасика тому назад гуляла по газону девица с коккер-спаниелем. Юле повезло — за те несколько минут, что она провела за кустами акации, во дворе не появилось ни одного человека. Вдруг ее внимание привлекла странная окраска травы под ногами. Она наклонилась и увидела, что трава в нескольких местах как будто измазана кровью. Создавалось впечатление, словно о траву вытирали обувь, настолько она была примята и растерзана. Здесь полчаса назад девушка в розовом сарафане действительно пыталась очистить о траву туфельки. А откуда вообще взялась эта девушка? Она вышла из подъезда, того самого, где жили Садовниковы.

Юля быстрым шагом направилась к подъезду и, остановившись возле двери, стала внимательно вглядываться в серые ступеньки. Никакой крови. Все чисто. Но девушка явно вытирала ноги в нескольких метрах отсюда.

Когда Юля, повернувшись на шорох, увидела прямо перед собой симпатичную мордочку коккер-спаниеля, прыгающего уже возле ее ног, ей стало и вовсе не по себе. Коккер гулял без поводка, возможно, он не имел никакого отношения к девушке в розовом сарафане. Влажный нос щенка обнюхивал Юлины сандалии, веселые глаза смотрели с надеждой. Солнце играло в рыжей блестящей шерсти. Во дворе было по-утреннему тихо и только откуда-то сверху, из окон, доносилась эстрадная музыка.

Глава 3

Юля открыла дверь подъезда и вошла внутрь. Шаги гулко отдавались где-то в вышине. Бурые пятна на лестнице появились ближе к третьему этажу. Юля замерла перед дверью квартиры Садовниковых. Сердце ее учащенно билось. Кровавые следы вели именно сюда или отсюда. Слабая надежда на собственную чрезмерную впечатлительность таяла с каждой минутой. Может, это и не кровь?

Юля машинально надела тонкие кожаные перчатки, которые всегда носила с собой, взялась за ручку двери, и та поддалась, раскрылась, словно приглашая ее войти в квартиру. И она вошла, прикрыв дверь за собой. Еле заметные следы привели ее сначала в кухню. Почему-то за все то время, что она находилась в квартире, ее ни разу не посетила мысль о том, что она вошла в чужой дом и что ее в любую минуту могут увидеть и спросить, что она здесь делает. В кухне на столе стоял поднос с остатками еды, судя по всему, еще с ужина: почти пустая бутылка из-под пива, холодная и осалившаяся отбивная с подсохшим картофелем, половинка вареного яйца, утонувшая в покрывшемся желтоватой корочкой майонезе.

Юля шаг за шагом осматривала квартиру. Заглядывала в комнаты, расположенные по обе стороны длинного коридора, — в них никого не было. Чистые уютные комнаты с красивой мебелью. В гостиной на низком красного дерева столе стояла огромная черная пепельница, наполненная окурками. Судя по запаху, вечером здесь много курили.

Дверь в спальню, примыкавшую к гостиной, была закрыта, и Юле понадобилось усилие, чтобы заставить себя открыть ее.

Картина, которая предстала перед нею, едва

она оказалась в спальне, потрясла Юлю. Глядя на лежащих на огромной кровати обнаженных мужчину и женщину с залитыми кровью лицами, она вдруг вспомнила, как, потягиваясь в машине и попивая кофе, думала о том, что Садовниковы спят в своей уютной постели. Постель была и впрямь уютная, да только спали на ней, похоже, вечным сном. Подушки, простыни и шелковое покрывало, сбитое в ком и застывшее между телами супругов, — все было в крови. Убитые были обращены лицами друг к другу. Пистолет в правой руке Сергея был направлен в его висок.

Двойное самоубийство. «Майерлинг», — пронеслось в голове Юли. — Как в кино. Они убили друг друга».

Как тогда, на суде, она попыталась абстрагироваться от окружающего, словно она и не находилась в этой спальне рядом с погибшими, а смотрела учебный фильм по криминалистике. Приблизившись еще на несколько шагов, Юля определила, что Лора была убита выстрелом в упор, поскольку на ее виске остался явный отпечаток дульного среза. Юля была примерной студенткой юридического института, а потому некоторые вещи усвоила довольно-таки неплохо. Кроме входного отверстия, она обнаружила и выходное. Неудивительно, что вокруг было так много крови. Что касается самого Садовникова, то он тоже убил себя выстрелом в висок.

Юля сделала несколько снимков.

«Только пообещайте, что не примете меня за сумасшедшую...»

Что же могло заставить этих людей или одного из них решиться на такое?

Она не верила своим глазам. Два молодых красивых человека добровольно ушли из жизни? А что, если все это делалось не по обоюдному согласию? И почему она решила, что это Сергей сначала убил свою жену, а потом себя? Ведь могло быть и наоборот: Лора убила мужа, а потом покончила с собой.

Но было и еще великое множество версий: девушка в розовом сарафане убила обоих; неизвестный убил Садовниковых и скрылся, а девушка в розовом сарафане, оказавшись в этой квартире случайно, потом вышла и принялась вытирать кровь с ног о траву газона. Садовниковых могли убить по разным причинам. Во-первых — деньги, во-вторых — ревность и прочие душещипательные чувства, в-третьих — хотели убить кого-нибудь одного из супругов, но, чтобы не оставлять свидетеля, убили обоих, в-четвертых, Садовниковы могли знать что-то важное, в-пятых, мог приехать НАСТОЯЩИЙ муж мнимой Лоры и убить ее, а заодно и лежащего с Лорой в постели мужчину, в-шестых, убийца, если он был, каким-то образом вошел в квартиру: открыл ли он двери своими ключами, либо ему открыли? Но не могли же хозяева открыть ему дверь, находясь в раздетом виде? Разумеется, нет. А что, если в момент убийства в квартире находилось еще и четвертое лицо: Лора, Сергей, убийца и человек, который открыл дверь этому убийце?

Садовников подозревал свою жену в измене. Его жена днем раньше обратилась в частное агентство, чтобы ей помогли вернуться в прежнюю, настоящую жизнь.

Юля стояла, смотрела на кровать и с точностью могла сказать только одно: перед ней действительно лежали трупы Лоры Садовниковой, то есть той самой женщины, которая приходила к ней вчера утром в агентство, и самого Сергея Садовникова — человека, обратившегося вчера же утром к Крымову с просьбой проследить за женой и выяснить, какое отношение к ее личной жизни имеют обрывки авиабилетов, и даже заснять что-то, имеющее отношение ко всему этому, на видеокамеру. Пять тысяч долларов. Как сказал бы сейчас Крымов: не история, а блеск!

Юля медленно сантиметр за сантиметром осматривала квартиру, фотографируя на ходу. Понимая, что очень скоро здесь появится толпа следователей и экспертов, она, отыскав в кухонном шкафу новый полиэтиленовый пакет, сложила туда нижнее белье Лоры и Сергея, сумочку Лоры, найденную на туалетном столике в спальне, несколько папок с документами, принадлежащими Сергею, она взяла их из ящика письменного стола, и забрала все флаконы с духами. Духи — это визитная карточка женщины, возможно, с их помощью ей удастся определить, была ли Лора действительно Лорой или же та история, которую ей рассказала странная женщина вчера утром, не плод больного воображения, а реальность, которая подчас может быть похлеще любой самой изощренной фантазии.

Подумав немного, Юля решила срезать прядь волос с головы убитой. «А что, если она действительно не Лора...»

В кабинете Садовникова Юля обнаружила сейф. Внешне он казался запертым, но стоило ей взяться за дверцу, как та отворилась, и Юля увидела три совершенно пустые полки. Она сделала еще один снимок.

Она искала и кое-что еще, а именно — ту самую лужу, в которую вляпалась девица в розовом сарафане, после чего ей пришлось вытирать о траву ноги. И нашла. Совершенно случайно. На кухне. Большое плоское блюдо, на котором лежал большой кусок размороженного мяса, было переполнено кровью, стекавшей по столу таким образом, что заметить образовавшуюся на полу под столом лужу было почти невозможно. Непонятно было только, каким образом девица наступила в эту лужу, ведь для этого ей понадобилось бы по меньшей мере забраться под стол. Может, она там пряталась? В принципе и этого исключать пока не стоит. Стол покрыт тонкой полиэтиленовой, под кружево, скатертью, причем довольно длинной, во всяком случае, позволяющей спрятаться под столом взрослому человеку таким образом, что его совершенно не будет видно. Значит, кровь на газонной траве явно не человеческая. А коккер-спаниель никакого отношения к девушке не имеет.

Несколько снимков на кухне...

Затем Юля вернулась в спальню, чтобы еще раз взглянуть на трупы. Внутренний озноб и прочие неприятные ощущения, которые охватили ее в первые мгновения присутствия в спальне, исчезли, уступив место любопытству. А может, это и была та самая страсть, о которой говорил ей Крымов? Страсть охотничьей собаки, рвущейся поскорее начать настоящую охоту?

Она вышла из квартиры и, отыскав на торце дома таксофон, позвонила Щукиной.

— Надя, ты знаешь адрес Садовниковых?

— Что за вопрос, — услышала она спокойный голос Нади, — ты хочешь, чтобы я подъехала к тебе?

— Нет, просто скажи Крымову, что они убиты. Пусть Женя решит, звонить сразу в милицию или перед этим он сам осмотрит трупы.

Образовалась пауза: внешне спокойная Щукина, судя по всему, «переваривала» новость.

— Какой красивый мужик был, — наконец вздохнула она. — Хорошо, я передам. Ты сейчас куда?

— К тебе.

Она вернулась в машину и поехала на Абрамовскую, в агентство.

* * *

— Мне непонятно только одно, — говорила Юля, сидя в кресле в приемной Щукиной и уплетая еще теплые, залитые шоколадной глазурью круассаны. Ела и удивлялась, как после всего, что она увидела, может вообще смотреть на пищу, не говоря уже о том, чтобы ее есть. — Налей мне еще, пожалуйста, кофе.

— Так что тебе непонятно? — Рыженькая и проворная Щукина в своем красном трикотажном платье выглядела очень даже недурственно. Она поставила перед Юлей большую чашку с горячим кофе и приготовилась слушать. Разговаривать с ней — одно удовольствие, поскольку Надя понимала все с ходу, легко ухватывала суть и могла развивать показавшуюся ей любопытной мысль в разных направлениях, не боясь показаться чудачкой. — Непонятно то, что Садовниковы, перед тем как пристрелить друг друга, достали с вечера мясо размораживаться.

— Правильно. Именно это я и имела в виду. Ты бы видела это мясо — огромный роскошный кусок. Возможно, Лора намеревалась приготовить мужу жаркое.

— Как ты думаешь, почему у них не было детей?

— Пока не знаю. Я вообще ничего не знаю. Но где же Крымов?

— Понятия не имею. Вроде бы на дворе осень, а у него все те же весенние проблемы.

— У него новая пассия?

— Кажется, да. Я видела их вместе позавчера. Очень красивая девушка. Ты уж извини, что я говорю это именно тебе.

— Говори, чего уж там. У меня почти переболело. Я понимаю, что ты удивлена тем, что я после разрыва с Крымовым осталась здесь. Мне бы не хотелось, чтобы ты думала, что я все еще надеюсь вернуть его себе, ничего подобного. Понимаешь, мне надо научиться преодолевать себя, свои страсти, эмоции... Надо научиться быть более хладнокровной и самодостаточной, что ли.

— Можешь мне не объяснять. Если хочешь знать, то и у меня с Женькой тоже был роман, но в отличие от вашего НАШ продлился около месяца. Он же великий циник. Ты знаешь,что он сказал мне как-то, когда мы лежали с ним в постели? Что у него еще ни разу не было таких «ярких рыжуль». Каково? Что ему нравится мой голос, что я нестандартна, некрасива, но сексуальна. Иногда мне кажется, что он словами пытается возбудить себя.

— Ты ненавидишь его? Как вы расстались? Что произошло? Ты увидела, как он целуется с другой девушкой?

— Да, но только этой девушкой была... ты.

— Какой ужас! Послушай, его надо наказать.

— Да брось ты. Пусть живет. В конечном счете он подарил мне месяц райской жизни, я наконец-то почувствовала себя настоящей женщиной. Теперь, во всяком случае, я точно знаю, какой мне нужен мужчина.

— Неужели такой, как Крымов?

— Что касается постели, то да. И не удивляйся. Ты и сама, я думаю, даже за три дня успела ПОЧУВСТВОВАТЬ его.

Юля покраснела. Она и не заметила, как Щукина ловко перевела разговор с окровавленных трупов на жизнелюбивого и любвеобильного Крымова.

— Ты набрала кучу вещей из их квартиры?

— Правильно. Ты просто видишь меня насквозь. Я сейчас все рассортирую по разным пакетам. Кстати, они у тебя еще остались?

— Конечно.

— А я тем временем подготовлю тебе вопросы для экспертов, хорошо? Что там с авиабилетами?

— Жду результатов. Мне позвонят.

— Тогда я пошла писать.

— Подожди. — Надя достала сигарету и закурила. — Знаешь, что мне кажется?..

— Что?

— Что тебе не стоит так торопиться.

— Что ты имеешь в виду?

— А то, что Садовниковых больше нет. Крымов получил пять тысяч баксов. А кто с него теперь что спросит? Ведь никто!

— Ты хочешь сказать, что мы теперь вообще можем не заниматься этим делом?

— Так ведь дело-то сложное, посуди сама — целых два убийства. Вдобавок еще эта история с мнимой Лорой. Представь, сколько предстоит работы. Думаю, что даже если после похорон и объявятся какие-то родственники Садовниковых, они обратятся в первую очередь в милицию. Так что советую тебе дождаться Крымова и поговорить с ним. Пять тысяч в конечном счете не так уж и много. А мне вчера пришли счета за телефон. Ты бы видела эту сумму!

— Надя, неужели ты думаешь, что Крымов палец о палец не ударит, чтобы найти убийц Садовниковых?

— А зачем ему это нужно?

— Ты позвонила в милицию?

— Да нет же! Тоже сижу и жду Крымова.

— Но там ведь дверь открыта, в любую минуту может войти кто угодно.

— Ты видела там что-нибудь интересное: золото, деньги, драгоценности?

— Я открывала секретер, ящики письменного стола, туалетный столик — похоже, что они все хранили в сейфе, а он, как я тебе уже говорила, вскрыт и опустошен.

— Так, может, это простое ограбление?

— Может, и так.

Девушки услышали, как хлопнула входная дверь. Это пришел Крымов.

— Салют! — поприветствовал он их, врываясь в приемную и почти выхватывая из рук Щукиной сигарету. — Вот черт, проспал! Просил разбудить, между прочим, но разве можно вам, женщинам, доверять что-нибудь серьезное.

Надя с Юлей демонстративно посмотрели в окно, словно произнесенные их шефом слова не имели к ним никакого отношения.

— Крымов, тебе надо было организовать не детективное агентство, а подпольный публичный дом, — не выдержала Юля и резко повернулась к нему. — Может, я натура и впечатлительная, и слабая в каком-то смысле...

— Интересно, в каком это ТАКОМ?

— Не придирайся к словам. Садовниковых убили. Сегодня ночью. Я наблюдала за их домом два с половиной часа, пока не заметила, как какая-то девица в розовом сарафане вытирает о траву ноги, прямо на газоне возле дома. Мне показалось это странным, и я пошла к ним. Понимаешь, внешне все выглядит так, словно эта парочка решила покончить с жизнью. Вместе.

Крымов слушал ее молча. Он побледнел.

— Ты сделала снимки?

— Разумеется.

— Взяла что-нибудь такое, что могло бы нам потом понадобиться?

— Взяла белье, сумочку и кое-что еще. Не могла же я забрать все, нужно же было что-то оставить и для твоих дружков из прокуратуры.

— Ты будешь заниматься этим делом? — прямо в лоб спросила Крымова невозмутимая Щукина.

— А как же! Могут объявиться их родственники.

— Но ты же не можешь быть уверенным в том, что они обратятся именно к нам?

— Правильно. Но я и сам могу предложить свою помощь.

— Отдай это дело мне, — неожиданно сказала Юля. — Жень, ты знаешь, как мне сейчас это необходимо. Тем более что это я первая попала в их квартиру и обнаружила трупы. Если хочешь, можешь мне не платить, я сама поработаю и, возможно, найду убийц. Я не верю в самоубийство. Они были слишком молоды и красивы, чтобы вот так глупо расстаться с жизнью. У меня даже есть план.

— Ты серьезно? — Крымов внимательно рассматривал стоящую перед ним красную от смущения Юлю. — А тебе не страшно?

— Представь, мне это даже интересно.

— Валяй. А что будем делать с Ритой Басс? Я надеялся, что ты поучаствуешь и в этом деле.

— Я готова. Ты можешь мне давать поручения, думаю, что я успею и то и другое. Только мне нужны деньги на бензин и помощь Нади.

— Надя, ты видела это дитя? Она хочет работать. Похоже, наша Юлечка окончательно пришла в себя. И кто же это на нас так повлиял?

— Никто. Ты.

— А может, этот твой поклонник?

— Может быть. Но это уже тебя не касается. Я же не спрашиваю, с кем ты сегодня провел ночь.

— Вот и напрасно. Я бы тебе все рассказал как есть.

— Уволь меня от своих рассказов.

— Ну хорошо, тогда шутки в сторону. Давай мне материал по Рите Басс, кстати, сколько они обещали заплатить?

— Сегодня Марта принесет мне тысячу долларов аванса. Но ты не жди денег, начинай работать. Я знаю этих людей, они слов на ветер не бросают.

— Думаю, что и денег.

— Конечно. Если ты не будешь возражать, я представляю тебе план и по Рите. Я набросала его сразу же после нашего телефонного разговора. Все-таки я немного знакома с их семьей и могу предположить, куда эта девочка могла направиться.

— Валяй.

Юля достала из сумки сложенный вчетверо лист и протянула его Крымову:

— Вот здесь все сведения об их семье и о Рите. Думаю, что искать надо начинать со школы. Одноклассники всегда все знают. Кроме того, есть некая Альбина Георгиевна — учительница английского, у которой Рита брала частные уроки. Мальчик, с которым она сбежала, тоже мог изучать английский.

* * *

Оказавшись в своем кабинете, совсем крохотном, но хорошо освещенном, Юля села за стол, положила лист бумаги, взяла ручку и принялась составлять вопросы экспертам.

1. Каково происхождение пятен на нижнем белье? Являются ли они пятнами семенной жидкости?

2. К какой группе относится семенная жидкость?

3. Нет ли в пятнах примесей вагинального происхождения? Группа?

4. Имеются ли на исследуемом предмете пятна

слюны, пота и иных выделений и к какой группе они относятся?

5. Какова половая принадлежность эпительных клеток, обнаруженных в пятнах слюны?

6. Имеются ли пятна духов, если да, то каких?

7. Какого цвета данные волосы и не подвергались ли они искусственной окраске или обесцвечиванию?

8. Какова групповая принадлежность волос?

9. Кому принадлежат отпечатки пальцев с тюбика губной помады, расчески и прочих предметов, находящихся в сумке потерпевшей и на флаконах с духами?

Затем Юля достала блокнот и, положив его рядом с копией записей Сергея Садовникова, которую ей сделал Крымов, принялась составлять план уже непосредственно СВОЕЙ работы. Итак: 1. Опросить соседей о подозрительных ночных звуках с 27 на 28 сентября. 2. Опросить подруг Лоры Садовниковой: Анну Дианову, Светлану Гусарову, Соню Канабееву и Елену Мазанову. 3. Встретиться с лечащими врачами Лоры и Сергея. 4. Найти их родственников. 5. Обозначить круг знакомств Сергея С. — управляющие, служащие, друзья, приятели, возможные любовные связи.

— Работаем? — заглянул к ней сияющий Крымов.

Юля растерянно посмотрела на него: он сбил ход ее мыслей.

— Крымов, какой же ты все-таки легкомысленный тип. Вложил уйму денег в это дурацкое агентство, а сам только и делаешь, что мотаешься по бабам. — Она и сама не знала, зачем это сказала. Очевидно, смерть Садовниковых настолько потрясла ее, что ей казалось неестественным на месте Крымова вообще улыбаться.

— Э-эй, полегче на поворотах. Будешь много выступать — уволю.

— Мне нужен Шубин. Когда он вернется? Зачем ты его отправил в Балтийск?

— Он сделает там несколько снимков, мы предъявим их одному человеку, и дело будет закрыто. Вообще, если честно, я уже успел сто раз пожалеть о том, что поручил тебе Садовниковых.

— Хватит врать. Ты и не собирался ими заниматься. Денежки-то получены, зачем теперь напрягаться?

— Собираюсь пойти на похороны, вдруг обломится какой-нибудь богатый родственничек, который всеми правдами и неправдами пожелает найти убийцу.

— А ты не хочешь съездить на место посмотреть?

— Пожалуй, хочу. Я, кстати, только что позвонил в угро Сазонову, все объяснил.

— Ты сказал, что я была там?

— А что мне было делать?

— Теперь они с меня живой не слезут.

— Как это эротично звучит. Повтори еще разок.

— Да пошел ты к черту, не мешай работать! Ты собираешься заниматься Ритой?

— А я уже ею занялся. Позвонил в школу, поговорил с директрисой и сказал, что приеду через час, чтобы встретиться с классным руководителем Риты.

— Меня это радует, — и Юля отвернулась, делая вид, что сосредоточенно думает.

— Деньги на бензин и прочие расходы возьмешь у Щукиной, — услышала она голос Крымова, доносящийся уже из коридора.

Ей вдруг захотелось увидеть Шубина. Он был полной противоположностью Крымова: серьезный, деловой и работящий. Крымов его так и называл: раб. Шубин, несмотря на свои тридцать, был почти лысым, но это его совершенно не портило. Невысокий, среднего роста, крепкий, он всем своим видом внушал доверие. Говорил он немного, но к его словам хотелось прислушаться. Взгляд тяжелый и пронзительный. Он был очень терпелив, аскетичен и постоянен в своих взглядах. О его добросовестности знал весь уголовный розыск города. Шубин уволился оттуда, когда узнал, что его жена встречается с его шефом. И хотя этот роман длился всего неделю, а Наталия хотела вернуться к Шубину, он ее так и не принял. Не смог, хотя и любил. В присутствии Шубина Крымов вел себя совершенно иначе, чем в обществе Юли и Щукиной. С Шубиным Крымов говорил лишь по делу и, нагружая его работой, знал, что видит перед собой настоящего профессионала, способного не спать несколько суток ради того, чтобы добиться результата. Но если Шубину вся информация доставалась с трудом и на дело он тратил уйму сил и времени, то Крымову с его интуицией все давалось намного легче. И когда Юля упрекала Крымова в легкомыслии и всячески цеплялась к нему из чисто женской мстительности, даже она понимала, что за внешней ветреностью и несерьезностью Крымова скрывается гениальный сыщик. И, зная это, она была несколько удивлена, что он отдал ей дело Садовниковых с видимой легкостью. Что скрывалось за этим? Его искреннее желание помочь ей обрести веру в себя? Или все это блеф, и он отдал ей дело только на словах, предполагая действовать самостоятельно у нее за спиной и всячески подстраховывая ее? В принципе Юлю устроил бы любой вариант. И второй даже больше, поскольку она вполне реально оценивала свои силы и возможности. Но, с другой стороны, у нее голова кружилась при мысли, что она САМА будет распутывать такое сложное дело.

* * *

Анна Дианова жила неподалеку от драмтеатра в новой девятиэтажке и занимала с мужем большую пятикомнатную квартиру. Юля, предварительно договорившись с нею о встрече, даже представить себе не могла, насколько красива может быть сорокалетняя женщина. Хороший рост, идеальная фигура, длинные светлые волосы и зеленое до пят домашнее платье с глубоким вырезом, почти не скрывающим роскошную грудь, — такой впервые предстала перед ней подруга Лоры Садовниковой.

— Вы хотите вступить в наш клуб, раз вас прислала Лора? — спросила мягким, приятным голосом Анна, приглашая гостью войти и показывая рукой на кресло. Они расположились в просторной гостиной, в которой практически отсутствовала мебель. Основной целью ее дизайна было создать видимость огромного белого зала, заставленного кадками с тропическими растениями и обитыми белым велюром креслами. Пушистый розовый ковер дополнял это великолепие.

— Меня зовут Юля Земцова, я частный детектив, — проговорила Юля тихим голосом, стараясь настроить Анну на серьезный лад. — Речь пойдет как раз о Лоре. Вы извините меня, что я по телефону сказала вам неправду относительно моего желания вступить в ваш женский клуб. — Юля протянула Диановой удостоверение.

— О Лоре? — Юля почувствовала, как напряглась Анна — брови ее нахмурились, огромные зеленые глаза потемнели. — Что с ней случилось? — спросила Дианова высоким голосом и вернула Юле документ.

— Она погибла.

— Погибла? Как?

— Внешне все выглядит, как двойное самоубийство. И она, и ее муж были сегодня утром найдены в своей постели убитыми.

— Нет, этого не может быть. Чтобы Лора покончила с собой? Это полный бред. — От прежней умиротворенности не осталось и следа. Перед Юлей теперь сидела совершенно другая женщина — живая, раскрасневшаяся, взволнованная до предела. — Я не могу в это поверить! Я только вчера разговаривала с ней по телефону. Это убийство! Это все Сергей, его дела! Рэкет или что там еще, не знаю. Боже, в какое время мы живем. Лорочка, бедная.

— Скажите, Анна, она ничего не рассказывала вам о делах своего мужа? Вот вы сейчас упомянули о рэкете.

— Да бросьте вы! — в сердцах воскликнула Дианова и махнула рукой. — Вы что, в самом деле, газет не читаете? Садовников же был бизнесменом, а там, где деньги, там всегда риск. Кому-нибудь недодал, проценты не перечислил, не то сказал, не так посмотрел, у нас же страна обезумевших идиотов! Я вообще не понимаю, как Сергей дожил до своих сорока. Ведь он — глубоко порядочный человек, вы себе представить не можете, сколько раз его обманывали, подставляли и тому подобное. В бизнесе должны быть монстры, а Сергей был душкой, нежным и доверчивым. Другое дело, что ему просто везло. Знаете, бывает так, что людям просто везет. Что называется, он всегда вовремя оказывался в нужном месте. Это его, на мой взгляд, и спасало.

— А с чего он начинал?

— Да как все. Продал родительскую квартиру и на эти деньги открыл свое первое кафе. Но потом, когда понял, что на бутербродах и соках далеко не уедешь, превратил кафе в маленький, ну совсем крохотный ресторанчик на набережной. А там спиртное, куры-гриль, грибная лапша. Кроме того, Сергей верно рассчитал место, а от этого, сами знаете, многое зависит. Боже, о чем я? Неужели их больше нет? Послушайте, что я хочу вам сказать. Никакое это не самоубийство. Я, знаете, тоже читаю детективы, смотрю триллеры и прочее. Все можно подстроить. Но это не самоубийство... Лора любила жизнь и знала, чего хотела от нее...

— И чего же она хотела?

— Главным для нее была семья: она и Сергей. Она помогала ему во всем. А первое время так и вовсе работала в его ресторане официанткой. Тогда каждый рубль был на счету, и вот, чтобы не тратиться на официантов и посудомоек, Лора работала сама... И только спустя три месяца Сергей настоял на том, чтобы она вернулась домой и вела бухгалтерию... А потом, когда дело пошло, он нанял Стаса...

— Стас? Это кто?

— Стас Арсиньевич, его зам. Но сначала Стас был просто бухгалтером. Башковитый и надежный парень. Я знаю, о чем вы только что подумали...

— Да? И о чем же? — удивилась Юля.

— О том, что это Стас мог убить их, чтобы прибрать все к своим рукам. Обычно в жизни так и бывает: преступление совершает тот, на кого меньше всего думаешь. Но Стас не способен на такое.

«Если у него есть руки и ноги, то он вполне способен убить и уйти...» Юля очнулась от своих мыслей. Абстрагироваться пока еще было рано. Перед ней сидела совершенно конкретная женщина, подруга убитой Лоры, и ее надо было расспрашивать до посинения. Потому что потом появятся следователи из прокуратуры, и самые свежие мысли, догадки, версии будут размазаны по страницам дела.

— Вы извините, но я что-то не понимаю: почему расследование поручили вам? Частному сыщику, а не милиции?

— Я думаю, что милиция появится у вас с минуты на минуту, — честно призналась Юля. — И мне бы очень хотелось опередить их.

— Но ведь такие конторы, как ваша, не работают за здорово живешь.

— Правильно. Вы хотите узнать, КТО нас нанял? Что ж, я скажу. Но вы будете удивлены. В принципе я пришла к вам не столько для того, чтобы сообщить о смерти вашей подруги, сколько выяснить некоторые очень важные, на мой взгляд, обстоятельства... Дело в том, что вчера утром в наше агентство пришел Сергей Садовников и поручил нам проследить за своей женой, которую он якобы подозревает в измене...

— Что-о?! Подозревать Лору? Он что, сошел с ума? Это невероятно...

— Вы сказали, что у них были нормальные отношения.

— Не то слово! У них были просто идеальные отношения, каких уже, наверно, и не встретишь.

— Но он был вчера у нас, и это факт.

— Теперь я понимаю, почему вы сказали, что я буду удивлена. Что ж, вы правы: я действительно удивлена тем, что вас нанял сам... Сергей.

Юля поняла, что настало время самого главного. Мысль о том, что она должна действовать как профессионал, подстегнула ее, и она проговорила как можно тверже:

— Он нанял нас и заплатил определенную сумму. Вот я и подумала, что раз мы не смогли выполнить его поручение, то его близкие и родственники, которым небезразлична их смерть, могли бы поручить нам раскрыть убийство. Вполне вероятно, что его подозрения об измене Лоры могут быть как-то связаны с их смертью.

Вот теперь она подписала свой СОБСТВЕННЫЙ контракт. И если даже Крымов откажется работать с этим делом, возможно, что с помощью Анны на их агентство выйдут родственники Садовниковых и попросят найти убийцу Лоры и Сергея. И уж после того, как эти люди заплатят агентству и заключат контракт, Крымов просто не посмеет отстранить Юлю от расследования, как бы нетрадиционно оно ни велось. Ведь надо же когда-то начинать.

— Я уверена, что такие люди найдутся. Взять хотя бы самого Арсиньевича. Стас, как только узнает о смерти шефа, наверняка начнет действовать. Я думаю, тот факт, что расследование будет вести прокуратура, не повлияет на ваше решение заниматься этим делом?

— Разумеется, нет. — Юля отметила, что Анна отлично разбирается в сути происходящего, а потому можно было, не откладывая дела в долгий ящик, приступать к новым вопросам. — Скажите, Анна, вы согласны помочь следствию?

— А что я должна делать? — ее лицо на миг приобрело растерянное выражение, а уж вопрос получился и вовсе детским.

— Ничего особенного, просто подробно рассказать мне все, что вы знаете о Лоре. И о ее поездках.

— Поездках? Каких еще поездках? — вот теперь Анна явно фальшивила.

— Лора была вашей близкой подругой или вы были с ней просто в приятельских отношениях?

— Понимаете, мы с ней были как сестры. И, понятное дело, она доверяла мне некоторые свои тайны. Но поверьте, ни о чем ТАКОМ она мне не рассказывала. Она не изменяла мужу, это я знаю точно.

— Но разве это вообще кто-нибудь может знать ТОЧНО?

— Что касается Лоры, то да, безусловно. Она обожала своего Сережу.

— Но согласитесь, что в каждой семье возникают какие-то проблемы, а раз вы были посвящены в жизнь Лоры, то наверняка можете что-то рассказать.

— Да, проблемы были. Причем даже не проблемы, а ПРОБЛЕМА. Вы, наверно, будете удивлены, когда я скажу, что речь идет о наличных деньгах. Дело в том, что в течение десяти лет — а именно столько длился их брак — Лора откровенно мучилась отсутствием наличных денег. Мужчинам этого не понять. У них если и есть какие-либо запросы, то они удовлетворяют их, не спрашивая на то разрешения своей жены, тем более когда она считается домохозяйкой. Ведь они рассуждают так: раз женщина сидит дома и не работает, значит, вся ее жизнь должна быть сосредоточена на семье, быте, кухне, наконец. И если взглянуть на жизнь Лоры со стороны, то покажется, что у нее была не жизнь, а просто рай! Продукты им домой привозил с рынка Василий, водитель Сергея. В доме было все, что нужно. Лора была одета как кукла.

— Кажется, я поняла в чем дело. У нее было все, кроме наличных денег. Я читала о чем-то подобном. То есть ей все, абсолютно все, вплоть до мелочей, покупал муж, так?

— Совершенно верно. Он покупал дорогие вещи, бриллианты, шубы, но все это на свой вкус. А Лора была таким человеком, который, получая подарок, ни за что не скажет, что он не нравится. В принципе у Сергея есть вкус (Юля заметила, что Анна стала говорить о Сергее уже в настоящем времени, она увлеклась и вела беседу таким образом, как вела ее, наверное, на встречах женского клуба — страстно, увлеченно), но никакие

подарки, будь они даже самыми дорогими и пре-
стижными, не смогут заменить женщине поход
по магазинам. Понимаете, это часть нашей жизни.

— Я абсолютно согласна с вами. И вы хотите
сказать, что Лора страдала лишь из-за этого?

Анна вдруг замолчала и тяжело вздохнула,
словно человек, который осознал, что он растра-
чивал красноречие перед глухой стеной. Юля
тоже решила выдержать паузу.

— Вот и вы тоже ничего не поняли, — наконец проговорила Дианова. — Иметь богатого мужа, но не иметь СВОБОДЫ. Лора была несвобод-
на. Она не могла, к примеру, отлучиться из дома
ПРОСТО ТАК. Сергей говорил ей, что все в жизни должно быть ФУНКЦИОНАЛЬНО, то есть
оправдано какими-то причинами. Зачем «шатать-
ся (это тоже с его слов) по подругам, когда можно
повязать, повышивать, почитать книжку, наконец». Да-да, именно так он и говорил. И тогда
Лора решила пойти работать. У нее хорошее об-
разование — она филолог, и ее пригласили в
лицей. Который, кстати, находился в двух шагах
от дома. И когда она сказала о своем решении
мужу, он воспринял это как личное оскорбление.
Он запретил ей работать под страхом развода.

— И она осталась дома?

— Ну конечно, — пожала плечами Анна.

— Скажите, а почему у них не было детей?

— Сергей не хотел, заявил, что еще рано, а
ведь ей было уже тридцать шесть. Думаю, что он
говорил так из-за своего бесплодия.

— А почему не из-за ЕЕ бесплодия?

— Потому что она проверялась в клинике у
моей подруги. Лора была совершенно здорова.

— А в психическом плане?

— Не поняла.

— Ну что же здесь непонятного? Она не страдала психическим заболеванием? Вы должны мне ответить искренне, потому что от вашего ответа многое может измениться, для меня во всяком случае.

— У Лоры была совершенно нормальная психика.

— И никаких навязчивых идей, ничего такого?

— Вы задаете мне очень странные вопросы.

— Возможно.

Юля смотрела на Анну и не знала, рассказать ей о своем разговоре с Лорой или нет. Но, с другой стороны, она сейчас так разговорилась, что другого подобного случая, вполне возможно, не будет.

— Тогда мне придется рассказать вам кое-что. — И Юля подробно передала Анне весь вчерашний разговор с Лорой.

Анна слушала, широко раскрыв глаза, словно ей только что объяснили, что она — это не она, а совершенно другая женщина.

Когда Юля замолчала, Анна повела себя очень странно.

— Извините, но у меня сегодня масса дел... — И, резко поднявшись, дала понять, что разговаривать больше не намерена.

Юля была вынуждена тоже подняться. Кажется, она совершила какую-то ошибку.

— Мы с вами говорили о разных женщинах. Я сожалею, что рассказала вам так много, — проронила Анна на прощание. — Либо у вас самой не все дома.

Она буквально выставила Юлю за дверь.

— Боже, как же много у нас больных, — услышала Юля ее голос, доносящийся уже из глубины квартиры.

Глава 4

Ехать после такого к Гусаровой у Юли просто не было сил. Дианова буквально выбила ее из колеи. Она приняла ее за сумасшедшую.

Отъехав приличное расстояние от драмтеатра, рядом с которым жила Анна, Юля вышла из машины и позвонила Щукиной:

— Надя, ты отвезла на экспертизу белье и сумку?

— Конечно, вместе с твоими вопросами. Между прочим, Норе, ты помнишь ее?

— Нора? Которая была в декретном отпуске, твоя подружка?

— Да-да. Так вот, она уже вышла на работу. И когда я поехала в лабораторию, то встретилась с ней. Представь, она только что вернулась из квартиры Садовниковых. Ты бы видела ее. Они работали там с Масленниковой, снимали отпечатки пальцев, фотографировали. И когда она уходила оттуда, к ее подошве что-то прилипло. Она обнаружила это уже в машине. Понимаешь, там на кухне какая-то лужа крови, кажется, натекла от мяса. Нора брала образец в колбочку и наступила на эту кровь.

— Надя, нельзя покороче?

— Можно. К ее подошве прилипла какая-то бумажка. Понимаешь, вполне возможно, что она не из квартиры Садовниковых, а просто Нора подцепила ее где-нибудь в подъезде или даже на улице.

— Эта бумажка у тебя? Там телефон?

— Ты что, читаешь мысли? Но там не только телефон.

— Может быть. Ты можешь ничего не говорить Крымову об этом?

— Конечно, тем более что его уже давно и след простыл.

— Он в школе у Риты?

— Он звонил мне оттуда, просил, если ты позвонишь или объявишься, позвонить ему по сотовому.

— Хорошо, я позвоню. А ты береги записку, хорошо?

— Скоро вечер, ты сюда-то заглянешь?

— Конечно, сейчас позвоню Крымову, заеду к Гусаровой и — к тебе. — Про Гусарову Юля сказала нарочно, чтобы, несмотря на неуверенность в себе, тем не менее встретиться с нею и поговорить о Лоре.

— Отлично, я вижу, что дело идет.

— Ты только не уходи.

— Хорошо, мне все равно некуда идти. А так буду ждать твоего возвращения. Ты же мне все расскажешь?

Когда Юля вернулась в машину, настроение ее заметно повысилось. Теплое чувство к Наде переполняло ее. Как здорово, что, кроме ироничного и циничного Крымова, существует такое милое и умное существо, как Щукина.

Про сотовый телефон Юля забывала всегда. Это было просто какое-то наваждение. Но раз ей уж напомнили, значит, надо звонить. Она достала аппарат из кармана джинсовой куртки и позвонила Крымову.

— Это ты, птичка? Почему такой усталый голосок?

— Крымов, какой же ты все-таки противный. Ничуть не усталый... Что там у тебя? Ты ведь просил позвонить.

— Я узнал фамилию парня, с которым встречалась Рита Басс. Володя Сотников.

— Ты видел его? Они учатся в одной школе?

— Видел, говорил. Но он как воды в рот набрал. Провожал, мол, Риту из школы домой, и все. Больше ничего не знает. Не видел ее два дня. Вот я и подумал, может, ты сама с ним поговоришь? У тебя это лучше получится.

— Давай его телефон и адрес.

Крымов продиктовал.

— С Ритой — все? Больше никаких новостей?

— Понимаешь, у нее такой возраст. Они напрасно переполошились. Но я на всякий случай решил поехать к ним на дачу.

— Ты думаешь, что они ее там не искали?

— Они сказали, что продали эту дачу в прошлом году. Но я связался с председателем их дачного кооператива, и он сообщил мне, что дачу хоть и купили, но там никто за весь год не появился, никто ничего не сажал, не строил. Рита могла поехать туда. Больше того, мне кажется, что раз у девчонки такой узкий круг знакомств, то и тот парень, с которым она могла уехать, запросто мог иметь отношение к даче.

— Ты хочешь сказать, что он может быть новым хозяином дачи?

— Во всяком случае, мне так кажется. Короче,

я еду в Лесное, а ты мне позвони часов в десять, думаю, что к этому времени я буду дома. Но если эти Бассы нам не заплатят...

— Заплатят, я их знаю.

Он отключился, и Юля подумала о том, что Крымов даже не спросил о ее делах. Ни слова о Садовниковых.

Итак, Светлана Гусарова. Она жила на улице Яблочкова в двухэтажном старом доме, ставшем теперь, судя по табличке, памятником архитектуры. Если Дианова успела позвонить ей и предупредить о визите «сумасшедшей с документами частного детектива», то Гусарова, возможно, даже не пустит ее на порог. И правильно сделает. Ведь то, что Юля рассказала Анне про Лору, действительно не укладывается ни в какие разумные рамки. И уж если Лора удивила и даже шокировала своим рассказом Юлю, которая видела ее в первый раз, то что говорить об Анне, которая знала Лору много лет. Кому она будет больше верить: Лоре или незнакомой девушке из детективного агентства, если таковое вообще существует.

Юля позвонила и стала ждать. Она стояла на крыльце перед обитой черным дерматином дверью и почему-то чувствовала себя неуютно. Когда послышались шаги, она даже вздрогнула от волнения. Раздался скрежет отпираемого замка, после чего дверь отворилась и на пороге возникла худенькая женщина в оранжевом махровом халате. Волосы ее чайного цвета были растрепаны, губная помада размазана, а в руках она держала большой, наполовину очищенный апельсин.

— Салют, — бодро произнесла женщина и, весело мотнув головой, предложила Юле войти. — Ты кто?

— Меня зовут Юлия Земцова.

— Значит, будешь Джульеттой. Проходи, не бойся. Ведь тебя прислала Бланш? Тебе сказали, сколько я беру и что я занимаюсь только вечерами?

— Да, — пробормотала Юля, поднимаясь за женщиной по крутой деревянной лестнице наверх.

Через минуту они оказались в большой, залитой полуденным солнцем квадратной комнате с кабинетным роялем и узким диваном, на котором лежал бледный полуголый юноша.

— Не обращай внимания, просто ему надо поспать. Садись сразу за рояль и покажи, что ты умеешь.

— Вы Светлана Гусарова? — спросила Юля на всякий случай.

— Да. Хочешь апельсин? У меня их много.

Она была пьяна, а за ароматом апельсина Юля не сразу почувствовала запах вина, бутылка которого стояла на маленьком круглом столике возле дивана.

— У вас есть еще комната?

— Разумеется, у меня их несколько. А в чем, собственно, дело?

— А телефон есть?

— Есть, но я его отключила, чтобы мне не мешали. Какие-то странные вопросы вы мне задаете.

— У вас есть подруга Лора Садовникова?

— Конечно, есть. Вы пришли из-за женского клуба? Я вам скажу сразу — мне там скучновато.

Они-то все замужние, а я — нет. Я даю частные уроки, преподаю в консерватории и музыкальном училище. У меня просто времени не хватает на все.

— Мы могли бы поговорить с вами где-нибудь, — Юля бросила многозначительный взгляд на спящего парня, — без свидетелей?

— Да вы не переживайте, он теперь не скоро очнется.

— Он наркоман? — догадалась Юля.

— Ну, в общем, да.

— И все же я хотела бы поговорить в другой комнате. Разговор довольно серьезный.

— Фу, — Гусарова состроила уморительную гримаску, — терпеть не могу серьезные разговоры. Да и чего серьезного может происходить в женских клубах? Вы, случайно, не лесби?

— Вашу подругу, Лору Садовникову, убили. Ее нашли сегодня мертвой рядом со своим мужем. Теперь понятно, зачем я к вам пришла?

Гусарова словно протрезвела, мотнула головой и обхватила ладонями свои щеки.

— Вот это да. Извините. Вы что, из милиции?

Юля протянула ей удостоверение.

— Моя фамилия Земцова, зовут Юлия. Я веду расследование. Вы не могли бы мне рассказать о Лоре? Видите ли, есть подозрение, что это двойное самоубийство, поскольку их нашли в постели, у Сергея в руках был пистолет. Как вы думаете, Лора была способна на самоубийство?

— Нет, нет и еще раз нет! Это исключено. Лора не такой человек, чтобы вот так уходить из жизни. У нее было слишком много планов. К тому же она обладала повышенным чувством ответственности.

— Скажите, как Лора жила со своим мужем? У них были проблемы?

— Были, как и в каждой семье. Но вам они могут показаться несерьезными. — Светлана запустила руку в волосы и мечтательно закатила глаза. — Хотела бы я иметь такие проблемы, какие были у Лорочки.

— Что вы имеете в виду?

— Она, бедняжка, страдала из-за того, что у нее никогда не было денег.

— Она что, так всем об этом и рассказывала? — Юля представила себе, как, собравшись все вместе, женщины ее круга начинают обсуждать свои проблемы и как по очереди рассказывают друг другу о них. Выходило не очень-то красиво.

— Боже упаси! Лора об этом никогда и словом не обмолвилась. Но представьте, я прихожу, к примеру, к ней, чтобы занять денег, а она, краснея, говорит, что у нее НЕТ денег. И это при том, что ее муж — один из самых богатых людей города! Она страшно смущалась. А мы, женщины, такие дуры. Ой, извините. Я к тому, что вот увидишь какую-нибудь вещь, и так захочется ее купить, что сразу же бежишь по подружкам просить взаймы.

— И она вам никогда не давала?

— Знаете, несколько раз она мне давала какие-то вещи на продажу, совершенно новые, которые ей купил муж.

— Зачем?

— Она могла мне помочь только таким образом. Сергей ведь никогда не помнил, что у нее из вещей есть, а чего нет. Я продавала, к примеру, дорогое платье, а деньги брала себе, в долг, разумеется, а потом отдавала ей по частям. Вы бы видели, как радовалась она этим копейкам. Вот такие странные люди эти «новые русские». Вы знаете, я никак не могу привыкнуть к мысли, что Лоры нет. Это просто чудовищно. Она была необыкновенной женщиной, очень интеллигентной, ранимой, нежной. О ней можно говорить только все самое лучшее.

— Неужели у нее не было недостатков?

— Пожалуй, что нет. Разве что ее чрезмерная скромность.

— Скажите, у нее были любовники?

И снова холод. Гусарова, окончательно протрезвев, смерила Юлю ледяным взглядом, откинула волосы назад и произнесла изменившимся тоном:

— У Лоры НЕ было любовников. Никогда, слышите?

— Вот вы сейчас смотрите на меня зло. Знаете, я ведь задаю вам этот вопрос не случайно. — Юля из последних сил старалась не показать Гусаровой своей слабости. Ей было невыносимо стыдно, что она теряется перед этой, в общем-то, опустившейся несчастной женщиной и ничего не может с собой поделать. — Дело в том, что за день до смерти ее муж Сергей Садовников пришел в наше детективное агентство, чтобы нанять человека, который проследил бы за его женой. Вы должны понять меня. Я не была знакома с вашей подругой, но сделаю все, чтобы только найти ее убийцу. Если, конечно, они не застрелили себя сами.

— Вы рассказываете какие-то совершенно чудовищные вещи. Сергей НЕ мог нанять детектива для того, чтобы проследить за Лорой, он доверял ей. Она вообще... святая.

— Скажите, почему у них не было детей?

— Потому что Сергей был бесплодным.

— Вам об этом сказала Лора?

— Нет, она была не из болтливых. Мне рассказала об этом Дианова, наша общая знакомая, подруга которой обследовала Лору. Лора была совершенно здорова и могла забеременеть. Значит, дело было в ее муже.

— А она хотела иметь ребенка?

— Конечно.

— Это был ее первый брак?

— Разумеется. Она вышла замуж довольно поздно, в двадцать пять лет.

— А что вы знаете о ее прошлой жизни?

— Ничего особенного. Очень рано осталась без родителей, жила здесь в маленькой квартирке, преподавала в школе русский и литературу, пока не встретилась с Садовниковым. Все очень просто и скромно. Думаю, что она досталась Садовникову девственницей.

Юля выдержала паузу, раздумывая, говорить ли теперь Светлане о том, что рассказала Лора в день своей смерти, явившись в агентство. Ей и самой было жутковато от этого рассказа.

— Послушайте, Светлана. Я бы хотела вам рассказать о СВОЕЙ встрече с Лорой.

— Так вы все-таки были знакомы с ней?

— Вы можете мне обещать, что отнесетесь к моему рассказу не так импульсивно, как это сделала ваша общая знакомая Анна Дианова?

— Аня? Вы уже были у нее? — Светлана произнесла это уже более мягким тоном, и Юля, воспользовавшись тем, что Гусарова как будто немного успокоилась, выложила ей все, что знала о Лоре.

— Вы простите Аню. Я даже представила, как Дианова выставила вас за дверь. С ней это иногда случается. Дело в том, что она просто боготворила Лору. Но то, что вы мне только что рассказали, полнейшая чушь.

— Светлана, давайте попытаемся вместе представить себе ситуацию, при которой женщина ведет себя именно так, как повела себя Лора.

— Да здесь и думать нечего.

— В смысле?

— Разве вы не понимаете, что ТАК может себя вести только БОЛЬНОЙ человек?

— Но ведь вы в один голос готовы утверждать, что ваша подруга была совершенно здорова!

— Правильно. Но болезнь приходит неожиданно. Вдруг она заболела каким-нибудь психическим расстройством, которое проявляется довольно редко? Я много читала об этом, поскольку у меня была больна сестра.

— А что, если там, на кровати в спальне, лежала... не Лора? А другая женщина? Вы готовы к тому, чтобы опознать труп?

— Разумеется. Но только перед этим мне надо немного выпить. Я что-то разволновалась.

— А вы можете позвонить Диановой и пригласить ее поехать с нами? — Юля и сама не ожидала от себя такой смелости. Она уже представила, как звонит в морг, Леше Чайкину, и договаривается об опознании, и это при том, что тела уже наверняка давно опознаны другими знакомыми Садовниковых.

— Конечно. Вот только подключу телефон.

* * *

Отступать теперь было поздно. Юля привезла Анну и Светлану в морг. В салоне машины пахло водкой и лимоном, которым дамы закусывали.

— Ну что, девочки, пойдем? — спросила захмелевшая Гусарова, вылезая из машины, и, покачиваясь, направилась к высокому крыльцу одного из корпусов мединститута, в котором в подвале находился центральный городской морг и анатомический музей.

Анна, выпившая ничуть не меньше подруги, вела себя намного сдержаннее. Казалось, до нее еще не дошло, куда они вообще приехали.

Юля заперла машину и, прижимая к груди пакет, набитый «Таллинской» колбасой, водкой и помидорами, поднялась на крыльцо. Светлана открыла дверь и пропустила ее вперед.

— Привет, Чайкин, — Юля смело, как будто всю жизнь занималась лишь тем, что вручала судмедэкспертам подарки, протянула Леше, похожему на носатую обесцвеченную ворону, пакет и деловито поинтересовалась: — Ну что, уже уехали?

Час назад она звонила ему, напрашиваясь на визит, и только получив согласие, сказала Гусаровой, чтобы та позвонила Анне. Чайкин, зная, что за свою работу он получит приличные деньги, практически не ломался.

— Приезжай, конечно, но только здесь еще Арсиньевич, его зам.

И Юля поняла, что ее предположения оправдались — тела Садовниковых уже кто-то опознал. «Значит, Арсиньевич». Но ей важны были показания подруг Лоры. Конечно, не расскажи Лора свою странную историю о второй жизни, никто бы не стал беспокоить ее подруг. Но здесь чувствовалась какая-то тайна.

Шли длинным, выложенным желтоватым кафелем коридором. Женщины трезвели на глазах. То и дело оглядывались и со страхом смотрели на казавшуюся невозмутимой Юлю. Если бы они только знали, сколько сил ей потребовалось, чтобы придать своему лицу это спокойное выражение. Внутри она вся дрожала от страха, к горлу подкатывала тошнота. Но она была ОБЯЗАНА не подавать виду. Иначе ей как сыщику, как следователю, как юристу вообще грош цена. Надо преодолеть себя во что бы то ни стало. Набрать в легкие побольше этого вонючего воздуха и сыграть выпавшую ей роль.

— Сюда, — услышала она, как в тумане, голос Чайкина.

Отворилась высокая металлическая дверь, и женщины вошли в маленький, освещенный неоновыми лампами коридорчик. Здесь пахло невыносимо.

— Как вы только здесь работаете? — подала голос Анна и приложила к носу платочек.

— Я здесь не только работаю, но и живу, — посмеиваясь ответил Чайкин, высыпая содержимое пакета на большой письменный стол. Подмигнув оробевшей Юле (ей вдруг показалось, что он, как никто другой, сейчас понимает ее), он открыл еще одну дверь, и спустя мгновение все три женщины оказались в большом, хорошо освещенном зале, заставленном металлическими столами на колесиках.

Лору Юля узнала сразу же по длинным белым волосам, свисавшим со стола и казавшимся такими же безжизненными, как распростертое на столе обнаженное тело. Посиневшее лицо с остатками запекшейся крови, полуприкрытые глаза...

— Лора, — Анна рванулась к ней и, к удивлению всех присутствующих, склонилась прямо к лицу убитой и прижалась щекой к ее щеке. — Боже мой, Лора. Бедняжечка, — и она разрыдалась.

Гусарова тоже подошла и почему-то взяла руку мертвой подруги в свою руку и приподняла, словно желая, чтобы Лора открыла глаза и поднялась со своего ледяного ложа.

— Это она? — спросила Юля хрипловатым от волнения голосом. Тошнота почему-то прошла. Ей тоже хотелось плакать.

— Это Лариса Садовникова, — повернувшись, очень серьезно сказала Чайкину Анна. — Это точно она. В этом не может быть никаких сомнений.

Чайкин поджал губы и кивнул головой.

— Пуля прошла навылет, — дрогнувшим голосом проговорила Светлана, осматривая голову Лоры. — Неужели это сделал Сергей?

— А он мог? — спросила Юля.

— Разве что из ревности. Но тогда кто же убил его? Он сам? Какая нелепость! Разве что он узнал...

Юля повернулась и увидела, что Анна резко дернула Гусарову за руку. «Проговорилась...»

На Сергея смотрели не так долго. Отошли.

— Ты когда начнешь вскрытие? — спросила Юля Чайкина.

— Да сейчас же и начну. Вот только приму на грудь да закушу «Таллинской» колбаской. Это тебе Крымов сказал про «Таллинскую»?

— А то кто же. Спасибо. Завтра вечером к тебе приедет Надя, хорошо?

— Ты скажи ей, что она может приезжать ко мне хоть сейчас, места здесь много.

— Хорошо, я ей так и передам.

Женщины поджидали ее на улице.

— Я должна извиниться перед вами, — сказала Анна, обращаясь к Юле. — Я вела себя как свинья. Мы вот тут поговорили с Светой. Может, и правда у Лоры крыша поехала. Но, поверьте, ничего такого я за ней не наблюдала.

— Вы понимаете, в чем еще дело. Лора ведь просила меня найти семью, в которой она жила раньше... Она сказала, что у нее как будто были дети.

— Она не рожала, это совершенно точно. И ни разу не беременела. В смысле не делала аборта. Откуда тогда дети?

— А оттуда, что она могла все это придумать, — вставила Гусарова, ежась от ветра. Ее знобило с похмелья.

В машине Юля спросила:

— Света, вы сейчас проговорились, когда произнесли фразу: «Разве что он узнал...» Вас еще Анна дернула за руку. Почему вы не хотите мне рассказать о Лоре правду? Ведь вы что-то скрываете от меня. Это, конечно, ваше дело.

— Понимаете, — перебила ее Анна, — Лору уже все равно не воскресишь.

— То есть вы хотите этим сказать, что вам все равно, кто убил Лору?

— А почему вы решили, что ее кто-то убил? Это двойное самоубийство... по договоренности. Такое бывает...

— Вы думаете, что все произошло именно так? Но ей никто ничего не ответил.

* * *

В семь часов Юля уже звонила в квартиру Сотниковых. И хотя физически она чувствовала себя ужасно, в душе она радовалась такой резкой перемене в себе. Сегодняшний день ей не забыть никогда. Первые, хоть и маленькие, победы над собой придали ей уверенности, и потому, войдя в квартиру Сотниковых, предъявив свое удостоверение и увидев перед собой большеглазого мальчика Володю, Юля решила немного поблефовать. Но для начала она сказала родителям, что хочет побеседовать с Володей наедине. Их оставили в его комнате и ушли, взволнованные столь поздним визитом частного детектива.

Володя был нескладным прыщавым подростком с темными красивыми глазами и тонкими темно-красными воспаленными губами. На нем были синие потертые джинсы, тонкий белый свитерок и голубая джинсовая куртка.

— Я знаю, что с тобой сегодня говорил Крымов. Пойми, если ты будешь молчать, мы будем вынуждены принять соответствующие меры.

— А что вы от меня хотите? — у него был грубый, но еще не оформившийся голос. Тринадцать лет, восьмой класс — он был еще совсем ребенком.

— Мы хотим, чтобы ты рассказал, где и с кем Рита Басс проводила время, заявляя своим родителям, что ходит на уроки английского.

— Но я уже говорил вашему сотруднику, что провожал Риту только до ее дома, а после этого возвращался к себе. Я ничего не знаю. Мне уже несколько раз звонила тетя Марта, она мне угрожала, сказала, что заявит на меня в милицию. Но я и правда ничего не знаю про Риту.

— Понимаешь, в чем дело, Володя. Перед уходом из дома Рита взяла теплые вещи. Она могла это сделать только по одной причине: она ушла из дома сознательно. Но ей всего тринадцать лет, и если окажется, что ты знал, с кем она встречается, и не сказал нам об этом, а потом с ней что-нибудь случится, то ты будешь виноват. Я не могу, конечно, заставить тебя сказать то, о чем ты умалчиваешь. Но ты же не маленький, ты читаешь газеты, смотришь по телевизору криминальную хронику. Ты знаешь, сколько трупов находят по весне в посадках и дачных поселках. Риту надо вернуть домой во что бы то ни стало.

Она смотрела на подростка и чувствовала, что он что-то скрывает. Скорее всего Рита предпочла другого, быть может, более взрослого парня. И как ему признаться в этом? Это все равно что расписаться в собственной несостоятельности, слабости. Она понимала его.

— Значит, ты ничего не скажешь?

— Вы неправильно ставите вопрос. Ничего не знаешь — вот это было бы правильно. Но я действительно ничего не знаю. И если Марго ушла из дома, значит, ей там все обрыдло. Я бы и сам ушел, если бы было куда.

Это были последние слова, произнесенные Володей Сотниковым. Больше он не проронил ни звука.

«...если бы было куда...» Юля несколько раз повторила эту фразу вслух, уже находясь в машине. Неужели этим он хотел сказать, что Рите БЫЛО куда идти? Дача?

Она позвонила Крымову. Ее машина плавно неслась по широкой, ярко освещенной улице в сторону Абрамовской.

— Это ты? — услышала она его недовольный голос. — Если бы ты знала, как ты не вовремя.

— Ты был на даче?

— Я же просил тебя позвонить в десять. Ну что ты на самом деле?

— Оторвись от тела и ответь мне на вопрос: ты был на даче?

— Был. Там кто-то живет, я прождал там полтора часа, пытался опросить соседей, но никто ничего толком не сказал.

— Ты был внутри?

— Говорю же, — он был сильно раздражен, но Юле было уже наплевать на то, в каком состоянии и с кем в постели она его застала, — ТАМ кто-то живет. Остатки еды, женская одежда. Непонятно, кто именно. Завтра утром поеду снова.

— Не завтра, а сейчас, немедленно.

— Ты что, мать, спятила? Извини, — последнее слово было явно обращено к женщине, с которой он развлекался, — я же просил тебя перезвонить мне в десять часов.

— Обещай мне, что мы с тобой поедем в десять на дачу. А вдруг она там?

— Обещаю, — произнес он жестко и отключился.

— Ненавижу!.. — Юля швырнула телефон на соседнее сиденье и прибавила скорость.

Уже через четверть часа она парковала машину возле крыльца агентства. Все окна были освещены. Дверь, правда, была заперта. Надя подстраховалась и, чтобы в агентство не зашли какие-нибудь любители развлечений, заперлась. В случае необходимости в агентство можно было попасть, предварительно позвонив в дверь.

Надя, услышав звон ключей и шаги в коридоре, сама вышла встречать Юлю.

— Привет, дорогая, — она даже приобняла Юлю, чего раньше никогда не было. — Знаешь, я так волновалась за тебя. Устала, наверно?..

Как хорошо было после тяжелого дня оказаться в уютной приемной, где тебя ждут горячие бутерброды, пирожки и сколько хочешь кофе или чаю!

— Ну, рассказывай.

* * *

— Надя, не знаешь, что с ним?

Они говорили о Крымове.

— Юля, у тебя мысли сейчас должны быть совершенно о другом. Подумаешь, Крымов! Ты сейчас занимаешься таким делом.

— Что проку, если мне его никто не заказывал? Вот увидишь, Крымов обрушит на мою бедную голову столько упреков, что я просто вынуждена буду бросить расследование.

— Но он же дал тебе денег на бензин?

— Дал. Но ведь ты уж отдала на экспертизу белье. А кто будет это оплачивать?

— Не переживай, у Крымова есть деньги. Хотя, если честно, я и сама не понимаю, откуда они у него. Думаю, что из прокуратуры он ушел не случайно. Но... молчок... не наше это дело, верно? — И Надя заговорщицки улыбнулась. — Между прочим, тебе снова звонил твой поклонник.

— Не хочу сейчас о нем слышать. Честное слово, мне теперь не до него. Ты мне лучше скажи, как ты думаешь, мне показалось, что эти две кумушки от меня что-то скрывают, или...

— Вот именно, или. Понимаешь, должно пройти какое-то время, чтобы они осознали всю важность их показаний. Кроме того, ты уж не обижайся, но ты могла произвести на них не очень-то благоприятное впечатление.

— То есть?..

— Ты молода, красива, а женщины всегда ревниво относятся к чужой красоте и возрасту. Я вот тебе сейчас скажу одну вещь и думаю, что она тебя сильно шокирует. Мне кажется, что то восхищение, которое они выражали относительно теперь уже покойной Лоры, — неискреннее. Во всяком случае, при ее жизни они относились к ней не так восторженно, как стремятся это показать сейчас. Это парадокс. Они любили ее и не любили одновременно.

— Надя, по-моему, ты несешь какой-то бред. Ты бы видела, как прижималась Анна щекой к щеке Лоры. Я уверена, что это был естественный и искренний порыв.

— А кто спорит?

— Тогда я тебя совсем не понимаю.

— Мне кажется, что эти подруги ничего тебе не рассказали о Лоре по той простой причине, что они были вместе, и, возможно, им было стыдно друг перед дружкой. А вот поодиночке, уже теперь, когда они убедились в том, что Лора мертва, они могут рассказать о ней правду.

— А вдруг этой самой правды нет?

— Не переживай раньше времени. У тебя еще

осталась другие приятельницы, быть может, они что-нибудь расскажут. Понимаешь, не бывает идеальных людей. Тем более женщин.

— Я все-таки думаю, что Лора была больна, и ее подружки могли бы кое-что рассказать о редких проявлениях этой психической болезни. И еще я постоянно думаю про ту девицу в розовом сарафане, которая вляпалась в кровь и вытирала ноги о траву. Кто она и что делала в квартире Садовниковых? Почему квартира была открыта? Как туда вошел убийца?

— Ты уверена в том, что это именно убийство?

— Надя, не будь такой наивной. Если бы ты только видела их... Они даже мертвые были красивыми. Ты напрасно улыбаешься. У нее такая роскошная фигура, бедра, грудь. А видела бы ты тело самого Садовникова... У них было все, что нужно для вполне комфортной и приятной жизни. Кстати, мне необходимо встретиться с Арсиньевичем.

— Кто такой?

— Зам Садовникова. Думаю, что он расскажет много интересного. Если захочет, конечно. Надя, у меня глаза закрываются. Который час?

— Без пяти десять. Ты домой?

— Какое там!.. А Крымов? Я же обещала позвонить ему.

— Неужели ты собираешься поехать с ним на дачу?

— Собираюсь. В машине немного посплю. Крымов? — Юля прижала к уху трубку. — Если снова начнешь орать на меня, больше меня в агентстве не увидишь.

— Привет, птичка... — голос Крымова на этот раз был умиротворенным.

— Так мы едем на дачу к Бассам или нет?

— Ты сейчас где?

— В агентстве. Я работаю, понимаешь, в отличие от остальных.

— Не ной, сейчас я за тобой приеду. Передай Наде, чтоб шла домой.

Юля положила трубку и тяжело вздохнула:

— Скажи, ну почему мужчинам можно все, а нам, женщинам, — ничего?

Глава 5

Уже в машине Крымова Юля вспомнила о записке, которую так и не взяла у Нади. «Дырявая голова».

Крымов вел машину уверенно и с удовольствием. Ночной город светился мягким оранжевым светом, дороги были практически пусты.

Вылетели за город, и Крымов заговорил:

— Я не знаю, что со мной происходит. Я и сам себя не узнаю.

Юля повернула голову и увидела слабо освещенный профиль Жени. Лицо его было как никогда серьезно, голос — тоже.

— У тебя проблемы?

— Не то слово. Я понимаю, конечно, что не должен тебе ничего этого рассказывать, но так получилось, что, кроме тебя, у меня никого нет. Я имею в виду человека, которому я мог бы довериться. Ведь ты рассказала мне про свои кошмары и страхи. А теперь и я хочу поделиться с тобой тем, что меня мучает. Помнишь ту женщину, с которой ты встретила меня в городе и с которой я целовался?

Юля промолчала. Она едва сдерживалась, чтобы не уснуть, и время от времени даже пощипывала себя за руку.

— Так вот. Я познакомился с ней на одной вечеринке. Ты, наверно, не успела заметить, но она очень красива. Вернее, нет, не так. Она совершенно некрасива в общепринятом смысле этого слова. У нее непропорциональное лицо, слишком большие глаза, крохотный нос. Причем глаза совершенно лисьи... да и вся она рыжая. Вот возьмем, к примеру, нашу Щукину, ведь она тоже рыжая, но у нее рыжина какая-то простоватая, симпатичная, деревенская, что ли. Женщина, о которой я тебе рассказываю, тоже рыжая, но у ее волос какой-то коньячный оттенок.

— Крымов, может, ты все-таки заткнешься? — Юля уже не хотела спать. Ей хотелось вцепиться Крымову в физиономию и расцарапать ее до крови. — Ты мне будешь описывать свою новую любовницу сантиметр за сантиметром? Ты, Женя Крымов, директор детективного агентства, у которого голова должна быть забита трупами и моргами, ведешь себя как сексуальный маньяк. Ты даже не спросил меня за все это время, где я была весь сегодняшний день и что я делала, чтобы найти убийцу Садовниковых. Ты не воспринимаешь меня всерьез? Ты просто пошутил надо мной, когда поручил мне вести это дело?

— Не кипятись, именно об этом я как раз и собирался с тобой поговорить. Вернее, не о Садовниковых, что о них теперь говорить, когда они все равно мертвые. Я описывал тебе свою приятельницу не для того, чтобы вызвать в тебе новый приступ ревности. Понимаешь, она каким-то образом воздействует на меня...

— Известное дело, каким...

— Ты напрасно со мной так. Ведь когда ты рассказывала мне о своих проблемах, я слушал тебя не перебивая.

— Ну хорошо. Извини.

— Понимаешь, как человек она ничего особенного из себя не представляет. Легкомысленная особа, которую ничего, кроме секса, не интересует. Но почему я веду себя при ней как последний идиот — вот этого я никак понять не могу. Она может позвонить мне в любую минуту и назначить встречу, и я — ЕДУ.

— Ты просто влюблен. Любовь — слепа. И эта дама вовсе не должна быть красивой и умной, чтобы ты влюбился в нее. Ты ПОПАЛСЯ. И хочешь обижайся на меня, хочешь — нет, но мне бы ужасно хотелось, чтобы ты как-нибудь случайно, на улице, увидел, как твоя рыжая целуется с другим мужчиной, быть может, тогда ты понял бы, как мне было больно. Вот ты только что сказал, что не собирался вызвать во мне приступ ревности. Все это только слова. Ты прекрасно знал, что я не смогу удержаться... — Юля замолчала, потому что почувствовала, как в горле застрял ком. В глазах уже стояли слезы. — Это слишком жестоко и эгоистично посвящать меня в твои личные проблемы. Ведь когда мы с тобой спали, обнявшись, ты воспринимал меня не просто как своего друга, ты говорил мне, что любишь меня. И после этого ты посмел сделать меня своей жилеткой, в которую в любую минуту можно поплакаться?

— Ну извини. Я не подумал.

— Скажи мне: ты будешь работать или нет? И вообще, Крымов, откуда ты взял деньги на открытие агентства? Это секрет?

— Что-то раньше ты не задавала мне подобных вопросов.

— Понимаешь, когда деньги достаются легко, то ими, как правило, не дорожат. Я имею в виду СЛУЧАЙНЫЕ деньги. Я не думаю, что если бы ты копил эти деньги в течение нескольких лет и они достались бы тебе дорогой ценой, ты вот так легкомысленно относился к своим делам. Что-то здесь нечисто.

— Я сейчас слушаю тебя и понимаю, что ты права на все сто. Но стоит ЕЙ позвонить, как я снова все забуду. Помнится, это я говорил тебе про охотничий азарт, а сам из гончей превратился в домашнего надушенного пуделя. Ты бы видела, что она со мной вытворяет... Играет, словно с игрушкой, пудрит, красит ресницы, надевает парики, поливает духами...

— Кто она по профессии?

— Актриса.

— Ты мне снова ничего не ответил про деньги. Я веду себя по-хамски, задавая тебе этот вопрос?

— Ничуть. Год тому назад этот вопрос мне задавали все подряд. Просто тебе раньше было не до этого. Что ж, я тебе отвечу, как отвечал своим друзьям: я продал родительскую квартиру в Вильнюсе.

— И это правда?

— Правда. То, что я ее там продал. Но деньги там были небольшие. Просто я помог одному человеку... вот он мне и заплатил.

— Так я и думала. — Юля снова попала под обаяние Крымова: ей льстило, что он выложил ей хотя бы эти крупицы правды. Значит, он ей доверяет, ведь стоит только копнуть дела, которые он вел годом раньше, и человек внимательный и заинтересованный легко вычислит имя благодетеля Крымова. Хотя навряд ли подобного спонсора можно назвать благодетелем, ведь в этой роли первому пришлось выступить все-таки Крымову. «Наркотики или оружие», — определила про себя Юля.

Машина съехала с пустынного шоссе влево и покатила по мягкой, словно шерстистой дорожке в глубь темнеющего дачного массива.

— И как ты только здесь ориентируешься? Я бы сама ни за что не запомнила расположение дома, — сказала Юля, когда фары, высветив широкие зеленые ворота, погасли. Машина, словно устав, издала хрипловатый, похожий на стон звук и затихла.

Юля с Крымовым вышли из машины и направились к калитке. Было прохладно, пахло свежестью и костром, как пахнет обычно на дачах. Крымов открыл калитку, сначала зашел сам, потом, протянув Юле руку, почти втащил ее в сад. Перед ними тянулась голубоватая от лунного света дорожка, по обеим сторонам которой стояли большие ветвистые деревья, похожие на яблони или груши. Квадрат дома, четко вырисовывавшийся на фоне темно-синего неба из-за горящего на параллельной улице фонаря, не светился ни одним окном.

— Послушай, Крымов, до меня только сейчас дошло, что когда я звонила тебе по телефону и спрашивала про Риту и вот эту дачу, ты, передавая мне свой разговор с председателем дачного кооператива, даже не потрудился назвать фамилию нового хозяина или хозяйки.

— Соболев. Герман Соболев. Молодой парень. Председатель видел его всего пару раз, когда оформлял передачу участка.

— Ты его хотя бы расспросил про этого Соболева: кто он и откуда? Кто его родители?

— Он ничего не знает, кроме адреса, разумеется.

— Надеюсь, ты его записал?

— Юль, ты так и будешь разговаривать со мной в таком тоне? Я его не то что записал, даже запомнил.

Они подошли к крыльцу дачи и осторожно поднялись на него. Женя дернул за ручку, дверь поддалась.

— Слушай, у меня сегодня утром тоже так получилось, — прошептала Юля, содрогаясь от озноба и волнения: как-никак они собирались войти в чужой дом. Кроме того, в саду вдруг поднялся ветер, пронизывающий до костей. — Я только коснулась ручки, как дверь открылась. Если бы ты знал, как я наволновалась.

Она едва сдерживалась, чтобы не схватить Крымова за локоть и не прижаться к нему. Мысль о том, что дача может оказаться пустой и в ней можно будет спокойно переночевать, согреваясь в объятиях Крымова, одновременно и ужасала ее, и приводила в тихий восторг.

— Предлагаю постучать, — неожиданно сказал Женя и сразу же несколько раз стукнул кулаком по двери. Юля затаила дыхание. Больше всего на свете она боялась собак. Но в доме в ответ на стук не раздалось ни одного звука, который свидетельствовал бы о том, что в нем кто-то есть.

Крымов уже более уверенно вошел, пошарил рукой по стене и, обнаружив выключатель, щелкнул им. Яркий свет ударил в глаза, Юля зажмурилась. А когда открыла их, то увидела перед собой просторные, заваленные пустыми деревянными ящиками из-под рассады сени. Женя открыл следующую дверь и шагнул в комнату. Юля молча шла следом, то и дело оглядываясь.

В большой комнате, окна которой были плотно занавешены шторами, стояли широкий диван, узкая кровать и круглый обеденный стол с тремя стульями. Пахло мышами и яблоками, которые в невероятном количество были рассыпаны прямо по полу. Красные, матовые, гладкие, они источали крепкий аромат и вызвали в Юле желание съесть сразу несколько штук, что она и сделала, пока Крымов обследовал комнату.

— Здесь явно жили. Видишь, миска с остатками постного масла и засохшим огурцом, здесь делали салат. А на подоконнике пепельница с окурками. Иди сюда. — Крымов сел и, взяв Юлю за руку, усадил к себе на колени. — Устала? — спросил он так, как спрашивал ее ТОТ, прежний, Крымов, которого она любила, заботливый и нежный. Он поцеловал ее и повалил на диван. Юля растерялась от нахлынувших чувств и не знала, что делать. Целый день держать себя в узде, поверить в то, что она сильная, а к ночи потеряться настолько, чтобы оказаться опрокинутой на диване в чужой даче только потому, что этого захотел Крымов?..

— Нет!.. — она заставила себя произнести это слово, резко поднялась и одернула широкую шерстяную юбку. — Крымов, я так не могу. Умерла так умерла, понятно?

— Рыбка, тебе не понравилось ложе? Думаю, что в других комнатах есть что-нибудь получше. Кажется, даже двухспальная кровать с матрацем и ватным одеялом. — И Крымов, не обращая внимания на протестующие повизгивания запутавшейся в своих чувствах Юли, схватил ее за руку и потащил в спальню, которую обследовал еще днем и наверняка даже повалялся на понравившейся ему кровати.

Оказавшись в совершенно темной, без окон, спальне, они повалились на кровать, но Юля вдруг рванулась и с воплем выскочила из комнаты. Крымов моментально включил свет, и они увидели лежащего на кровати ничком мужчину в черном свитере и черных джинсах.

Крымов подошел к нему и взял за руку. Судя по тому, как безжизненно упала рука на матрац, Юля поняла, что мужчина мертв.

— Что с ним? — ее колотила нервная дрожь. — Женя, да переверни же ты его!

Крымов медленным движением перевернул мужчину, и на Юлю уставились полуоткрытые, подернутые пленкой глаза молодого парня с черными усами.

— Он мертвый, но я не вижу крови.

— Пойдем отсюда.

— Слушай, Юля, с тобой вообще опасно где-либо появляться. Где ты, там очередной труп.

— Пойдем отсюда. Мы же наследили, все трогали руками, а я так даже ела яблоки.

— Забери огрызки с собой, хотя все равно придется звонить в милицию. Как ты думаешь, этот труп как-то связан с исчезновением Риты Басс?

— Не знаю, но всякое может быть.

— А вот я так просто уверен, что это связано с Ритой. Я понимаю, конечно, что ты хочешь домой, что у тебя сегодня был тяжелый день, но не можем же мы уйти отсюда, даже не осмотрев тело.

* * *

— Я бы дорого дала, чтобы, позвонив Бассам, услышать, что Рита вернулась домой, — говорила Юля уже в машине, когда они возвращались в город. — Если смерть этого парня как-то связана с исчезновением Риты, то вполне вероятно, что и она уже мертва. Ты считаешь, что парня отравили?

— Похоже на то. Единственное, что я смог разглядеть, не раздевая труп, это небольшая царапина на кисти руки. Возможно, парень оцарапал руку о металлический вензель на спинке кровати, когда падал. Понимаешь, поза, в какой мы его застали, свидетельствует о том, что смерть наступила мгновенно. Его не ударили, не застрелили. А может быть, это просто сердечный приступ. Кровоизлияния, образовавшиеся на его лице, могли возникнуть по разным причинам.

— Как ты объяснишь своим дружкам в прокуратуре, что мы с тобой делали на даче?

— Скажу как есть. Если бы мы кинулись стирать наши отпечатки пальцев, то стерли бы и другие, благодаря которым, возможно, удастся определить, кто находился рядом с парнем в момент его смерти или раньше.

— Крымов, перестань разговаривать со мной, как с маленьким ребенком.

— Бассы принесли тебе деньги?

— Откуда же я знаю, приходили они ко мне или нет, если меня весь день не было дома?! — в сердцах воскликнула Юля, чувствуя, что теряет над собой контроль. Нервы ее были на пределе. — Я вижу, что тебя в этой истории интересуют только деньги! За все время поездки ты так и не спросил меня про Садовниковых... — она была готова расплакаться.

— Слушай, я тебе отвечу честно: пока меня НЕ НАЙМУТ, я и пальцем не пошевелю. Мне хватило полунищенского существования, пока я работал в прокуратуре. Согласен, мое высказывание может тебя шокировать, но должен же я когда-нибудь говорить правду. Приходит какая-то полоумная баба и заявляет, что она — не она, но что ей нравится спать с Садовниковым, затем приходит Садовников и просит проследить за нею... Чертовщина какая-то.

— Кстати, ты записал ваш разговор с Садовниковым? Ты не забыл, что кассета с рассказом Лоры исчезла?

— Да она сама же и взяла ее... Передумала обращаться к нам, вот и забрала кассету. А разговор с Садовниковым я записал, но что проку? Он мне не рассказал абсолютно ничего интересного, только высказал предположение, что к его жене кто-то прилетал на самолете.

— Все это более чем странно. Подумаешь, авиабилеты в мусорном ведре. Вернее, даже обрывки, которые мог оставить в квартире любой человек, побывавший у них в тот день. Кстати, я забыла сегодня спросить, не держали ли Садовниковы домработницу или кого-нибудь в этом роде. В жизни бывают такие ситуации, которые и предположить-то сложно. К примеру, зашла к Лоре соседка за рецептом пирога, разговорились, Лора решила ей продиктовать свой рецепт, соседка порылась в кармане халата, достала какие-то обрывки бумаги — пусть это и будут эти злосчастные авиабилеты — и хотела уже записать, но в эту минуту зазвонил телефон, да мало ли что могло произойти, после чего соседка ушла к себе домой, так и не записав рецепта, но оставив на столе клочки бумаги. Лора смахнула их в мусорное ведро, после чего их нашел там ее муж и, заподозрив в измене, решил обратиться к нам в агентство.

— Слушай, да тебе только романы писать. Хотя в принципе ты права.

— Мне непонятно только одно: почему он заподозрил Лору в измене только в связи с этими авиабилетами? Я поняла бы еще, если бы он обнаружил... использованный презерватив или что-нибудь этакое. Или же увидел жену с другим мужчиной.

— Я понимаю, что ты хочешь меня заинтересовать, но я не альтруист, рыбка, я дал себе слово, что буду работать только за деньги. Ты можешь меня презирать, можешь даже сказать мне это в лицо, но пока ко мне не придут и не попросят найти убийцу Садовникова, я не пошевелюсь, я уже тебе сказал.

— А те пять тысяч, которые он тебе дал?

— Они пойдут на зарплату, бензин и прочие необходимые расходы. Все, подруга, приехали. Смотри, опять эта черная машина с тонированными стеклами.

И действительно, теперь уже и Юля видела припаркованную почти к подъезду ее дома большую черную машину. Она знала, что это ее поклонник, которого Надя вычислила как некоего Ломова.

— Ты знаешь, кто он? — спросила Юля, поворачиваясь к Крымову, и отшатнулась, наткнувшись на его бледное, залитое голубоватым светом уличного фонаря лицо. Глаза Крымова были почти белыми, а взгляд — ледяным, злым.

— Это Ломов, друг губернатора, а сейчас министр экономики области. Пренеприятная личность. Ты спишь с ним?

— Да нет же. Я его даже никогда не видела, мы с ним разговариваем только по телефону.

— Ну и зачем он тебе нужен?

— Еще не решила.

— Он предлагает тебе что-нибудь?

— Тебя это не должно касаться. У тебя есть твоя актриса-гипнотизерша, которая красит тебе губы и надевает на тебя парики, вот с ней и разговаривай на такие темы. Я вообще не понимаю, какое ты имеешь право задавать мне подобные вопросы.

— Значит, говоришь, что ни разу не видела его. Так вот, увидишь — упадешь в обморок. Это самый настоящий уродец, мужчины страшнее я еще не встречал.

— У него какой-нибудь физический недостаток? — невольно вырвалось у Юли, не сумевшей сдержать своего любопытства: интересно же все-таки, как выглядит тайный воздыхатель.

— Да он весь, полностью — физический недо-статок. Говорю же, уродец. Его даже не показы-вают по телевизору. Огромная голова, глаза на-выкате, толстые губы, а сам горбатый.

— И как же могли такого человека назначить министром? — спросила Юля, внутренне содро-гаясь от представленного ей портрета телефонно-го визави.

— У него ума палата. Он действительно умный и крепкий мужик, несмотря на свои шестьдесят. Будь с ним поосторожней, пожалуйста.

— Да что он такого может мне сделать?

— Еще не знаю. Но то, что его машина стоит здесь, рядом с твоим домом, — не случайно.

— Разумеется, я ему нравлюсь. Он присылает мне подарки.

— В том-то и дело, что ПРИСЫЛАЕТ, а не приносит сам. Потому что знает, стоит тебе его увидеть во всей красе, как ты закричишь от ужаса.

— Брось, Крымов. Ты напоминаешь мне маль-чишку, рассказывающего на ночь страшную ис-торию, чтобы только я не уснула. Можешь не ста-раться, я все равно буду спать без задних ног.

— Ты, конечно, не послушаешься моего сове-та, тебе льстит, что за тобой ухаживает министр, но все же... не подпускай его к себе. Подумай сама, тебе не семнадцать лет, ты обыкновенная молодая женщина.

— Ты еще скажи, что я некрасивая и дура.

— Да пойми ты, у Ломова неограниченные возможности. Как ты думаешь, почему он из всех женщин, которых ему могли бы присылать даже из Африки или Австралии, предпочел тебя?

— Я спрошу его об этом, — холодно произнесла Юля, выходя из машины. — Спасибо, что подвез. Если мне позвонит Марта и скажет про деньги, я перезвоню тебе. Или нельзя?

Крымов смотрел на нее, стиснув зубы.

— Звони мне в любое время и научись не обращать внимания на мои резкие выпады. Сотовый телефон — пренеприятнейшая штука, которой не место в постели, согласись.

Она резко повернулась и вошла в подъезд. Поднимаясь по лестнице, Юля была готова к тому, что увидит у двери квартиры сверток с цветами, но ошиблась. Уголок белой бумаги торчал из замочной скважины. Значит, там должен быть какой-нибудь нейтральный текст. Но от кого? От Ломова? От Марты Басс?

Она достала записку и, развернув ее, прочла:

«Как только войдете, позвоните, пожалуйста, по этому телефону».

Записка была отпечатана на компьютере. Кто-то осторожничает.

«Ладно, позвоню».

И только оказавшись дома и упав на кровать, Юля поняла, как сильно она устала. Все тело ломило, глаза закрывались. Не было ни аппетита, ни вообще каких-либо желаний, кроме желания поскорее уснуть. Разве что принять ванну.

Уже лежа в ванне и наблюдая за тем, как все выше и выше поднимается вода, обволакивая приятнейшим теплом тело, Юля, расположив на столике телефон и разгладив записку, набрала указанный в ней номер и затаила дыхание. Трубку взяли, и она услышала голос Ломова:

— Слушаю.

— Это вы оставили мне записку?

— Юлия Земцова? Привет.

Она даже приподнялась в ванне, до того ее удивило его фамильярное «привет».

— Что-то вы сегодня припозднились. Вас подвез Крымов?

— Предположим. И почему бы вам не представиться по-настоящему?

— Пожалуйста. Павел Андреевич Ломов. Это Крымов вам рассказал обо мне?

— Почти.

— Он опять ревнует?

— Не знаю.

— Знаете, что я хотел бы больше всего на свете?

— Откуда же мне знать?

— Встретиться с вами.

— А почему именно со мной?

— Глупый вопрос. Извините, конечно. Но именно с вами потому, что вы нравитесь мне. Вы красивая молодая женщина, у вас превосходная фигура, нежная кожа и вообще вы вся просто светитесь изнутри. Мне бы хотелось обладать вами. Видите, я предельно искренен.

— Я это заметила. — Юля перевела дух и слизнула выступившую над губой капельку пота. От горячей воды кверху поднимался пар. — Но, по-моему, так не знакомятся и не предлагают себя.

— Глупости. Если я вас хочу, то кто же, как не я, скажет вам об этом? Другое дело, что Крымов наверняка проинформировал вас, что я стар и некрасив. Что ж, здесь он прав.

— Вы что, установили в его машине подслушивающее устройство?

— Нет, просто догадался. Понимаете, Юля, мне не хотелось бы, чтобы вы воспринимали меня как сексуального маньяка, который звонит по ночам и предлагает девушке разные гнусности. Я и пальцем до вас не дотронусь, пока вы сами этого не захотите. И я не могу, конечно, быть уверенным в том, что когда-нибудь этот миг наступит, но я буду очень стараться... очень...

И он положил трубку. Юля была в шоке. Она не допускала мысли о том, что их разговор могли просто прервать. Слишком уж законченная и эффектная фраза прозвучала в конце: мол, ждите продолжения.

И оно не заставило себя ждать. Раздался звонок в дверь. «Это Марта...»

Накинув халат, она подбежала к двери и заглянула в «глазок»: никого. И снова тихо. Тогда она метнулась к окну, но увидела лишь хвост удаляющейся на тихом ходу черной машины. Значит, тот, кто ей только что позвонил в дверь, уже уехал. Это навряд ли был сам Ломов, это, должно быть, кто-то из его ближайшего окружения.

Она открыла дверь, но для надежности решила не торопиться с цепочкой. Но даже в образовавшуюся щель она смогла увидеть на пороге большую картонную коробку. Такую, в каких возят телевизоры или бытовые комбайны.

Юля сняла цепочку, открыла дверь пошире и, убедившись в том, что лестничная площадка пуста, с большим трудом втащила коробку в прихожую.

Раскрыв ее, она обнаружила в ней корзину с продуктами. Вернее, с фруктами и сладостями. «Как в кино...» Ухватившись за ручку, она достала из коробки корзину и отнесла ее на кухню. Села и, подперев щеку, стала смотреть на этот гастрономический шедевр. «Красиво», — как сказала бы мама. И это действительно было красиво. Оранжевые, с нежным золотистым пушком персики, лоснящиеся мандарины, переполненные соком продолговатые с янтарным отливом груши, маленькие красноватые яблочки, живописный фиолетово-чернильный с молочным перламутровым налетом виноград, почти черные, подернутые восковой голубоватостью сливы, розоваторыжие, непристойные своей крупностью и спелостью грейпфруты. Завернутые в золотую фольгу шоколадные конфеты размером с крупный грецкий орех, коробки с печеньем, жестяные банки с изюмом в шоколаде.

— Спасибо, — сказала Юля, повернувшись к окну и адресуя слова благодарности в сторону черной машины, которая уже давно потонула в прохладном воздухе ночного тихого города.

А спустя несколько минут раздался телефонный звонок, и Крымов сообщил, что ему только что позвонили из прокуратуры: труп, который они нашли на бывшей даче Бассов, опознали соседи-дачники.

— Герман Соболев? — спросила Юля.

— Герман Соболев.

— Бедная Рита.

Глава 6

Ее разбудил звонок Марты Басс.

— Извините, что звоню так рано, но я вас вчера так и не дождалась. И звонила, и приходила к вам.

— Да-да, я как раз занималась делом вашей дочери. — Юля с трудом разлепила веки и теперь пыталась прийти в себя после глубокого сна. — Нам с вами просто необходимо встретиться. Того, что вы написали на бумаге, явно недостаточно, чтобы представить себе полную картину жизни Риты. Кстати, она так вам и не позвонила?

— Нет... — ответила Марта глухим голосом. — Мы уже не знаем, что и думать.

— Вы сможете сейчас приехать ко мне?

— Конечно. Возьму такси и через двадцать минут буду у вас...

Юля положила трубку и взглянула на будильник: шесть часов! «Кошмар!» А она даже не спросила Марту про деньги. А что, если Бассы так и ограничатся обещаниями? Как сказал Крымов: они не бросают на ветер не только слова, но и деньги. И к чему было Марте говорить сейчас, что она приедет к ней на такси, уж не для того ли, чтобы подчеркнуть, что ей придется потратиться?

Юля с трудом поднялась с постели и, слегка заправив ее, поплелась в ванную и встала под прохладный душ. Но очень быстро замерзла и пустила чуть ли не кипяток. Зато окончательно проснулась и, расположившись на кухне с феном в руке и нежась в теплых струях воздуха, которые играли ее мокрыми волосами и приятно щекотали голову, съела несколько виноградин, персик и одну большую грушу.

Позавтракав таким образом и приведя себя в порядок, она встретила Марту в строгом черном брючном костюме из мягкой эластичной ткани.

— Хотите кофе? — спросила Юля тоном светской дамы, но встретив немигающий, полный страдания взгляд Марты, готова была провалиться от стыда за свою бестактность. Однако быстро сообразив, что расслабление может повернуть их деловые отношения в чисто эмоциональное русло, Юля решила не извиняться, а только добавила: — Чашка кофе с утра еще никому не помешала... Пойдемте.

На кухне, где не было уже ни следа от ночного пиршества, а пустая корзинка, стоявшая на подоконнике, казалась лишь приятным воспоминанием и доказательством того, что чудесные фрукты ей не приснились, Юля предложила Марте кофе, печенье и, достав блокнот, приготовилась задавать ей вопросы.

— Скажите, вы не могли бы вспомнить фамилию человека, которому вы продали свою дачу?

— Я ее отлично помню, — немного оживилась Марта и отхлебнула горячий кофе. — Соболев. Герман Соболев. Вы думаете, что он и есть тот парень, с которым сбежала Рита?

— Я пока не знаю... Поэтому мне бы хотелось выяснить, Рита встречалась когда-нибудь в вашем присутствии с Германом, и если да, то при каких обстоятельствах? И как вы вообще вышли на этого покупателя? Это была выгодная сделка?

— Подождите, не так быстро... Мы дали объявление в несколько газет, и примерно через неделю нам позвонил этот Герман. Он сказал, что прежде, чем говорить о цене, надо бы осмотреть дачу. И мы договорились о встрече.

— Вы поехали вместе с Ритой?

— Да, Рита была с нами. У нас нет машины, и

мы попросили Германа, чтобы он заехал за нами на своей. С нами поехала и моя мама.

— И что было дальше?

— Ничего особенного. Герману понравилось место, мы поговорили и, немного уступив в цене, договорились встретиться на следующей неделе, чтобы оформить продажу. Герман сказал, что постарается сделать так, чтобы мы все это успели сделать за один день.

— Вы не спрашивали его, чем он занимается? И вообще кто он такой, этот Герман?

— Нет, к сожалению, я ничего о нем не знаю. Но впечатление он произвел благоприятное, это даже моя мама отметила. Вежливый такой, обходительный.

— Вы с Ритой не разговаривали потом о нем?

— Нет. Рита не такая девочка, чтобы обсуждать с нею парней... И почему вы заинтересовались нашей бывшей дачей и Германом? С чего вы взяли, что он может быть каким-то образом связан с Ритой?.. — Марта говорила с придыханием, и было заметно, что она взволнована. — Почему вы замолчали?

— Понимаете, когда вы сказали, что ваша дочь взяла с собой теплые вещи, я почему-то сразу же подумала о даче. Ведь если бы она, к примеру, собиралась пожить некоторое время в квартире своего друга... то есть, я имею в виду, в нормальной квартире, то навряд ли стала бы забирать свои свитеры и куртки. — И вдруг Юля поняла, что не спросила у Марты самого главного: — Скажите, Марта, вы были дружны со своей дочерью?

Марта подняла на нее глаза и посмотрела так, словно ее спросили о чем-то неприличном.

— Разумеется. Я всегда была в курсе всех ее школьных дел.

— Но почему только школьных? Ответьте мне, только искренне, если бы Рита влюбилась, она бы рассказала вам об этом?

— Влюбилась? Да вы смеетесь! Она презирала мужчин.

— Как это... презирала? С какой стати? Насколько мне известно, в таком возрасте, в каком находится ваша дочь, девочки судят о мужчинах в основном по своим отцам и по книжкам... У вас был муж, Марта... Они ладили с Ритой?

— Миша был идеальным мужем, и Риточка его обожала. Но он был исключением...

— Вы хотите сказать, что после смерти мужа у вас появился другой мужчина, который оказался...

— Да что вы себе позволяете?! — возмущенно воскликнула Марта, нервно допивая уже остывшего кофе. — Никого у меня не было.

— Тогда мне непонятно, почему тринадцатилетняя девочка может презирать мужчин... и почему она не могла влюбиться? Это вы ей внушали подобные мысли?

— В некоторой степени да. Я старалась ее предостеречь, ведь это так естественно.

— Вот мы и подошли к самому главному. Давайте все же представим себе, что Рита влюбилась. Зная о том, что вы не одобрите ее чувство и попытаетесь ей помешать встречаться с понравившимся мальчиком, она, начитавшись романов, сбегает из дома. Но куда ей идти, где спрятаться? Мальчик или парень скорее всего живет не один, у него семья — родители, брат или сестра. Остается только одно — дача. Но вы ее продали.

— Вы были на нашей даче?

— Были.

— И что?

— Понимаете... Я потому и начала вас расспрашивать о Германе, что мы нашли его этой ночью мертвым на вашей бывшей даче.

— Мертвым?

— Представляете, какое совпадение? Ведь если бы я не настояла на этой поездке, которая была, согласитесь, основана лишь на моей интуиции, его бы долго искали. Я не эксперт, но, по-моему, он умер где-то вчера вечером, поскольку Крымов, это мой шеф, был на вашей даче днем, но никого там не застал... Вот и выходит, что Герман появился там вечером и... умер.

— Вы говорите, что он умер. То есть вы хотите этим сказать, что он умер естественной смертью?

— Этого я пока вам точно сказать не могу, причину смерти мы узнаем только после вскрытия. Но чисто внешне его смерть действительно выглядит, как естественная.

— А там... на даче не было Ритиных вещей?

— Нет, мы осмотрели все комнаты. Кроме яблок, на полу почти ничего.

— Мне звонила мама Володи Сотникова и говорила о вашем приходе. Мне кажется, что его не стоит тревожить. Володя не такой мальчик, чтобы скрывать что-то от своих родителей. Уверяю вас, если бы он что-то знал, то непременно рассказал бы в первую очередь мне. Он любит Риточку, и хотя я всегда относилась к этой ЛЮБВИ с иронией, Володя все равно продолжал мне нравиться. Он все-таки из хорошей семьи, и у него в голове нет дурных мыслей... я имею в виду секс... А что касается Германа, то я просто уверена, что Рита здесь ни при чем...

— Что вы хотите этим сказать?

— Только то, что они в принципе не были знакомы. Вы хотите еще о чем-нибудь меня спросить?

— Не могли бы вы позволить мне осмотреть Ритину комнату, скажем, сегодня вечером? Только прошу вас ничего там не прибирать, пусть все останется так, как было при ней.

— Как странно и страшно это слышать. Хорошо, приходите сегодня вечером. В принципе вы сможете прийти к нам в любое время, поскольку мама всегда дома. Теперь деньги. — Марта открыла сумочку, достала кошелек, и десять новеньких стодолларовых купюр перекочевали в руки Юли.

— Здесь ровно столько, сколько вы говорили. — Марта встала и, даже не глядя на Юлю, молча направилась к двери. Уже перед тем, как выйти из квартиры, вдруг повернулась и сказала: — Только, умоляю вас, не задавайте лишних вопросов маме. Она все эти три дня сидит в комнате Риты и отказывается есть. Боюсь, что после того, как Рита отыщется, мне придется заняться лечением маминых нервов...

— Хорошо, обещаю вам.

Ощущение того, что Марта что-то недоговаривает о своей дочери, оставалось еще долго, и Юля исчеркала несколько страниц толстого блокнота, придумывая разные причины столь странных отношений дочери и матери. Рита презирает мужчин. Скорее всего мать, опасаясь, что ее чадо в силу своей неопытности и присущего возрасту романтизма может поддаться первому любовному порыву и забеременеть, внушала Рите мысль о том, что все мужчины — подлецы, и тому подобную чушь. Эта схема должна была защитить тринадцатилетнюю девочку от каких бы то ни было посягательств на нее со стороны мужчин, которые уже одним своим присутствием должны были вызывать в девочке негативные чувства, начиная с брезгливости и кончая элементарным страхом. Но что, если подобная схема возымела обратное действие, и Рита наперекор маминым страшилкам влюбилась и решила доказать ей, что та не права, что Ритин избранник вполне достоин любви и всяческого уважения? Хотя навряд ли Рита, решившись бежать, стремилась что-то доказывать кому бы то ни было. Она влюбилась, и этим все сказано. И даже если ее парень негодяй, о существовании которых чересчур усердно предупреждала ее мать, то Рита этого все равно не заметит в силу своего чувственного ослепления.

Рассуждая таким образом, Юля на машине добралась до агентства и, увидев в приемной Надю, первым делом спросила ее о записке:

— Представляешь, совершенно из головы вылетело. Надеюсь, что ты ее не потеряла?

Надя с улыбочкой протянула Юле тонюсенькую прозрачную папку с вложенной в нее запиской, а если точнее, то фрагментом исписанного тетрадного листа. К счастью, отпечаток грязной подошвы находился не на той стороне, где размещался написанный от руки текст, а там, где был записан номер телефона, поэтому Юля легко прочитала фрагмент загадочного послания: «... должно быть темно. Везде темно, а здесь почему-то светло, что-то не в порядке. И где остальные?.. Где же они?.. Все не так, Г., все не так. Их здесь нет, их нигде нет. Ах! Что это, Г.? Да вон, посмотри!»

Текст был написан с сокращениями, поэтому Юле пришлось переписать его на компьютер полностью, чтобы потом вывести через принтер и уже спокойно изучать, ломая голову над тем, кто такой «Г.» и кого это «здесь нет». Вместо многоточий, которые проставила в своем варианте записки Юля, стояли какие-то звездочки. Возможно, это был шифр, но скорее всего какая-нибудь игра.

— Знаешь, — говорила Надя, наливая Юле кофе и улыбаясь хитрой и довольной улыбочкой, — по-моему, я где-то это уже слышала.

— Теперь осталось самое малое — вспомнить. Займись номером телефона и заодно отправь записку на экспертизу, пусть скажут, принадлежит ли этот почерк кому-нибудь из Садовниковых. — Юля внимательно посмотрела на Щукину. — Надя, ты сегодня так неприлично улыбаешься, что меня все время подмывает спросить, что случилось. Насколько мне известно, ты вчера покинула рабочее, хотя и довольно теплое, местечко поздно, после чего поехала домой, так?

— Так, да только поехала я совсем не домой. Если бы ты знала, где я сегодня провела ночь, ты бы не приняла из моих рук кофе.

— Это еще что такое? Ну не на помойке же ты спала, свернувшись клубочком?

— Хуже. Как говорится, бери ниже.

И Юлю осенило.

— Чайкин? Ты ночевала в морге у Лешки? Ты это серьезно?

— Ну не то чтобы ночевала, потому что спать-то мы отправились к нему домой, благо, что он живет неподалеку от мединститута. Так что отвечай, подруга, почему ты не передала мне пламенный привет от Чайкина и не сказала, что он приглашал меня к себе?

— Но я не думала, что это настолько серьезно. Извини. Значит, вместо того, чтобы вскрывать Садовниковых, он вскрывал...

— Не хами. Он работал, а я смотрела. Нужно же мне было как-то убить время. Дома-то меня давно никто не ждет, а так хоть развлечение какое-никакое.

— И давно ты с ним знакома?

— Года три, не больше. Мы встречались довольно часто в одной компании. Хотя Чайкин, конечно, волк-одиночка. Думаю, что это работа наложила на него такой отпечаток. Согласись, что не каждая женщина согласится жить с человеком, от которого постоянно пахнет трупами.

— А как ты отнеслась к этому запаху? — Юля хотя и понимала, что задает довольно интимный вопрос, все равно не могла остановиться.

— Я когда-нибудь тебе расскажу, каким образом я приводила Лешку в порядок, прежде чем лечь с ним в постель. А сейчас подготовься — шеф идет.

Юля обернулась и увидела стоящего на крыльце Крымова. Казалось, что он кого-то поджидает.

— Надо же, и как ты его увидела? У тебя что, глаза на затылке?

— Нет, просто я хороший секретарь, который узнает машину своего шефа по звуку мотора.

— Понятно. — Юля инстинктивно повернулась к зеркалу, чтобы поправить прическу. Затем судорожным движением полезла в карман за помадой. — Слушай, я тебе не успела рассказать самого главного. Вчера мы с Крымовым ночью ездили на бывшую дачу Бассов и нашли там труп Германа Соболева. Но об этом я расскажу тебе чуть позже. А сейчас мне нужны результаты экспертизы. Если Крымов начнет жадничать и не даст денег экспертам, хотя прошел уже целый месяц с того дня, как мы выплачивали им зарплату, скажешь мне, и я заплачу свои.

— Да ты с ума сошла!

В эту минуту в приемную широким шагом вошел Крымов. Он был мрачнее тучи. Даже его прекрасные голубые глаза потемнели и теперь смотрели поверх голов сотрудниц.

— Салют! — проронил он, обводя тяжелым взглядом приемную. — Кто здесь сошел с ума? — Видимо, он услышал последнюю, сорвавшуюся с языка Щукиной фразу, обращенную к Земцовой.

— Никто. Я привезла деньги от Марты Басс, — сказала Юля, делая вид, что ее не интересует плохое настроение шефа. — Тебе отдать или Наде?

— Наде. Новостей нет?

— Надя съездит за результатами экспертизы, тогда можно будет сдвинуться с места по делу Садовниковых.

Крымов хмыкнул и скрылся в своем кабинете. Но уже и это обрадовало Юлю. Все же лучше, чем выслушивать нытье шефа по поводу нехватки денег и гордые заявления об отсутствии альтруизма в его характере.

— Надя, а ты не знаешь, когда вернется Шубин?

— Сегодня к вечеру. Что, соскучилась?

— Думаю, что он поддержит меня в деле Садовниковых. А сейчас я поеду к Канабеевой, это еще одна подруга Лоры, после этого навещу Арсиньевича, хотя, чует мое сердце, уж он-то ничего интересного мне о своем директоре не расскажет. Ему чем мутнее водичка, тем спокойнее для него. Больше того, мне кажется, что он замешан в этом убийстве.

— Ты все-таки не допускаешь мысли о самоубийстве?

— Нет.

Зазвонил телефон. Надя сняла трубку.

— Тебя, — сказала она удивленно и протянула ее Юле.

— Слушаю. — Юля и без того чувствовала, кто звонит.

— Доброе утро, Юлия.

— Доброе утро, Павел Андреевич. Спасибо за персики.

— Ты, наверно, как всегда, занята?

«И все же, что бы ни говорил Крымов, у Ломова очень приятный мужественный голос...»

Она почувствовала это кожей, всем своим существом. Она представила себе «горбуна из Нотр-Дама» и усмехнулась получившейся картинке. В постели с горбуном. Говорят, что мужчины с физическими изъянами компенсируют свою ущербность искусством любви. Что проку от красавца Крымова, который принадлежит всем женщинам без разбору? Быть может, лучше принадлежать уроду, но страстному, необузданному?..

— Занята, — она старалась говорить нейтральным тоном, чтобы не выдать охватившего ее физического волнения.

— Я бы хотел увидеть тебя, встретиться с тобой.

Он так естественно перешел на «ты», что Юля даже не сразу это заметила. Она молчала и не знала, что ответить.

— Ты молчишь, потому что не знаешь, что сказать. Я понимаю, ты сейчас в приемной, рядом стоит секретарша и подслушивает наш с тобой разговор. Передай ей от меня привет.

— Хорошо. — Юля бросила на Щукину извиняющийся взгляд и пожала плечами, продолжая прижимать к уху трубку.

— Ты знаешь небольшой частный ресторан «Клест» на углу Бахметьевской и Ильинской?

— Знаю, конечно.

— Я буду ждать тебя там в семь часов, тебя это устроит?

— А вам можно будет перезвонить, если меня, к примеру, не будет в городе?

— Разумеется. Надеюсь, у тебя еще сохранился мой вчерашний номер?

Юля запомнила его наизусть.

— Тебе неудобно говорить? Я понимаю. Тогда до встречи. Подожди. Я же знаю, о чем ты хочешь спросить меня: форма одежды? — Он хрипловато хохотнул: — Форма одежды — караульная!

Теперь уже засмеялась Юля. Она поняла, что может одеться как заблагорассудится.

— Целую тебя, милая, — и он отключился.

— Тебя можно поздравить? Вы, кажется, договорились о встрече?

— Только не торопись докладывать об этом Крымову, тем более что он сегодня не в духах.

* * *

Соня Канабеева была похожа на мужчину. Она курила, сидя на низком, обитом розовым бархатом пуфе, и меланхолично покачивала носком домашней туфли, расшитой цветным шелком. На ней были черные широкие блестящие атласные брюки, желтый парчовый жакет. Это была эстетствующая лесбиянка с ярко выраженными внешними признаками, начиная от короткой стрижки и бледного, «мужского» макияжа и кончая низким грубым голосом.

Соня уже знала о смерти Лоры Садовниковой и разговаривала с Юлей как с человеком, явно подозревающим ее в убийстве подруги.

— Мне не было причины убивать их, — заявила она в самом начале разговора, чем буквально шокировала Юлю. — Но то, что это самоубийство, — сразу же предлагаю вам выкинуть из головы.

У нее и походка-то была мужская, и курила она трубку, набитую крепким голландским табаком, запах которого Юля знала еще со времен своего неудавшегося замужества. Такой же сорт табака курил Земцов.

— Я не собираюсь вас ни в чем обвинять. — Юля осматривала забитую антиквариатом огромную комнату и пыталась понять, чем дышит хозяйка и чем занимается, кроме того, что курит.

Казалось, что ничем. Разве что книги читает. В основном классику: Набокова, Агеева, Саган, Мёрдок. — Понимаете, вчера в разговоре с вашими приятельницами мне показалось, что они от меня что-то утаивают. Я уверена, что кто-то из них уже позвонил вам и рассказал о том, что муж Лоры приходил к нам в агентство с просьбой выследить Лору с любовником.

— Это полный бред! У нее не было никакого любовника, и вообще, как мне кажется, Лора была фригидной женщиной. Она не любила рассуждать о сексе, хотя довольно спокойно относилась к моим ухаживаниям. Я думаю, что это минус прежде всего мне как активному партнеру. Она воспринимала мои объятия и поцелуи чисто по-дружески и не трепетала, когда я обхватывала ее за талию. А как Лора была сложена! Я не уверена, что смогу прийти на похороны, я не хочу, чтобы в моей памяти Лора оставалась мертвой. У меня есть великое множество ее фотографий, и я буду жить ими.

— Вы... любили Лору? — Юля и сама испугалась такого смелого вопроса.

— Да, ее все любили. Ее просто невозможно было не любить.

— А вы не знаете, она не собиралась в ближайшем будущем полететь куда-нибудь на самолете? Или, может, кто-то должен был прилететь к ней? Дело в том, что Сергей Садовников обнаружил в мусорном ведре обрывки авиабилетов.

— Да пусть он подавится этими авиабилетами! — вдруг закричала Соня, поднимаясь с пуфа, и, размахивая руками, принялась ходить взад-вперед по комнате, чуть ли не сбивая какие-то вазы и статуэтки. В принципе ее высокая худощавая фигура в черно-желтом сверкающем одеянии прекрасно гармонировала с обстановкой комнаты и воспринималась как ее составная часть. Бледное лицо Сони в обрамлении коротко подстриженных черных волос пошло красными пятнами. Она сильно нервничала, и когда вдыхала в себя дым, щеки ее, как будто сделанные из тонкого розоватого пергамента, втягивались, проваливаясь под скулами, сильно меняя при этом лицо. — Это Лоре надо было рыться в его карманах или том же мусорном ведре, уж она бы собрала богатый урожай, черт меня подери!

— Я не совсем понимаю.

— Еще бы. Этого никто не понимал, но такова жизнь. Иметь такую женщину, как Лора, и изменять ей со всеми подряд — вы меня извините.

— Садовников изменял жене?

— Как черт. Если бы я была иначе сориентирована, он бы и меня затащил в постель. И не сказать чтобы ему это нужно было чисто физически. Я как-то говорила с ним на эту тему. Все дело в антураже. Ему нравилось окружать себя красивыми, оригинальными девушками и женщинами и заниматься с ними любовью. Думаю, что истоки этого неистребимого желания ОБЛАДАТЬ следует искать в его детстве. Он мне признался как-то, что когда ему было около тринадцати лет, его почти изнасиловала взрослая женщина. Она была очень красива и знала, чего хочет. Понимаете, это она ПОИМЕЛА его, а не он ее. И, может быть, он не обратил бы на это внимания, если бы она сама ему об этом не сказала. Похоже, ей тоже надо было на ком-то отыграться. Понимаете, для мужчины обладание женщиной — это как воздух. Я почему вам обо всем этом рассказываю, потому что во мне намешано много и женского, и мужского. У меня одно бедро обтянуто чулком с кружевной резинкой, а другое в брюках. Я кажусь вам смешной? Но у меня интересная жизнь, и я хочу просто поделиться с вами своими ощущениями именно как мужчина...

— Надеюсь, что вы не захотите меня как женщину? — попробовала пошутить Юля и вдруг, произнеся это, похолодела от ужаса: а что, если это костлявое среднего рода существо сейчас набросится на нее и начнет раздевать?

— Вы пришли поговорить о Лоре, поэтому у нас уже ничего не получится.

— Вы успокоили меня. Но вернемся к Сергею. Вы могли бы назвать хотя бы нескольких женщин, которые были его любовницами?

— Сколько угодно, начиная со всех ее подружек: Гусарова — у них был долгий роман, Аня Дианова — мы одно время проводили время втроем, еще называть?

— Конечно.

Соня деловито диктовала, выдавая с головой своих подружек и партнерш, и даже поправляла Юлю, если ей казалось, что та неправильно пишет фамилию очередной любовницы Садовникова.

— Не много ли? — засомневалась Юля, когда в ее руках оказался целый список, в который входили все без исключения подруги Лоры.

— Не знаю, у разных мужчин все по-разному. Но он любил женщин.

— Насколько я поняла, он никем не увлекался всерьез?

— Разве что Полиной.

— А это кто? — Юля поискала глазами имя Полины. — Полина Пескова?

— Вам не кажется, что я и так рассказал слишком много?

Все-таки она произнесла «рассказал», а не «рассказала».

— Да, я очень благодарна вам.

— А что касается авиабилетов, то к ней иногда прилетала на самолете ее сестра из Питера Лиза.

— Сестра? У нее была сестра?

— Конечно. Скорее всего это были ее билеты. У Лизы с Сергеем почему-то не сложились отношения. Я подозреваю, что она узнала о нем что-то такое, после чего просто не могла его видеть. Но сестры встречались, это точно. Я сам подвозил один раз Лору в аэропорт, и хотя она сказала мне, что ее интересует какой-то магазинчик, расположенный в аэропорту, я все же проследил за нею из машины и дождался, когда она спустя четверть часа вышла из здания аэровокзала под руку с очень похожей на нее женщиной, но, правда, чуть старше ее. Я уже тогда знал о существовании сестры.

— И где же останавливалась Лиза, когда приезжала сюда?

— В гостинице, я не думаю, что она улетала в этот же день обратно.

— А родители их живы?

— Кажется, нет. Я вспомнил, Лора была еще подростком, когда у нее умерли родители или погибли, я не могу сказать точно. Лора жила в маленькой квартирке за речным портом и преподавала в школе русский язык и литературу.

— А ее сестра Лиза?

— А она жила с мужем в Ленинграде и как могла помогала младшей сестре.

«А что, если в агентство приходила не Лора, а Лиза?» Юле стало даже жарко от этой мысли. Беседуя с Соней, она в который раз убедилась в том, что на свете нет ничего интереснее людей. И даже такой оригинальный экземпляр, как Соня Канабеева, был интересен своей непредсказуемостью и странностью. Несмотря на ее сексуальную ориентацию, в ней была бездна обаяния, компенсирующая чувство отвращения, которое могло возникнуть у человека, не разделяющего ее взгляды и принципы. «Может, позволить ей соблазнить меня?»

* * *

В машине Юля устыдилась своих мыслей. И приписала их долгому воздержанию.

Ей предстояла встреча с замом Садовникова.

— Вы Земцова? — Стас Арсиньевич встретил ее в дверях своего офиса и предложил сесть в низкое глубокое кожаное кресло. — Очень приятно познакомиться. Хотя если честно, то меня немало удивил тот факт, что Сергей обращался к вам.

— Отчего же?

— Мне бы не хотелось отвечать на этот вопрос.

— Да бросьте вы. Почему бы вам не сказать прямо, что ваш шеф не очень-то доверял частным конторам вроде нашей? Я пойму. Но учтите и такую немаловажную деталь, что человек подчас говорит не то, что думает. Это встречается сплошь и рядом. Он мог сказать вам, что не доверяет детективному агентству, в то время как сам собирался навестить нас. Это как поход к психиатру или гинекологу: не хочется, но надо. И раз он пришел к нам, значит, почувствовал какого-то рода безысходность. Вы согласны со мной?

Арсиньевич, полноватый, но энергичный на вид брюнет с узкими хитрыми глазами и толстыми губами, разглядывал Юлю довольно похотливым взглядом.

— Я и не знал, что в детективном агентстве работают девушки, да еще такие привлекательные.

— Я думаю, что теперь, когда погиб ваш шеф, вы должны думать в первую очередь о том, кому понадобилось его убить, позаботиться о достойных похоронах четы Садовниковых.

— Я уже позаботился и, поверьте мне, многое сделал. И не нужно меня учить. Ваша смазливая мордашка еще не дает вам права так разговаривать со мной. — Лицо Арсиньевича было невозмутимым, а глаза продолжали раздевать Юлю.

— Я пришла к вам, чтобы предложить свои услуги в качестве частного детектива и помочь разыскать убийцу вашего шефа. Мне подумалось, что вы должны быть заинтересованы в том, чтобы мы нашли убийцу, поскольку смерть Садовникова может быть напрямую связана с его коммерческой деятельностью. Но, судя по вашему поведению, вы не так уж огорчены фактом его смерти. Это наводит меня на кое-какие размышления.

С этими словами Юля поднялась и, покачивая

бедрами, направилась к выходу. Она ждала, что Арсиньевич одумается и остановит ее, но так и не дождалась этого.

Выходя из офиса, она вдруг живо представила себе выражение лица Крымова, когда она расскажет ему о своем фиаско, и настроение ее резко упало. Неужели во всем городе не найдется человека, которому была бы небезразлична смерть Лоры и Сергея?

Вместо того чтобы поехать к Елене Мазановой, Юля вернулась в агентство, чтобы с помощью сердобольной Щукиной зализать раны.

— Бутербродов нет, кончились, а купить продукты я не успела, потому что ездила за результатами экспертизы.

Щукина почти насильно вывела Юлю из приемной:

— Хватит питаться бутербродами, надо же иногда поесть и чего-нибудь горяченького. Я только что позвонила в «Тройку», там сегодня подают гуся. Пойдем пообедаем, а заодно ты сможешь просмотреть эти бумажки. Уверена, что они сейчас интересуют тебя больше всего на свете. — С этими словами Надя сунула ей в руки толстый коричневый пакет, набитый экспертными заключениями.

Небольшой ресторан под сохранившимся еще с начала века названием «Тройка» был далеко не пуст, как предполагала Юля, но им с Надей повезло: они заняли столик возле самого окна, да к тому же еще и чуть в сторонке ото всех остальных.

— Ты заказывай, а я почитаю, — и Юля углубилась в чтение. По мере изучения результатов экспертиз она делала записи в своем блокноте, ставя попутно новые вопросы, связанные с обследованием нижнего белья Лоры и Сергея. То, что она узнала из заключения, удивило ее невероятно: если ночная сорочка, боди и пеньюар скорее всего принадлежали Лоре, то кружевные трусики, обнаруженные на постели, содержали совершенно другую группу примесей вагинального происхождения. А вот семенная жидкость, обнаруженная на всех предметах женского туалета, принадлежала явно одному и тому же мужчине. И если на боди были выявлены пятна японских духов, то на трусиках — польского одеколона «Рококо». Волосы, найденные в складках белья, тоже принадлежали двум разным женщинам: блондинке и шатенке. Но если блондинка была натуральная, то шатенка — крашеная. Мужской волос принадлежал скорее всего Сергею, но это можно будет проверить чуть позже, когда будут готовы результаты вскрытия и Чайкин сможет ответить на любой поставленный ему вопрос.

Что касается содержимого дамской сумки, то на всех имеющихся там предметах обнаружены отпечатки пальцев одной и той же женщины — Лоры. И японские духи «О», найденные в сумочке Лоры, идентичны тем, пятна которых обнаружены на боди.

— Ты будешь есть или подождешь, когда все остынет? — Надя придвинула Юле тарелку с ломтиком гусиного филе, залитого красноватым желеобразным соусом. — Очень вкусно, это клюква.

Юля тряхнула головой и сунула конверт обратно в сумку. Посмотрев в свою тарелку, она сглотнула слюну: да уж, гусь действительно выглядел аппетитно.

— Надя, в ночь убийства в спальне была не одна, а ДВЕ женщины. И вторая тоже лежала в постели, прежде чем я увидела ее на газоне. Если бы тогда знать, что видишь перед собой убийцу или свидетеля. Но она стояла ко мне спиной, и я не запомнила даже цвета ее волос. Только розовый сарафан. Но такими сарафанами заполнены все вещевые местные рынки. Хоть бы нашелся след ее туфель!

— Мы с тобой сейчас сидим за столом, и я понимаю, что в такой ситуации не принято говорить о трупах, но ведь ты забыла, наверное, что я вчера присутствовала при вскрытии Лоры.

— Конечно, забыла! У меня, должно быть, что-то случилось с головой — как только почувствую ответственность, так мозги засоряются всякой чушью. Ну и что ты можешь сказать, господин эксперт?

— А тебя не стошнит?

— Нет, конечно.

И Надя принялась красочно расписывать, как Чайкин производил вскрытие трупа Лоры Садовниковой.

— Да, пожалуй, говорить об этом было бы лучше ДО обеда, — жалобным голосом произнесла Юля, давясь салатом. — Я и сама не ожидала от себя такой реакции.

— А может, ты беременна?

— С чего бы? Кстати, ты мне еще ничего не сказала о номере телефона на записке, которая прилипла к Нориной подошве. Ты выяснила, кому он принадлежит?

— Выяснила. Хорошо, что ты сидишь. Это домашний телефон Сырцова.

— Прокурора области?.. Ты что, звонила Корнилову?

Юля имела в виду старшего следователя прокуратуры Виктора Корнилова, бывшего шефа Крымова, который, как ни странно, частенько помогал Крымову, что приводило ее в некоторое недоумение. Хотя Щукина уже давно сделала на этот счет свой довольно-таки логический вывод, что Крымов вообще организовал частное детективное агентство с ведома Корнилова, предварительно договорившись с ним о сотрудничестве. Кроме того, вполне возможно и то, что Корнилов каким-то образом был связан с теми деньгами, которые свалились на Крымова с неба, и даже вошел с ним в долю.

— Сырцов... Этого еще не хватало.

— Послушай, по-моему, я тебе ясно сказала, что Нора подобрала этот клочок бумаги, возможно, и не в квартире Садовниковых, а, скажем, на улице или даже в машине, в которой находилась вся опергруппа. Вполне вероятно, что эта записка имеет отношение к какому-нибудь работнику прокуратуры. Так что ты лучше бы не торопилась с выводами...

— Послушай, Надя, а нельзя расспросить всех, кто находился в тот день рядом с Норой и у кого из кармана могла просто выпасть эта злосчастная бумажка? И тогда у меня одной головной болью станет меньше.

— Об этом надо говорить с самой Норой.

— Вот и поговори.

Анна Данилова

— Ладно, поддаюсь. Но ты почти ничего не съела.

— А ты мне поподробнее рассказывай про морги и вскрытия, глядишь, я совсем перестану есть. Хотя вообще-то мне наедаться сегодня нельзя, я приглашена на ужин в «Клест».

— «Клест»? Да это же самый шикарный ресторан в нашем городе! Везет некоторым!

Юля посмотрела на Щукину и тут же, представив себе зловоние, посреди которого произошло ее свидание с Чайкиным, почувствовала подкатывающуюся тошноту. Не хотела бы она иметь в любовниках этого Лешу.

* * *

Вернувшись в агентство, сытые и чуточку сонные Надя с Юлей, к своей великой радости, обнаружили там оголодавшего и заросшего бородой Шубина, пытавшегося соорудить себе сложный бутерброд из шпрот и вареного яйца с майонезом.

— Игорек, бедняжечка, — Щукина так просто повисла у него на шее и чуть ли не засучила ногами от счастья. — Ну наконец-то в нашей конторе появился хоть один настоящий мужчина.

— Мужчина? Тебе нужен мужчина? — отозвался с набитым ртом Шубин, ласково прижимаясь щекой к Наде и улыбаясь. — Я всегда готов.

— Нет, ты слышала, что говорит наш Игорек? Похоже, и его черт попутал. Раньше он никогда не позволял себе таких разговорчиков.

— Да это же ты его и испортила! — расхохоталась Юля. — Ну, здравствуй, Игорек, ужасно рада, что ты вернулся. Надеюсь, съездил удачно?

— Порядок, — кивнул головой Шубин, отхлебывая из большой красной фарфоровой чашки кофе. — Крымов будет доволен. Снимки, видеозапись — все в ажуре. Деньги отработаны, а это значит, что мы с вами скоро получим зарплату.

— Шубин, у меня к тебе есть разговор. Я понимаю, конечно, что ты с дороги, что тебе сейчас надо «принять ванну и выпить чашечку кофе», но будет лучше, если я тебе все же расскажу, чем мы тут с Надей занимаемся пару дней, пока тебя не было, чтобы потом рассчитывать или НЕ рассчитывать на твою помощь.

— Звучит неплохо. У нас появились новые дела?

— Появились, да только Крымов ведет себя как-то странно. Смотри, уже три часа, а его до сих пор нет на работе. Он хоть звонил? — обратилась Юля к Щукиной.

— Нет, не звонил.

— Ну вы, ребята, даете. Шеф не звонит, а вы даже не удосужились съездить к нему и узнать, в чем дело. А вдруг ему стало плохо или на него напали?

— На него точно напали...

И Юля принялась вводить Игоря в курс дела. Деталей и подробностей оказалось так много, что на рассказ ушел почти целый час. Шубин слушал внимательно, время от времени делая пометки в своей записной книжке. Параллельно он просматривал заключения экспертов относительно нижнего белья, обнаруженного на месте преступления.

— Вы вот мне все уши прожужжали о том, что это убийство, — вдруг совершенно неожиданно сказал он, хитро сощурив глаза, — а я не исключаю того, что это было самоубийство. Я понимаю, конечно, что это звучит нелепо, мол, они молодые, красивые и богатые. Но все это чушь. Когда люди заходят в психологический тупик, то такие факторы, как молодость, красота и деньги, уже не имеют значения. Это так называемый высший пилотаж проявления чувств.

Юле показалось, что ей дали оплеуху, обвинив в том, что ей недоступен этот самый «высший пилотаж», раз она сразу же напрочь отмела версию самоубийства. Она сидела красная и чувствовала, как снова теряет внутренние силы: Шубин, на приезд которого она так рассчитывала, не поверил ей.

— Ты чего? — он подошел к ней и положил руку ей на плечо. — Юлечка, ты расстроилась? Но почему? Я же не сказал, что не буду тебе помогать. Только было бы неплохо, если бы нас все же кто-нибудь попросил найти предполагаемого убийцу. Ты не поторопилась с выводами? Ведь результаты экспертизы будут готовы со дня на день.

— Вы думаете, что я буду ждать, когда Чайкин напишет заключение? Да у него на это уйдет два дня, не меньше. Я думаю, что надо просто позвонить ему, а потом подъехать и выяснить, о чем он собирается писать. Может, мне и этого будет достаточно, чтобы доказать вам, что никакое это не самоубийство.

— Ты не должна доказывать это НАМ, — живо отреагировал на ее слова Шубин. — Не лезь в бутылку, успокойся. Я прекрасно все понимаю. И то, что у тебя появился нормальный сыщицкий зуд, я только приветствую. Просто хочу посоветовать тебе быть несколько гибче, что ли, чтобы не делать скоропалительных выводов. Надо разрабатывать разные версии, а не зацикливаться на одной.

— Но я и не зацикливаюсь! — вспыхнула Юля. — Когда я разговаривала с подругами Лоры, то в первую очередь пыталась определить, способна ли она была вообще на такой поступок. Ведь подруги знают иногда куда больше, чем им следовало бы знать.

— Но они все, как одна, утверждают, что Лора не способна на подобное. Думаю, что это невозможно предугадать. Кроме того, налицо ее явное психическое расстройство. Уже тот факт, что она пришла к тебе и начала плести эту чушь про свою вторую жизнь и прочее, а потом, вынув кассету, и вовсе убежала, говорит о многом.

— Это, конечно, понятно. Но согласись, что не каждый день сталкиваешься с таким случаем. А теперь я расскажу тебе про исчезновение Риты Басс. Вчера я получила от ее матери тысячу долларов. — И Юля обстоятельно рассказала о семье Бассов, о визите к ней Марты, о поездке с Крымовым на их бывшую дачу и, наконец, о смерти Германа Соболева.

— Так это была твоя инициатива относительно дачи? — Шубин даже языком прищелкнул — знак того, что он восхищен. — Отлично. Я бы не додумался.

— До чего не додумался-то? Ведь смерть Соболева может не иметь ничего общего с исчезновением Риты... Приехал парень к себе на дачу, ему стало плохо, и он умер. Ты ведь, Надюша, позвонишь, узнаешь, когда будут готовы результаты вскрытия Германа?

— Послушай, что-то слишко много ты на меня навешала. Я ведь так и сломаться могу.

— Не сломаешься, если будешь хорошо питаться и побольше находиться на свежем воздухе.

И все расхохотались, потому что Надя и так ела за двоих, а вот пройтись лишний раз пешком по городу не желала, жалась в переполненном транспорте, а иногда останавливала такси, даже если ей надо было пройти всего одну остановку.

Шубин, захлопнув записную книжку, куда он записывал сведения о Рите Басс, пообещал Юле навести справки о членах семьи Риты, ее классной руководительнице и Володе Сотникове.

— У меня уже появились некоторые мысли, но их надо проверить. Ты правильно сделала, что обратила внимание на неестественное «презрение», которое Рита якобы испытывала к мужчинам. Все это влияние матери, я в этом просто уверен. Надо бы покопаться в биографии ее мужа. Кстати, ты не знаешь, почему Рита носит фамилию бабушки, то есть материну девичью, а не фамилию отца?

— Не знаю, я даже как-то не задумалась об этом...

— Ну, я пошел. Спасибо за кофе. — Шубин приобнял Надю и, чмокнув Юлю, вышел из приемной.

— Послушай, он мне напоминает весеннее солнышко, — растроганно произнесла Надя, глядя на дверь, за которой скрылся Игорь. — Пришел и осветил все вокруг.

— Чем осветил-то, — засмеялась Юля, — лысиной своей, что ли?.. Надя, я вот Чайкину все расскажу, как ты неровно дышишь к шубинской лысине.

Они обе расхохотались.

— По-моему, я последнее время слишком часто смеюсь, — Юля перевела дух и успокоилась, смахивая слезинки с уголков глаз. — А радоваться-то в принципе нечему. Арсиньевич вел себя по-хамски, Крымов исчез. Давай-ка позвоним ему, что ли.

Она придвинула к себе телефон и набрала номер Крымова. Услышав его голос, Юля от удивления чуть не выронила трубку:

— Так ты дома? Ты здоров?

— А... Это ты, птичка? — послышался щелчок и короткие гудки.

— Ничего не понимаю. Надя, у него был какой-то странный голос. Может, он действительно болен? Поеду-ка я к нему, навещу... Мало ли что.

Глава 7

Юля впервые видела Крымова пьяным. Хотя он и нашел в себе силы подойти к двери и открыть ее, по его лицу она поняла, что он ждал не ее, а свою актрису. О чем он, собственно, и сказал ей сразу же, едва только Юля переступила порог.

— Женя, что с тобой? Неужели ты напился из-за какой-то там вертихвостки?

Крымов сгреб ее в охапку и, дыша в лицо перегаром, со злостью проговорил:

— Она не вертихвостка, понятно?

— Отпусти меня.

— Она ХУЖЕ, чем вертихвостка. Она бросила меня. — И отпустил Юлю так резко, что она с трудом устояла на ногах. Юля едва не залепила ему пощечину, чтобы хотя бы таким образом отрезвить его.

— А ты думал, что только тебе позволено бросать девушек на каждом шагу? Теперь ты испытал на себе всю прелесть односторонней любви?

— Да что ты понимаешь, — он махнул рукой и поплелся в комнату. — Проходи. Правда, у меня не убрано.

Но это было слишком мягко сказано. Огромная квартира Крымова напоминала собой поле битвы.

— Не хватает потешного войска. Она что, привезла к тебе весь свой гардероб? — Юля смотрела на разбросанные по дивану и креслам женские вещи, косметику, какие-то щетки, флакончики, коробки, насадки для фена, домашние голубые тапочки, отороченные белоснежным лебяжьим пухом...

— Я звонил ей с самого утра — ее нигде нет.

Юле настолько неприятно было выслушивать это, что она прямиком направилась к выходу:

— Знаешь что, Крымов, я приехала сюда к тебе лишь затем, чтобы удостовериться, что ты жив и относительно здоров. Мне некогда выслушивать твои стенания по поводу того, что тебя бросила очередная любовница. У меня дел по горло. Кстати, вернулся Шубин и велел тебе передать, что у него все в порядке. Так что, уважаемый шеф, тебе ничего не остается, как только пересчитывать денежки. Бассы, как ты знаешь, нам тоже заплатили. Можешь спать спокойно.

— Какая же ты бессердечная, — тихо проронил Крымов и, взяв со стола бутылку коньяка, отпил прямо из горлышка. — Вообще-то вы все такие.

Уже в прихожей Юля вдруг остановилась, обратив внимание на яркий, в красных розах, атласный женский халат, висящий на вешалке. Судя по его длине, любовница Крымова была довольно высокой девицей. Понимая, что совершает почти преступление, Юля, воспользовавшись тем, что Крымов еще какое-то время оставался в комнате и не мог видеть ее, сорвала халат с вешалки, проворно свернула его и сунула в висевший здесь же, на крючке, большой пластиковый пакет. Минута — и она уже сбегала по лестнице вниз.

Уже в машине она попыталась найти объяснение своему дикому поступку. Зачем она похитила этот халат? Надя бы поняла ее. Ей просто хотелось более зримо ПРЕДСТАВИТЬ себе свою преемницу, женщину, которую страстно любил Крымов. Неужели мужчины так любят актрис за их яркость, смелость, оригинальность, умение одеваться, сексуальность, доступность, наконец?

Юля развернула халат и поднесла его к лицу, вдохнув горьковато-пряный аромат духов. Золотистый, в алых и розовых розах атлас изнутри оказался мягким и пушистым, как байка. Карманы. Что в них? Презервативы? Интересно, они пользовались презервативами или же считали это недостойным своих чувств?..

Она сунула руку в один карман и достала массивную янтарную заколку, в которой застрял длинный рыжий волос. Еще был носовой платок, довольно чистый, расшитый желто-синими незабудками. Все предметы показались Юле знакомыми, должно быть, она видела их в дорогих бутиках, которыми теперь был заполонен центр города.

В другом кармане оказался клочок бумаги. Держа его на ладони, Юля не верила своим глазам: это был точно такой же фрагмент исписанного тетрадного листа, который обнаружила прилипшим к своей подошве Нора. На обратной стороне, так же, как в первой записке, был виден телефонный номер Сырцова.

Юля быстро пробежала глазами текст: «Да вон же!.. Такое огромное! ... Ой, Г., оно идет прямо на нас. Оно... Это же... Да это таракан с какой-то штукой на спине!.. Это... Г.! Он без головы! Как же он ходит? Г.! Г., сделай что-нибудь!..»

«Чертовщина какая-то!»

Юля решила возвратиться в квартиру Крымова и вернуть халат. Свое любопытство она удовлетворила, подержав в руках вещь, принадлежащую сопернице. Что это, фетишизм? Какая глупость! Просто ей хотелось ПОЧУВСТВОВАТЬ эту женщину и понять, наконец, почему Крымов предпочел именно ее и почему сейчас из-за нее страдает. Чем она так его приворожила? Телом? Душой? Тем, что у нее волосы пахнут коньяком, или потому что «у ее волос какой-то коньячный оттенок»? Но, с другой стороны, разве можно постичь что-либо по одной вещи? Навряд ли. Вот если бы их поместили в одну комнату и заперли, дав возможность посмотреть друг на друга, изучить, понять.

«Непонятности. Несуразица. Бессмыслица. Странная жутковатость. Болезнь. Путаница. Паутина. Причина. Следствие. Раздвоение личности. Хичкок. Кошмары. Психушка. Любовь. Смерть. Обнаженные тела. Белье, принадлежащее двум разным женщинам. Которые, в свою очередь, принадлежали одному и тому же мужчине. Возможно, что в ночь убийства. Я уверена, что это убийство. Девушка в розовом сарафане спала с Садовниковым, а в это время Лора была дома. Или нет: ее дома не было. Она пришла потом. И застала их в постели. Но девушка в розовом сарафане не могла вот так спокойно убить их. Разве что дождалась, когда они займутся любовью, чтобы выйти из укрытия и пристрелить обоих? А что, если ОНИ умерли до того, как их головы были прострелены пулями? Они выпили яду и уснули, а девушка в розовом сарафане, положив их на постели лицом друг к другу, инсценировала двойное самоубийство. Как в кино. Только вместо Катрин Денёв была Лора, а вместо Омара Шерифа — Сергей Садовников?..»

Юля ехала на машине и, глядя на дождевые капли на ветровом стекле, пыталась оформить свои мысли в стройную систему. У нее ничего не получалось. Какая-то пестрая мешанина впечатлений, догадок, кажущихся причин.

Она притормозила, вдруг вспомнив, что уже вечер и что скоро наступит время встречи с Ломовым, а она не одета, не собрана. Резко развернув машину, она помчалась домой. К черту дела, у нее тоже есть право на личную жизнь!

Она приняла душ и довольно долго просидела перед зеркалом, занимаясь макияжем. Она не собиралась являться в ресторан в вечернем платье, это обязывало бы ко многому. Остановив свой выбор на красном облегающем платье, довольно строгом и почти глухом, не считая разреза, доходящего до самого начала бедер, Юля несколько раз провела щеткой по пышным, уложенным с помощью фена волосам и, придирчиво оглядев себя в зеркале, осталась вполне довольна своим видом. Теперь немного духов — и можно начинать жизнь с самого начала.

Когда-то точно с таким же трепетом она спешила на свидания к Земцову. Он тоже казался ей таинственным и необыкновенным. Но серые будни супружеской жизни с ее каждодневными ритуалами взаимных приветствий, обязанностей, семейными завтраками и ужинами, ожиданием, когда освободится ванная... Ее просто бесило, что Земцов бесстыдно занимает утром ванную так, словно она принадлежала только ему и только он мог себе позволить плескаться под душем больше часа, повизгивая и пофыркивая, доводя Юлю просто до бешенства. Щукина говорит, что это сказывалось отсутствие любви. Но разве может любовь существовать в строгих рамках замужества?

— Ни-ког-да! — она отошла от туалетного столика, накинула на плечи черный бархатный жакет, прозрачный английский дождевик, взяла сумочку и, прихватив зонт, вышла из квартиры.

В подъезде она взглянула на часы: без четверти семь.

На лестнице ее окликнули:

— Юлия Александровна? — снизу, с первой ступеньки, на нее смотрел невысокий человек в сером костюме, с серым, незапоминающимся лицом. Хотя, возможно, это ей только показалось, поскольку в подъезде было темно — за окнами шумел осенний дождь.

— Да.

— Вас ждут. Мы подумали, что вам незачем ехать на своей машине...

— А вы, собственно, кто?

— Я — тень Ломова. Но если вас интересует мое имя, то меня зовут Вениамин. Павел Андреевич ждет вас в машине.

Юля несколько помедлила, но потом взяла себя в руки и, осторожно спускаясь в туфлях на высоких каблуках, решила все же довериться представителю своего поклонника. В конечном счете на улице шел дождь, Крымов пил в своей квартире из-за другой женщины, в морге лежали трупы Садовниковых, Надя занималась любовью с патологоанатомом, кожа которого была пропитана запахом разложения. Все вокруг было слишком мрачно и безысходно, чтобы отдавать себя на растерзание вечерней осенней тоске и отчаянию. Будь что будет!

* * *

Большая черная машина лоснилась от дождевой мороси в приглушенных матовых кругах света уличных фонарей.

Стоило Юле в сопровождении Вениамина, который держал над ее головой СВОЙ огромный мужской зонт, приблизиться к машине, как из нее вышел невысокий плотный господин во всем черном. У него был такой оттенок лица, что даже в полной темноте оно светилось бы бледным, мертвенным светом. Внимательные темные глаза осматривали Юлю, и от этого взгляда ей стало не по себе.

— Вы не представляете, как долго я ждал этого часа... — господин подошел к Юле вплотную, и она успела рассмотреть даже ворсинки его длинного черного пальто, нитяные переплетения золотистого, в растительных узорах кашне и даже треугольник кремового перламутрового галстука с дождевой каплей, напоминающей прозрачную булавочную головку. Тонкий цитрусовый аромат исходил от одежды потенциального любовника Юли. Глядя на это умное, с выразительными и крупными чертами лицо, она почему-то сразу почувствовала волнение... Он был очень сексуален, этот горбун. Секс сквозил в его взгляде, одежде, невероятно сутулой и уродливой фигуре, которую она успела разглядеть, когда он, повернувшись к ней, чтобы открыть дверцу, словно продемонстрировал свой горб.

— Прошу вас, — Ломов взял ее за руку и помог опуститься на заднее сиденье, после чего довольно резво обошел машину и, открыв противоположную дверцу, сел рядом с Юлей.

Вениамин, проверив, хорошо ли заперты все двери, занял свое место за рулем, и машина плавно тронулась с места и заскользила по густой от надвигающегося тумана улице в сторону церкви.

— Ты ведь не боишься меня? — Ломов смело взял ее руку в свою и сжал. Она обратила внимание на то, что его руки по-прежнему оставались в перчатках.

— Боюсь, конечно. Вы так скоро перешли на «ты», что меня это даже несколько шокировало.

— Но ведь ты хотела увидеть меня? Тебе нравилось, когда Щукина говорила тебе о том, что опять звонил твой поклонник или что-нибудь в этом роде...

— Вы прослушиваете наши разговоры? — Юле стало жарко, она вдруг поняла, что от этого человека можно ожидать чего угодно.

— Зачем? Я это просто знаю, поскольку знаю людей вообще.

— Вы знаете, чем закончится сегодняшний вечер?

— Конечно.

— Может быть, расскажете?

— Тебе понравится проводить со мной время, и ты расстанешься с чувством глубокого неудовлетворения.

— Вы собираетесь предложить поужинать улитками или сырыми морскими гребешками?

— Нет, об этом можешь не беспокоиться. Юля, ты не могла бы показать мне сейчас свои колени или хотя бы одно...

«Начинается...»

Она хотела возразить, сказать этому странному человеку, что не намерена раздеваться прямо в машине, что это пошло, мерзко и вообще непозволительно в первую минуту знакомства. Но вместо этого она распахнула полы своего дождевика, раздвинула складки платья по разрезу и обнажила до бедра колено, затянутое в прозрачный тонкий черный чулок.

— Ты в чулках, это просто восхитительно, — и Ломов, лишь сейчас буквально сорвав с руки тугую черную кожаную перчатку, просунул два пальца под платье уже в том месте, где начиналась кружевная резинка. — Я только дотронусь до твоей кожи и тотчас оставлю тебя в покое.

Юля чувствовала, как щеки ее начало пощипывать от прилившей к ним крови. За каких-нибудь несколько мгновений она возбудилась до предела. Такого с ней еще не бывало. Даже вчера, на даче Бассов, когда Крымов повалил ее на диван, она не испытала и тысячной доли этого приятнейшего из ощущений.

Она не заметила, как машина остановилась на углу Бахметьевской и Ильинской. Казалось, что путешествие по ее коленям длилось всего минуту, а на самом деле прошло не так уж и мало времени.

— Ты оделась именно так, как я хотел... — хрипловатый голос Павла Андреевича пробирал до мурашек. Он гипнотизировал ее всем, начиная с голоса и кончая редкими прикосновениями, когда в гардеробе он помогал Юле освободиться от длинного, похожего на прозрачный кокон, дождевика и даже от бархатного жакета.

— Оставайся в одном платье. Ты выглядишь изумительно.

Маленький зеркальный холл ресторана «Клест» — ресторана для редких и дорогих гостей — заполнился десятком женщин в красном: Юля подивилась резкому контрасту тоненькой и высокой девушки, затянутой в красное платье, и поддерживающего ее под локоть горбуна в черном жуковом костюме — многократно повторенная картинка, которую она увидела в зеркалах.

— По-моему, мы неплохо смотримся, — услышала она голос над самым ухом, и горячая волна окатила все ее тело, начиная с предательски пылающих щек.

— Послушайте, откуда вы меня знаете? — спросила она уже в зале, где неразговорчивый метрдотель пригласил их занять кресла за столиком. Шелковые оранжевые круглые абажуры делали светильники, стоящие на столиках, похожими на светящиеся изнутри гигантские апельсины. Мягкое освещение сказалось и на цвете лица Павла Андреевича — теперь уже оно не казалось таким бледным и безжизненным. Круглая голова его с аккуратно подстриженными темными с проседью волосами, казалось, росла прямо из плеч, пренебрегая таким излишеством, как шея. Под глазами Ломова Юля заметила темноватые мешки, что придавало его лицу налет душевного страдания. «А может быть, просто больная печень?» Павел Андреевич гримасничал, суживая губы и втягивая щеки, и Юля решила, что это у него нервное.

— Мешочек из копченого лосося, цыпленка и лазанью. — Ломов, делая заказ, даже не смотрел на подобравшегося перед ним мальчика-официанта. — На десерт девушке землянику и шоколад.

Официант удалился, Павел Андреевич поднял глаза на Юлю:

— Ты слишком напряжена, расслабься. Ты хочешь узнать, почему ТЫ?

— Да. Откуда вы меня знаете, ведь я раньше вас никогда не видела.

— Ниоткуда. Увидел на улице, когда проезжал на машине мимо вашего агентства.

— И когда это было?

— Не важно. Увидел, и все. Навел справки, узнал твой домашний телефон и позвонил.

— И часто вы таким образом знакомитесь с девушками?

— Не задавай пошлых вопросов. В НАШЕМ случае это не имеет никакого значения. Меня тянет к тебе, и все. Мне бы не хотелось копаться в причинах, что-то искать... Это нам дано природой. Я не люблю рассуждений на эту тему. Мне бы хотелось, чтобы ты была моей. Хотя бы на час, на день, на месяц — на сколько пожелаешь. Вариантов контракта может быть бесчисленное множество. Я решаю твои проблемы, ты — мои.

— Но я не проститутка.

— Это не важно. Даже если бы ты и была ею, меня бы это не остановило. Меня вообще не интересует занятие женщины, если она привлекательна и я испытываю к ней влечение.

Он не умел красиво говорить. Он умел делать подарки, интриговать, шокировать.

— Вы хотите со мной встречаться? — Юля смотрела, как расставляет официант приборы на столике, и испытывала неловкость, причину которой еще не могла понять. Ей казалось, что она сидит голая посреди этого зала и десятки лиц обращены в ее сторону. Хотя на самом деле все окружающие их люди были заняты друг другом или поглощением вкусных блюд. На сцене готовились к началу музыкального номера: какая-то девица в блестящем зеленом, напоминающем шкуру змеи платье проверяла микрофон, пощелкивая по нему пальцем и произнося: «Раз, раз, раз».

— Да, разумеется.

— И что мы с вами будем делать? Ведь мы почти незнакомы!

— Мы будем привыкать друг к другу... — и Ломов первый раз за все это время улыбнулся. — Юлечка, почему ты не ешь? Ты должна хорошо питаться, следить за своим здоровьем и побольше бывать на свежем воздухе.

И все-таки он был странный. Она смотрела, как Ломов ест, как медленно отправляет в рот ломтики лосося, и пыталась определить, как же дальше будут развиваться их отношения и что может произойти в следующую минуту. А что, если он повезет ее к себе? Как будет он вести себя с ней?

Всем своим необычным видом он вызывал в ней смешанное чувство страха, любопытства и сексуального волнения одновременно. Но что у них может быть общего? Она не могла представить себя в постели с этим огромным горбуном, как не могла представить его в обнаженном виде. Наверно, его тело сплошь покрыто густой шерстью. А как выглядит горб? Что это, дьявольский нарост или, как было у Караколя, — сложенные крылья?

Только навряд ли он поднимется в воздух. Он слишком грузен и неповоротлив для этого. Хотя, с другой стороны, двигается он довольно быстро.

* * *

За ужином говорили о Юлиной работе, Павел Андреевич активно интересовался причиной, заставившей молодую женщину заняться частным сыском. И тогда Юле пришлось изложить в общих чертах историю своего неудачного замужества.

— Я что-то не понял, почему же ты разошлась со своим Земцовым?

— Мы не любили, а потому постепенно стали надоедать друг другу. Это так нелепо. Так жаль потерянного времени. Но, в сущности, он был хорошим человеком... — Юля поняла, что это выпитое вино развязало ей язык и заставило заговорить о бывшем муже. А ведь, собираясь на свидание с Ломовым, она дала себе психологическую установку не болтать лишнего и придерживаться принципа, что чем меньше ему будет о ней известно, тем лучше.

— И где сейчас твой муж?

— Уехал куда-то. Кажется, к своим родителям. Мы не переписываемся.

— А твоя мама, она по-прежнему живет в Москве?

— Да, но откуда вам это известно?

— Просто знаю, и все.

Он был закрытым, как, впрочем, и подобает мужчине, старающемуся произвести впечатление на женщину.

Возвращались молча. Павел Андреевич крепко держал Юлю за руку, и его рука снова была в перчатке.

— Спасибо, — сказал он, провожая ее до самой квартиры и целуя ей руку. — А я приготовил тебе подарок.

И он достал из кармана коробочку, раскрыв которую, показал Юле золотые серьги в форме лилии.

— Но я не могу принять такой дорогой подарок. Мне бы не хотелось сразу же чувствовать себя обязанной. Ведь может случиться так, что отношения наши не сложатся.

— Юля, ты не должна говорить подобные вещи. Надевай серьги и думай обо мне.

Она приняла из его рук коробочку и, осторожно доставая по очереди одну серьгу за другой, принялась продевать их в уши, одновременно снимая те, которые были на ней раньше. Павел Андреевич в это время, опустившись перед ней на одно колено, приподнял подол платья...

...Когда она открыла глаза, его уже не было. Она стояла, прислонившись спиной к своей двери, и, тяжело дыша, смотрела себе под ноги. Того, чего она хотела, как выяснилось теперь, весь вечер, не произошло. Он ушел, не насытив ее.

Она долго не могла уснуть, ворочалась на кровати и, представляя себе вновь и вновь мужчину — крупного, тяжелого, с хриплым прерывистым дыханием совершающего в ней какие-то движения, — стонала от безысходности. И только к утру, стараясь изо всех сил думать о Рите Басс, Германе Соболеве и окровавленных трупах Садовниковых, угомонилась и уснула. Но стоило ей только погрузиться в блаженное забытье, как раздался звонок в дверь.

Она села на постели и, ничего не соображая, уставилась на дверь спальни. Звонок повторился. Затем еще и еще. К встрече с Ломовым она была УЖЕ не готова.

Она подошла к двери и посмотрела в «глазок». Это был Крымов.

— Открой, не бойся, я тебя не съем.

Она открыла и впустила его в прихожую. На Крымове не было лица. Но он был трезв, чисто выбрит, и от него пахло одеколоном. «Протрез

вел, принял душ и захотел снова стать человеком».

— Не прогоняй меня, пожалуйста, — он опустился перед ней и принялся целовать ее колени,
приподняв ночную рубашку. — Умоляю тебя, ничего не говори.

— Крымов, что ты делаешь... Ты пришел мне
рассказать, как тебе тяжело без твоей актрисы?

Но Крымов, казалось, не слышал ее. Он при-
жался щекой к ее бедрам и ластился к ней, как
вернувшийся домой блудный пес.

«Приди ты на час пораньше, получил бы все,
что хотел».

Она подняла его и отвела на кухню.

Крымов плакал. На него было больно смотреть. Юля напоила его горячим чаем, но потом,
сообразив, что он наверняка весь день ничего не
ел, а только пил, достала из холодильника курицу
и разогрела ее с рисом. От домашней горячей
еды, от тепла и заботы, исходивших от Юли,
Крымов начал постепенно приходить в себя.
Когда же Юля налила ему коньяку, он посмотрел
на нее благодарным взглядом и вдруг схватился
за голову:

— Какой же я идиот! И чего я нашел в Полине? Она меня словно околдовала. Я, конечно, не
сахар, всем много крови попортил, но такого, как
с ней, у меня еще не было. Она ходила по мне,
как по асфальту. Я как будто был болен, а теперь
очнулся. Скажи, что ты простила меня.

— Простила. Но мы с тобой только друзья, и
ты должен это прочно усвоить. И если ты думаешь, что после всего, что ты мне сейчас сказал, я
растаю настолько, что позволю тебе больше, чем

положено друзьям, то ты ошибаешься. И я хочу, чтобы ты это знал.

— Я не уверен, что у меня теперь вообще что-нибудь получится.

— Вот как? Это почему же?

— Мне сейчас хочется хорошенько выспаться, а потом взяться за дела. Признаюсь, что я вел себя как последняя скотина. Вы с ребятами пашете, а я только и думаю, что о деньгах. Со мной что-то происходит.

— Деньги портят людей, как правило. Но это не аксиома, и я надеюсь, что мы не перестанем быть людьми. Если ты в состоянии сейчас соображать, я введу тебя в курс дела.

— Конечно, говори!

— Мы должны искать Риту Басс. Время идет, а мы практически ничего не предпринимаем.

Они говорили почти до утра. Потом Юля постелила Крымову на диване в гостиной, а сама легла в спальне. И засыпая, она думала о том, что как было бы чудесно, если бы теперь у нее, кроме Нади и Игоря, появился еще и Крымов. Только вот как знать, надолго из его жизни ушла рыжая девушка с цветочным и таким летним и теплым именем Полина?

* * *

Она окончательно проснулась уже в морге. В машине же чуть ли не дремала.

Чайкин с удивлением воззрился на сверток, источающий резкий и в то же время приятный аромат чеснока.

— Это пряная свинина. Ты не удивляйся, что я вместе с водкой приношу тебе и закуску. Увере-

Анна Данилова

151

на, что в душе ты благодарен мне за это. И не надо делать удивленные глаза: нам платят хорошие деньги, чтобы мы работали. Так почему бы не заплатить и тебе за твою работу? — Юля говорила серьезно и тоном, не терпящим возражений. — И не комплексуй. Что касается моего настроения, то должна предупредить сразу: я просто не выспалась. Уноси все это в свою каморку, и давай поговорим с тобой о Лоре и Сергее.

Чайкин, удалившись со свертком, вернулся, держа в руках пачку исписанных листов.

— Результаты вскрытия показали, что смерть наступила между полночью и двумя часами ночи. Выстрелы, которыми были убиты супруги Садовниковы, произведены в упор... одним и тем же оружием. Огнестрельные ранения — сквозные. Входная рана расположена у женщины... — Чайкин не читал, он просто рассказывал что знал и помнил.

Юля слушала не перебивая, а перед глазами ее стояла кровать с обнаженными телами.

— ... выстрел произведен в случае с женщиной в упор, в случае с мужчиной с расстояния пять-восемь сантиметров. Что касается формы отложения копоти и особенностей распределения частиц пороха у входных отверстий, то в этом случае необходимо участие специалиста в области баллистической экспертизы.

Чайкин говорил долго, и Юля вдруг поняла, что он разговаривает с ней не столько как судебный медэксперт, а как человек, который в силу непонятных причин потрясен смертью двух молодых супругов.

И только в машине, глядя на залитое дождем

стекло, она смогла представить все то, что произошло той роковой ночью в квартире Садовниковых.

Они поужинали и легли спать. Но не вдвоем, а, судя по имеющимся у нее фактам, ВТРОЕМ. Лора имела со своим мужем половое сношение. Характер гематомных пятен на ее теле свидетельствует о том, что ночь они провели бурную, страстную, полную сексуальных излишеств. Это же подтверждают анализы соскобов. В волосах головы Лоры обнаружены два длинных рыжих волоса, принадлежащих другой женщине. Той, очевидно, чье белье было обнаружено на супружеском ложе.

Значит, еще одной женщине было позволено лежать в постели рядом с Лорой и Сергеем. Позволено или нет? А почему бы и нет? Люди вольны поступать так, как им вздумается, и устраивать игры по своему вкусу.

— Надя, это я. — Юля, прижав к щеке трубку сотового телефона, задавала Щукиной вопросы «в воздух». Этот прием она использовала давно, но далеко не каждый, с кем ей приходилось общаться, понимал, в чем состоит его суть. Произносилось все, что приходило в голову и имело хотя бы косвенное отношение к предмету разговора. Ассоциации, обрывки воспоминаний, просто слова, рвавшиеся наружу. — Скажи мне, каким образом в постели могут оказаться один мужчина и две женщины, одна из которых — его жена?

— Понятно. Во-первых, — Щукина все схватывала на лету, — они добровольно решили заняться сексом втроем. Это могло происходить впервые, а могло быть системой. Возможно, что раньше это были две пары, но мужчина не смог (заболел, не захотел, нашел себе другую женщину), а женщине нравится спать втроем... Во-вторых, двое — мужчина и женщина — могли заниматься любовью до тех пор, пока их не застала другая женщина, которая свободно проникла в квартиру. Это могла быть жена или любовница — подруга мужа или жены. Вариант третий — дурацкий. Женщины были в постели вдвоем. Они могли просто спать, а могли заниматься розовым сексом, пока их не застал мужчина и не захотел присоединиться к ним. Четвертый вариант. Вторая женщина могла быть мужчиной-лесбой.

— Мужчиной? Соня Канабеева? Но ведь у нее волосы не рыжие!

— Она могла носить парик из человеческого волоса. Кроме того, существует немало подобных женщин и кроме Канабеевой. Говорить дальше, пока говорится?

— Конечно.

— В-пятых, женщина могла спать в кровати ОДНА, пока в квартиру не вернулась пара — мужчина и женщина. Это могли быть Лора с Сергеем, а могла быть и другая, рыжеволосая, женщина тоже с Сергеем. Предположим, Лора сказала мужу, что уедет куда-нибудь на пару дней, или позвонила и сообщила, что останется ночевать у подруги. Муж тотчас звонит своей любовнице и договаривается о встрече. Предположим, они ужинают где-нибудь, после чего приходят в квартиру Садовниковых, считая, что Лоры там нет... А она, оказывается, по каким-то причинам вернулась домой и, не обнаружив мужа, легла спать одна. Сергей, заметив ее одежду еще в прихожей, говорит своей подруге, чтобы та подождала его где-нибудь в укромном месте, в кладовке, например, пока он разберется с женой...

— Но почему бы ему сразу же не выставить подругу за дверь?

— Если он любит ее или просто порядочный мужчина, он должен будет ее ПРОВОДИТЬ.

— И правда. Ну и что же дальше? — Юля, слушая Щукину, смотрела на мигающий желтый глаз светофора и поражалась, как легко и быстро Надя находила варианты ответа на этот, в общем-то, сложный вопрос.

— Муж заходит в спальню и плетет жене о том, что он был на мальчишнике или что занимался срочными делами в своем офисе. После чего заявляет жене, что страшно проголодался, идет на кухню, но вместо того чтобы есть, провожает свою любовницу, сажает ее в такси и отправляет домой. Возвращается домой и на вопрос жены, куда он уходил, отвечает, что выносил мусор, о чем свидетельствует пустое мусорное ведро, предусмотрительно захваченное им с собой раньше.

— Ну, Щукина, ты даешь.

— Послушай, я ведь тоже была замужем и кое-что усвоила.

— Понятно. А я только что общалась с Чайкиным. Черт-те что! Послушать его, так все это действительно похоже на самоубийство.

— А я тебе больше скажу: я только что вернулась из лаборатории. Новости не очень приятные. Отпечатки пальцев на пистолете, который нашли в руке Садовникова, принадлежат ему и Лоре. Ты понимаешь меня?

— Значит, сначала он застрелил ЕЕ, а потом уже — СЕБЯ. А то, что там есть еще и отпечатки пальцев Лоры, тоже вполне объяснимо: она могла просто держать пистолет в руке какое-то время. Мало ли о чем они говорили и что делали перед смертью. Только непонятно, где же в это самое время была вторая женщина? Присутствовала ли она при этом чудовищном двойном самоубийстве или ушла раньше? И кто тогда та девушка в розовом сарафане, которая вляпалась в кровь, натекшую с мяса?.. — Юля некоторое время помолчала, и Щукина, понимая, что в этот момент Юля, быть может, выстраивает в голове логическую цепочку событий и фактов, тоже не проронила ни слова. Они слышали дыхание друг друга и прекрасно осознавали важность момента. Такое иногда бывает: сначала вакуум и тишина, а потом словно что-то рождается внутри, какая-то еще достаточно смутная, но уже почти ощутимая мысль.

Юля очнулась.

— Надя, ты меня слышишь? — голос ее стал выше и тоньше, словно она только что пережила какое-то потрясение.

— Конечно. Ты что-то вспомнила?

— Я даже не могу сказать, вспомнила я это или просто откуда-то знаю, но если я отвечу себе на один очень важный вопрос, то, возможно, что-то и прояснится.

— Это касается Лоры?

— Как ты догадалась?

— Чувствую.

— Надо немного покопаться в прошлом Садовниковых. Может статься, что у Лоры действительно появился возлюбленный. Понимаешь, пары, которым есть что терять, у которых, проще говоря, есть деньги, разводятся с большими осложнениями и потерями.

— Пока не понимаю.

— Возможно, Лора влюбилась, и это чувство каким-то образом отразилось на ее психике. Бывает так, что женщина в самый расцвет своей сексуальности встречает мужчину, который заслоняет от нее весь остальной мир. Она видит только его. И хорошо, если это чувство ответно. Но если мужчина, в которого влюбилась Лора, отверг ее или не может по каким-то причинам быть с ней, она начинает фантазировать и увлекается настолько, что вымышленный мир воспринимает как реальный и — наоборот. В этом случае визит Лоры к нам — объясним.

— Юля, по-моему, ты бредишь.

— Я не брежу.

Разговаривая с Надей, Юля продолжала вести машину по мокрым от дождя улицам, довольно быстро приближаясь к цели — Летнему бульвару, на котором жила еще одна подруга Лоры Садовниковой — Елена Мазанова.

— Я не брежу, потому что, когда я была влюблена в одного небезызвестного тебе мужчину с субтропической фамилией Крымов или Кавказов, не помню точно, я совершенно потеряла голову. Быть может, ты не такая впечатлительная, как я, и тебе трудно вообразить, как вообще возможно подобное... но я даже РАЗГОВАРИВАЛА с Крымовым, когда была в квартире одна. Я мечтала о том, как мы будем жить вместе, он словно постоянно находился рядом... Я упивалась этими иллюзиями, фантазиями. Можешь смеяться надо мной сколько угодно, но я даже... правда, не очень часто, наливала ему чашку чаю, словно он сидел за столом вместе со мной. И если бы не девица, с которой он тогда целовался на улице...

— А ты не помнишь ее?

— К сожалению, нет. А что?

— Может, это и есть как раз та, вторая?

— Не знаю, меня это теперь совершенно не интересует.

— Я поняла все, что ты хотела мне объяснить о женском сумасшествии от любви, но таких, как ты, Юля, в природе раз-два и обчелся. Другое дело, что у Лоры действительно поехала крыша.

— Но застрелил-то ее Сергей, а не наоборот... не могли же они оба сойти с ума?

— Быть может, это был порыв. Хотя, если честно, я надеялась услышать от тебя, что в их крови обнаружились наркотики. Кокаин или что-нибудь в этом роде.

— Нет, они пили только пиво... Хотя до этого Лора съела пару апельсинов. Надо будет расспросить экспертов, была ли обнаружена в квартире кожура от них. Потому что она могла их съесть в другом месте.

— Я знаю, что тебе нужно сделать, — вдруг осторожно произнесла Щукина. — Если хочешь, я смогу тебе это устроить, но при условии, что к Садовниковым сейчас не приехали родственники.

— Ты хочешь попросить ключи от их квартиры? — Юля взбодрилась и почувствовала, как к щекам ее прилила кровь. Всегда, когда она волновалась, щеки ее пылали, а сердце начинало бешено колотиться в груди. Эмоции захлестывали ее с неудержимой силой.

— Надюша, если бы тебе это удалось. Короче, сделаем так: я на обратном пути от Мазановой заеду к Садовниковым и выясню, есть сейчас кто-нибудь в их в квартире или нет. И если окажется, что квартира пуста и никто из близких не объявился, то ночью, прихватив Крымова или Шубина, побываю там. И... будь что будет! Ну все, я приехала. Я позвоню. Кстати, Крымов еще не появлялся?

— Да он уже давно сидит в своем кабинете и что-то пишет. Выпил кофе и снова взялся за работу.

— А Шубин?

— Он занимается твоими поручениями.

— Господи, как приятно это слышать. Но не моими, конечно, поручениями, просто мы вместе ведем одно дело. Интересно, однако, узнать, чем же занимается господин Крымов?

Юля отключила сотовый. И поняла, что устала от их напряженной беседы.

Глава 8

Елена Мазанова резко отличалась от остальных приятельниц Лоры глубоко интеллигентным видом и какой-то НОРМАЛЬНОСТЬЮ, в разной степени отсутствовавшей у Анны Диановой, Светланы Гусаровой и Сони Канабеевой. Анна была чрезмерно эксцентрична, истерична, амбициозна, словом, казалась изрядной стервой, самовлюбленной, но трусоватой. Светлана Гусарова производила впечатление женщины, потерявшейся в мире звуков роялей, старинных улочек, любовников молочной спелости, красного вина, кокаина, сексуальной неудовлетворенности, долгов, безденежья и отчаяния. В ней не было стержня. Она превратилась в порочную и разочарованную женщину, цеплявшуюся за своих приятельниц слабыми, отбитыми о клавиши пальцами... Соня Канабеева была умна и образованна, но с придурью, которая ей самой приносила огромное удовольствие. Она не хотела походить на других. Она жаждала любви. Неземной. Нечеловеческой. Ей было тоскливо и душно в этом мире, и поэтому она решила сотворить свой, полный чувственных наслаждений и блеска мирок, который она заселила только избранными, такими же немного сумасшедшими и претенциозными, как сама она. Несмотря на то что Соня была лесбиянкой, именно она произвела на Юлю впечатление человека, который знает, чего он хочет от этой жизни.

Елена Мазанова была привлекательной моложавой женщиной, яркой брюнеткой с голубыми глазами и красными, ярко накрашенными губами. Черное, голубое, красное. И еще — ослепительно белая кожа. Белый пушистый свитерок и белые узкие брючки.

Большая квартира, красивая мебель, красные бархатные портьеры с золотистыми кистями, картины на стенах, желтый лоснящийся паркет, по которому, царапая когтями, ползает изнеженный до невозможности рыжий коккер-спаниель. Бьет хвостом об пол и подползает, словно заигрывая с гостьей.

— Ему нравится кататься по паркету, он такой смешной, — проговорила Елена приятным, мягким голосом с придыханием, словно у Татьяны Дорониной. — Я ждала вас и даже сварила какао.

Я, знаете ли, не люблю кофе и чай. Мне нравится какао. Все мои друзья смеются надо мной, а муж привык. Но я, кажется, говорю не о том. Мне безумно жаль Лору, я всю ночь проплакала. Вот и сейчас слезы закипают в носу... Дурацкое выражение, словно они действительно кипят... Я несу всю эту чушь, потому что страшно нервничаю. Меня с самого утра знобит от волнения. Я не могу представить себе Лору мертвой. До того, как вы позвонили мне, я уже разговаривала по телефону и с Аней, и со Светой. Они предупредили о вашем возможном визите и даже несколько проинструктировали меня на этот счет. Но у них свои взгляды на жизнь, а у меня — свои. Я считаю, что убийцу Лоры и Сережи необходимо найти во что бы то ни стало. Я посоветовалась со своим мужем (он очень хорошо знал Сергея), и мы взяли на себя все расходы по организации похорон. К нам уже приезжал человек из похоронного бюро. Он все сделает как надо.

— Разве у них нет родственников? Почему именно вы?

— У Сережи — точно никого нет, кроме друзей, в число которых, кстати, входит и мой муж. Разве еще Стас Арсиньевич, но он в последнее время редко бывал у нас. Вообще у меня создалось впечатление, что он собирается открыть собственное дело. Мне кажется, что у них с Сережей возникли какие-то проблемы, касающиеся их бизнеса. Думаю, что Стас просто-напросто почувствовал свою силу и решил отделиться от Сережи.

— Разве они были компаньонами?

— Сначала нет, а потом, когда Арсиньевич получил наследство и вложил деньги в предприятия Садовникова, капитал его удвоился, а то и утроился. По-моему, ему, с одной стороны, было неприятно предавать Сергея и уходить от него, набравшись опыта и связей, но, с другой стороны, ничто не стоит на месте.

— Он был груб со мной и не пожелал нанять наше агентство, — осторожно вставила Юля, которой до этого просто не представлялась возможность открыть рот. — Хотя, может быть, и я вела себя не совсем вежливо, вспылила. Кстати, он сказал мне, что тоже позаботился о похоронах.

— Да, я знаю. Он заказал скульптурный барельеф Лоры и Сережи, а это стоит очень дорого. В принципе он добрый и симпатичный парень. А что касается того, что он не нанял вас, то мы с мужем уже все решили. Минуточку, я схожу за какао и пирожками.

Юля напряглась. Что именно они решили? И если окажется, что они не нуждаются в услугах агентства, то чего ради ей вообще сидеть в этом кресле и пить какао, которое поставила на столик перед ней красавица хозяйка?

— Мы все многим обязаны Сереже, поскольку он очень удачно вложил наши деньги в свои рестораны и кафе. И у нас есть средства, чтобы нанять вас. Но мы должны сразу же предупредить вас, что параллельно с вами это дело будет вести и прокуратура. Думаю, что вы об этом и так знаете. Я, видите ли, человек далекий от такого рода вещей и понятий, но все же предпочитаю подстраховаться. Частное детективное агентство... Я сегодня даже почитала закон о частной детективной и охранной деятельности. Вам не позавидуешь. Мой муж сказал, что в уголовном розыске работают десятки агентов, которые с утра до ночи бегают в поисках преступников. А вас в вашем агентстве всего четверо. Не представляю, как вы вообще работаете в таком малочисленном составе.

«Деньги, милая, делают чудеса...» — подумала Юля и горько усмехнулась. Как была права эта холеная Мазанова!

— И все же вы решили нанять нас. Но почему? Вы не доверяете милиции?

— Вовсе нет. У моего мужа много друзей из милиции, это порядочные и милые люди. Просто они звереют на своей собачьей работе, и их можно понять. Что касается того, почему мы решили обратиться еще и к вам, то я скажу честно — это из-за Крымова, да и Шубин у вас личность известная в органах.

— И после этого вы говорите, что далеки от «такого рода вещей»? Что-то верится с трудом.

— Просто если я чего-то не знаю, то никогда никого не обманываю и говорю об этом прямо, задаю вопросы, ищу ответы где только можно. Когда я узнала о смерти Лоры и Сергея, я первым делом поговорила со своим мужем и задала ему самый главный вопрос: это убийство или самоубийство? И знаете, что он мне ответил? УБИЙСТВО. Да мы все, кто знал Садовниковых, уверены, что их застрелили. И нам теперь важно понять, кто и за что их убил. Вполне вероятно, что наш капитал теперь, после смерти Сережи, лопнет как мыльный пузырь. Хотя Арсиньевич и утверждает, что ничего не изменится, что все будет идти, как шло, и мы получим свои гарантированные проценты, но мне неспокойно.

— Вы хотите сказать, что теперь место Садовникова займет Арсиньевич?

— Разумеется. И хотя собрания учредителей еще не было, мы все, кто вложил в Сережу деньги, доверимся Стасу. Мы знаем, что нет никого, кто мог бы заменить Сережу лучше, чем Арсиньевич. Я рассказала вам это, чтобы вы представили себе весь расклад вещей. Понимаю, что ваше подозрение сразу же падет на Арсиньевича. Так вот: эта версия — мертворожденная. Она ни к чему не приведет. Расследование будете вести вы с Крымовым, у вас свои мозги, вам и карты в руки. Но спросите любого, кто работал в системе Садовникова, и вам скажут, что Арсиньевич хотя и горячий парень, но честный и порядочный, каких еще поискать.

Юля вдруг подумала о том, что попала прямиком в осиное гнездо. Что, если смерть Садовниковых явилась плодом зависти всех учредителей, которым деятельность Сергея показалась недостаточно успешной, и они, решив убрать его и заручившись круговой порукой, теперь в один голос принялись защищать потенциального правопреемника Сергея — Арсиньевича, чтобы все поскорее улеглось и они смогли претворять в жизнь свои наполеоновские планы, связанные с состоянием Садовникова? Но тогда непонятно, зачем же им подстраховываться и нанимать частных детективов? Для отвода глаз? Ничего подобного — они явно хотят кого-то заманить в ловушку. А что, если самого Арсиньевича? Или кого-то еще? Но кого?

— Я отвлеклась, заговорила о деловой стороне этой страшной трагедии. Ведь вы пришли расспросить меня о Лоре. Кстати, можно мне узнать, кто первым уполномочил вас заняться этим делом? Диана утверждает, что вас нанял... сам Сергей? Значит, сейчас вы как бы отрабатываете деньги, которые он заплатил вам, чтобы вы доказали неверность его жены?

— Приблизительно так.

— Довольно рискованное занятие. А что, если бы вас никто не нанял, что вы делали бы тогда? Искали бы убийцу? БЕСПЛАТНО?

— Если я правильно поняла, вы знаете Крымова. — Юля решила быть откровенной. Ей нравилось разговаривать с этой женщиной.

— Знаю. Он и шага не сделает, если ему не заплатят. Говорят, он совершенно испортился из-за денег.

— И кто же вам это говорил?

— У моего мужа много друзей. Он работает в правительстве города. Мазанов, вы, наверно, слышали.

«Слышала, что он великий взяточник...»

— Но ведь Крымов не просто так ушел из прокуратуры. Естественно, в частном агентстве его изначально привлекали свобода и деньги. Но он очень азартный человек. Он умеет работать. А что касается расследования, вы правы, первоначально этим делом решила заняться я.

— Вы рисковали?

— Рисковала. Но я видела Лору... на постели с простреленной головой. Я надеялась на то, что в ее жизни существовали люди, для которых ее смерть станет чем-то непоправимым, и они обратятся к нам. Но если бы вы и не наняли нас, думаю, это не остановило бы меня.

Юля вдруг замолчала. Она поняла, что ведет себя сейчас, как ребенок. Сидит, разглагольствует о готовности вести расследование даже без заказчика, совершенно не думая о том, что, быть может, видит перед собой убийцу. Разве можно так откровенничать с незнакомым человеком?

— У Лоры есть сестра, вы, наверно, в курсе? — спросила Елена, сделав вид, что не заметила замешательства Юли. — Ее зовут Лиза. Она уже приехала и теперь занимается приготовлениями к похоронам.

— Она остановилась у НИХ дома?

— Нет, она всегда останавливается в гостинице, но в их квартире она была, получила разрешение и тотчас отправилась туда.

— Она звонила вам?

— Разумеется. Плачет в трубку, надрывается. Обещала приехать сегодня вечером и переночевать у меня.

— А вы не могли бы составить список драгоценностей Лоры, которые были вам известны? — спросила Юля, чтобы уйти от разговора о сестре Лоры, с которой ей еще только предстояло встретиться.

— Могу, конечно. Я знаю почти все ее драгоценности. У меня уже, кстати, был инспектор Сазонов и тоже просил меня об этом.

— Сазонов? Уже был?

— Разумеется. Он мне и сказал, что на квартире Садовниковых найдены только обручальные кольца да несколько золотых украшений. Думаю, сейчас они прорабатывают версию об ограблении. Но это тоже полная чушь, хотя я ему об этом говорить не стала. Пусть ищут воров-убийц, мало ли...

— И почему же это полная чушь?

— Да потому что у Садовниковых были импортные замки, какие-то очень хитрые, с кодом и прочими штуками. Кроме того, не могли же воры пробраться в квартиру в то время, когда хозяева были дома. Они же не идиоты какие... — Говоря это, Лена продолжала составлять список драгоценностей, время от времени зажимая зубами кончик ручки, щуря глаза и пытаясь вспомнить очередную вещицу.

— Резонно. Если можно, я задам вам еще несколько вопросов, хорошо?

— Конечно. Я слушаю. Вы не обращайте внимания на то, что я буду писать. Я смогу и писать, и слушать. Так-с, перстень с рубином.

— Вы не знаете женщину с длинными рыжими волосами, которая была бы вхожа к Садовниковым?

— Полина Пескова.

Все, круг замкнулся. Вернее, он замкнулся еще раньше, когда Юля впервые услышала имя Полина, произнесенное Крымовым. Кажется, он в сердцах бросил тогда: «И чего я нашел в Полине?..» Соня Канабеева тоже говорила, что у Садовникова была любовница Полина Пескова. Теперь и Мазанова назвала это пыльное и жаркое имя.

Юля ревновала Крымова к Полине Песковой. Это было ясно как день. И теперь ей захотелось посмотреть на нее. Непременно, во что бы то ни стало и как можно скорее.

— Лора знала о Полине?

— Нет, разумеется. Она принадлежала к тому немногочисленному типу жен, которые ВЕРЯТ своим мужьям и не допускают мысли об их измене. Полина бывала в их доме часто, на правах благодарной знакомой Сережи. Она же актриса и представляла интересы своего театра.

— Не понимаю.

— Она просила у Садовникова денег для театра. Они заключали какие-то рекламные контракты, словом, старались быть полезными друг другу. Подчас она сама писала хвалебные статьи для прессы, делая имя Садовникову. Полина — талантливая девушка, и, если честно, я всегда завидовала ее одаренности, гибкости и уму, благодаря которым она добивалась самых невероятных, казалось бы, целей.

— Например?

— Ей всего двадцать три года, а она уже имеет четырехкомнатную квартиру с видом на набережную, синий «Сааб». Все, больше ничего не могу вспомнить, — Елена протянула Юле листок со списком драгоценностей.

— Спасибо. Ого, приличный набор!

Юля сунула листок в карман.

— Кстати, эти статьи были платными? — как бы между прочим спросила Юля, с трудом веря в то, что какая-то актрисочка со своими рекламными статейками могла «делать имя» такому крупному бизнесмену, как Садовников. Да и зачем ему было вообще делать имя? Разве он приглашал для своих коммерческих проектов инвесторов или спонсоров?

В голову лезла всякая чушь.

— Подождите, уж не хотите ли вы сказать, что

Сергей собирался выставлять свою кандидатуру на выборах в городскую Думу?

— Думаю, что не только в городскую. У Сережи были большие планы, но он не любил преждевременно афишировать их.

— А как к этому относился Арсиньевич?

— Никак. Его интересовали только РЕАЛЬНЫЕ деньги. Вы понимаете, ЧТО я имею в виду?

— Бизнес, и ничего, кроме бизнеса?

— Вот именно. В принципе у Садовникова не было никаких гарантий успеха, поскольку он только начал подготавливать почву для выдвижения себя кандидатом в депутаты городской Думы. Но он умел ждать.

— А как относилась к его планам Лора?

— Она считала, что ему необходим рост, и всячески поддерживала его. В этом плане она оказалась молодцом.

— Скажите, Лена, почему у них не было детей?

— Сережа был бесплодным.

— Кто вам это сказал?

— Аня. Ее подруга обследовала Лору, причем несколько раз, после чего заявила, что она совершенно здорова и может иметь детей.

— И из этого вы сделали вывод, что бесплоден Сергей?

— Ну конечно.

— А он проверялся?

— Да кто его знает?

— А вы не могли бы назвать фамилию этой самой подруги Анны, которая проверяла Лору?

Юля вспомнила шок, который она испытала при разговоре с Чайкиным, когда он рассказал ей о состоянии детородных органов Лоры. Мысли одна нелепее и нереальнее другой роились в ее голове, когда она записывала в блокнот фамилию врача-гинеколога, подруги Анны Диановой: «Кутина Галина Николаевна».

Задавая Елене Мазановой вопрос о предполагаемом психическом заболевании Лоры, Юля уже заранее знала ее реакцию и поэтому не удивилась, когда услышала:

— Это исключено. Лора была совершенно здоровым человеком, ни о каких психических отклонениях не может быть и речи. И то, что она пришла в агентство и рассказала вам всю эту чепуху, просто не укладывается в голове.

— Да уж, что верно, то верно. Но она была у меня, я разговаривала с ней, вот как сейчас разговариваю с вами, и это она, ваша подруга Лора Садовникова, говорила мне о том, что живет с Сергеем Садовниковым всего несколько дней, что он называет ее своей женой и обращается с нею как с женой, но на самом деле у нее якобы был совершенно другой муж. Он был смуглым. Словом, полная противоположность Садовникову. И еще она сказала, что ей НРАВИТСЯ жить с Сергеем, даже если он и ненастоящий ее муж. И, представьте, выкладывая мне все это, она выглядела совершенно здоровым и нормальным человеком. Хотелось верить ей. И я ей верила. Согласитесь, все это более чем странно.

— Завтра похороны, — упавшим голосом проговорила Елена, тяжело вздыхая. — Соня сказала, что не приедет хоронить, чтобы Лора осталась в ее памяти молодой и красивой. Но я считаю, что мы все должны прийти проститься с ней, вернее, с ними.

— Вы не могли бы дать мне телефон гостиничного номера, в котором остановилась сестра Лоры?

— Конечно. Хотя, если вы захотите ее увидеть, можете просто подъехать ко мне часикам к восьми, она уже будет тут.

— Спасибо, может, и подъеду, если не застану ее в гостинице.

Юля медлила, ожидая, что Елена сама заговорит о договоре с агентством, который необходимо заключить в ближайшее время, чтобы уже официально заниматься поиском убийцы Садовниковых. Хотя, конечно же, ее интересовал не столько сам договор, сколько деньги, которые она с торжественным видом принесет Крымову, тем самым сбрасывая со своих плеч тяжесть вины за непредвиденные расходы во время ведения собственного расследования.

Но Елена молчала, провожая ее до двери. И тогда Юля, еще не приученная к такого рода разговорам и нервничающая по поводу предстоящей процедуры вытряхивания денег из клиента, собравшись с духом, вдруг выпалила:

— Аванс в размере десяти тысяч долларов можно будет внести завтра утром, а остальное — это шестьдесят процентов общей суммы — после завершения работы. Условия не подлежат обсуждению, это наш минимум, поскольку в деле имеются два трупа, и даже если выяснится, что это было все-таки самоубийство, деньги мы не возвращаем.

Анна Данилова

Лена уронила ножницы, которые неизвестно зачем взяла в руки, оказавшись в прихожей.

— Так дорого?

— Я же сказала, что это минимум.

— Хорошо, я передам мужу, — проговорила Лена сухо, и эта фраза прозвучала у нее словно угроза.

* * *

Надя доставала из микроволновки горячую пиццу, когда в приемную вошла Юля. Шубин появился вслед за ней, распространяя запах розового мыла, — он явно только что приехал и теперь, вымыв руки, намеревался перекусить.

— Похоже, мне придется делить пиццу с тобой, — он слегка приобнял Юлю и чмокнул ее в щеку.

— От пиццы толстеют, — слабо улыбнувшись, ответила Юля и тоже клюнула Игоря в щеку. — Я обойдусь чашкой чаю. Если ты устал, мы можем обсудить все чуть позже.

— Да хватит вам, — подала голос Надя, которая тоже почему-то выглядела довольно уставшей. — У меня в холодильнике еще три пиццы, на всех хватит, даже на Крымова, если тот соизволит приехать.

— Его что, опять нет?

— Уехал сразу же после тебя. Садись. — Надя поставила на стол перед Шубиным большую тарелку с дымящейся аппетитной пиццей — оранжевая корочка подрумянившегося сыра, ломтики грибов, помидоров, зелень в круглой рамке запеченного теста — и керамическую красную кружку кофе с молоком. После чего метнулась к холодильнику и, достав оттуда еще одну пиццу, сунула ее в печь. — А ты, Юлечка, подожди несколько минут, пойди вымой руки, отдохни.

— В общем, так, — с набитым ртом начал Шубин. Он уже не улыбался, лицо его было сосредоточенно, а взгляд устремлен в пространство, — отец Риты Басс, Михаил Яковлевич Каиль, умер ровно год тому назад — 30 сентября 1996 года. Инфаркт. Я был в больнице, где он умер, опрашивал врачей и сестер, не помнят ли они, был ли этот сердечный приступ чем-то спровоцирован. Никто ничего не знает. Тогда я попросил представить мне список соседей по палате Каиля с адресами и телефонами. Так вот. Трое: Спицын, Травин и Барышников подтвердили, что Каиля привезли в больницу ДО инфаркта, просто чтобы подлечиться, поскольку Михаил Яковлевич постоянно жаловался на боли в груди, и только сделав кардиограмму, понял, что у него больное сердце. Все трое отметили, что Каиль казался чем-то расстроенным, был неразговорчив и постоянно ходил звонить. На вопросы соседей он отвечал, что звонит домой, что очень редко лежал в больницах и никак не может привыкнуть к окружающей обстановке. Он пролежал всего три дня, после чего поздно вечером у него случился инфаркт, и он умер. Но за пару часов до смерти он снова звонил домой, и Спицын случайно — а может, и не случайно — подслушал его разговор, судя по всему, с женой.

— Его никто не навещал в больнице? — спросила Юля, перед которой Надюша тоже поставила блюдо с пиццей и чашку кофе.

— Представь себе, навещали. Брат, дядя, кажется, но не жена и не теща.

— Но у них дружная семья. Этого не может быть.

— Правильно. Слушай дальше. Так вот, Спицын подслушал разговор, вернее, часть его. Каиль спрашивал жену о дочери, он постоянно произносил имя Рита, как у нее здоровье, ест ли она, нет ли у нее температуры и НЕ ЗНАЕТ ЛИ кто о том, что произошло.

— Вот теперь все встает на свои места: очевидно, с Ритой что-то произошло, к примеру, она была больна, и Марта не могла оставить ее. А Эльвира Борисовна последнее время и вовсе не выходит из дома. Вместо них больного навещали их родные, носили передачки.

— Тебя это не насторожило? — спросил Шубин, отправляя в рот большущий кусок сочной пиццы.

— Что именно?

— То, что Рита была настолько больна, что ее нельзя было оставить на пару часов одну?

— Это же можно выяснить.

— Чем я и занимался весь день. Ездил в районную поликлинику, просил показать мне медицинскую карточку Риты Басс.

— Неужели дали?

— Мне, и не дадут? Да ты что, меня не знаешь? Я еще утром купил две коробки конфет.

— Понятно. И что же дальше?

— А то, что Рита была совершенно здорова.

— Что-то в последнее время я имею дело только с СОВЕРШЕННО ЗДОРОВЫМИ людьми вроде Лоры Садовниковой. Вот она тоже была совершенно здорова, только... — Юля замолчала, чтобы не проговориться раньше времени и не разрушить собственный план действий.

— У нее не было даже ОРЗ. Рита вообще редко болела. И тогда я поехал в школу и попросил найти мне прошлогодний классный журнал, чтобы убедиться в том, что Рита 30 сентября 1996 года была в школе. Так вот: начиная со среды 25 сентября и кончая 31 октября 1996 года семиклассница Маргарита Басс ОТСУТСТВОВАЛА. Сплошные «н». Тогда я встретился с классной руководительницей Риты. Мы поговорили с ней всего десять минут, ей надо было идти на урок. Она сказала, что очень хорошо помнит сентябрь прошлого года. Да, действительно, Риты не было больше месяца, ей, кажется, вырывали гланды. Я тогда поднялся в медицинский кабинет, чтобы поговорить со школьным врачом, и попросил показать мне справку за прошлый год, в которой говорилось бы о том, что Рите Басс в сентябре прошлого года удалили гланды. И я эту справку НАШЕЛ. Но таких справок можно наклепать миллион. Вместо подписи какая-то закорючка. Несерьезный документ.

— Получается, что Рите удалили гланды, даже не заглядывая в ее медицинскую карточку? Но такая заботливая мамаша, как Марта, не могла положить свою дочь в больницу, предварительно не посоветовавшись с участковым терапевтом.

— Правильно, и я снова пошел в поликлинику, благо, что участковая только что вернулась с вызовов. Она сказала, что очень хорошо знакома с семьей Бассов, что знает Риту, но гланды ей удаляли еще в детсадовском возрасте и что ничего подобного в сентябре прошлого года не было.

— Может, Рита где-нибудь гостила?

— Может быть. И тогда я поехал к Марте.

— Ты все-таки поехал туда? И как тебя встретили?

— У них на лице был написан страх. Просто животный страх, и больше ничего, видимо, они думали, что я принес плохие вести. Но я их успокоил и сказал, что мы ищем, что находимся на верном пути.

— На верном... — Юля отодвинула от себя тарелку с крошками и пустую чашку и, достав из сумочки платок, вытерла губы.

— Какой красивый носовой платок... С вышивкой? — Надя оценила этот миниатюрный элемент роскоши, но не решилась попросить взять его в руки.

— Нравится? — просияла Юля. — Чудесный платок. А я, представь, вытерла им губы.

— Да это же ручная работа. Фиалки, что ли?

— Фиалки или анютины глазки. У меня таких шесть. И все разные. С бабочками, цветами, пчелками. Кажется, английские.

— Вы долго еще будете болтать о носовых платках или все-таки послушаете меня?

— Послушаем тебя. Как Марта объяснила тебе школьные пропуски?

— Она сказала, что Рита простыла, кроме того, у нее начался процесс полового созревания, и девочку решили временно освободить от школы. Она была чрезмерно сонлива, много ела и еще что-то в таком духе.

— Вполне возможно. А я-то думала, что...

— Но у меня есть и еще кое-какие мысли на этот счет. Да только времени не хватает, чтобы утрясти все окончательно. Кроме того, я проголодался как черт. Сейчас поеду к Володе Сотникову, с ним еще побеседую.

— Ты разговаривал с классной руководительницей, что она рассказала тебе о Рите?

— Она сказала так: развитая девочка. Умненькая, ответственная, просто идеальная. Но в последнее время стала дерзить, опаздывать на уроки, а то и вовсе их пропускать, но это никак не отразилось на ее успеваемости: Рита училась легко.

— А про ее отношения с Сотниковым ничего не говорила?

— Сотников, кажется, влюблен в Риту. И хотя в классе уже знают о том, что Рита пропала, Володя не выглядит особенно подавленным. Он по природе молчун, поэтому трудно определить, что происходит в его душе.

— А как он учится?

— Средне. Но троек почти нет. Вообще-то классная назвала его «маленьким мужчиной».

— Интересно, что она хотела этим сказать?

— Думаю, объяснить это довольно сложно. Должно быть, на него можно во всем положиться.

— Это она так сказала?

— Нет, это я так понял. Потому что про меня так говорили еще в детском саду.

Юля рассказала Шубину и Наде о своем визите к Чайкину и Мазановой. Достала копию заключения экспертизы и отдала ее на изучение Шубину.

— Значит, ты назвала им десять тысяч в качестве аванса?

— Думаю, что для них это не деньги. Они на Садовникове сделали много больше. Кроме того, мне кажется, что они собираются играть с нами в поддавки.

— Ты думаешь, что они нам кого-нибудь подсунут?

— Просто уверена. Кто угодно мог нанять нас, но только не эти учредители. Хотя, быть может, я и ошибаюсь. Но согласитесь, что куда естественнее выглядело бы обращение в частное сыскное агентство Арсиньевича, ведь если убили его шефа, то, глядишь, подстрелят и его самого. Но он нахамил мне.

— Это еще вопрос, кто кому нахамил, — засмеялся Шубин. — Но в принципе ты права. А что там с Лориной сестрой?

— С Лизой? Не знаю, надо звонить, договариваться о встрече. Вот сейчас немного полежу в кресле, подремлю минутку-другую и помчусь к ней.

— Насколько я тебя понял, мне надо собрать сведения о здоровье Садовниковых? Не обращалась ли Лора к психиатру? Не лечилась ли в психиатрической лечебнице?

— Знаешь, только оставь мне гинеколога, подружку Диановой, я хочу сама с ней поговорить.

— Ты попытаешься взять ее на пушку?

— Думаю, что теперь, когда Лоры нет, она и сама мне все расскажет.

— Кроме того, надо узнать, не пропадали ли женщины, похожие на Лору, причем не только в нашем городе, но и в области. Надо взять у Крымова фотографии Лоры и размножить их. Еще надо выяснить девичью фамилию Лоры, это просто кровь из носа. Что случилось с ее родителями: они погибли или умерли своей смертью? Теперь список драгоценностей. Надо бы узнать, нет ли этих вещей сейчас в скупке или комиссионных ювелирных. Вот, держи. И еще, Игорь, если Крымов не объявится, то я буду просить тебя сопровождать меня ночью на квартиру Садовниковых. Ведь теперь мне точно известно, где проведет ночь единственная живая родственница Лоры.

— Надо еще выяснить, не оставляли ли супруги Садовниковы завещаний. Как правило, после выяснения этого вопроса многое становится понятным.

Надя все время разговора попивала кофе и курила. Наконец раздался и ее голос:

— У меня тоже кое-что есть, вот заключение относительно записки, которая приклеилась к Нориной подошве. Учитывая тот факт, что у экспертов был образец почерка Лоры, почерк, которым написана записка, не имеет к Лоре никакого отношения. Как не имеет отношения и к почерку Садовникова. У экспертов были документы Садовникова, целая папка. Записка и номер телефона Сырцова на другой ее стороне написан одной и той же рукой. Это что касается почерка. Теперь про отпечатки пальцев. На посуде, мебели, стенах и дверях отпечатки пальцев трех человек: Садовникова, его жены и еще одной женщины. Следы обуви с остатками засохшей крови на подошве принадлежат, судя по всему, как раз этой женщине, поскольку идентичные следы в большом количестве обнаружены на полу в прихожей квартиры. Эта женщина перед тем, как пройти в комнаты, разувалась, а потом обувалась.

— То есть ты хочешь сказать, что она не была ограничена во времени? Что она СПОКОЙНО разулась, прошла в комнаты, полежала на чужой постели, возможно, даже поспала, а потом так же спокойно вышла, надела туфли, но зачем-то зашла на кухню, залезла под стол и замерла там, вляпавшись в кровь, которая натекла с куска мяса, — попробовала подвести итог Юля.

— Я думаю, — подал голос Шубин, — что она переспала с Садовниковым, потом неожиданно заявилась Лора. И эта женщина просто вынуждена была быстро обуться. Да-да, именно быстро. Она обулась и спряталась под кухонный стол, где была лужа крови. Но если это была та самая девица в розовом платье, то она пробыла в квартире до самого утра, пока ее не увидела на газоне Юля. Так?

— Так. Неужели она всю ночь просидела под столом?

— Она могла убить Садовниковых, затем вложить пистолет.

— Теперь о пистолете. Они оба убиты из пистолета, найденного в руке Сергея. Это точно, — затараторила Надя, опомнившись. — И принадлежит он именно Садовникову. Действительно, все выглядит так, как будто это двойное самоубийство.

— А что с Соболевым?

— Это только завтра.

— Но ты звонила, спрашивала?

— Больше того, я даже ездила туда. Просила Нору узнать поскорее причину его смерти и время. В общем, это еще не точно, но вроде бы Герман Соболев умер от яда, причем настолько редкого, что эксперты никак не могут прийти к единому мнению. И как будто бы этот яд проник в организм из микроскопической стеклянной капсулы, которой Герман был ранен в руку.

— Это та самая царапина, мы с Крымовым разглядели ее на руке несчастного парня. Неужели яд?

— А где же сам Крымов? — Шубин встал, расправил плечи и потянулся. Его крепкое, ладное тело напряглось. — Совсем испортился мужик. Ну да ладно, я поехал. Сейчас на заправку, а потом к Сотниковым, потолкую с парнишкой.

— Поели-попили, даже спасибо не сказали, а ведь я за пиццей ПЕШКОМ ходила, целых два квартала.

— Надюха, ты просто молодец. Ублажила так ублажила. — Шубин похлопал себя по животу. — Но обнимать тебя не буду, женщина ты сексуальная, рыжая. Кстати, это не ты там случайно наследила, у Садовниковых-то? Что-то слишком много рыжих волос всюду.

— Подождите, — Юля вдруг схватила Шубина за руку, словно боясь, что он уйдет, не дождавшись, пока она сообщит ему что-то важное, — мы за едой забыли о главном. Полина Пескова! Надя, звони Корнилову, мне срочно нужен адрес и телефон этой актрисы.

Надя смотрела на нее не мигая. Шубин тоже примолк.

— Что вы так на меня смотрите? Думаете, что я на крымовскую любовницу собираюсь собак вешать?

— Вообще-то, — проронил Игорь, — так оно и выглядит. Рыжие волосы есть и у нашей Надюшки, но это еще ни о чем не говорит.

— Вы как будто посходили с ума! — воскликнула, чуть не плача, Юля, которую их непонимание просто выбивало из колеи. — Полина Пескова была частым гостем в квартире Садовниковых. У нее с Сергеем был роман.

— Она, конечно, права, — повернулся Шубин к Наде, затем посмотрел на Юлю и тяжко, надсадно вздохнул, как будто ему предстояло решить невероятно трудную задачу. — Короче, так, Земцова. Садись и слушай. Мы же тут с Щукиной тоже не блины пекли, кумекали что-то, решали загадки. Так вот. Когда было совершено убийство Садовниковых?

— В ночь с 27 на 28 сентября, между двенадцатью и двумя часами ночи, а что?

— А то, — произнесла с сочувствием в голосе Надя, — что прежде, чем ты отправишься к Полине Песковой, ты должна знать, что на эту ночь у нее есть твердое алиби.

— Алиби? И какое же? — щеки Юли предательски запылали.

— Она была у нашего Крымова, понимаешь?

— Но ведь я же звонила ему... примерно в час ночи, и Крымов сказал, что он ОДИН. Я ему еще рассказывала все про Риту Басс. Мы проговорили с ним полчаса.

— А ты бы хотела, чтобы он, взяв трубку и услышав твой голос, сказал, что он НЕ ОДИН, что лежит в постели с другой женщиной?

— Я не знаю.

— Вот именно, а я знаю. Вспомни, наутро он заявился и сказал, что проспал. Тебе показалось, что он ворвался в приемную неожиданно. Но если и неожиданно, так это только для тебя, потому что я тогда стояла у окна и прекрасно видела, как Крымов, оставив свою машину на другой стороне улицы, долго прощался со своей девицей, обнимая и целуя ее, а потом запер машину и быстрым шагом направился сюда, а девица — в противоположную сторону.

— А почему ты так уверена, что это была Пескова?

— Да потому что он сам мне все рассказал.

— Но зачем ему было об этом рассказывать?

— Не знаю, просто он по-свойски признался мне, что действительно проспал, потому что провел бурную ночь с Полиной. Я еще спросила его тогда, кто она такая, и он ответил, что актриса. И вот теперь ты придешь к ней, начнешь расспрашивать.

— Но это моя работа!

— Пусть с ней поговорит Игорек, все-таки он мужчина, она ему больше расскажет.

— Какие же вы жестокие! — Юля выбежала из приемной, хлопнув дверью.

В машине она с трудом успокоилась, взяла себя в руки. Открыла блокнот. «Кутина Галина Николаевна».

Но в это время проснулся сотовый телефон. Юля вздрогнула, как если бы поблизости прогремел взрыв.

— Юль, это я, Надя. Ты извини нас... записывай адрес Песковой.

* * *

Кутина не отвечала на телефонные звонки, не оказалось ее и дома.

Покружив по серому и унылому от дождя городу и дождавшись, пока асфальт не вспыхнет глянцевыми желтовато-бледными пятнами отражений уличных фонарей, Юля поехала на набережную, где жила ее теперешняя соперница, женщина-вамп с рыжими волосами, которые она время от времени оставляла на постелях богатых мужчин, терроризируемых ее им угрозами очередных измен. «Полина Пескова». Теперь, в вечерних красках, это сочетание таило в себе бездну золотых искр. «Золотой блеск, золотой песок, золотая долина песка, поляна с золотым песком, горячий рыжий песок, долина песков...»

Шепча про себя эти нервные ассоциативные словосочетания, Юля въехала в широкий, засаженный старыми тополями двор и остановилась возле подъезда аккуратного четырехэтажного дома. «Окна на набережную... — вспомнила Юля слова Мазановой. — Квартира два».

Старинная литая лестница с ажурными решетками, крепкий запах мастики...

Она поднялась на второй этаж и остановилась перед дверью с табличкой «П. Пескова».

Поскольку на каждом этаже было всего по одной квартире, то крышка гроба, обитая красным, украшенная черными кружевными воланами и приставленная к стене рядом с этой дверью, могла иметь отношение только к «П.Песковой».

Юля Земцова, словно во сне, толкнула дверь и оказалась в душном полумраке прихожей. Несколько шагов, и перед ней открылась большая комната. Тонкая высокая свеча, мерцая, освещала стоявший посередине комнаты на табуретах гроб.

— Проходите, — услышала она за спиной знакомый голос и резко обернулась.

Глава 9

— Игорь, что-то мне жутковато.

Они стояли перед дверью квартиры Садовниковых и старались производить как можно меньше шума. Щукина, как и обещала, через Корнилова раздобыла ключи от квартиры Садовниковых и теперь ждала их возвращения в агентстве, куда приехал к ней «на огонек» и Леша Чайкин, с которым у Нади тлел «любовно-патологоанатомический» роман.

Игорь, позванивая ключами, довольно ловко открыл замки, шепнув Юле, что оперы поленились запереть на все и ограничились только двумя.

— Главное, будь поуверенней, — добавил ей Шубин, когда они оказались уже в квартире и заперли за собой дверь. — Не думай о том, что находишься здесь незаконно и тому подобное. Ты должна хладнокровно обследовать квартиру и посмотреть все, что тебя интересует. Включай свет, вот так, и смелее продвигайся на кухню. Ты в машине говорила мне, что вы с Надей разрабатывали версии относительно присутствия в квартире в ту ночь Садовникова и сразу двух женщин, одна из которых, судя по всему, его любовница.

— Игорь, мне кажется, ты и сам допускаешь вероятность всего, что мы нагородили с Надюхой, — улыбнулась Юля, в душе радуясь, что оказалась здесь именно с верным, надежным Шубиным, а не со взбалмошным Крымовым, который только и норовит уложить ее в постель.

— А почему бы и нет! Всякое могло случиться. Ты разработала план действий?

— Разработала, но что толку, если мне одновременно нужно побывать в разных местах, а я одна? — С этими словами Юля прошла на кухню и первое, что она там сделала, это открыла дверцу нижнего шкафчика, где должно было находиться мусорное ведро. В нем на самом дне прилипли картофельные очистки и луковая шелуха, а это означало, что Садовников не собирался обманывать жену, что он действительно ходил выносить мусор, в то время как, возможно, провожал любовницу. Да и глупо было вообще предполагать, что их версии чего-нибудь стоят — слишком уж запутанным все оказалось. Хотя следователь, который вел это дело, по словам Шубина, склонен считать, что Садовников сам убил свою жену, после чего застрелился.

— Ну что ты там выкопала?

— Я хотела убедиться в том, что здесь нет апельсиновой кожуры. Ведь Лора перед тем, как поужинать с мужем, ела апельсины. А раз в квартире нет кожуры, следовательно, она угостилась ими где-то в другом месте, вот бы узнать, где именно... Игорь, не томи, ты молчал всю дорогу в машине, молчишь и сейчас. Давай сделаем так: будем заниматься делом и одновременно разговаривать. Мне здесь страшновато. Особенно когда посмотрю на дверь спальни.

— Ну ладно, уговорила. — Шубин открыл секретер в гостиной и принялся рассматривать альбом с фотографиями. Юля в это время обследовала шкатулку, в которой, судя по всему, раньше хранились драгоценности Лоры, а сейчас там лежали только серебряная цепочка и янтарная брошь. — Значит, так. О Сотникове. Парень явно что-то знает. Я определил это по тому, насколько спокойным он выглядел, когда я говорил ему о возможной смерти Риты и о том, насколько важной может оказаться информация, которую он от нас скрывает. Надо отдать ему должное — он не растерялся и тут же ответил мне, что я говорю это нарочно, чтобы испугать его, но в принципе просто теряю с ним время, потому что Риту нужно искать не здесь и не через него, а пытаться найти того человека, вместе с которым она могла уйти. Он действительно похож на маленького мужчину: спокойный, рассудительный, немногословный и уж никак не трус. Я старался вызвать его на откровенный разговор, спросил, пытался ли он как-то сблизиться с Ритой, но он посмотрел на меня так, что мне оставалось только сменить тему.

— А почему ты решил, что он что-то знает?

— Не то чтобы решил, просто чувствую. Понимаешь, иногда в его взгляде читалась ирония.

— Значит, с Сотниковым все?

— Нет, не все, потому что я решил проследить за ним завтра после школы. Понимаешь, вчера я не успел как следует поговорить с его мамой, которая, как мне показалось, тоже собиралась мне что-то рассказать, но к ним неожиданно приехали какие-то родственники, причем издалека, и я понял, что разговор в этот вечер явно не получится.

— И ты поехал в поликлинику?

— Нет. Я позвонил Арсиньевичу и попросил сообщить мне фамилию и координаты врача, который был дружен с Садовниковыми и лечил Ло-

Анна Данилова

187

ру и Сережу. Неужели ты думаешь, что их лечил участковый врач?

— Ты прав. Подожди, что это здесь у тебя? — Юля, которая в эту минуту проходила мимо Шубина, остановилась и заглянула ему через плечо. — Это Лора?

Альбом был раскрыт где-то в самом конце, и с фотографий на Игоря и Юлю смотрела, улыбаясь, залитая солнечным светом Лора. Она стояла на зеленой лужайке в розовом сарафане и казалась самой счастливой женщиной на свете.

— Смотри, розовый сарафан. Он так похож на тот, который был на девушке, вытиравшей в то утро ноги о траву.

— Слушай, ты гений, — вдруг зашептал Шубин, напрягая высокий лоб и потирая его указательным пальцем. — А что, если ты видела возле дома Лору?

— А кто же тогда лежал с пробитой головой рядом с Сергеем?

— Не знаю, какая-нибудь другая женщина. Та самая, которая наплела тебе про вторую жизнь.

— Игорек, у тебя, случаем, не температура?

— Да я шучу, чтобы просто немного взбодрить тебя. Ты что-то стала такая бледная.

— Станешь тут... — Юля вздохнула и взяла альбом в руки. — Но это точно тот самый сарафан. Подожди, давай-ка посмотрим, что написано на обороте снимка. — Она достала фотографию и перевернула ее. «Городской парк. Август 1997 г.»

— Значит, этот снимок сделан чуть больше месяца тому назад.

— Ты хочешь сказать, — подхватила его мысль

Юля, — что сарафан должен быть где-то в квартире? Но я осмотрела весь гардероб Лоры. Сарафана нет. Постой...

Она вернулась в спальню, где ей все еще мерещились распростертые на постели тела Лоры и Сергея, и, стараясь не смотреть в сторону кровати, на которой до сих пор лежали подушки с залитыми кровью наволочками, подошла к шкафу и вновь открыла его. Так и есть. Она не ошиблась. На планке, на которой висели галстуки и ремни, она увидела розовый поясок. Того же самого оттенка, что и сарафан, который был на девице с коккер-спаниелем и на Лоре, когда она фотографировалась в городском парке.

Юля пришла с ним в гостиную. Показала Шубину.

— Вот это класс! — Шубин даже всплеснул руками. — Слушай, это уже кое-что. А что, если любовница Садовникова, которую чуть не накрыла Лора, неожиданно возвратившаяся домой, услышав звон ключей или что-нибудь в этом роде, надела на себя первое, что попалось ей под руку, то есть сарафан Лоры?

— Но тогда напрашивается вопрос: а в чем же она пришла и что не смогла надеть так быстро?

— Какую-нибудь сложную штуку. Хитрое вечернее платье.

— Может быть. Но существует еще одно объяснение, почему она не смогла надеть СВОЮ одежду. — Шубин даже раскраснелся от волнения. — Ее одежда могла быть слишком грязной или... мокрой! Но в тот день, кажется, не было дождя, значит...

— Я поняла тебя. — И Юля почти бегом бросилась в ванную, чтобы заглянуть в стиральную машину. Но на полпути остановилась и усмехнулась, покрутив многозначительно пальцем у своего виска: — Стиральная машина. Ха-ха-ха! Она не могла положить свое мокрое или грязное платье в стиральную машину в квартире Садовниковых. Она могла его быстренько постирать и вывесить сушиться на балкон. Или же сунуть в мусорное ведро, а из квартиры выйти в джинсах Сергея или одежде, принадлежащей Лоре. В зависимости от того, насколько было испорчено ее собственное платье.

— Значит, надо посмотреть на балконе... — предложил Шубин и открыл балконную дверь. В душную, пропитанную запахом крови и сигаретного дыма комнату ворвался свежий ночной воздух.

Но на веревках, протянутых за пределами балкона, не висело ни одной вещи. Только пара бельевых прищепок.

— Когда будем выходить отсюда, поищем платьице рыжей девицы в траве, под балконом... — сказала Юля. — Но знаешь что, Шубин, я почему-то уверена, что эта девица не имеет к убийству Садовниковых никакого отношения...

— Ты уже ездила к Песковой? — Шубин задал этот вопрос, считая, что только теперь и настало самое его время. Он уважал женские чувства, а потому старался лишний раз не сыпать соль на раны как Щукиной, которую жалел и в душе не одобрял ее связь с выпивохой Чайкиным, так и Юли, которую Крымов то приближал к себе, то отдалял, в зависимости от того, в каком душевном и физическом состоянии он находился в данный момент. Шубин пытался всерьез поговорить с Крымовым об этом, но каждый раз натыкался на эгоистичное: «Я ее люблю, и не суй нос не в свое дело...»

Юля подняла на него черные блестящие глаза и молча кивнула головой.

— Знаешь, Шубин, наверно, такая жизнь не по мне...

— А что случилось?

— Не жизнь, а какой-то концентрат. Слишком много событий и фактов, картинки одна страшнее другой мелькают перед глазами, словно ускоренный просмотр рекламного ролика фильма ужасов... И мне иногда кажется, что я сорвусь, не выдержу... Вот представь, поднимаюсь я на этаж к Полине, а на площадке у ее двери стоит гроб... Только не смотри на меня, как на сумасшедшую...

— Гроб?

— О Господи, не гроб, а крышка гроба... Я чувствую, что у меня едет крыша...

— Крышка гроба?

— Да нет же, не смейся... Просто я, как во сне, толкнула дверь и оказалась в полутемной комнате со стоящим посередине гробом... Свеча горит, страшно...

— ...а по краям дороги мертвые с косами стоят и... тишина...

— Я так и думала, что ты не поверишь мне...

Шубин, который и сам не знал, как относиться к рассказу Юли, чтобы, во-первых, не обидеть ее своим недоверием, а во-вторых, понять, действительно ли она видела все то, о чем говорит, или же у нее начались галлюцинации, решил внешне не проявлять сомнений по поводу правдивости ее рассказа.

— Я слушаю тебя, продолжай... — Он постарался придать своему голосу максимум серьезности. — Гроб, говоришь... А кто в гробу? В комнате? Ты успела разглядеть?

— Конечно! — оживилась Юля. — Гроб был... пустой... Внутри весь выстланный белым атласом, гофрированным по бокам... даже подушечку успела разглядеть... Хотя страшновато было, не скрою...

Шубин с трудом сглотнул и замотал головой, чтобы не закашляться. Ему и самому уже становилось не по себе от ее рассказа.

— Гроб оказался пустым? А Полину ты видела?

— Видела. Она сидела на стуле, а Крымов дал мне минеральной воды.

— Крымов?! Он что, тоже был там?

— Ну да... Он увидел, в каком ужасном состоянии я нахожусь, и вывел меня из квартиры на лестничную площадку... Он объяснил все довольно просто: у Полины умер кто-то из родственников, кажется, родной брат...

— Фамилию ты спросила?

— Извини, но мне было как-то не до этого... Я тогда больше всего опасалась за свой рассудок...

— Фу ты, ну и напугала меня! Если честно, то я уже и сам начал за него опасаться... — Шубин шумно выдохнул и энергично прошелся по комнате. — Ну что, Юлия Александровна, пора закругляться? Что еще интересного ты нашла?

— В принципе ничего... Посуду, одежду, мебель, постель, вещи, картины... я все осмотрела.

Что-то из дорогих вещей осталось... например, шубы, меха, хорошая обувь... Это наводит на мысль, что убийца не ставил целью ограбление супругов... А ведь мог бы, казалось, похитить все. Я думаю, что тебе теперь нужно выяснить, что прихватили люди Сазонова и нет ли среди драгоценностей тех, которые значатся в списке, составленном для меня Мазановой, который, кстати, должен сейчас быть у тебя...

— Он у меня, просто я еще не успел связаться с Сазоновым... Но я все жду, когда ты начнешь меня расспрашивать о враче Садовниковых...

— Говори... Кстати, как ты думаешь, это не будет кощунственным, если мы сделаем себе здесь по чашке кофе? Если я не выпью кофе, то усну прямо сейчас.

— Нет, это вовсе не кощунственно. Ведь Лора и Сергей, если они, конечно, видят нас с высоты своей неземной жизни, знают, что мы ищем их убийцу.

Лужа под столом засохла, и Юля подумала, что полы в ближайшем будущем придется, наверное, мыть сестре Лоры Лизе...

Она открыла холодильник и, пока Шубин наливал в чайник воду, заглянула в морозилку — тот самый злополучный кусок мяса какой-то заботливый человек решил убрать сюда, а ведь могли бы оставить его на столе...

Пока грелась вода, Шубин рассказал Юле о своем визите к Крестьянинову, семейному доктору Садовниковых. От него Игорь узнал всю правду о Сергее.

— Ты имеешь в виду его вымышленное бесплодие?

— Ну конечно... Ведь вы, женщины, такие сплетницы, вам до всего есть дело...

— Полегче на поворотах.

— Садовников МОГ иметь детей, но узнав, что причина бесплодия кроется в состоянии здоровья Лоры, ради того, чтобы уберечь ее от сознания вины, сам придумал для нее, а также для всех байку о своем собственном бесплодии. Он понимал, что только таким образом может помочь ей смириться с тем, что они бездетны. И посвятил в это Крестьянинова, на тот случай, если Лора сама захочет спросить у него о муже.

— Так мог поступить только мужчина, который очень любит свою жену, — заметила Юля.

— Согласен.

Шубин налил в чашки кипятку и засыпал по ложечке растворимого кофе и сахару, которые нашел в буфете.

— А что насчет психушки?

— Я звонил одному знакомому и просил его узнать, не стояла ли Лора на учете, не обращалась ли, не лечилась ли...

— Ну и что?

— Нет, ничего подобного... Что касается того, нет ли среди пропавших в последнее время женщин, похожих на Лору, то здесь я могу сказать тебе только по нашему городу и области... Таких нет. Но думаю, все же придется обращаться к Корнилову, чтобы он помог нам поднять информацию о всех пропавших молодых женщинах России...

— Ты думаешь, что это реально? — У Юли дух перехватило, когда она представила, что по следствию, которое в принципе ведет она, Юлия Земцова, будет поднята такая объемная информация...

— Ты только не удивляйся, но Корнилов почти одновременно с тобой дал своим людям такое задание, потому что мне пришлось рассказать ему о визите Лоры к нам в агентство...

— Ты рассказал ему об этом? Ну и как же он отреагировал?

— Совершенно спокойно... Пробормотал что-то насчет амнезии и сказал, что надо бы сделать запрос, не пропадали ли женщины примерно такого же возраста, как Лора, и похожие на нее...

— Здорово! — Юля улыбнулась. И хотя она понимала, что для нее это только начало, что она сейчас своими действиями напоминает недавно родившегося котенка, пытающегося обрести самостоятельность, ей было ужасно приятно осознавать, что и Шубин, и Щукина поддерживают ее и помогают вести расследование именно так, как просит она. Шубин, настоящий сыщик, человек, известный в уголовном розыске интуицией, усердием и добросовестностью, делает для нее черную работу по сбору информации и еще ни разу ни в чем не упрекнул ее. Она была бесконечно благодарна друзьям за поддержку, но продолжала страшно волноваться, когда думала о том, что все ее усилия окажутся напрасными, если вдруг выяснится, что дело, на которое она вбухала столько времени, не стоит выеденного яйца. И что интуиция подвела ее, а Садовниковы ушли из жизни по своей воле.

Но ведь у нее было еще дело исчезнувшей Басс... И Шубин так же беспрекословно собирал информацию и по Рите. А что же Крымов?

— Игорь, скажи, у Крымова это серьезно? Я имею в виду Полину?

— Да кто ж его разберет... Может, Полина охмуряет его с какой-то целью... И хотя Щукина утверждает, что Крымов провел ту ночь в объятиях Полины, мы-то с тобой ничего не знаем...

— Но можем узнать... Я прихватила из квартиры Полины губную помаду, попросту украла со столика в прихожей. И расческу. Сунула в карман, а потом, уже в машине, переложила в пакеты. Если отпечатки пальцев Полины и те, которые были обнаружены в квартире Садовниковых, совпадут, ее можно будет арестовывать...

— Но она могла быть в их квартире раньше, чем там произошло убийство...

— В расческе ее волосы. И на постели тоже обнаружены похожие. Если окажется, что они выпали из одной, так сказать, головы, то... Ты понимаешь меня? И это вы называете с Надей «вешать собак на соперницу»? Разве в моих рассуждениях нет логики?

— Есть, конечно... Ты поражаешь меня... Выйти из квартиры, где стоит пустой гроб и где находится твой бывший возлюбленный, и, не потеряв головы, прихватить расческу с помадой — да это же высший пилотаж! Ты отлично работаешь! Только мне непонятно, почему гроб был пустым?

— Тело обещали привезти только завтра. Вскрытие или что-то еще... Так. — Юля попыталась собраться, чтобы не забыть спросить еще о чем-то важном. Наконец, вспомнив, спросила: — Завещания. Они у них были?

— Хорошо, что напомнила. Нет, никаких завещаний. Я звонил Пономареву, он поднимал компьютерные данные. Пять минут — и справка готова. Я думаю, что Садовниковы были еще слишком молоды, чтобы думать о завещании.

— Следовательно, в соответствии с законом в случае смерти одного из супругов все их состояние досталось бы более счастливому.

— Ну конечно...

— И о чем это говорит?

— О том, — пожал плечами Шубин, — что Сергей НЕ СОБИРАЛСЯ обирать свою жену и, даже заведя роман с Полиной, не потерял головы и не составил никакого глупого скоропалительного завещания в пользу любовницы. Это только делает ему честь.

— И ей.

— Не понял.

— Если у Лоры тоже был какой-то роман... Она тоже живой человек, и у нее могла быть своя тайна. Очевидно, если в их жизни и случались измены, все же супружеские отношения оставались на должном уровне... Но, с другой стороны, разве отсутствие завещания не говорит о том, что Лора не собиралась уходить из жизни?

— В смысле?

— У нее есть родная сестра. Она могла бы оставить все ей...

— Юля, ты, кажется, забыла, кто из нас был адвокатом...

Она покраснела. Вот это ляп!

— Не расстраивайся, просто ты переутомилась... Ну что, поехали домой?

— Поехали. Только напомни, когда мы выйдем из подъезда, поискать в траве под балконом платье.

* * *

— Не может быть! — воскликнула Надя, когда Юля с Игорем рассказали ей о своем походе в квартиру Садовниковых и показали найденное ими в траве, как раз под балконом квартиры, зеленое платье. — Невероятно! Вы нашли платье УБИЙЦЫ!

— Оно такого же оттенка, как трава, поэтому его никто не заметил, — говорила Юля, отогреваясь чаем и почти с любовью глядя на прозрачный пластиковый пакет, в котором лежала их находка.

— Юлечка, ну пожалуйста, давай рассмотрим его хорошенько... Что это за платье? Из шелка? Эластика? Мне ничего не видно... — Надя несколько раз брала в руки пакет, пока Юля с немого согласия Шубина не вытряхнула находку из пакета. Это было платье из чешуйчатого изумрудно-салатового переливающегося материала, можно сказать, что вечернее, на тонких бретельках...

— Смотри, здесь этикетка. Сделано в Голландии... Красивая вещь, ничего не скажешь.

— Скажи, Надя, а в чем была Полина в тот день, когда прощалась с Крымовым на улице, ты же видела ее из окна в течение нескольких минут, ты сама говорила...

— Но уж во всяком случае не в этом платье... Кажется, она была в джинсах и белой блузке или рубашке... Что-то в этом роде. И что вы теперь намерены делать с этим платьем?

— Отдать на экспертизу, что же еще? Хочу узнать, что с ним такого приключилось, что его пришлось срочно стирать. Хотя большое темноватое пятно я и так разглядела. Кофе или вино... Если честно, я почему-то уверена, что это платье

Полины. И я бы прямо сейчас поехала к ней и допросила ее, но у нее несчастье. Умер брат.

— Ты была у нее? — Надя покачала головой. — Боже мой, когда же ты все успеваешь?

Юля рассказала в двух словах о своем визите к Песковой.

— И Крымов был там? То-то и видно, что он сильно занят, — вообще не появляется на работе. Но у меня для вас тоже есть кое-какие новости, даже не новости, а скорее соображения. Думаю, то, что я собираюсь сейчас вам сказать, в прокуратуре не произведет должного впечатления, а потому сразу предупреждаю — информация из первых рук, она еще даже не зафиксирована на бумаге...

— Не томи, говори...

— Речь идет о простыне, женской ночной рубашке и мужских трусах, найденных на кровати Садовниковых...

— Они принадлежат четвертым и пятым лицам? — попробовала пошутить смертельно уставшая Юля, чувствуя, что уже почти ничего не соображает от переутомления.

— Нет, они как раз принадлежат Лоре и Сергею, но они в крови... Дело в том, что это белье было обнаружено в складках простыни, свернувшейся комом между их телами... Так вот, КТО-ТО же СВЕРНУЛ это белье и сунул в простыню... Кроме того, на одежде ИХ кровь: на рубашке — кровь Лоры, на трусах — Сергея, но при тех выстрелах, которыми они были убиты, кровь никак не могла оказаться на этом белье, если принять во внимание, что тела были найдены в обнаженном виде...

— Я понял, — вдруг сказал Шубин, — их застрелили, когда они были еще одетыми...

— Совершено верно! Ребята, как приятно с вами работать... Вы все схватываете на лету.

— Я же говорила, что их убили, — хмыкнула Юля и с трудом поднялась со стула. — Игорь, отвези меня, пожалуйста, домой. Я никакая...

* * *

Шубин проводил ее до самой квартиры и даже помог открыть дверь.

— Слушай, — вдруг вспомнила Юля перед тем, как распрощаться с ним, — а где же Чайкин? Ведь он собирался к Наде «на огонек»...

— Думаю, что она спрятала его где-нибудь, например, в кабинете Крымова...

— Бедняжка...

— Кто: Чайкин или Щукина?

— Оба. И я тоже бедняжка. Ужасно устала. Спасибо тебе, Игорек, что проводил.

Оставшись одна, Юля, не раздеваясь, рухнула на постель и тотчас уснула.

Но вскоре проснулась от настойчивых телефонных звонков. «Просто садист», — подумала она, продирая глаза и снимая трубку.

— Устала?

— Устала. Смертельно. Павел Андреевич, вы извините меня, конечно, но взгляните на часы.

— Всего лишь половина второго ночи. Я хочу вас видеть.

— Да вы сошли с ума... разве вы не понимаете, что я УСТАЛА, — ей и говорить-то было трудно. Кроме того, когда она подумала, что он сейчас напросится в гости и застанет ее со следами размазанной косметики на лице, Юле стало и вовсе не по себе.

— Да, я сошел с ума. Но я звоню из машины, которая стоит под вашими окнами. Я хочу подняться к вам и увидеть вас в «смертельно уставшем» состоянии... Юля, я поднимусь?

— Но зачем?

— Я просто хочу увидеть тебя.

Она отметила, что он то и дело перескакивает с «вы» на «ты».

— Но я не могу... Я хочу спать.

— А у меня есть такая штука, от которой твой сон как рукой снимет.

— Но я не хочу.

— Я поднимаюсь.

Она задрожала. Ей стало страшно. Что это еще за насилие? Разве можно действовать вот так, НАХРАПОМ?

Послышался звонок в дверь. Юля хотела наговорить Ломову кучу нелицеприятных слов, но, увидев его, позабыла обо всем на свете. Все-таки было в этом человеке нечто, заставлявшее ее совершенно по-новому относиться к мужчинам. Да, он не был красив, не был наделен хрестоматийными элементами мужской привлекательности, но он источал только ему свойственные электрические токи, которые заставляли сердце Юли биться особенно часто и трепетно. И хотя она едва стояла на ногах и никакие силы не могли ее сейчас заставить желать мужчину, ей доставляло удовольствие просто видеть его. Он, как всегда, пришел не с пустыми руками. На этот раз Ломов достал из кармана красно-черную картонную коробочку и извлек из нее легкую белую кружевную сорочку, которая могла бы уместиться в Юлином кулачке, настолько она была тонка и невесома...

— Надеюсь, что вы не будете настаивать на том, чтобы я ее тут же примерила? — Юля, обхватив себя за плечи, стояла перед широким, коренастым, запакованным в серый костюм Ломовым, который смотрел на нее немигающим, полным огня взглядом, и не знала, что ей делать или говорить дальше.

— Я вижу, ты и впрямь устала. Но я могу сделать так, что ты очень скоро восстановишь силы.

Павел Андреевич плотно закрыл за собой входную дверь, запер ее и одним движением освободившись от обуви, подхватил оторопевшую Юлю под локоть и увлек за собой в спальню.

— Что вы собираетесь делать? — она вжала голову в плечи и даже представить себе не могла, ЧТО же сейчас последует.

— Раздевайтесь... Вернее, раздевайся... Я не причиню тебе зла. Ты будешь просто счастлива. Ты отдохнешь в моих руках...

«Доигралась. Так мне и надо. Не будешь впускать в дом малознакомых министров и не станешь лишний раз кокетничать по телефону. Нимфоманка несчастная».

Он раздел ее до трусиков и повел в ванную. Юля удивлялась, как это она еще не влепила своему завоевателя пощечину, она была покорна и глупа, как самая настоящая овца, которую вели на заклание.

Пустив горячую воду, Павел Андреевич снял прямо в ванной пиджак, засучил рукава белоснежной рубашки (Юля увидела его мощную сутулость, широкий горб, почти упирающийся в затылок, и крепкую спину, обтянутую рубашкой, под которой просвечивала густая звериная шерсть, и по телу ее пробежала теплая, отбирающая энергию волна, разливаясь где-то внизу живота) и принялся смешивать холодную и горячую воду, чтобы добиться нужной температуры. Затем в его руках откуда ни возьмись появился темно-розовый флакончик, из которого он капнул в ванну немного маслянистой жидкости.

— Что это? — Юля, опираясь на его руку, медленно опускалась в воду. Ноздри ее сначала уловили едва ощутимый сладковатый аромат, который с каждым мгновением становился все сильнее, пока ей не показалось, что даже воздух в ванной комнате стал горячим от этого дивного, совершенно невероятного запаха...

— Это цветочно-фруктовый бальзам с запахом ванили и цветов плюмерии. Это ароматическое масло сейчас быстро сделает свое дело и наполнит тебя новыми силами и соками. В Индонезии этими цветами украшают место возложения даров бога.. Закрой глаза и постарайся ни о чем не думать. Я же, глядя на твое нежное тело, буду думать только о тебе.

— Вы — сексуальный маньяк, Ломов. И как это раньше я не поняла этого... — Юля говорила, но голоса своего почти не слышала. Руки ее машинально совершали какие-то действия: она смывала с лица остатки макияжа, мыла шампунем волосы, совершенно не обращая внимания на присутствие рядом мужчины. Она словно забыла про него. А он молча смотрел на нее, и по его порозовевшему лицу то и дело пробегала судорога...

— Ну вот, теперь ты будешь крепко спать, а

утром забудешь обо всех своих страхах и сомнениях. Ведь ты умненькая девочка и знаешь, чего хочешь от жизни. Как продвигается твое расследование?

— Они убили друг друг, как в «Майерлинге», — поделилась своими ассоциациями Юля, утопая в приятном тепле пушистого кашемирового одеяла, которым Павел Андреевич ее укрыл. — Они были такие молодые, красивые...

— Эта история потрясла город... — мягким голосом проронил Ломов. — Я знал Сергея, мне что-то не верится, чтобы он вот так просто ушел из жизни...

— Но их лица были обращены друг к другу...

— Кто-то поручил вам вести расследование?

— Нет, просто Крымов дал мне возможность проявить себя...

Юля произнесла все это словно помимо своей воли. Язык ее стал легким, а горло как будто расширилось, и звуки вылетали из него, как райские, с шелковистыми разноцветными перьями птицы...

— Проявляй себя, это всегда полезно. Человек не статичен, он должен находиться в постоянном процессе развития. Я уверен, что у тебя все получится. Боже, если бы ты только знала, как ты хороша, как хорошо ты смотришься на этой подушке с этими пышными, хотя и влажными еще волосами...

— В ресторане вы страдали косноязычием, а теперь вдруг разговорились.

— На меня иногда находит. Ты не жалеешь, что впустила меня?

— Нет... — она засыпала, но сквозь прозрачную пелену сна все еще слышала его голос.

Утром она проснулась бодрая и полная сил. Заглянув в ванную, не нашла ни следа ночного сеанса ароматотерапии. И только слабый запах какого-то редкого восточного цветка да новенькая сорочка напомнили Юле о ее воздыхателе...

* * *

Вчера она не рассказала Шубину о еще одной находке. В спальне Садовниковых на туалетном столике, подцепив ногтем золоченую крышечку хрустальной пудреницы и сунув палец в мягкую душистость розоватой пудры, Юля извлекла оттуда сложенный вчетверо листок. Стряхнув с него шелковистую на ощупь пудру, Юля сунула находку в карман и только теперь вспомнила о ней.

Она лежала на кровати, разглядывая потолок, и в который раз задавала себе один и тот же вопрос: зачем она полезла в пудреницу? Что толкнуло ее на этот странный поступок? Может быть, именно странность Лоры с ее странным рассказом о второй жизни? То, что жизнь Лоры была наполнена тайнами, не оставляло сомнений. Она была красива, молода. Жизнь под одной крышей с мужем, который имел множество любовниц из числа ее же подруг, не могла удовлетворять нормальную, полную сил и здорового самолюбия женщину. И хотя Юля никогда не общалась с Лорой лично (не считая, конечно, их разговора в агентстве), ей начинало казаться, что она все же откуда-то знает ее. Возможно, это ощущение пришло к Юле после бесед с Лориными подругами...

Не рассказала Юля ни Шубину, ни Щукиной еще об одной очень важной детали... Но всему свое время.

Она встала, пробежалась босая до гостиной, где, порывшись в кармане жакета, отыскала извлеченный из пудреницы листок бумаги. Это был авиабилет, датированный 12 августа 1997 года. Там, где должно было стоять имя пассажира, клочок бумаги был небрежно вырван. Зачем Лоре эти авиабилеты? И вдруг Юля поняла, зачем... Это было реальное подтверждение чего-то, что Лоре было очень дорого, но к чему она относилась как к нереальному, возвышенному... Мужчина? А почему бы и нет? Редкие встречи, любовь, страсть, провожание в аэропорт героя ее страданий и наслаждений, а затем — возвращение в опостылевшую квартиру к мужу, принадлежащему всем ее подругам. Да, возможно, именно эти авиабилеты и были самым дорогим в ее жизни. Билеты — доказательство существования второй жизни, о которой говорила Лора.

Юля тут же вспомнила про помаду и расческу, которые прихватила из квартиры Песковой, и чертыхнулась, сетуя на себя за то, что не оставила вчера Наде эти трофеи, чтобы та отправила их на экспертизу. Теперь уже в голову полезли другие мысли: из каких денег оплачивать работу экспертов? Мазановы! Когда они принесут аванс за работу? Ведь если Лена Мазанова блефовала или попросту поиздевалась всласть над молоденькой сыщицей, посулив денежки и наобещав с три короба, то Крымов и вовсе не станет церемониться, вычтет у Юли из зарплаты все расходы, связанные с ее самодеятельностью: бензин для двух машин (Юлиной и шубинской), оплату экспертиз, да что угодно, он уж найдет!..

Нет, с таким настроением лучше вообще не

выходить из дома, не говоря уже об ответственных делах и встречах. Но как поднять настроение, как заставить свои губы улыбаться, если в голове каша из сомнений и собственных комплексов, а в глазах того и гляди появятся слезы досады...

И все же Юля решилась. Набрала номер Корнилова.

— Виктор Львович? — сердце ее стучало в каждой клеточке тела. — Это Юля Земцова.

— Юлия Александровна? Приветствую вас. Что-нибудь случилось?

Голос Корнилова был высокий, немного женственный и совершенно не подходил к его мужественной, жестковатой внешности. Раньше бы Юля ни за что не посмела тревожить старшего следователя прокуратуры своими вопросами, но теперь, когда ее страшила встреча с Крымовым, она просто не знала, к кому обратиться. А этот человек находился примерно в одинаковой с нею ситуации: он тоже искал убийцу Садовниковых. И у него были свои крымовы и свои финансовые проблемы...

— Извините, что беспокою вас, но это так важно для меня. У вас не появилось ничего нового по делу Садовниковых? И как вы считаете, это убийство или самоубийство?

— Почему-то для всех это очень скоро стало самоубийством. Если честно, следствие ведется слишком формально.

Юля не ожидала от него такого откровенного разговора. «И не боится, что телефоны прослушиваются?»

— Ты думаешь, что их убили? — поинтересовался Корнилов, и Юля даже представила себе, как сочувственно он улыбается ей. — Можешь не отвечать, я и так понял, зачем ты звонишь мне...

Юля только сейчас заметила, что он разговаривает с ней на «ты».

— И зачем же?

— Чтобы подстраховаться в случае, если Крымов захочет сделать из тебя фарш?

— Сделать из меня фарш невозможно, разве что костную муку. Но то, что я его побаиваюсь, это верно. Я просто дрожу, когда представлю, ЧТО я ему буду говорить.

— Я, кстати, беседовал с ним по телефону буквально вчера. Он и сказал мне, что доверил тебе это дело. Ты не расстраивайся, но я тебе скажу правду: он тоже не верит в убийство, поэтому и поручил тебе заняться расследованием.

— То есть он уверен в том, что я занимаюсь мартышкиным трудом?

— Что-то в этом роде. И все-таки не расстраивайся. У молодых следователей всегда возникают одни и те же проблемы, и чтобы набраться опыта, вас надо натаскивать вот на таких, с виду очень простых, делах... Мол, побегаете, порасспрашиваете до мозолей на языке, побьетесь головой об стенку, пока не угомонитесь... Но согласись, что тебе приятно все делать САМОЙ?

Корнилов был прав, да Юля и сама все отлично понимала. Но представив вдруг себе Крымова, узнавшего о том, что его возлюбленная арестована, Юля почему-то быстро успокоилась и взяла себя в руки. С Корниловым арест Полины она обсуждать не решалась: сначала надо доказать, что отпечатки пальцев на губной помаде Полины совпадают с отпечатками, оставленными в квартире Садовниковых в ночь убийства. Кроме того, существует расческа с рыжими волосами Полины. И если эти волосы идентичны изъятым с места преступления, подобных улик вполне хватит для задержания актриски.

— Ты уже много нарыла? — услышала она голос Виктора Львовича и вернулась мыслями к разговору.

— Кое-что, но не одна, а с Надей и Шубиным. Они здорово помогают мне. К сожалению, создается впечатление, что мы все (кроме Крымова, конечно) играем в расследование. Причем именно мне выпала главная роль.

Юля удивлялась тому, как легко и спокойно она разговаривает с Корниловым. Он понимает ее, а ей сейчас больше ничего и не нужно.

— Юленька, обращайся, если что. Мы же с тобой ноздря в ноздрю...

Это уже был не комплимент, а комплиментище!

— Спасибо, Виктор Львович.

— Ты даже можешь подъехать ко мне. Кто знает, может, у нас и сложится СВОЯ мозаика.

Мозаика. Он имеет в виду, что она придет к нему со своими фрагментами информации, а он выложит свои. Да, действительно, почему бы не посмотреть, какая из этого получится картинка? Тем более что в случае удачи Крымов найдет способ отблагодарить Корнилова.

Она попрощалась с Корниловым и позвонила Наде.

— Юля? — Щукина говорила шепотом. — Привет. Можешь поставить Богу свечку.

— Неужели внесли аванс? — у Юли по спине побежали мурашки.

— Пришли. Трое мужчин и одна женщина. Разговаривают с Крымовым.

— Представились?

— Да. Арсиньевич твой, с которым ты не нашла общего языка... Не нашла... Вот бы все так не находили! — бросила Надя в сердцах. — Еще Мазанов и, кажется, его жена. Она, кстати, спрашивала про тебя, и я сказала ей, что ты сейчас будешь. Все, больше не могу говорить... У Крымова сияющая физиономия.

Надя бросила трубку. А Юля рухнула в кресло и закрыла лицо руками, представляя, как Мазанов выкладывает из кармана деньги и как Крымов, удовлетворенно хмыкнув, складывает их к себе в стол.

«Противно».

Она ходила по квартире, на ходу одеваясь и приводя себя в порядок, пока в дверь не позвонили. Натягивая платье через голову, Юля, едва успев расправить его и застегнуть «молнию», подошла к двери и посмотрела в «глазок». Это был Вениамин — телохранитель и правая рука Ломова.

Юля открыла дверь и увидела в руке Вениамина большой букет белых лилий. «От их аромата болит голова», — промелькнула несуразная мысль. Несуразная, потому что сам букет был просто восхитительным: полураспустившиеся, с зеленоватыми прожилками, прохладные и хрустящие лилии источали поистине приторно-болезненный аромат, словно напоминание о прошедшем лете, тепле, поцелуях... Теперь осень, откуда бы взяться лилиям? Сейчас мужчины дарят своим женщинам зрелые розы, горьковатые, пахнущие дождем и дымом хризантемы и индифферентные гвоздики...

В другой руке Вениамин держал за тесьму торт. Юля улыбнулась, приняла из рук посетителя подарки и пригласила его войти.

— Павел Андреевич просил передать вам, что он заедет за вами в восемь часов вечера. Еще он просил, чтобы вы были одеты потеплее, он хочет пригласить вас за город.

Юля пожала плечами и согласилась:

— Хорошо. Поблагодарите его за цветы и скажите, что я буду его ждать.

Когда дверь за Вениамином закрылась, Юля, поставив цветы в широкую фарфоровую вазу, развязала красную шелковую тесьму на большой белой коробке, сняла крышку и увидела нечто такое, что шокировало ее до головокружения. Конечно же, это был торт. Да только не простой. Это была сотворенная из крема белого и розового оттенков двухспальная кровать со взбитыми подушками (сливками). Но подушки в тех местах, где должны покоиться головы спящих, были залиты красной блестящей глазурью, словно кровью... Ломов развлекался. Он хотел испугать Юлю. Но не испугал. Удивил. Потряс своим сюрреалистическим восприятием жизни. Подушки — взбитые сливки. Простыня, забрызганная кровью, — это клюква с сахаром.

Что ж, убийство Садовниковых уже ни для кого не секрет. Об этом писали все газеты.

Позавтракать этим смертным ложем и продолжить поиск убийцы — что может быть более чудовищным и острым по ощущениям?

Прежде чем разрезать торт, от которого, кстати, чудесно пахло ванилью, Юля принесла «Кодак» и сделала несколько снимков, чтобы потом потрясти Надю Щукину. Пять минут — и все готово. Память на всю жизнь. Юля взяла широкий нож и вонзила его в нежную мякоть бисквита... Но нож сразу же наткнулся на что-то жесткое. Она поняла, что сюрпризы на этом не закончились, и попыталась осторожно, не разрушая торта, извлечь из нижнего слоя нечто, спрятанное внутри. Показался уголок красного полиэтиленового пакета. Юля аккуратно извлекла облепленный кремом пакет размером чуть больше ладони. Там лежало что-то тяжелое.

Юля достала ножницы, разрезала пакет, и оттуда выпал маленький пистолет, а следом — записка: «Юля, я дарю тебе эту миниатюрную вещицу, чтобы ты в этой жизни чувствовала себя немного увереннее. Он не заряжен, но сегодня вечером я научу тебя, как с ним обращаться. Кушай торт и думай только о самом хорошем. Твой П.А.Л.»

Юля съела большой кусок торта, запила его чаем и поехала к Кутиной.

Глава 10

Жизнь подарила ей замечательного Павла Андреевича, и это был неоспоримый факт. Именно подарила. Потому что ей, утопающей в серости будней и вечном страхе оказаться никому не нужной, был просто необходим именно такой человек, который одним лишь своим появлением волновал кровь и заставлял ее сердце неистово биться. Он был старше ее, умнее, он видел жизнь совершенно иначе, чем она, и умел находить в этой жизни крупицы наслаждения. И если раньше у Юли были мужчины, приносившие ей одни страдания, то теперь, она это чувствовала, все изменилось — у нее появился тот, кто сделает ее счастливой.

Она мчалась по улицам, окатывая прохожих грязью, и ей казалось, что они заранее прощают ее за этот полет, за это безумие, за легкость, которую она испытывала в эти минуты...

Кутина была дома и ждала ее.

— Вам уже, наверно, доложили, что я приеду к вам... Еще до моего звонка, не так ли?

На этот раз Юля говорила со свидетелем Кутиной совершенно другим тоном, источник которого лежал в письменном столе Крымова и благоухал крепким зеленовато-долларовым духом.

Кутина — молодая русоволосая женщина с продолговатыми серыми глазами и тонкими, ярко накрашенными губами, кутаясь в домашний красный халат, предложила посетительнице кофе и сухое печенье. Они сидели в большой комнате, заваленной газетами и журналами, из магнитофона лилась ненавязчивая песня Мэриам Кэй.

— Я до сих пор не могу прийти в себя, — вздохнула Галина Николаевна, размешивая в кофе сахар. — Завтра похороны... Это чудовищно. И что бы там ни говорили в прокуратуре (а у меня там знакомые), Сережу с Лорочкой убили. Я понимаю, конечно, что вы пришли ко мне не для того, чтобы выслушивать мои версии, но вам необходимо знать мнение друзей этой пары относительно нелепого спектакля, который устроил убийца... Можно убить, потом раздеть и представить все дело так, как выгодно убийце... Знать бы только, кто их убил и за что? Ведь это наши друзья, следовательно, их враги — и наши враги. Но знаете, что больше всего поразило меня в этой трагедии?

— Что? — Юля уже поняла, что Кутина взяла нить разговора в свои руки и теперь выпустит ее не скоро.

— А то, что убийца мог вот так спокойно войти в дом. И каким образом у него оказался Сережин пистолет?

— Я вижу, вы хорошо проинформированы.

— Я же говорю, у меня знакомые в прокуратуре. Я гинеколог, поэтому у меня довольно много связей. Женщины сейчас предпочитают открывать свои секреты постоянным врачам. И если уж зубы лечат исключительно у знакомых, то что тогда говорить про... Сами понимаете.

Да, безусловно, эта женщина знала себе цену. И дорожила доверием, которое ей оказывали клиентки. Яркое подтверждение этому — тайна Лоры Садовниковой, которую она, должно быть, собиралась унести с собой в могилу.

— Вы пришли расспросить меня про Лору? Спрашивайте. Хотя не думаю, что мои показания могут пролить свет на эту кровавую историю. Но перед тем, как вы начнете меня расспрашивать, я скажу сразу — Лора не изменяла своему мужу, и, стало быть, это преступление никак не может быть связано с этой стороной их жизни.

— Но вы всего лишь гинеколог, откуда вам знать подобное? — вырвалось у Юли.

— Я сказала вам это НЕ КАК ГИНЕКОЛОГ, а как ее подруга.

— Расскажите мне о результатах обследования Лоры. Все ваши общие знакомые в один голос утверждают, что у Садовниковых не было детей, потому что Сергей был бесплодным. Значит ли это, что Лора могла рожать?

Кутина посмотрела на Юлю взглядом, полным презрения, словно увидела перед собой человека, пытающегося сунуть свой нос в чужую тайну. Хотя именно так все и обстояло.

— Хорошо. Я вам скажу. Она НЕ могла рожать.

— Почему? Не хотела или действительно не могла?

— У нее были проблемы по женской части. Вам нужны подробности?

— Желательно.

— В самом начала их брака с Сережей Лора забеременела, но у нее случился выкидыш, после которого последовали осложнения... И ей перевязали трубы. Вам объяснить, что это значит?

— Нет-нет, все предельно ясно.

Кутина лгала, но лгала только частично. Галина Николаевна не хотела предавать свою подругу и после ее смерти.

— Но какое это имеет значение, скажите?

— Анна Дианова наверняка рассказала вам о том, что Лора была у меня и сочинила совершенно фантастическую историю о существовании в ее жизни ДРУГОГО мужа...

— Рассказала. Но все это прозвучало как бред.

Я не поверила ни единому ее слову. У Лоры был совершенно ясный ум, она рассуждала куда более здраво, чем все мы вместе взятые...

— А вы знаете что-нибудь про женский клуб, который они организовали?

— Конечно, ведь я тоже состояла в этом клубе.

— А сейчас?

— Думаю, что после смерти Лоры наш клуб распадется.

— А вы не могли бы рассказать о нем поподробнее? Как возникла идея клуба и кому она принадлежала?

— Это была общая идея... Дело в том, что наши мужья почти в постоянном составе раз в неделю собирались у кого-нибудь дома, чтобы поиграть в карты. Иногда засиживались допоздна. А мы их постоянно ждали. Вот и решили однажды организовать свой клуб, чтобы теперь они ждали нас. Понятное дело, мы не собирались играть в карты. Сначала мы приглашали к себе косметологов, массажисток — словом, занимались своей внешностью, потом стали просто до неприличия объедаться собственноручно приготовленными тортами, но и это вскоре надоело. Ведь что ни говорите, а преферанс — азартная игра, и она куда интереснее дамских посиделок. И тогда Гусарова предложила ставить небольшие пьесы.

— Пьесы? — и Юля тотчас вспомнила про записку с телефоном Сырцова с одной стороны и загадочным текстом — с другой. А что, если это были реплики из роли?

— Что вы ставили?

— Вы будете смеяться, но Франсуазу Саган... Мы получали от «Сиреневого платья Валентины» огромное удовольствие, тем более что племянника Валентины играла Соня Канабеева...

— Можно себе представить... — Юля очень хорошо знала эту ироничную пьесу Саган, где речь шла о красивой молодой женщине по имени Валентина, которая соблазнила племянника и посмеялась над ним. Открыв мальчику, кто она такая и что из себя представляет, героиня пьесы возвратилась к мужу... Вот только представить себе пресыщенную, с тяжелым взглядом Соню в роли неопытного юноши Юля так и не смогла: фантазии не хватило.

— А какие еще пьесы вы ставили?

— Пробовали Шекспира, но у нас не получилось. Ладно, так и быть, расскажу, поскольку это все равно уже не отразится на репутации Лоры. Понимаете, когда наши мужчины привыкли к тому, что на заседаниях клуба мы занимаемся всякими глупостями, они как будто успокоились. Но у нас появилось СВОБОДНОЕ ВРЕМЯ, которое мы могли теперь потратить на себя...

— Не совсем поняла.

— Да все вы прекрасно поняли! Ведь мы же теперь могли один раз в неделю не ночевать дома! Причем у каждой из нас было совершенно железное алиби. Словом, наступил «период разврата», как мы его и окрестили. Мы встречались у Сони, где, собственно, и проходили наши заседания, но уже только УТРОМ, и рассказывали друг другу, кто и как провел ночь. Представьте себе, у каждой из нас, оказывается, была ВТОРАЯ ЖИЗНЬ.

— И у Лоры? — Юля еще не верила в такую удачу. Неужели Кутина сейчас расскажет ей о Лоре что-то невероятное?

— Да... Но только это не совсем то, что было у нас. Они с Соней ходили в рестораны, веселились отдыхали, причем Лора страшно любила переодеваться, надевать парики... Только один раз в неделю она могла почувствовать себя другим человеком. Ей нравилась игра, но игра с настоящими декорациями.

— Но почему именно в ресторанах?

— В нашем городе больше некуда пойти. Соня водила ее, чтобы Лора посмотрела на других людей, чтобы попробовала перевоплотиться в противоположную по характеру женщину, чтобы испытала на себе ухаживания со стороны чужих мужчин. Ее это забавляло.

Признание Кутиной звучало еще более нереально, чем история, рассказанная самой Лорой.

— Все это странно... — проговорила Юля, явно разочаровавшись в таком повороте беседы. Ей даже показалось, что Кутина смеется над ней. — Скажите, вы не знаете, из какой пьесы вот этот отрывок?

Она немного блефовала, самую малость, когда протягивала Галине листок с текстом.

— «...таракан с какой-то штукой на спине...» — нет, у нас про тараканов пьесы не было, — усмехнулась Кутина.

— Скажите, Галина Николаевна, а зачем вы говорили своим приятельницам, что Лора может иметь детей?

— Ни-за-чем. Просто так. Я не могу сказать, что это имело какое-то принципиальное значение, вовсе нет.

— Вас об этом просила Лора?

— Нет, — наконец сдалась Кутина, — об этом меня попросил Сергей.

— Но зачем?

— Он любил Лору и не хотел, чтобы люди, которые их окружали, судачили о ее бесплодии.

Юля уже запуталась в этом вопросе. Ее интересовало совершенно другое: от кого забеременела Лора и когда? Потому что Чайкин, посвящая ее во все анатомические подробности Лориного организма, сказал, что Лора — рожала. Что на бедрах и нижней части живота ясно видны так называемые растяжки, да и прочие детали женского естества, свидетельствующие о том, что она ВЫНОСИЛА ребенка. И если она не могла этого сделать, живя рядом с мужем, оставалось предположить, что матерью она стала ДО того, как вышла замуж за Садовникова.

Значит, у Лоры все же была тайна. Но кто же тогда отец ребенка? И почему об этом молчит Кутина?

— У Лоры был ребенок, и вы это знаете. Не вижу причины вашего молчания, — произнесла наконец Юля и отодвинула от себя чашку с остывшим кофе. — Возможно, смерть Лоры как-то связана с ее прошлым, а вы не хотите помочь следствию.

Кутина вспыхнула и откинулась на спинку стула. Халат ее распахнулся, и Юля увидела бледную, в коричневых пигментных пятнах грудь.

— У нее не было ребенка... Она его не доносила, это было до ее брака с Садовниковым...

— Вы знаете, от кого была беременна Лора?

— Понятия не имею... Если бы даже я захотела узнать имя подонка, который подпилил стремянку... Я не посмела спросить Лору, кто был этот мужчина.

— О какой стремянке идет речь?

— Когда она пришла ко мне впервые, я сразу же поняла, что она рожала. Я спросила ее об этом, и она как-то уклончиво объяснила, что была очень давно беременна от человека, который, не пожелав оставить ребенка, подстроил ее падение со стремянки.

— Она тогда преподавала в школе?

— Ничего не могу сказать... Возможно.

— Он подпилил стремянку?

— Да, кажется, так.

— Галина, а вы не знаете адрес, где раньше жила Лора, и ее девичью фамилию?

— Казарина. А жила она рядом с городским парком, но где точно, не знаю... Я же там не была, просто она мне сама как-то рассказывала.

* * *

— Надя, это я, — говорила Юля по сотовому из машины, — приготовь мне, пожалуйста, что-нибудь поесть...

— Юлька, приезжай быстрее, мы тут все собрались отметить начало твоей самостоятельной деятельности. Крымов купил шампанское, торт...

— Надюха, ты, случаем, еще не выпила?

— Еще нет, но ужасно хочется... Мазановы внесли довольно приличную сумму, Крымов радуется, как ребенок... Хотя сама знаешь, что значит его хорошее настроение — пшик! Утром пришел мрачнее тучи, говорил что-то про похороны, но я не поняла...

— Он что, собирается появиться на похоронах Садовниковых? Это похвально, пусть все увидят, что человек работает, — не могла не съязвить

Юля. — Ладно, еду. Но только на полчаса, не больше, потому что мне надо еще успеть в гостиницу к Лизе, сестре Лоры, а потом обязательно заехать к Марте Басс. Я обещала, а не приехала.

— А с Крымовым и его золотоволосой подружкой тебе поговорить не хочется?

— Ужас как не хочется, но придется.

В агентстве действительно ощущался праздник. Им пахло еще в коридоре, когда же Юля вошла в приемную, то увидела красиво сервированный стол, заставленный прозрачными мисочками с салатами, закусками и бутылками. В центре стола стояли торт и рядом — букет маленьких желтых хризантем. За столом томился голодный (сразу видно по глазам) Шубин, рубаха-парень Крымов, а вокруг стола как заведенная бегала одетая в элегантный брючный костюм Щукина.

— Ну все. Сели. Садись, Юлька. Еще немного, и мы сожрали бы не только еду, но и друг друга. — Щукина устало плюхнулась на стул. — Ты заперлась?

— Заперлась, — пробормотала еще ничего не понимающая Юля и с удивлением посмотрела на Крымова, который наливал ей в фужер шампанское. — Крымов, ты что, обалдел? Я же за рулем!

— На сегодня все отменяется... Отдыхаем...

Она поняла, что он уже «наторжествовался» до предела. От него вкусно пахло коньяком.

— С какой стати пьем и гуляем? — спросила она, делая вид, что ничего не понимает. — У кого-то день рождения, что ли?

— У тебя, ласточка! — и Крымов обхватил ее своими лапищами. — Сегодня день рождения великой сыщицы двадцатого века Юлии Александровны Земцовой... Поздравляю...

— Послушай, Крымов, неужели Мазановы заплатили тебе десять тысяч баксов?

— Заплатили, — шепотом дурашливо прохихикал Крымов. — И я сдуру напился.

Юля бросила взгляд на Шубина. Тот молча поглощал салат. Он правильно делал — силы ему сейчас ох как понадобятся. Он не обращает внимания на поведение Крымова. Что ж, это его дело.

— Надя, ты мне можешь объяснить, что же все-таки происходит?

— Юль, ну тебе же сказали — отмечаем первый крупный гонорар... И пьем за твое здоровье, потому что это ты нашла клиентов, ты сама с риском для жизни начала это расследование, ты вообще умница!

— Крымов, а что скажешь ты? — Юля положила себе в тарелку мясной салат и несколько маслин.

— Ничего, можно я только выпью и поем... — он икнул. И сразу же стало тихо. Было слышно, как за стенами проезжают машины.

Крымов, красавец Крымов, не был похож сам на себя.

— Жень, с тобой все в порядке?

Он выпил и опустил голову почти в тарелку. Тяжело, надсадно вздохнул.

— Ребята... Я, похоже, зашился. Меня куда-то несет. Я ничего не понимаю. Короче, так, — он поднял голову и посмотрел на Юлю своими ярко-голубыми глазами, — девушка, с которой у меня столько проблем... ее зовут Полина Пескова, так?

Юля уронила вилку. Шубин бросился ее поднимать. Воздух в приемной стал густым, как желе, и словно запахло дымом.

— Герман Соболев — ее брат... причем родной... Завтра похороны.

— Соболев? — Юля еще раз уронила вилку, вернее, даже не уронила, а швырнула ее не глядя и поднялась из-за стола. — Крымов, знаешь, как это называется?

Она резко села, Шубин протер ее вилку и осторожно положил возле тарелки.

— Успокойся, он пьяный, — успел шепнуть ей Игорь.

— Знаю. Но у нее такое горе... Юль, ты же была там...

— А почему же гроб был пустой? — спросила она. — Я думала, что вы там репетируете спектакль под названием «Смерть Земцовой»...

— Ну ты сказанула... — хмыкнул Крымов и поймал вилкой ускользающий соленый рыжик. — Его еще не привезли.

И только сейчас Юля обратила внимание на притихшую за столом Щукину. Взгляды их встретились.

— Я сегодня принесла копию экспертизы на Соболева, — проговорила враз посерьезневшая Надя. — Это хорошо, что вы все сидите, потому что мне кажется, что мы с вами крепко влипли... Пейте, кушайте... — она качала головой, и Юля ничего не могла понять.

— В чем дело, Надя, говори яснее...

— А то, что Соболев, как я уже и говорила вчера, был убит ядом, но не простым, а очень редким, используемым... скажем так, в ГОСУДАРСТВЕННЫХ целях. Рицин.

Юля слышала уже об этом яде. Им обрабатывают касторовые бобы. Используется рицин исключительно секретными службами. Но, разумеется, не для обработки касторовых бобов, а для ликвидации людей. Так вот почему Щукина сказала, что они ВЛИПЛИ!

— Но кому надо было убивать какого-то парнишку таким редким ядом, да еще при помощи капсулы? — Юля задавала этот вопрос прежде всего себе. — Что такого особенного он из себя представлял, чтобы его убили таким необычным способом?

— Наверное, работал либо НА контрразведку, либо ПРОТИВ нее... Ничего умнее мне в голову пока не пришло, — сказала Надя.

— Крымов, а ты ничего не собираешься нам рассказать про Полину и ее брата?

— Рицин... — Крымов курил, с каким-то отчаянием втягивая в себя дым, и нервно качал ногой, закинутой за ногу. Указательный палец его левой руки барабанил по пачке с сигаретами. — Ничего себе... Рицин...

— Женя, где была твоя девушка в ночь с 27 на 28 сентября? — спросила Юля как можно спокойнее и даже умудрилась сделать себе сложный, хотя и крохотный бутерброд из хлеба, масла, икры и лимона, который сразу же и отправила в рот.

Крымов стряхнул пепел в шампанское и пожал плечами:

— У меня, конечно... Это я хорошо помню...

— Тогда ответь, как же могло случиться, что в квартире Садовниковых обнаружены не только отпечатки ее пальчиков, волосы и следы ее обуви, но и... платье... Да что там платье... и трусики со следами спермы покойного Садовникова.

Она все же сказала это. Но сладости от своей мести не ощутила. Наоборот — ее охватило какое-то неприятное чувство гадливости.

— Она была со мной... — Крымов сжал кулак и осторожно поставил его рядом со своей тарелкой, едва сдерживаясь, наверно, чтобы не разнести к чертям собачьим весь стол...

— Но ведь я же звонила тебе в ту ночь, и ты сказал мне, что один...

— Мало ли что я тебе говорил! — зло гаркнул он, откидываясь на спинку стула. — Этого не может быть... Да, было такое, что я проснулся, а ее нет, но я подумал, что она... ушла в туалет, например, или попить воды...

— Ты не искал ее тогда?

— Зачем? Я перевернулся на другой бок и спокойно уснул...

— А утром? Рано утром? — Юля имела в виду шесть утра, время, когда она начала следить за подъездом дома, где жили Садовниковы, и увидела прогуливающуюся с коккер-спаниелем девушку в розовом платье.

— Рано утром она бегала куда-то за молоком, но потом вернулась, а что?

— Она принесла молоко?

— Нет, сказала, что опоздала.

— А что у нее было на голове, не помнишь?

— Помню. У нее есть такая узкая косынка, которой она стягивает волосы на затылке, когда они ей мешают... Но при чем здесь ее голова и косынка? Она что, уже успела кого-нибудь удушить ею?

— А что было надето на ней, тоже помнишь?

— Помню, конечно... Платье, такое открытое, легкое, розового цвета...

Анна Данилова

Юля достала из сумочки поясок от розового сарафана.

— Такое было платье?

Он взял пояс в руки и внимательно посмотрел на Юлю:

— Откуда это у тебя?

— Крымов, я не уверена, конечно, что ты сейчас в состоянии уловить мою мысль, но не могу промолчать... Это выше моих сил. Так вот. Твоя подружка, Полина Пескова, с тобой в ночь с 27-го на 28-е НЕ НОЧЕВАЛА. Вспомни, пожалуйста, в чем она пришла к тебе.

Он смотрел на нее, трезвея на глазах. Но вот в чем пришла к нему Полина, вспомнить так и не смог.

— Хорошо. Тогда сделаем так. Мы с Надей сейчас выйдем, а ты в это время постараешься вспомнить, во что была одета Полина вечером 27 сентября, когда пришла к тебе, хорошо?

Надя уже и сама обо всем догадалась и, прихватив пакет, вышла вслед за Юлей из приемной.

Спустя пять минут вернулась Юля, но без Нади.

— Смотрите, кто к нам пришел... — она раздвинула планки жалюзи, и Крымов, который к этому времени раскурил еще одну сигарету, увидел стоящую на противоположном тротуаре, спиной к ним, рыжеволосую девушку в коротком зеленом платье.

— Полина?! — он даже привстал на стуле. — Ну вот! Точно! Она и в тот вечер выглядела так же, потому что мы с ней были в «Клесте» и она надела вечернее платье... Вспомнил! У меня даже в календаре на столе написано: «27 — «Клест».

Он бросился было к двери, но Юля окликнула его:

— Крымов, это не Полина, это Надя, одетая в ее платье. И это платье мы нашли в квартире Садовниковых... — Она не считала себя обманщицей, говоря так, поскольку тот факт, что оно было найдено на траве под балконом их квартиры, не противоречил тому, что оно все же БЫЛО в квартире Садовниковых. В конечном счете блеф не такое уж большое преступление по сравнению с тем, какое совершал каждый день Крымов, покрывая свою любовницу. Преступницу. Юля в этом уже не сомневалась. — Так вот, я продолжу. Полина действительно могла быть у тебя вечером 27 сентября, и даже вполне возможно, что легла с тобой спать. Но ты уснул, а она ушла к Сергею Садовникову и провела у него несколько часов, пока не вернулась его жена Лора. Полина, Лора и Сергей находились какое-то время вместе, но скорее всего Полина вынуждена была прятаться от Лоры... под кухонным столом... Во всяком случае, до тех пор, пока не почувствовала себя в безопасности. А безопасность могла заключаться в следующем: а) Лора уснула, и Сергей помог Полине выбраться из квартиры; б) Полина находилась в квартире как до убийства Садовниковых, так и ПОСЛЕ него; в) Полина присутствовала при убийстве и была либо собственно убийцей, либо соучастником, либо свидетелем. Неувязочка только в том, что она почему-то оставалась в квартире до самого утра, почти до шести часов, поскольку я ВИДЕЛА ее в это время, когда она вышла из подъезда и вытирала ноги о траву...

— Ноги о траву? — Крымов замотал головой. — Что-то я ничего не понимаю.

Пришлось объяснить.

— А она не могла подсыпать тебе снотворного, чтобы ты не проснулся, пока ее не будет?

— Могла, конечно, с нее станется, но я не понимаю, зачем ей это нужно? Ведь это не я к ней напрашивался в гости, да и в... жизнь... Это она ворвалась, словно ураган, и превратила меня в мешок с дерьмом.

— Женя... — подал голос молчавший до этого Шубин, который во время разговора внимательно слушал всех троих и что-то записывал в блокнот. — Из всех нас твоя позиция самая непонятная. Если ты и дальше будешь отлынивать, то я первый стану подозревать тебя в причастности к убийству Садовниковых... Я смотрел на тебя два последних дня, слушал, анализировал и понял: ты за Полину готов отдать жизнь. Мы все здесь свои. Мы твои друзья. Скажи, чем она тебя приворожила, конечно, если на это у тебя есть ответ?

— Наверное, она сильнее меня... Более убедительного объяснения мне не найти. Или же просто обладает даром гипноза.

— Как вы с ней познакомились и когда? — уже откровенно допрашивал Шубин, и в его голосе почувствовался металл.

— Не помню... Кажется... — Крымов повернулся и взглянул на Юлю, очищающую банан и старавшуюся не смотреть в его сторону: — Юля, не помнишь, когда ты увидела нас в городе?

— Помню, и что дальше? — Она куснула банан, и Крымов почему-то нервно дернулся, словно банан являлся частью его тела.

228

— За день до этого я с ней и познакомился.

— Где? — упорствовал Шубин.

— Да здесь, где же еще! Она пришла ко мне и предложила свои услуги в качестве коммерческого агента...

— Коммерческого агента? — в один голос спросили Надя с Юлей.

— Да она сама потом призналась мне, что все это придумала, чтобы просто познакомиться. Она же актриса, зачем ей рекламировать наше агентство, да и в деньгах она особо не нуждается. У нее и «Сааб» имеется, и шикарная квартира с видом на набережную, и бриллианты...

— Она была любовницей Садовникова — так мне, во всяком случае, сказали подруги Лоры. Вот и ответь мне, пожалуйста, — это уже говорила Юля, — зачем ей было нужно ночевать у ТЕБЯ, если ночь она намеревалась провести с Садовниковым?

— Понятия не имею! Если честно, я и сам удивился, когда увидел ее в розовом сарафане.

— Но в этом сарафане она оставалась не так уж и долго: ровно столько, сколько ей понадобилось для того, чтобы добраться до тебя. Вспомни, когда вы прощались в то утро, она уже была в джинсах и белой блузке, так мне, во всяком случае, сказала Надя... Откуда в твоей квартире джинсы и блузка? Она что, перевезла к тебе весь свой гардероб?

— Нет, она пролила на сарафан кофе, и мне ничего не оставалось, как предложить ей свои джинсы и белую сорочку.

— И у тебя все эти переодевания не вызвали никаких подозрений: вечером — зеленое платье, ранним утром — розовый сарафан, поздним утром — джинсы... Ты не знаешь, зачем ей все это было нужно?

— Понятия не имею. Вас, женщин, не поймешь. По-моему, переодевания у вас в крови.

— А вот я смогу тебе ответить, зачем. Полине нужно было железное АЛИБИ. И она его почти получила с твоей и дьявольской помощью. Ведь ты, Крымов, директор частного детективного агентства, сам, собственной персоной был готов подтвердить под присягой, что она всю ночь провела в твоих объятиях. И если бы мы тебя сейчас не потрясли, Полина была бы просто неуязвима... А теперь ответь мне, зачем человеку вообще заботиться об алиби? Не знаешь?

— Знаю. И что же дальше? Вы собираетесь с помощью Корнилова или Сазонова АРЕСТОВАТЬ Полину? — Крымов, похоже, и сам не верил в то, что говорил.

— Уверен, что ее арестуют не сегодня-завтра. А как же иначе? Ведь она в ночь убийства была на месте преступления!

— Но она не убийца... — голос Крымова звучал неуверенно, да и сам он сейчас представлял из себя довольно жалкое зрелище.

Юля, глядя на него, вдруг поняла причину, позволившую этому, в общем-то, сильному и волевому человеку превратиться в тряпку. «Он влюблен. Он страдает. Он ревнует. Он умирает от любви». Возможно, если бы Юля не испытала на собственной шкуре, что значит страдать от любви, она бы не поняла Крымова. Но она испытала эту боль, причем именно из-за Крымова, и теперь молила Бога о том, чтобы он помог ему справиться со своими чувствами и не раскиснуть окончательно.

— Мне бы хотелось поговорить с ней... Я ведь за этим и приехала на набережную... А там этот гроб... Завтра похороны? Я думаю, что для следствия будет лучше, если мы опередим людей Корнилова и успеем увезти Полину с кладбища раньше, чем они арестуют ее... Понимаете, — Юля обращалась уже и к Наде с Игорем, — Полина заинтересовала органы не только из-за своих следов в квартире Садовниковых, не надо забывать о Германе, ее брате... Она может что-то знать о нем, а потому на Полину, возможно, уже началась охота. Где она сейчас?

— Дома. Тело брата уже, наверно, привезли... Я, собственно, собирался поехать к ней и провести с нею ночь рядом с гробом.

— Было бы неплохо. Не думаю, что ее посмеют арестовать до похорон, поэтому я и говорю о том, что завтра мы должны ее перехватить и привезти или сюда, или ко мне и обо всем подробно расспросить... Все, я устала, а у меня еще масса дел... Игорь, у тебя есть что-нибудь новенькое?

— Есть кое-какая информация по Сырцову. Ведь именно его телефон был на записке, которую вы с Надей раздобыли...

— И что же ты узнал о Сырцове?

Юля заметила, как напрягся Крымов, услышав эту фамилию. Он внимательно слушал Шубина и даже забыл о сигарете, которая так и осталась нераскуренной в его пальцах.

— Он продал все свои машины. Новый «Мерседес» и новую «Волгу». Это точно. Говорят, что он собирается продать и свой загородный дом...

Вы читали, наверно, статью о загородных домах сильных мира сего, которые трех-, а то и четырех-этажными дворцами заняли весь правый берег? Лично я дом Сырцова видел на снимке и просто обалдел... Красный кирпич, три этажа, зимний сад, конюшня, подземный гараж, бассейн...

— Но разве это особняк Сырцова? — не выдержал Крымов. — У Сырцова дача на тридцатом километре — хижина дяди Тома, курятник...

— Правильно, потому что этот «красный особняк», как называют его местные жители, по документам принадлежит совершенно другому лицу, подставному, если кому непонятно...

— И кто же это лицо?

— Кажется, его родной дядя, которому под восемьдесят и который, я просто уверен, ни разу не видел этого дворца... Сейчас все так делают...

— Если он все продает, значит, собирается слинять отсюда, вот что мне кажется... — Эти слова принадлежали уже вернувшейся в разгар беседы Щукиной. Юля заметила, как вздрогнул Крымов, когда перед его взором мелькнуло это золотисто-изумрудное существо, напоминающее ему его Полину.

— Надя, ты тоже знала про Сырцова? — удивилась Юля такому плавному входу Щукиной в разговор.

— Да что ты! Просто Игорь успел мне кое-что рассказать... Кстати, что же ты не спросишь меня, почему я не отвезла это платье на экспертизу?

— И почему же?

— Потому что мне помешали... — Надя сразу погрустнела. — Я собиралась было поехать к Норе, но позвонил Чайкин и сообщил пренеприят-

232

нейшую новость... Погиб его коллега, судмедэксперт Изотов.

— Изотов? Я его хорошо знал... Но что с ним?

— Его нашли на улице, неподалеку от его дома, с перерезанным горлом.

— Изотов... Что-то фамилия знакомая... — И вдруг Юля вспомнила. Это была фамилия патологоанатома, который вскрывал тело Саши Ласкиной, жертвы ее подзащитного Зименкова.

— У него осталась семья?

— Только жена.

— Он, случайно, не был миллионером? За что убивать эксперта?

— Эксперт всегда знает больше всех... — произнес с тихим вздохом Шубин. — Возможно, что вчера, к примеру, он вскрывал чей-то труп и узнал то, что ему не положено было знать...

— Он просто нищенствовал, мне Чайкин рассказывал. У него жена сильно болеет, и поэтому все деньги уходили на лекарства да на операции. Что-то по женской части.

— Так... Это уже кое-что... А что, если его кто-то подкупил? Разве не может человек в такой ситуации, в какой оказался Изотов, взять деньги за заведомо ложное заключение? Больная жена — это ли не уважительная причина?

— Юля, остановись, — попытался охладить пыл Юли Крымов и закурил, насмешливо глядя на покрасневшую от его слов девушку. — По-моему, у тебя дел и так по горло.

— Да, — вдруг возмутилась она. — По горло, не то что у некоторых! Надоело! Сидит тут, выступает! Вот закончу дело с Лорой и уйду от тебя к черту... Все меня поддерживают, помогают и даже стараются не замечать моих промахов, кроме тебя! Что такого я тебе сделала? Как ты можешь вообще так обращаться со мной после всего...

Она выбежала из приемной.

* * *

У Марты были заплаканные глаза. И как могло быть иначе: Рита так и не позвонила, не объявилась...

— Вы извините, что я не пришла к вам в тот вечер, я не смогла...

— Новости есть? — Марта сжимала на груди воланы голубого шелкового халата и, спрашивая Юлю, смотрела куда-то мимо нее, словно слепая. «Быть может, она боится прочитать в моих глазах известие о смерти своей дочери?»

— Мы пытаемся как-то увязать исчезновение Риты со смертью Германа...

Марта закрыла лицо руками:

— Вы хотите сказать, что и Риточку могли убить? — прошептала она, давясь слезами.

— А кто вам сказал, что кого-то убили? Насколько я помню, в нашу последнюю встречу я говорила вам, что его смерть выглядела как естественная... — теперь уже насторожилась Юля.

— Я ничего не знаю о том, убили Германа или нет, просто я последнее время вздрагиваю от каждого шороха, звонка, стука и жду, что вот сейчас откроется дверь, кто-то придет и принесет тело моей девочки...

— Но почему? Ведь до сих пор тело не нашли, поэтому вам рано терять надежду.

— Вы извините, я даже забыла пригласить вас

в квартиру. Совсем потеряла голову. Идемте, вы, кажется, хотели посмотреть комнату Риты?

Марта, чтобы не мешать, оставила Юлю в комнате дочери одну.

— Я, с вашего позволения, не скажу маме о вашем приходе, она только что уснула.

— Конечно-конечно... — Юля дождалась, пока закроется дверь комнаты, и села на небольшой, покрытый синим в желтых солнцах покрывалом диван.

Комната была небольшая, но довольно уютная. Книжный шкаф, письменный стол, стул, большое кресло возле самого окна. На полочках, развешанных над столом, сувениры, безделушки, куколки, вазочки с искусственными цветами, флакончики, коробочки...

То, что она собиралась найти в этой девичьей комнате, лежало в ее руках уже через пару минут. И она спрятала пакетик в карман. «Вот тебе и Риточка Басс...»

Юля выдвинула ящик письменного стола и отметила, что несмотря на только что сделанное ею открытие, Рита была (и есть!!!) девочка аккуратная, любящая во всем порядок. Все тетрадки, альбомы, ручки, блокноты лежали аккуратными стопками. В самом большом ящике стола Юля нашла несколько коробок с акварельными красками, хорошие художественные кисти, жировые и восковые мелки, уголь для рисования, наборы карандашей, палитру, стопку тетрадей для рисования и альбомов для черчения. Учитывая это, в комнате должны были иметься и рисунки. И Юля нашла их в большой коричневой, оклеенной дерматином папке. Это была удивительная находка, не имеющая ничего общего с тем, что Юля нашла на дне керамической вазы...

Рисунки были выполнены акварелью и своими сюжетами напоминали иллюстрации любовных романов. Какие-то барышни в пышных платьях, всадники на лошадях, парковые аллеи, дамы под зонтиками, беседки, увитые цветами... Конечно, это были ДЕТСКИЕ рисунки, но вот стихи, которые Юля обнаружила на обороте этих рисунков, поразили ее... Они были наполнены несвойственным девочке этого возраста эротизмом, сквозящим почти в каждой метафоре, и напоминали изящные копии набоковских эротических сравнений вроде: «Змея в змее, сосуд в сосуде...»

Юля перечитывала их снова и снова и каждый раз дивилась, откуда она знает эти стихи... Не все, но какую-то часть она явно где-то уже читала. Вот только бы вспомнить, где? Могло случиться и такое, что она слышала стихи, написанные примерно в том же духе и той же рукой... Но у нее не было знакомых тринадцатилетних девочек.

Заглянула Марта. И очень кстати.

— Марта, скажите, эти стихи написала ваша дочь?

— Да, а что?

— Вы читали их?

— Она сама пробовала мне читать отрывки, но меня как-то больше привлекали рисунки. Мило, не правда ли? Вы не подумайте, что я такая плохая мать, что не интересуюсь творчеством своего ребенка, напротив... Просто мне не хотелось бы, чтобы она развивалась хаотично. Что такое стихи? Набор слов. Хороших поэтов мало, и мне бы не хотелось, чтобы моя дочь стала посредственным литератором, вынужденным заниматься дешевыми переводами чужих стихов. Она не гений, вот пусть и занимается более реальным делом. Я не хочу, чтобы она стала музыкантом, художником или, тем более, литератором... Даже художником — еще куда ни шло, потому что результаты их работы можно подержать в руке и получить за это неплохие деньги. А музыка? Стихи? Кто же сегодня платит за воздух?

— Значит, вы не знаете, о чем писала ваша дочь?

— О любви, конечно...

— Возьмите прочтите вот этот отрывок, — Юля протянула Марте листок, — не сочтите за труд...

— «Я бьюсь в исступленьи. Мне холодно, зябко. Возьми ж на колени бесстыдную зайку...» Боже, какой ужас! Я не знала этого стихотворения...

— А другие знали?

— Вы имеете в виду наших знакомых?

— Да нет же, другие стихотворения Риты вы знали?

— Нет, если честно...

— А она никому не давала эту папку... на время?

— Давала... Своей подружке, Вале Кротовой.

— Это ее одноклассница?

— Да.

— А вы не позволите мне взять эту папку... тоже на время?

— Возьмите, какой разговор... Но зачем она вам?

— Думаю, что вы скоро что-то узнаете.

— Вы меня пугаете. При чем здесь ее стихи? Обычный подростковый бред!

— Возможно. Марта, вы ничего от меня не скрываете?

— Мне нечего скрывать.

— А от чего умер ваш муж?

— От инфаркта. У него было больное сердце.

— Его смерть не была спровоцирована ничем таким, из ряда вон выходящим?..

— Да вы посмотрите вокруг — на каждом шагу провокации. Безденежье, зависимость от глупого начальства... Мы хотели УЕХАТЬ.

— И что же?

— Мама не вынесет переезда...

Глава 11

— Привет, Чайкин...

Леша был на удивление трезв. Но когда Юля достала из пакета бутылку коньяку, глаза Чайкина увлажнились:

— Ты пришла вовремя, я только что закончил работу. Если бы ты только знала, как часто мы с Валеркой шутили вот по ЭТОМУ самому поводу... Но мы не знали, кто первым из нас ляжет под нож... Юля, его зарезали, как поросенка... За что?

— Я сама хотела бы знать, но Крымов меня сейчас так осадил, что я готова оставить его контору прямо сегодня, сейчас, сию же минуту... Ненавижу!

Она смотрела, как Чайкин наливает себе в стакан темную жидкость. Сглотнула, представив себе, что именно так выглядит яд РИЦИН...

— Это Изотов вскрывал Соболева?

— Я могу это узнать прямо сейчас, если надо... — с готовностью, но уже горя от нетерпения и держа в руках наполненный коньяком стакан, проговорил Леша. — Ты думаешь, его могли убить из-за трупа? Из-за какого-то несчастного немого трупа?

— Ты не знаешь его домашний телефон?

— Знаю, конечно. Ты хочешь позвонить Маше? Звони.

Юля набрала названный Чайкиным номер, но к телефону так никто и не подошел.

— Занята подготовкой похорон. — Она опустила трубку и вздохнула. — Мы не могли бы сейчас поехать на Ямщицкую? Чует мое сердце, смерть Изотова как-то связана с Соболевым... Послушай, Леша, у нас в городе не два эксперта, а гораздо больше... Скажи, по какому принципу распределяются трупы?

— Думаю, что по территориальному. Но в основном они попадают сюда и на Ямщицкую. Старый морг находится в аварийном состоянии, он почти превращен в анатомический театр для студентов-медиков. Туда, как правило, везут смертников.

— То есть?

— Приговоренных к расстрелу. Они плавают там с пробитыми черепами, как в бассейне, а студенты изучают по ним анатомию, поняла?

— Меня сейчас вырвет...

— Ладно, поехали, ты же на машине?

На Ямщицкой, в морге, убитого Изотова уже замещал студент-практикант, светловолосый очкарик, который, увидев посетителей, страшно обрадовался:

— Алексей Палыч! Ну наконец-то, а то у меня здесь полный завал. Какая-то эпидемия смерти! Все мрут как мухи... Я же не могу, я весь в мыле... Как хорошо, что вас прислали мне на подмогу.

— Это тебе так кажется. Я к тебе не приходил, и вот эта молодая леди — тоже. Все ясно? Мы пришли взглянуть на регистрационный журнал Изотова.

— Пожалуйста... — пожал плечами очкарик. — Но что же мне делать-то здесь одному?

— А что тебе сказали, когда присылали сюда? Тебе обещали кого-то в помощь?

— Да нет... Просто вызвали и сказали, мол, временно будешь замещать Изотова... А это «временно» длится с восьми утра.

Он протянул Чайкину толстый журнал. Юля, устроившись за небольшим столиком в комнатке, напоминающей приемную, но где тоже было не продохнуть от мерзкого запаха разлагающихся трупов, зашелестела страницами.

— Соболев Герман. Есть. А позавчера? Может, его убийство связано с «позавчерашними трупами»? Только два. Берестов Андрей, Вартанов Алик... — Она достала блокнот и записала фамилии. — Надо будет позвонить Норе.

— Так и позвоните, — услышала она над самым ухом и вздрогнула, потому что была уверена в том, что очкарика нет рядом. — Телефон-то вот он.

Юля посмотрела на его бледное потное лицо, фартук, забрызганный бурой кровью, словно у мясника, и голубые вспухшие жилы на кистях рук. Да, он действительно выглядел растерянным и утомленным.

— Вы не могли бы оставить нас вдвоем? — как можно вежливее попросила Юля и даже состроила улыбку.

— Да-да, конечно, мне и так пора... Потом, когда будете уходить, скажете...

Юля придвинула к себе телефон.

— Надя? Это я. Значит, так. Срочно свяжитесь с Корниловым или Сазоновым, с кем угодно, и узнайте, при каких обстоятельствах умерли или погибли Андрей Берестов и Алик Вартанов. Это первое. Второе. Пусть Шубин позвонит мне и расскажет, что он узнал о драгоценностях Садовниковых. Извинись за меня перед ним.

* * *

Спустя час Надя позвонила Юле в машину и сказала, что труп двадцатилетнего Андрея Берестова нашли позавчера на станции Анисовка, прямо на скамейке, а девятнадцатилетнего Алика Вартанова вечером того же дня на железнодорожном вокзале, в кустах... Оба парня были убиты тем же способом, что и Герман Соболев, — ядом в капсулах.

Что касается драгоценностей Лоры, то все они уже изъяты из магазинов, куда были сданы Елизаветой Гейко. Юля догадалась, что Гейко — фамилия родной сестры Лоры, Лизы, в девичестве Казариной.

И Юля поехала в гостиницу «Европа», где, по словам все той же Нади, остановилась Лиза. Но она опоздала. Администратор сказал, что Гейко еще утром покинула гостиницу.

«Значит, она поехала к Садовниковым...»

Ей долго не открывали.

— Кто вы? — спросила высокая худощавая женщина с забранными наверх светлыми вьющимися волосами, одетая в домашние трикотажные брюки, майку и фартук.

— Вы — Лиза Гейко?

— Ну я... — Лиза смотрела на Юлю с недоверием. Легкая ирония блуждала на ее лице. — Уж не убивать ли меня, милочка, вы пришли?

На вид ей было под пятьдесят, но было заметно, что эта женщина следит за собой и постоянно посещает косметический салон.

— Меня зовут Юлия Земцова, я работаю в частном детективном агентстве и по поручению друзей вашего зятя расследую убийство.

— Ну наконец-то! Проходите, пожалуйста, и прошу извинить меня за дурацкую шутку. Вот сюда, а то здесь я еще не вытерла.

Как Юля и предполагала, Лиза приводила в порядок квартиру. «Жизнь продолжается», — подумала она, заметив стоящую на кухонном столе вазу с желтыми розами.

— Я разговаривала с Леной Мазановой, она предупреждала меня о визите частного детектива, но я почему-то была уверена, что придет молодой парень, из крутых... Терпеть не могу этот сленг, но иначе не назовешь... Присаживайтесь, сейчас будем пить чай. Я купила рулет, заодно и перекусим. И хотя я имею самое смутное представление о вашей работе, разве что по книжкам, но чувствую, что у вас редко когда остается время на еду. Поэтому присаживаетесь, не стесняйтесь... обещаю вам, что помогу всем, чем смогу. Возможно, вам покажется странным, что я разговариваю с вами так, словно ничего особенного в моей жизни не произошло, но это только благодаря успокоительным средствам, которые посоветовал мне мой врач. Я позвонила ему в Питер сразу же, как только узнала о смерти Лоры.

— Вы хотите сказать, что в день смерти сестры вы были здесь, в нашем городе?

— Разумеется. Я никогда не афишировала свои приезды. У нас с самого начала не сложились отношения с Сергеем, и я, зная, что он просто терпеть меня не может, встречалась с Лорой тайно. Вы, наверное, уже слышали об их женском клубе? Так вот, последнее время она вместо того, чтобы распивать чаи с сонями и разными там диановыми-гусаровыми, проводила время со мной...

— У вас были какие-то общие дела?

— Ничего особенного. Просто Лора собиралась развестись со своим мужем, но так, чтобы он до поры до времени ни о чем не догадывался и не трепал ей нервы... Я специально прилетала к ней, чтобы как-то поддержать ее. У вас может возникнуть естественный вопрос, а не безумие ли это — летать раз в неделю к сестре, не разорительно ли это? Я отвечу. Родной брат моего мужа — летчик. Я летала сюда бесплатно. Но даже если бы не Роман, я все равно бы летала. Мы не бедствуем.

— Скажите, у вашей сестры был любовник?

Лиза, накрывавшая на стол, замерла и, набрав в легкие побольше воздуху, шумно выдохнула:

— Никакого любовника у нее не было. Просто ей надоели вечные измены мужа. Я вообще не представляю, как можно было столько лет жить рядом с таким бабником, да простит меня Бог...

— У Лоры были дети?

— А почему вы спрашиваете меня об этом? — Нож, которым Лиза резала колбасу, застыл в ее руке. — Какие еще дети? Лора не могла иметь детей. Я вам честно скажу, когда она была еще совсем молоденькая, она забеременела от какого-то подлеца, но я об этом ничего не знала. Она сделала очень поздний аборт, почти искусственные роды, в Питере, через моих знакомых, и ей перевязали трубы.

— Так она сделала аборт или же у нее случился выкидыш? И что это за история с подпиленной стремянкой? Этот мужчина не хотел ребенка?

— Не хотел. Лора мне почти ничего не рассказывала, потому что при одном воспоминании о том кошмаре, который ей пришлось пережить, ей становилось невыносимо плохо.

— Садовников знал об этом, когда женился на ней?

— Ничего конкретного он не знал. Лора рассказала ему лишь то, что у нее был мужчина и что у нее мог быть от него ребенок...

— То есть Сергей знал о ее бесплодии с самого начала?

— Знал и — надо отдать ему должное — ни разу за все эти годы ее ни в чем не упрекнул.

— А тот человек, который подпилил стремянку... вы не знаете, кто это?

— Конечно, нет. Лора понимала, что стоит только назвать мне его имя, как я превращу его жизнь в ад.

— Она любила его?

— Кого, Сержа?

— Нет, того мужчину?

— Чушь!.. Никого она не любила, ей тогда было-то всего... Какая уж там любовь... Так, любопытство...

— А мужа любила?

— Безумно. И даже собираясь подавать на развод — не поверите! — страдала.

— Это, случаем, не вы повлияли на ее решение развестись?

— Повлияла и не скрываю этого. Ну нельзя же всю жизнь так унижаться. Я хотела, чтобы она бросила его и переехала к нам. Если честно, то я собиралась познакомить ее с очень приличным человеком, который мог бы сделать ее счастливой.

— А вы не знаете, зачем Лора приходила к нам, в детективное агентство?

— Знаю, конечно. Лорочка советовалась со мной по всякому поводу, что уж говорить об этом. Больше того, это была моя идея. Видите ли, их брак был до такой степени извращенным, что они, как мне казалось, находили особое удовольствие в том, чтобы ИГРАТЬ в благополучную семью. Они никогда не грубили друг другу, не оскорбляли друг друга, старались не причинять боль... Звучит по-идиотски, не правда ли? Да вы кушайте, вот этот паштет с грибами, по-моему, вполне приличный... А вот сливки. Так вот, Лорочка очень боялась, что не сможет объяснить Сержу причину развода... И тогда я посоветовала ей собрать материал, который свидетельствовал бы о его изменах. Как это делают на Западе.

— Если вы беседовали с Мазановой, то она

вам, наверно, сказала о разговоре, который произошел у нас с Лорой, когда она пришла в агентство.

— Рассказала. Но я так ничего и не поняла. Какая еще вторая жизнь, что это вообще за бред?! Какой-то смуглый мужчина, которого зовут не то Сашей, не то Валей... Да она всю жизнь живет с Садовниковым, у нее сроду не было смуглых мужчин.

— Она сказала, что у нее такое ощущение, словно ей «приделали другую голову»... Это ее слова. Она производила впечатление человека, глубоко страдающего, одинокого, запутавшегося в себе и окружающем мире, человека, который не понимает, что с ним происходит. Вы, наверное, слышали о психологических экспериментах, проводящихся над людьми где-то за границей? Например, спящего человека на самолете неожиданно без его ведома переправляют в какую-нибудь другую страну, укладывают в постель в неизвестном доме и при помощи скрытой камеры снимают весь процесс пробуждения и всего, что за этим следует. При этом ему пытаются внушить, что он — это не он, а совершенно другой человек, что у него здесь есть дети, муж или жена... Словом, методично сводят с ума.

— Слышала, конечно. Это очень опасные эксперименты. Я где-то читала, что этим «подопытным кроликам» после завершения эксперимента (разумеется, если они не сходили с ума) платили большие деньги в виде компенсации за причиненное беспокойство...

— Ничего себе беспокойство... — Юля даже всплеснула руками, вдруг представив, как ее увозят на тихоокеанском лайнере в какую-нибудь экзотическую страну... — Вот и доказывай потом, что ты не верблюд. Я подумала об этом сразу же, как только Лора рассказала мне про свою вторую жизнь. Но все это — несерьезно, я понимаю. Поэтому мне пришлось навести справки о состоянии ее здоровья.

— Зря старались, ведь так? Лора была совершенно здоровой во всех отношениях женщиной. Разве что детей не могла иметь. Но кто в молодости не совершает ошибок...

— Значит, она сказала вам, что собирается обратиться в детективное агентство только для того, чтобы мы помогли ей собрать доказательства измены Сергея Садовникова, которые позволили бы ей развестись?

— Приблизительно так.

— А вы не знаете, откуда ей было известно об агентстве? Эту информацию ей предоставили вы?

— Нет, о вашем агентстве она знала от Сержа...

— ... который пришел в наше агентство спустя полчаса после Лоры... Вам не кажется это совпадение странным?

— Совпадения всегда несут в себе элементы странности и даже мистики. И зачем же к вам приходил Серж? Уж не за тем ли, чтобы вы проследили за Лорой?

— Как вы догадались?

— Очень просто. Он в последнее время переживал довольно бурный роман с какой-то актрисой и, как мне кажется, намеревался... развестись с Лорой... Но это только мои догадки, и отношение к подобной версии у вас должно быть соответствующим.

— Получается, что они оба собирались развестись. Но вместо этого... погибли.

— Между прочим, в милиции, куда меня уже трижды вызывали, вполне серьезно выдвигают версию о самоубийстве и даже пытались доказать мне это результатами баллистической экспертизы и все такое... Но я не поверила ни единому их слову, поскольку никто так хорошо не знал Лору, как я. Она НЕ МОГЛА расстаться с жизнью САМА, она слишком ответственна для этого.

— О какой ответственности вы говорите?

Лиза слегка покраснела, и Юле вдруг пришла мысль о том, что за смертью Лоры могла стоять Лиза...

— Скажите, — вдруг спросила Юля, не дожидаясь ответа на предыдущий вопрос, — а вы ничего не знаете о родителях Сержа?

— Они давно умерли. Сестер и братьев у него тоже не было.

— Вы хотите сказать, что у вашего зятя не было никаких наследников?

— Ни одного. Это абсолютно точно. Я занималась этим вопросом перед тем, как посоветовать Лоре развестись. Мне необходимо было разъяснить ей ее права, и именно по моему настоянию Лора обратилась к мужу с просьбой переоформить часть их совместно нажитого имущества на ее имя. Таким образом, ей теперь по праву принадлежат квартира, дача, две машины, акции, недвижимость...

Лиза говорила так страстно и увлеченно, словно Лора находилась в соседней комнате, а то, что она умерла, — было только кошмарным сном.

— Но зачем вы мне все это говорите? Разве

ТЕПЕРЬ это может играть какую-то роль? — удивилась Юля.

— К сожалению, да. Ведь наследница — я. И все, что принадлежало Лоре, скоро будет принадлежать мне.

— Завтра похороны Лоры, а вы с таким увлечением рассказываете мне о своих планах на будущее...

— Я знаю, что говорю. Просто вы еще молоды и представляете себе жизнь в романтическом свете. А у меня за плечами годы и опыт.

Странный осадок остался у Юли после этого разговора. Несмотря на кажущийся прагматизм и холодный рассудок, чувствовалось, что Лиза страдает. Это читалось во взгляде и тоне голоса, за которыми пряталась рвавшаяся наружу любовь к покойной сестре. Быть может, ей было важно сохранить состояние Садовниковых именно как память о сестре?

Уже в машине Юля поняла, что не услышала от Лизы ничего нового, разве что о готовившемся бракоразводном процессе, инициатором которого, по настоянию Лизы, собиралась стать Лора. Но все это не приоткрыло ни одной страницы из прошлого ее сестры. На вопрос, не подозревает ли Лиза кого-нибудь в убийстве Лоры, она ответила, что нет.

— Скорее всего это связано с бизнесом Сержа... — произнесла Лиза с горечью. — У Лоры не было врагов, одни только завистницы, но и они время от времени получали доступ к чужому красивому и богатому мужу. Они боготворили Сержа и вешались ему на шею при каждом удобном случае.

Анна Данилова

Еще Юля со стыдом обнаружила, что не спросила, пожалуй, самого главного: зачем понадобилось Лизе Гейко относить в комиссионные ювелирные магазины и в скупку драгоценности сестры.

* * *

— Ничего нового, — проронила Юля в трубку, разговаривая в машине со Щукиной. — Абсолютно. Если позвонит Шубин, передай ему, что я поехала в гостиницу, хочу пошарить в номере. Вот только не представляю, как туда попаду.

— Ты хочешь, чтобы я позвонила Корнилову?

— Ты или я... какая разница. Главное, чтобы мне открыли номер. В ближайшие час-два Лиза туда не вернется, она прибирает в квартире и готовится к похоронам. Думаю, что ей еще предстоят хлопоты с поминками.

— Так что насчет Корнилова? Звонить или нет?

— Я сама... — и Юля позвонила старшему следователю прокуратуры.

— Виктор Львович? Это Земцова.

— Рад слышать. Так, значит, Крымов оставил тебя в живых?

— Представьте себе, нас наняли... — и Юля в двух словах рассказала ему о Мазановых. — У меня к вам просьба. Завтра похороны Лоры и Сергея Садовниковых, и сюда приехала Лорина родная сестра Лиза. Я разговаривала с ней только что, но ничего нового мне узнать не удалось, кроме того, что Садовниковы собирались развестись, но ПОКА держали это в тайне, пытаясь собрать компромат друг на друга. Это все со слов Лизы.

Вы в курсе, что Лорина доля наследства теперь принадлежит ее сестре?

— Ты подозреваешь ее?

— Я подозреваю весь белый свет. Но дело не в этом. Понимаете, она сейчас находится в квартире Садовниковых и не покинет ее в течение нескольких часов. У меня есть время, чтобы посмотреть ее номер в гостинице «Европа». Я вас очень прошу, предоставьте мне такую возможность... У вас там есть свои люди, я знаю. По-моему, это очень важно. Я же, в свою очередь, обещаю держать вас в курсе. Кстати, вы не нашли женщину, похожую на Лору, которая находилась бы в розыске, считалась погибшей или пропавшей без вести?

— Ты прямо как в воду смотришь... Нашли мы женщину, действительно похожую на Лору. Больше того, мы даже вызвали ее мужа... из Питера...

— Из Питера? — удивилась Юля. — Лиза тоже из Питера. Не хватало только, чтобы в Питере жила двойняшка Лоры...

— Какая дикая фантазия! — расхохотался Корнилов, и Юля с удовлетворением отметила, что приятно разговаривать с человеком, который находится в хорошем настроении и в состоянии так заразительно и открыто хохотать. — Небось детективов начиталась?

— Есть немного... — призналась Юля, у которой полки в книжном шкафу ломились от детективов. — Вы говорите, что вызвали ее мужа? И что же, он приедет к нам?

— Он уже вылетел...

— А кто он, что из себя представляет?

— Преподаватель философии, Зорин Александр Александрович. Ему чуть больше сорока. Я лично разговаривал с ним по телефону, и мне показалось, что он находится на грани нервного срыва. Его жена исчезла примерно полтора месяца тому назад.

— А как ее звали? — Юля вспомнила, что Лора, рассказывая ей о своей «второй» жизни, упомянула, что своего мужа она иногда называла Сашей или Валей. Александр Александрович — Саша.

— Людмила. Людмила Зорина.

— Он сразу же приедет к вам?

— Он должен позвонить мне из аэропорта.

— Он знает, что завтра состоятся похороны? — осторожно спросила Юля, еще смутно представляя себе, что ее ожидает при встрече с Зориным.

— Нет, конечно. Для начала ему надо будет показать снимки, сделанные с мертвой Лоры. И если он узнает ее, тогда придется отвезти его завтра на кладбище.

— А разве он еще не видел этих снимков в Питере? Разве вы не послали их туда?

— Видел, но там такие снимки, что довольно трудно определить, она это или нет...

— Понятно. Так вы поможете мне с гостиницей?

— Сложную ты мне задала задачку. В принципе, конечно, все это сделать элементарно, но что будет, если она все же надумает вернуться к себе в номер?

— Вы только позвоните кому надо и попросите, чтобы меня переодели горничной... Проверенный прием. А я сейчас заеду домой и прихвачу парик. В любом случае, если даже Лиза, вернувшись, узнает меня, то и отвечать придется только мне.

— Ладно, не переживай, я предупрежу, чтобы мой человек подстраховал тебя и подождал внизу. Если она появится, он позвонит тебе в номер. Кстати, какой номер-то?

— Триста три.

— Хорошо, поезжай в гостиницу, я позвоню туда и предупрежу о твоем приезде. Мой человек встретит тебя у входа. Думаю, что ты даже знакома с ним...

* * *

Алика Аржанухина Юля узнала сразу. Он бывал несколько раз у Крымова по одному из самых первых дел. Это был молчаливый очкарик, за деньги способный выкопать из-под земли хоть черта лысого. Надя еще сказала тогда только что пришедшей в агентство Земцовой, что Аржанухин «агент 006» из угро и работает в «Европе». Информация — полнее не бывает.

— Заходите вместе со мной и молча поднимайтесь по лестнице.

Юля послушно пошла вслед за Аликом, глядя на прыгающие клеточки его серого пиджака, пока на втором этаже, задумавшись, чуть не стукнулась носом о его спину.

— Видите табличку: «Горничная». Там вам приготовлены одежда и коляска. Я буду подстраховывать вас внизу, — сказал и ушел. А Юля осталась в пустынном, устланном красной ковровой дорожкой коридоре, наедине с гостиничными запахами и звуками...

Толкнув перед собой дверь с табличкой «Горничная», она сразу же увидела синее форменное платье, быстро переоделась и, ухватившись за прутья легкой алюминиевой тележки, нагруженной стопками полотенец и пластиковыми бутылками с моющими средствами, выехала из комнаты и на лифте поднялась на третий этаж.

Вот он, номер 303. Она взялась за ручку, но дверь оказалась запертой. «Забыл ключ дать. А я-то дура! Не самые приятные минуты жизни. Оказаться в этом маскарадном костюме перед запертым номером — это ли не издевательство?»

И вдруг она, бросив взгляд на тележку, заметила среди полотенец черную круглую бляшку «303». Под полотенцами оказался и ключ. Юля быстро открыла дверь и вошла в полутемный холл.

Номер был трехкомнатный, дорогой. В приоткрытое окно врывался влажный прохладный ветер и шум города. Толстый розовый ковер под ногами приглушал шаги, мягко шелестели шелковые кремовые портьеры с золотистыми кистями. Желтый, с большими подушками диван так и манил к себе — прилечь, расслабиться и вздремнуть.

На столе царил беспорядок, некогда полированная поверхность его стала матовой от рассыпавшейся пудры, из раскрытого несессера торчали щетки, насадки для фена, тюбики и флакончики с кремами и лосьонами, духами и туалетной водой... В креслах, свернувшись, словно экзотические животные, дремали какие-то яркие женские вещи из кашемира, шелка, органзы...

Это был мирок Лизы Гейко. Умирающей с горя по поводу кончины своей обожаемой сестры. Вот если окажется, что погибла не Лора, а Людмила Зорина?

Но Лиза была в морге, она опознала тело своей сестры. Скорее всего ошибается Зорин... Нервы его на пределе, он каждую минуту готов услышать о трагедии... И чувствует ее даже там, где ее нет.

Вдруг послышался характерный звук открываемой двери, и Юля едва успела спрятаться за портьерой, как в комнату стремительной походкой вошел молодой мужчина, светловолосый, с темными бровями и выразительным ртом. Нежный, красивый, элегантный, в белом свитере и темных дорогих брюках. От него за несколько метров доносился горьковатый запах одеколона.

«Наконец-то...» Юля вздохнула с облегчением. Вот он, мужчина, то последнее звено, которое должно было всплыть рано или поздно. Вот она, вторая жизнь Лоры. Любовник, которого она прятала у сестры. Именно таким Юля представляла его себе и теперь чуть ли не любовалась его одухотворенным лицом, стройным телом, длинными пальцами рук...

Он зашел в номер ПРОСТО ТАК. Сел на диван и, закинув голову назад, уставился в потолок. Но потом, когда вдруг до него дошло, что посреди комнаты стоит тележка горничной, нахмурился, оглянулся. Пожал плечами. Потом тяжело вздохнул, снова поднялся, прошел в спальню, вернулся оттуда и, покружив еще немного по комнате, вновь опустился на диван. Взял на колени телефон и набрал номер. Долго прислушивался, после чего, прокашлявшись, произнес:

— Да, это я. Ну что там нового? Все устроила? Я? Не знаю даже, что тебе сказать... Все потеряло смысл. Я говорю сейчас с тобой, но все кажется мне нереальным... Нет, я не хочу... Мы же договорились, что я не поеду туда. НЕ ИМЕЮ ПРАВА. Давай не будем начинать все сначала... Ты когда вернешься?... Хорошо, я буду ждать.

Он ушел так же неожиданно, как пришел. Юля чуть не рухнула без чувств, когда за ним закрылась дверь. Через мгновение она услышала, как хлопнула дверь где-то по соседству. Значит, молодой человек пришел не с улицы, иначе Аржанухин предупредил бы ее... Но в то же время было непонятным, почему Алик, чувствовавший себя в гостинице, как рыба в воде, не счел необходимым сообщить Юле, что в соседнем номере живет человек, каким-то образом связанный с Лизой? И кто этот юноша?

Она подсела к телефону:

— Надя, это я. Сижу в номере Лизы. Осмотрела каждый уголок, заглянула в каждый карман и сумку — ничего примечательного, что могло бы натолкнуть на свежую мысль. Обыкновенная женщина. Носит дорогую одежду, пользуется хорошей косметикой, судя по тому, какой у нее здесь беспорядок, держит у себя дома, в Питере, домработницу. Чувствуются барские замашки. В ванной на полочке обнаружила мужской одеколон «Джио Армани», грязный мужской носовой платок, грязную мужскую сорочку...

— Юля, очнись... Юля, ты слышишь меня?

Юля тряхнула головой. Она знала за собой этот грешок: говорить, не давая возможности вставить слово другим.

— Ты меня слышишь? Мне сюда только что позвонил Корнилов. Он просил передать тебе, что человек по фамилии Зорин уже в городе, он приехал с час тому назад и сейчас на пути в гостиницу «Европа». Это кто?

— Как ни странно, может оказаться, что это настоящий муж той женщины, которая выдавала себя за Лору Садовникову... — И Юля рассказала Наде о Зорине.

— Слушай, ну и кашу кто-то заварил... Я уже и не верю, что эта история когда-нибудь кончится. Слишком все запутано, столько невероятных совпадений...

— Совпадений? Каких, например?

— Взять хотя бы отпечатки пальцев. Те, что были на помаде Песковой, совпали с отпечатками в квартире Садовниковых. То, что следы покойного господина Садовникова обнаружили на нижнем белье как его собственной жены, так и Полины. Что розовый сарафан Лоры, залитый кофе, теперь находится в квартире Крымова, и в этом же сарафане ты наверняка видела Полину, прогуливающуюся с коккер-спаниелем спустя несколько часов после убийства Садовниковых во дворе их дома... У Полины была такая насыщенная, бурная личная жизнь, что я не удивлюсь, если узнаю, что в каждой второй квартире нашего города можно найти пучок рыжих волос, кружевные трусики, помаду или расческу этой ненасытной нимфоманки. Все смыкается на ней, даже

Герман Соболев, который, как нам казалось, был связан с исчезновением Риты Басс, оказался родным братом этой невероятной женщины... Вот я и подумала, почему она до сих пор на свободе?

— Потому что вы с Шубиным слишком долго либеральничали и умничали, прежде чем благословить меня на встречу с вашей обожаемой Полиной.

— Да мы просто не хотели, чтобы ты оказалась в идиотском положении. Представь, как было бы нелепо, если бы Полина, увидев тебя на пороге своей квартиры, упрекнула тебя в том, что ты бегаешь за Крымовым, или что-нибудь в таком духе. Я уверена, что эта дама в выражениях не стесняется и что те блага, которые у нее имеются, приобретены ею только благодаря ее хищным повадкам. А что говорит о ней Корнилов? Они не собираются ее арестовывать?

— Смеешься? Зачем же я буду ему подсказывать или вообще напоминать о Полине, если мы собираемся завтра увезти ее с кладбища и поселить... у меня. Думаю, что это самое безопасное для нее место. Если же она настолько умна, что сумеет объяснить, каким образом она в ночь с 27 на 28 сентября оказалась сразу в двух местах и успела переспать сразу с двумя мужчинами, один из которых уже лежит в гробу, то, выходит, ей и бояться будет нечего. Если же она не сумеет объяснить, значит, нам придется из кожи вылезти, но выпотрошить ее насчет того, где же она была в момент убийства и не видела ли она настоящего убийцу.

— А что, если она и есть убийца?

— Тогда непонятно, что она делала так долго в квартире, уже пристрелив Садовниковых, вместо того, чтобы сразу же сбежать. Как ты думаешь, мог бы убийца спокойно вытирать в шесть утра ноги, выпачканные в крови, о траву, когда в спальне поблизости лежат два окровавленных трупа?

— Не знаю, трудно сказать.

— Слушай, я с тобой заговорилась и не сообщила самого главного. В номер к Лизе только что заходил потрясающий мужчина. Он вошел сюда, как к себе домой, и позвонил по телефону. Может, Лизе, а может, и кому-нибудь другому. Очень красивый молодой человек. Только у него были такие грустные глаза... Мне показалось, что он живет в соседнем номере, потому что, как только он вышел, там сразу же хлопнула дверь.

— Может, это любовник Лизы?

— Вот это мысль! И как это я сразу не догадалась?! Какая же я идиотка! Поверила, что Лиза прилетала каждую неделю к СЕСТРЕ! Как бы не так. Надя, ты — голова. Кстати, пока не забыла. Узнай, пожалуйста, для меня адрес Валентины Кротовой, подружки и одноклассницы Риты Басс. Еще я просила тебя узнать адрес Лоры Казариной...

— То есть тот, где она жила раньше?

— Именно. И еще учительницы английского Риты Басс.

— Хорошо, сейчас запишу. Кстати, Крымов просил передать тебе свои извинения. Я не знаю, что с ним делать. Портится мужик прямо на глазах.

— А вдруг он ТОЖЕ что-нибудь знает?

— Про Садовниковых-то? Нет, этого не может быть.

— Надя, и еще. Найди кассету, на которую Крымов 27 сентября записывал свой разговор с Сергеем Садовниковым...

— Это когда тот просил проследить за Лорой?

— Да.

— Я ее уже нашла и положила в ящик своего стола. Приходи, послушаешь.

— Ну все, мне пора возвращаться...

— Ты сейчас ко мне?

— Нет. Хочу навестить одну даму.

Юля положила трубку на место и подумала, что если бы Аржанухин хотел ее предупредить о возвращении Лизы, то не смог бы этого сделать, поскольку она сама же и занимала телефон. «А ведь могла бы спокойно позвонить с сотового...»

Она вышла из номера, толкая впереди себя тележку, не спеша заперла номер и тут же постучала в соседний.

— Войдите... — услышала она и взялась за ручку двери.

Молодой человек полулежал на диване, уже переодетый в длинный черный халат, и курил, задумчиво глядя в окно. В отличие от апартаментов Гейко здесь было чисто убрано, и только переполненная пепельница свидетельствовала о том, что хозяин впал в меланхолию и решил отдаться этому чувству до конца.

— У вас уже убирали? — спросила, волнуясь, Юля, с надеждой ожидая услышать спасительное «да».

— Да, спасибо. Еще утром, — ответил, слегка повернув голову с растрепанными светлыми волосами, мужчина, и Юля второй раз подивилась этому неожиданному сочетанию белых волос на голове и темных выразительных бровей и глаз. А эти красные губы! Они просто сводили ее с ума.

Она вышла оттуда сама не своя. Спустилась на второй этаж, переоделась и вскоре уже стояла внизу, в холле, и разговаривала с Аликом Аржанухиным.

— Номер 302. Кто там живет?

— Сейчас посмотрим... — Алик пружинящей походкой приблизился к окошку администратора и, поговорив с ним, вернулся к Юле.

— Этот номер оплачен на месяц вперед Садовниковой Ларисой Львовной.

— Кем-кем? Садовниковой? — Юля не верила своим ушам. Да и Аржанухин, видимо, ничего не знал про Лору и ее смерть.

— Я же ясно выразился — Садовникова Лариса Львовна.

— Но в этом номере живет мужчина...

— Он не живет, он иногда приходит сюда.

— Приходит и живет? Как часто приходит и к кому?

Алик поправил на носу очки и вздохнул, как если бы разговаривал с человеком, заведомо зная, что тот тупица и что объяснять ему что-либо совершенно бесполезно.

И Юля сообразила. Быстро достала из кармана сто долларов и незаметно сунула ему в руку.

— Послушайте, это крайне важно...

Алик отошел и через минуту вернулся с администратором. Юля, бросив на Аржанухина многозначительный взгляд, наконец-то осталась наедине с симпатичным толстячком. Администратор смешно вращал глазами и то и дело дотрагивался пухлым пальчиком до черных крошечных усиков.

— Я все понял, можете спрашивать меня о чем угодно.

— Меня интересует молодой человек, проживающий в 302-м номере, том самом, который сняла месяц тому назад Садовникова Лариса Львовна.

— Да, нас предупредили, чтобы мы пускали его в любое время дня и ночи. Этот мужчина бывал здесь, но крайне редко. Понимаете, Гейко и Садовникова — судя по всему, подруги, у них были какие-то общие дела. Словом, это вполне состоятельные дамы, которые могли позволить себе, я скажу, купить не одного, а целый десяток таких мальчиков. Вы понимаете, что я имею в виду?

— Вы хотите сказать... — Юлю бросило в жар, — что эти две, как вы выразились, дамы приглашали к себе этого молодого мужчину с определенной целью?

— Я в этом просто уверен. Они заказывали в номер ужины стоимостью в несколько сот долларов... Словом, не отказывали себе ни в чем. Это вам не клиенты, питающиеся одной пиццей или горячими сосисками. Поэтому вы должны нас понять: кто платит, тот и заказывает музыку. Этот человек мог оставаться у них столько, сколько ИМ заблагорассудится.

— Вы не отмечали, когда именно он появлялся здесь? — Юля запнулась, понимая, насколько нелепо прозвучал ее вопрос. — Хорошо, тогда скажите, сама Садовникова здесь ночевала?

— Крайне редко, приблизительно два раза в месяц, не чаще. А что касается ее подружки, Гейко, то она вообще, кажется, приезжая.

— Значит, вы знаете, что Садовникова НЕ приезжая, что она местная?

— Я видел ее паспорт, — улыбнулся разговорчивый администратор.

— Вы не знаете имени этого молодого человека?

— Извините... — он развел руками.

— Тогда еще один вопрос и соответственно еще одна просьба. Сейчас к вам должен приехать некто по фамилии Зорин, — Юля не глядя протянула несколько десятидолларовых купюр пухлячку-администратору, — вы не могли бы позвонить мне вот по этому телефону...

— Он уже здесь, остановился в 501-м номере.

— Уже здесь?

«А почему бы и нет? Я столько времени трепалась по телефону с Надей! За это время могли бы заселить всю гостиницу».

Деньги скрылись в кармане брюк администратора по соседству с частью тех денег, которые Юля дала несколько минут назад Аржанухину.

— Спасибо. Вы мне очень помогли.

— Я постарался, — расплылся в потной улыбочке толстячок. — Меня зовут Роман Станиславович. Мы бы могли, между прочим, — он хитро подмигнул ей, — обойтись и без посредников.

Он имел в виду Алика.

— Я тоже так думаю. Рада была познакомиться с вами. Меня зовут Юля. Юлия Александровна Земцова.

Под жестким взглядом Аржанухина, который вел себя так, словно подслушал ее разговор с Романом Станиславовичем, и теперь просто буравил ей спину, Юля поднялась на пятый этаж и постучала в номер 501.

— Вы за мной? — она увидела бледного, интеллигентного вида мужчину в помятом костюме. — Мы прямо сейчас едем в морг или сначала в милицию?

Юля в замешательстве остановилась на пороге, не зная, что и ответить. Видно было, что Зорин не в себе.

— Вы Александр Александрович Зорин?

— Да, это я. Так мы едем?

— Меня зовут Юлия Александровна Земцова. Позволю себе заметить, что процедура, которая вас ожидает, может не иметь к вам никакого отношения. «Он не смуглый, как говорила Лора...»

— Да-да, меня уже предупредили, но я уверен, что это она. Я смотрел фотографию — это она.

— Кто вам ее показывал?

— Один милейший человек — Корнилов. Вы от него?

— Я представитель частного сыскного агентства. До сегодняшнего дня я занималась расследованием убийства одной женщины, которую вы теперь называете своей женой.

— Как это?

— Ее зовут Лариса Садовникова. И ее труп уже опознали достаточно много людей. Завтра состоятся ее похороны. Ее и ее мужа. Они погибли вместе. Но возможно, что их убили.

— Я должен взглянуть на нее... — Александр Александрович с трудом сглотнул. — На фотографии я видел свою жену.

— А вы не могли бы показать ее фотографии?

— Могу, конечно. У меня их много... — С этими словами Зорин кинулся к «дипломату» и достал оттуда прозрачную папку, заполненную снимками. На них Юля увидела молодую, приятной внешности женщину с белокурыми длинными волосами, отдаленно напоминающую Лору. Смерть, конечно, искажает лицо, и появись сейчас перед Юлей живая Лора Садовникова, еще неизвестно, узнала бы она в ней женщину, тело которой видела в морге.

— Ну что, это она? — Зорин судорожно схватил Юлю за руку.

— Мне трудно сказать. У вашей жены и у Лоры очень похожий овал лица, волосы, прямой нос, светлые глаза... Сожалею, но ничего конкретного сказать не могу.

Глава 12

Когда Юля вышла из гостиницы, то поняла, что день прошел. А ведь на свете, кроме трупов и гостиничных номеров с роскошными блондинами и продажными администраторами, существует и такой непредсказуемый и чудесный человек, как Павел Андреевич Ломов, который заедет сегодня за нею в восемь часов, то есть через час.

Она остановила машину возле своего подъезда, вышла из нее и вдруг поняла, что никуда-то она сегодня не поедет. Во-первых, она устала, а во-вторых, ей нездоровилось. «За город? Нет, не смогу...» Она умела рассчитывать свои силы, а потому, увидев в дверях записку, даже немного расстроилась. «Заеду, как договорились, в 8. Оденься потеплее. П.А.»

Юля не могла вспомнить, когда о ней заботились так, как этот практически чужой ей человек. Земцов? Он сам требовал к себе постоянного внимания и довольно часто на первый план выставлял свои капризы, не считаясь ни с ее настроением, ни с самочувствием, ни с возможностями... Эгоизм — это тоже диагноз, который больной сам себе в жизни поставить не сможет — духу не хватит.

Она без аппетита съела кусочек торта, запила чаем и, приняв душ, улеглась с книжкой в постель. И хотя она лежала в тишине, в ушах ее еще звучали голоса тех, с кем ей пришлось сегодня встречаться и неустанно говорить об одном — о смерти. Ведь, по сути, смертью были пропитаны все ее вопросы, которые она задавала Лизе, Наде, Корнилову, Зорину и даже администратору... «Какой мерзавец!» — вспомнила она Романа Станиславовича с его грязными намеками на сестер Казариных.

Конечно, можно было сейчас позвонить Наде и поговорить с ней о неотложных делах, разработать хотя бы план действий на завтра, но тело Юли просило отдыха и, напрочь отказавшись производить какие-либо движения, оно теперь счастливо покоилось на ровной поверхности кровати, прикрытое толстым белым пледом, словно благодаря за подаренные покой и тепло.

Когда сквозь благостный, сладкий и до стона порабощающий сон вдруг раздался звонок телефона, Юля тихонько заскулила, как щенок или ребенок. В такие минуты полного расслабления ей всегда хотелось, чтобы рядом была мама.

Она неохотно взяла трубку:

— Слушаю...

— Добрый вечер... — голос показался Юле знакомым до мурашек. — Мне надо с вами срочно встретиться. Я тут неподалеку от вашего дома. Можете вы мне пообещать, что выслушаете меня до конца?

— Да, — охрипшим от волнения голосом проговорила Юля и почувствовала, как по вискам ее заструился пот. — Приходите, я жду вас...

Странно, она никогда в жизни не слышала голоса Полины Песковой, но на какой-то миг Юле показалось, что этот голос принадлежит именно ей. Неужели ее соперница решила сама прийти к ней с открытым забралом и во всем признаться? Или просто захотела посоветоваться с ней, как ей быть, если ту злополучную ночь она действительно провела на квартире Садовниковых...

Раздался звонок. Юля, которая за пару минут успела надеть брюки и свитер и даже подкрасить губы, осторожно подошла к двери и открыла ее, даже не потрудившись заглянуть в «глазок».

На пороге стояла высокая стройная женщина в черном облегающем костюме. В одной руке она держала плащ, с которого стекала дождевая вода, в другой — миниатюрную сумочку. В светлых прямых волосах застряли дождевые капли. На этот раз она была без очков.

— Добрый вечер... Вы меня помните? Я — Лора. Лора Садовникова. Помните, я была у вас недавно... Вы извините, что я тогда сбежала... Испугалась, что вы мне не поверите...

Юля зажмурила глаза и замотала головой. Но когда открыла глаза, наваждение не исчезло. Лора, живая и настоящая, стояла перед ней и униженно улыбалась, силясь вызвать к себе сострадание.

— Проходите, — не своим голосом пробормотала потрясенная Юля, пропуская гостью в дом.

Часть вторая

Глава 13

«Вот так, наверное, и сходят с ума», — думала Юля, разглядывая сидящую напротив нее Лору, с аппетитом уплетающую странный торт. То, что эта женщина не имела никакого отношения к страшному преступлению, происшедшему на квартире Садовниковых, стало очевидным уже по отсутствию здоровой реакции человека, поедающего «окровавленную постель» — взбитые сливки с клюквенной «кровью»... Будь она в курсе, при виде этого смертного (СВОЕГО, кстати) ложа ей бы кусок не полез в горло. Но Лора Садовникова явно не страдала отсутствием аппетита и, пересказывая, правда, с некоторыми изменениями, все ту же историю о своем РАЗДВОЕНИИ, она то и дело погружала серебряную ложечку в воздушный, пропитанный кремом бисквит, закатывала глаза к потолку и тяжело вздыхала.

— А где же жили вы все это время?

— У своей знакомой. Понимаете, мне просто необходимо было побыть одной.

— А эта знакомая... Откуда вы ее знаете? Вы познакомились с ней, уже живя с Сергеем?

— Вы знаете, мне трудно сказать, откуда я ее знаю. Просто видела несколько раз... А в тот день, когда я так позорно сбежала от вас, я встретилась с нею в кафе, мы поболтали, и она пригласила меня к себе. Между прочим, это очень интересная женщина. И даже не столько в плане внешности, хотя она очень красива и изысканна, обладает бездной вкуса, сколько в плане духовном. Она начитанна, образованна и в отличие от меня уверенно идет по жизни. Но сейчас в ее судьбе произошло некое трагическое обстоятельство, и я просто не могла больше оставаться в ее доме... Видите ли, у нее умер брат...

— Послушайте, вы хотя бы представляете себе, что говорите? То вы приходите ко мне и заявляете, что живете с Садовниковым, который не является вашим мужем, но вам все равно нравится... После нашего разговора вы зачем-то устраиваетесь на жительство в квартире малознакомой женщины. Вы уверены, что с вами все в порядке?

Она тут же поняла свою оплошность: разве душевнобольные люди могут ответить на этот вопрос ОТРИЦАТЕЛЬНО? Разумеется, странная гостья сейчас заявит, что с головой у нее все в порядке, что ей ПРОСТО НАДО ВЕРИТЬ... Но как можно верить такой ахинее?

Звонок заставил вздрогнуть обеих. Юля бросила взгляд на настенные часы: без минуты восемь. «Это Павел Андреевич». Она не знала, что делать. Отпустить сейчас Лору означало распрощаться с этим делом, потому что только теперь, когда Юля видела перед собой эту ненормальную, у нее действительно появилась реальная возможность узнать хоть что-нибудь об убийстве Садовниковых. «Или Садовникова?» Мысли путались, цепляясь друг за друга. А что, если Сергея убила Лора? Или она видела убийцу?

Звонок несколько раз повторился. Лора подскочила со стула, словно ужаленная:

— Господи, это он... Нет, это она, она разыскивает меня...

— Да кто? О ком вы говорите?

— О Полине... Она, наверное, беспокоится, я же не сказала ей, куда иду. И еще... Если честно, то она была категорически против того, чтобы я обращалась в крымовскую контору. Это она так называла ваше агентство.

— А почему? — нервы Юли были уже на пределе. С одной стороны — воскресшая из мертвых Лора, с другой — Павел Андреевич, которому она просто не может не открыть дверь.

— Сделаем так, — Лора вдруг схватила ее за руку, и Юля почувствовала, что рука гостьи холодная и безжизненная. Кроме того, ей даже показалось, что она ЛИПКАЯ... Юля отдернула свою руку, и волна тошноты подкатила к самому горлу. Ей показалось, что рука Лоры в крови.

— Как?

— Я спрячусь вот здесь, под плащом, в самом углу вешалки. Вы впустите своих гостей, проведете их в комнату, а потом под предлогом, что вам надо к соседке за спичками или солью, придете сюда, и мы вместе с вами выйдем в подъезд, где и продолжим нашу беседу.

Делать было нечего. Лора не желала встречаться с гостями. И потому Юля сделала так, как просила эта безумная женщина.

Через мгновение ее уже обнимал и прижимал к себе прохладный и пахнувший дождем Павел Андреевич.

— Осторожно, вы же раздавите цветы.

На этот раз в его руке был пышный букетик ... ландышей. «Осенью — ландыши? Это противоестественно».

Он смотрел на Юлю влюбленными глазами, но, однако, укоризненно качал головой:

— Почему ты так долго не открывала?

— Я не могла... Я принимала душ... А до этого спала. Я устала. Я, наверное, не смогу поехать с вами за город или куда-то еще...

Она провела Ломова в гостиную и предложила сесть в кресло.

— Скажите, — говорила она, нервничая и дрожа всем телом, — вы не обидитесь, если я покину вас минут на десять? Поверьте, это очень важно. А потом я целый вечер буду в вашем распоряжении.

— Это как-то связано с вашей сумасшедшей работой?

— Почти, — уклончиво ответила она. — Так я выйду на минутку?

— Бога ради.

Юля кинулась в прихожую, но там уже никого не было. Тогда она открыла дверь, но стоило ей сделать пару шагов, как ей пришлось зажать ладонью рот, чтобы не закричать...

Прямо возле ее двери, на холодном бетонном полу лестничной площадки лежала Лора. Тело ее приняло форму буквы S, руки раскинуты, ноги согнуты в коленях, волосы разметались. На виске зияла рана, аккуратная, какая бывает при выстреле в упор с характерным отпечатком дульного среза.

Юля не верила своим глазам. Вот только крови было меньше, чем ТАМ, в квартире Садовниковых.

Теперь главное заключалось в том, чтобы взять себя в руки, вернуться в квартиру и позвонить Крымову, Шубину или Наде. Что она и сделала, позвонив сразу всем. Но в агентстве уже никого не было. Надин домашний телефон молчал, так же, как шубинский и крымовский. Длинные гудки убивали своим равнодушием.

Перед тем как звонить в милицию, Юля решила снова выйти в подъезд и удостовериться, что Лора Садовникова действительно лежит здесь, за дверью, с простреленной головой.

Она медленно открыла дверь, показавшуюся невыносимо тяжелой, и испустила тихий вскрик-всхлип, когда обнаружила, что никакой Лоры на лестничной площадке уже нет... И ни капельки крови. Ничего. Разве что запах духов...

Она вернулась к Ломову белая, как покойница. Села в кресло напротив него и закрыла глаза. Она боялась, что стоит ей сейчас открыть глаза, как исчезнет и он. И кому же тогда она будет говорить «спасибо» за оригинальный утренний торт?

Но он не исчез. Когда она открыла глаза, он внимательнейшим образом рассматривал ее, пытаясь, очевидно, понять, что же с ней все-таки происходит.

— Вы извините меня, но мне действительно нездоровится.

— Я уже понял. Я же взрослый мужчина, со мной можно запросто. Но я могу хотя бы на полчаса остаться здесь, у вас?

— Разумеется.

— Скажите, вас не шокировал мой торт?

— Торт? Если честно, то, конечно, шокировал. Но, как я понимаю, вы не можете жить без подобных чудачеств.

— Что верно, то верно. Понимаете, жизнь — в целом серая и неинтересная штука, особенно если человек глуп. Я же себя таковым не считаю. Я всегда старался наполнять ее новизной, свежими красками, запахами, вкусом и звуками... Вы думаете, почему у меня такая большая голова? Да потому, ласточка, что я постоянно о чем-нибудь или о ком-нибудь думаю. А мой замечательный горб? Как вы думаете, что ЭТО?

— Сложенные крылья, как были у Каракколя? — слабо улыбнулась Юля. Она едва сидела в кресле, чувствуя, как ее тянет в сон и как сильно кружится голова.

— Нет, Юлечка, это моя ВТОРАЯ голова. Мой горб заполнен серым веществом...

«Грязью, что ли?..»

— Это тоже мозг, но только полярный... да и вообще, если разобраться, то во мне сидят два человека. Как, впрочем, и в вас... Люди — многогранны, интересны, это самая восхитительная поделка Создателя. И я нахожу особое удовольствие в том, чтобы исследовать его творения.

— А сейчас вы исследуете меня?

— А почему бы и нет? Вы — существо в высшей степени любопытное и прекрасно сделанное. Мне нравятся ваши блестящие шелковистые волосы, черные глаза, этот румянец, который появился на ваших щечках минуту назад... Мне вообще-то нравятся КОНТРАСТЫ... НЕ СПИТЕ, ПОСЛУШАЙТЕ МЕНЯ, ЭТО ОЧЕНЬ ВАЖНО...

Но его слова долетали до Юли уже в искаженном виде. Они словно плыли, растягиваясь или сжимаясь, в зависимости от сонных волн, окутывавших ее сознание.

274

— Я слушаю вас, слушаю... — бормотала она, погружаясь не то в обморок, не то в воронкообразный, омутный сон.

— Я не понимаю, как может такая нежная и женственная девушка, как ты, заниматься расследованием УБИЙСТВА?.. Это же уму непостижимо! Ты мне когда-нибудь расскажешь, как ты это делаешь?

— Расскаж-ш-шу-у-у... — она застонала от переполнявшей ее неги, которой теперь было охвачено все ее тело.

Больше она уже ничего сказать не могла — крепко уснула. Павел Андреевич, подхватив на руки, отнес ее на кровать, укрыл и лег рядом. Обнял ее, прижал к себе, но пролежал так совсем недолго, всего несколько минут. После чего перешел в кресло, закрыл глаза и погрузился в воспоминания...

* * *

Утром Юля чувствовала себя совершено разбитой. Она помнила, что отключилась во время разговора с Ломовым, и испытывала некоторое огорчение от невольного неуважения к такому гостю.

При мысли, что Ломов запросто мог воспользоваться ее сонным состоянием, Юля усмехнулась: нет, он неспособен на такое. «А может, он и вовсе импотент? Уж не думает ли он, что за его цветочки и тортики я буду пытаться реанимировать его как мужчину?»

После прохладного душа ей стало немного лучше. Собираясь доесть торт, она с удивлением обнаружила, что его уже нет, а пропитанная сахарным сиропом нижняя часть картонной коробки из-под торта лежит в мусорном ведре.

Пришлось разогревать курицу.

Про Лору Садовникову думать было нельзя. «Так не бывает, а потому это надо просто вычеркнуть из головы. Раз — и все! Иначе тебя, моя дорогая Юля, поместят в загородную клинику для душевнобольных... таких, как эта самая Лора... Вот там, кстати, ты и сможешь задать ей, наконец, все интересующие тебя вопросы. Но пока ты еще здесь, среди нормальных людей, будь добра, не делай глупостей, никому не рассказывай об этом странном визите и живи себе дальше... до следующего ее прихода...»

Ей было страшно. Но звонить Крымову теперь было нельзя. Ему сейчас не до нее. У него сегодня похороны брата любовницы. Похороны Германа Соболева. А у Юли сегодня тоже похороны. Похороны супругов Садовниковых. «Вот будет умора, если Лора вдруг встанет из гроба и, увидев стоящую в толпе Юлю, подбежит к ней, возьмет ее руку в свою, ЛЕДЯНУЮ, и поблагодарит за прекрасно проведенный вечер, за торт, наконец...» Юля рассуждала о себе уже в третьем лице. Так ей было легче осознавать надвигающееся на нее безумие.

Но на похороны все равно надо было ехать. Там будут ВСЕ. Возможно, и убийца. Интересно, гробы будут открыты или закрыты? Хорошо, что на улице сейчас нет дождя. Значит, есть еще надежда увидеть Лору В ГРОБУ.

Чтобы не было страшно и жутко в пустой и тихой квартире, Юля включила радио и вдруг услышала:

— Что это, Генри? — спрашивал женский голос.

— О чем ты? — это, наверное, был сам Генри.

— Да вон, посмотри!

— Где?

— Да вон же!

— Н-не б-бойся, м-милая, не бойся. Оно не причинит нам зла.

— Такое огромное! — в голосе прозвучал ужас.

— Да нет, по-моему, оно не такое уж и большое...

— Ой, Генри, оно идет прямо на нас. Оно... Это же... Да это таракан с какой-то штукой на спине! Генри! Он без головы! Как же он ходит? Генри! Генри, сделай что-нибудь!

— Успокойся, дорогая.

— Все-таки, что у него на спине?

— Похоже...

— Это тоже... не может быть, у него нет ног... И все-таки, Господи, он еще и перевернут! — женщина кричала от ужаса. — Нет, не может быть! Ну, пожалуйста. Только не это... СИЛЬВИЯ присоединена к другому таракану...

Юля выключила радиоприемник. «Маразм. Какие еще тараканы?»

«Я серьезно обеспокоен твоим здоровьем...» — она словно уже слышала голос Крымова.

Она позвонила Щукиной:

— Надя? Очень тебя прошу, немедленно включи радио и послушай местную программу... С девяти до половины одиннадцатого она перекрывает первую. Слушай внимательно все, что касается тараканов. А я тебе потом перезвоню.

Положила трубку и схватилась за сердце. Но

не от того, что она заболело, скорее по привычке, чтобы попытаться хотя бы так успокоить бившуюся в груди, словно запутавшуюся в силках абсурда птицу. Слишком много произошло в последнее время удивительных событий, объяснение которым она вряд ли найдет с таким арсеналом комплексов, страхов и видений...

Юля открыла блокнот и набросала план на сегодняшний день:

1. Похороны Садовниковых; ЗОРИН, Дианова, Гусарова, Мазанова, Канабеева, Лиза, «блондин»...

2. Похороны Соболева, Полина — увезти домой, спрятать;

3. Валя Кротова — поговорить;

4. Радио — что это за тараканы?

5. Старая квартира Лоры Садовниковой (в девичестве Казариной);

6. Изотов — встретиться с его вдовой и поговорить;

7. Сырцов — почему продает имущество?

8. Полина — кто у нее проживал, какая женщина?

9. Ломов — извиниться за вчерашнее, показать фотографию с тортом Наде;

10. Магнитофонная запись разговора Крымова с Сергеем Садовниковым за день до смерти последнего;

11. Отпечатки пальцев на ВСЕХ авиабилетах;

12. Лиза Гейко (в девичестве Казарина) — спросить, зачем ей понадобилось продавать драгоценности Лоры;

13. Спросить у Игоря, как там дела у Сотниковых и что нового он узнал о Рите Басс.

«Ничего себе планчик!»

Затем снова позвонила Наде.

— Ну что, успела послушать этот бред про тараканов?

— Успела чуть-чуть, а что?

— А то, что я было подумала, будто у меня не все в порядке с головой.

— А-а, вон оно что... И часто ты мне теперь будешь звонить, чтобы выяснить сей любопытный вопрос?

— Думаю, что да... — Юля снова вспомнила о вечернем визите «Лоры Садовниковой». И как бы ей ни хотелось рассказать об этом Щукиной, мысль о том, что ее сначала будут жалеть, а потом и вовсе упекут куда следует, остановила Юлю. — Надечка, ты там работаешь или как? У тебя есть что-нибудь для меня?

— Приедешь, тогда расскажу и покажу... Я по тебе соскучилась, в конце-то концов... И вообще, ты собираешься везти меня на кладбище?

— А не рановато?

— Нам к двенадцати. Это отлично, что и те и другие похороны будут проходить на одном и том же кладбище в один и тот же день, — сплошная экономия времени... Кроме того, будет довольно любопытно посмотреть на перебежчиков.

— Кого-кого? — не поняла Юля.

— Перебежчики — это те, кто будет бегать от могилы к могиле, то есть люди, которым были дороги ныне покойные Садовниковы и Соболев... Это как в математике — общие знаменатели. Глядишь, что-нибудь интересное и проявится.

— Так и скажи, что хочешь посмотреть на

Полину... Ведь она была любовницей Сергея Садовникова и сестрой Соболева. Бедняжка, у нее сейчас тяжелые дни... Столько потерь сразу...

— Послушай, что-то я сбилась с мысли. Что ты там хотела меня спросить насчет тараканов?

— Надя, пожалуйста, позвони на наше местное радио и выясни, что за бредовую постановку мы с тобой слушали сегодня утром... Может, ты еще не поняла, но ведь именно часть этого текста была написана на листке, который прилип к подошве твоей Норы.

— О Господи! Какая же я бестолковая! А ведь я чувствовала, что я уже что-то слышала про этого таракана, а вот где — никак не могла понять.

— Ты позвонишь? Узнаешь?

— Конечно, сейчас же... Ну так что, ты заедешь за мной?

— Заеду. А разве Шубин с Крымовым не собираются?

— Твой Крымов сейчас, я так думаю, помогает Полине с похоронами. Он звонил, просил передать тебе привет и свои извинения.

— Он что, так и будет теперь до скончания века передавать мне свои извинения? Передай ему, что я в его извинениях и тем более в раскаянии не нуждаюсь. Я вполне обхожусь и без них. У него голос был хотя бы трезвый?

— Вроде трезвый... Трудно определить по телефону.

— А где Игорек? Вот уж по ком я соскучилась!

— Он тоже недавно звонил, говорит, что приготовил для тебя «бомбу»...

— Отлично... Он тоже будет на кладбище?

— Он будет минут через пять у меня в приемной и даже попросил меня вскипятить чаю. Так что подъезжай, а то скоро забудешь дорогу на работу. Заодно расскажешь мне, как у тебя обстоят дела на личном фронте.

— Хорошо, а ты мне расскажешь про свои.

* * *

Но поговорить о личном им не удалось, потому что Юля появилась в приемной лишь в половине двенадцатого. Ровно минуту спустя после ее разговора с Надей к ней совершенно неожиданно приехал Ломов. Первым делом он поинтересовался ее самочувствием.

— Спасибо. Вы извините меня за вчерашнее, но я так хотела спать.

— Ну что ты, девочка... Хороший сон — признак здоровья. Я заехал к тебе, потому что не уверен, что смогу встретиться с тобой сегодня вечером. У меня накопилось много дел, возможно, я уеду в Москву, но это еще неточно. Понимаешь, я постоянно думаю о тебе... — Он говорил, волнуясь, с придыханием, а рука его крепко держала Юлину руку. — Скажи, а ты... ты обо мне хотя бы немного думаешь?

— Думаю, конечно... Только мне не совсем понятно, зачем мы встречаемся... У вас есть семья?

— У меня есть все. Кроме тебя. И я безумно хочу, чтобы ты принадлежала мне. Полностью. Ты меня интересуешь не только как женщина, но и как человеческое существо, наделенное хорошей порцией мозгов. Ты как-то сказала, что я не умею говорить... Я и умею, и не умею, просто говорю то, что хочу сказать. Я бы хотел, чтобы ты была моей собственностью... Я понимаю, что не должен тебе этого говорить, но я человек, пресыщенный настолько, что не считаю нужным впустую тратить время, деньги и слова.

— Тогда скажите, чего же вы хотите от меня?

Она затрепетала, как тогда, в машине, когда они ехали в «Клест». Ломов стоял рядом с ней в прихожей и, глядя ей прямо в глаза, говорил эти странные вещи. Он был одет так, словно собирался на светский раут. «Очевидно, у него сегодня действительно ответственный день...» И вдруг она все поняла.

— Вы собрались на похороны Садовниковых?

— Разумеется. Мы были знакомы еще с его отцом.

— Сырцов тоже будет там?

— Сырцов? Это кто? Прокурор, что ли? А что ему там делать?

— Я не знаю... — Юля действительно не знала, зачем она вообще упомянула о Сырцове. — Значит, встретимся на кладбище...

— Юля, я бы хотел поговорить... Я понимаю, что теперь не время, что ты куда-то собралась, наверное, на работу... Понимаешь, ты очень нужна мне... Именно ты, а не просто какая-нибудь женщина. Я чувствую, что ты — моя. НАША.

— В смысле? — у Юли холодок пробежал по спине. — Что вы говорите загадками? Чья я? И почему ваша?

— У тебя гибкий ум, и ты способна понять многое... Ты можешь обещать мне, что сегодня на кладбище, ровно в четверть второго, ты последуешь за мной, куда я тебе скажу?..

— На кладбище? Но куда мы с вами можем пойти? — у Юли волосы на голове зашевелились.

— Я хочу тебя, понимаешь? — наконец произнес он, и Юля заметила, как на его потемневшем лбу выступила испарина. Он был возбужден до предела. — И хочу, чтобы это произошло там, где я захочу...

— На кладбище?

— Да... Просто я так больше не могу... Я мужчина. Ты возбуждаешь меня...

— Но... но почему же тогда вы не предложили этого раньше... в более подходящей обстановке... Не скрою, вы тоже действуете на меня... очень... — Теперь и она заволновалась. Она смотрела на него и знала, что он все понял, но никаких действий после ее слов не последовало. Он только до хруста сжал ее маленькую узкую ладонь в своей ручище и, судорожным движением поднеся к губам, осторожно поцеловал.

— Я не предлагал... потому что мне нравится это томление больше, чем то, что может последовать вслед за ним... Я дорожу этим сладостным чувством и не променяю его ни на что. Я бы просто съел тебя, ласточка, и потом по очереди поцеловал каждую косточку... Боже, как же я хочу тебя!

Он с силой прижал ее к себе и, взяв большим и указательным пальцами правой руки ее за подбородок, приподнял его и больно поцеловал в губы. Это был страстный, жаркий поцелуй, от которого Юля чуть не задохнулась. Колени у нее подкосились, и она исторгла горловой, полный неудовлетворенности стон...

Ломов исчез, словно его и не было. А Юле потребовалось где-то с полчаса, чтобы прийти в себя и успокоиться под прохладным душем. Она знала, что стоит ему сейчас вернуться, и она, забыв о приличиях, сама отдастся ему прямо на полу в прихожей.

* * *

— Ты что это такая бледная? — встретила ее Надя и чмокнула в щеку. — Ну что, поедем? Шубин тебя ждал и уехал. Он хочет сначала найти могилу Соболева, чтобы потом, сориентировавшись, успеть незаметно вывезти Полину.

— А она сама-то этого хочет?

— Крымов поговорил с ней.

— О чем? — удивилась Юля. — Он что, открыл ей все карты?

— Вот уж чего не знаю, того не знаю. Сама потом у него все спросишь. Ты будешь что-нибудь есть или пить?

— Нет, Надюша, спасибо, мне ничего не нужно. Разве что адрес Вали Кротовой. Ты нашла?

— Записывай: улица Электронная, 25, квартира 156. Еще ты просила прежний адрес Лоры. Адрес Альбины я тоже узнала.

Юля записала.

— Спасибо, ты настоящий друг. А теперь закрывай все окна и двери и, как говорится, поехали...

* * *

Дождя не было. Заплатив у ворот за проезд, Юля медленно повела машину вдоль довольно широкой дороги к участку номер 135, как подсказали ей женщины, торгующие при входе на кладбище искусственными цветами и венками.

— Надо же, даже бомжи и нищие знают про похороны Садовниковых... — удивилась Надя, во все глаза глядя из окна на показавшуюся впереди траурную процессию.

Хоронить супругов Садовниковых пришли довольно много людей. Но все они были чем-то похожи друг на друга: рослые, одетые во все черное, молодые мужчины со своими еще более молодыми и такими трогательными в черных кружевах и газе спутницами. Вдоль улицы, прижавшись к правой стороне дороги, стояли, как на аукционе по продаже иномарок, красивые дорогие машины. Юля, припарковав свой скромный белый «Форд» позади новенького «Мерседеса», была поражена, когда поняла, КОМУ он принадлежит. Павел Андреевич тоже заметил ее, едва она вышла из машины.

— Давай подойдем поближе... — шепнула Надя и, схватив Юлю за руку, потянула за собой, осторожно пробираясь сквозь толпу притихших людей.

Два гроба стояли на возвышении таким образом, чтобы все присутствующие могли еще раз проститься с покойными. Юля прекрасно отдавала себе отчет в том, что видит перед собой коричневый лакированный гроб с телом Лоры Садовниковой, но в ушах ее почему-то продолжал звенеть голос ТОЙ Лоры, которая вчера вечером лакомилась тортом, подарком Павла Андреевича... Кто же из этих двух женщин настоящая Лора?

И тут ей в голову пришла неожиданная и совершенно дикая по своему цинизму мысль. От нее у Юли даже перехватило дыхание. «Булавка». Она открыла сумочку и достала оттуда простую английскую булавку. Расстегнула ее и, когда подошла их с Надей очередь пройти мимо гробов, склонившись слегка над гробом, в котором лежала Лора, незаметно вонзила острую булавку в плечо покойницы. Но напрасно. Никто не закричал, не выскочил из гроба... Больше того, под белой с черным орнаментом повязкой, прикрывавшей половину головы покойной, Юля заметила темные очертания височной раны...

Она отошла подальше от провожающих и, сбиваясь, все же рассказала Наде о том, что произошло вчера вечером.

— Не переживай, ты видела обыкновенное привидение... У меня тоже так было, — успокаивала, гладя ее по руке, Щукина. — Ты в последнее время много работаешь, немудрено, что нервы расшатались... Не бери в голову, все пройдет...

— Ты думаешь?

— Конечно...

И тут она увидела Крымова, ведущего под руку высокую женщину в узком черном платье. Поверх ее красновато-рыжих волос на ветру развевалась прозрачная черная газовая шаль. «Полина...» — у Юли сжалось сердце при виде этой фантастично красивой соперницы.

Полина ступала осторожно, мелкими шажками и олицетворяла собой саму женственность. Крымов по сравнению с ней выглядел серым посредственным мужчиной неопределенного возраста. Казалось, он потускнел рядом с этой роскошной, породистой женщиной.

Толпа, слегка расступившись, пропустила Крымова и Полину к гробам Садовниковых. Между тем Юля с Надей подошли к площадке, на которой происходило все это скорбное действо, с другой стороны и успели увидеть, как Полина, склонившись над гробом Сергея Садовникова, приподняла рукой с лица черный газ, еще ниже опустила голову и поцеловала покойника в щеку.

— Она прошептала: «Прости»... — сказала Надя на ухо Юле. — Ты только посмотри, какого удивительного оттенка волосы Полины... Ты извини, конечно, но она сделана из какого-то другого материала, чем мы... В ней есть что-то такое, демоническое, что ли... Я никогда еще не видела таких огромных глаз. Не удивлюсь, если она спустя несколько месяцев точно так же поцелует щеку мертвого Крымова.

— Надька, да ты с ума сошла, — Юля дернула подругу за рукав, — разве можно говорить такие вещи?!

— Да ты только посмотри на нашего Женьку! Ты хоть раз видела, чтобы он вот так перед кем-нибудь пресмыкался? Он же у нее вот где... — Щукина сжала свой маленький кулачок. — Смотри, по-моему, она даже плачет... Надо же, от одной могилы перейти к другой... А где же Шубин?

— Я здесь, девочки. Извините, но я подслушал весь ваш разговор. По-моему, вы еще не скоро оправитесь от шока. Мне, конечно, неудобно перед вами, потому что вы такие милые и хорошие. Но, кажется, я понимаю Крымова... Такая женщина опасна для жизни. И все-таки, Юля, ты не забыла, зачем мы сюда пришли?

Юля, не поворачивая головы, открыла сумочку и достала оттуда запасной комплект ключей от своей квартиры, куда Шубин и Крымов должны повезти Полину.

— Держи, — она сунула ключи в горячую ладонь Шубина и, всего лишь на мгновение оглянувшись, чтобы убедиться, что ключи действительно попали по назначению, увидела, что позади Шубина, стоявшего за ее спиной, находится человек, о котором она постоянно думала все это время.

Она взглянула на часы. Пора. Она обещала ему. Но как же тогда быть с подружками Лоры, беседы с которыми она запланировала?

— Надя, ты поезжай с ними, а у меня тут есть одно дело. Очень прошу тебя, никому ничего не говори... — Юля обращалась к Наде, зная, что Шубин уже давно стоит у раскрытой дверцы своей машины и только и ждет знака Крымова, чтобы подъехать к процессии и увезти Полину. Дело в том, что в толпе Юля успела заметить нескольких человек из уголовного розыска и прокуратуры. Это были в основном мужчины, и все они, как один, смотрели на эффектную рыжеволосую женщину...

И хотя ей было неприятно, что все смотрят на Полину, умом она понимала, что ей это на руку. Потому что неподалеку стоит человек, который смотрит только на нее, на Юлю.

Она медленно, насколько это было возможно, выбиралась из толпы, стараясь не привлекать к себе внимания, пока, оглянувшись, не увидела Ломова, уже стоявшего за оградкой могилы, расположенной в стороне от процессии. Он словно манил Юлю, хотя не производил ни единого движения, а только пристально смотрел на нее и звал одним взглядом.

Скользя подошвами туфель о влажную глинистую землю и держась за шероховатые, выкрашенные черной краской оградки, Юля как загипнотизированная шла за Ломовым, углубляясь все дальше и дальше...

Кладбище было большим и старым.

«Сейчас он меня изнасилует на какой-нибудь могилке и убьет...»

Но вдруг она увидела дорогу, о существовании которой и не подозревала. И машину. Ту самую, большую и черную.

Юля опустилась рядом с Ломовым на заднее сиденье и замерла.

— Как тихо... — прошептала она, глядя в окно и отмечая про себя, что находится в царстве мертвых. Она чувствовала, как Павел Андреевич, тяжело дыша, медленно скользит ладонью вдоль ее бедра вверх, как шуршит ее юбкой, елозит прохладными тяжелыми пальцами по шелковистой поверхности чулок...

Она закрыла глаза и почувствовала, что он, словно зверь, готовящийся к нападению, вдруг замер, а потом схватил ее за талию, развернул к себе, приподнял и мягко опустил Юлю лицом к себе, на свои колени.

— Ты чувствуешь меня? — спросил он хрипловатым голосом.

— Чувствую...

— А знаешь, ПОЧЕМУ ты чувствуешь?

— Почему?

— Потому что ты — ЖИВАЯ... А они, вон там, за оградками, — мертвые...

Анна Данилова

Ее бросало то в жар, то в холод. В жар, когда он, раздвинув ей бедра, принялся расстегивать на ней жакет и блузку. А в холод, когда начал нести этот покойницко-кладбищенский бред.

— Вас возбуждают эти разговоры?

— Нет, меня теперь вообще мало что возбуждает... Мне скучно на этой земле... Если бы ты только знала, как же мне скучно...

— Вам и со мной скучно?

— Нет. — Он целовал ей грудь и что-то бормотал про себя.

— А почему бы вам не уехать за границу?

— Я там был. Словно поплавал в приторном, наполненном яркими экзотическими фруктами компоте и чуть не утонул... Я привык находить удовольствия везде, где бы я ни находился. Но мне этого мало, мне всегда было всего мало. Ты не пугайся, а постарайся просто понять меня... Я бы хотел взять от жизни ВСЕ, но она мне это «все» НЕ ОТДАЕТ... Но я должен взять, выцарапать, вырвать... с кровью... Боже, какая восхитительная грудь!

Она уже поняла, что ничего не будет. Что он не сможет. Что ему не помогли ни могилки, ни кресты, ни кладбищенская тишина — НИЧЕГО... Это был еще один мертвый мужчина, но только он об этом не знал, а если и знал, то предпочитал об этом не думать.

С точки зрения физиологии Юля страдала. И потому, чтобы не смотреть в его сторону, удалялась от машины быстрыми шагами. Шла, почти бежала, глотая слезы, потому что никак не могла взять в толк, как могла она согласиться на эту нелепую встречу с этим непонятным и странным мужчиной, этим отвратительным горбуном, поработившим ее сознание и шокировавшим ее постоянно какими-то чудовищными выходками вроде торта, изображавшего залитую кровью кровать...

Нет, она больше не будет принимать от него подарки, какими бы соблазнительными и оригинальными они ни были. И напрасно она не сказала ему об этом сейчас... Возможно, он бы понял и оставил ее в покое. И дело не только в том, что он импотент, а в другом. Он НЕНОРМАЛЕН. Он страшен, наконец!

Когда Юля вернулась на то место, где, как ей казалось, совсем недавно проходила церемония прощания, теперь высился могильный холмик, заваленный свежими цветами. Накрапывал дождичек, небо над головой потемнело. Перед могилой оставался лишь один человек, который, завидев приближающуюся к нему Юлю, вдруг резко повернулся и почти побежал к воротам, но потом свернул куда-то и исчез. Это был тот самый блондин, которого она видела в гостиничном номере.

«Сколько же времени я провела в машине с Ломовым?» Ей стало страшно. Какой-то детский нелепый страх. Она увидела свою машину и с облегчением вздохнула. Хорошо хотя бы, что она предоставила Полине только свою квартиру, но не машину. Иначе на чем бы она теперь добиралась до Театрального переулка, где Лиза, должно быть, устроила поминальный обед?

Юля совершенно забыла о Соболеве. Напрочь. Но, с другой стороны, не могла же она оказаться одновременно в двух местах. Там были

Крымов, Полина и Шубин, а это уже кое-что да значит.

Она медленно выехала с территории кладбища и на бешеной скорости помчалась в город, подальше от мертвых, поближе к живым, к настоящим, к здоровым...

Глава 14

Домой она позвонила из машины.

— Кто это? — спросила она настороженно, боясь, что услышит голос Полины.

— Это я, Крымов.

— Полина там?

— Да, все как договаривались... А ты-то куда подевалась? Мы тебя потеряли... У Соболева, что ли, была?

— Нет... Дела у меня были... — она вспомнила Ломова с омерзением. Ей подумалось в эту минуту, что, окажись Павел Андреевич настоящим мужчиной, она вряд ли испытывала бы сейчас к нему такие неприятные чувства, и ей стало стыдно. «Но почему? Почему он так низко пал в моих глазах только лишь по этой в принципе не самой существенной причине? Или именно для меня она оказалась существенной?..»

Юля была противна самой себе.

— Ты сейчас домой?

— Нет, я к Садовниковым, выпью водочки, закушу селедочкой и попытаюсь еще раз поговорить с ее подружками... А чем будете заниматься вы?

— Ты Шубину нужна. До зарезу. Ты не будешь против, если мы тут у тебя поужинаем?.. Полина спит. Я дал ей выпить, и она отключилась. Ты видела ее?

— Видела. А где Щукина?

— На месте, где же ей еще быть?

— На работе?

— Ну да... Ждет-пождет клиентов...

— Ты что, тоже выпил?

— Представь, Герман, которого мы с тобой видели на даче, ее брат... разве я мог предположить подобное?

Юля отключила сотовый. Оказывается, Крымов был пьян, а она и не заметила этого.

* * *

Она не ошиблась: Лиза не стала арендовать для поминального обеда кафе или столовую и предпочла обойтись собственными силами.

Теперь, когда большая квартира в Театральном переулке была заполнена людьми, сидящими вдоль длинного импровизированного стола, Юле показалось, что она вообще находится здесь впервые.

Дверь ей открыла сама Лиза. По ее лицу было сложно определить, страдает ли она по поводу смерти сестры либо просто чрезвычайно утомлена свалившимися на ее плечи хлопотами, связанными с организацией этих неизбежных процедур.

Еще на лестнице Юля почувствовала запах щей и компота из сушеных фруктов. Довольно характерный запах для подобного рода застолья.

В квартире было душно, из гостиной доносился гул голосов. На кухне работали молчаливые, одетые в темное женщины. Очевидно, знакомые Лоры и Сергея, а может, соседи. Так часто бывает, что в трудную минуту, засучив рукава, на скорбную вахту встают не родственники или близкие покойных, а просто соседи. Они носили из кухни в гостиную глубокие тарелки, полные горячих оранжево-жирных щей, мисочки с кутьей, прозрачные селедочницы с уложенными в них аккуратными серебристо-розоватыми ломтиками селедки, прикрытой луковым кружевом, подносы со стаканами компота, корзинки с хлебом, блюда с разрезанными и уложенными горкой пирогами...

— Проходите, пожалуйста, спасибо, что пришли помянуть, — приветливо улыбнулась измученная Лиза и, поддерживая Юлю за локоть, провела в гостиную.

Конечно, ее приход мало кого оставил без внимания. Здесь были все: Дианова, Гусарова, Канабеева, Мазанова, Арсиньевич, Кутина и много других, незнакомых Юле лиц.

— Лиза, будьте так добры, посидите немного со мной, а я поспрашиваю вас о ваших гостях... — Юля старалась говорить уверенно и твердо, чтобы Лиза поняла: она пришла сюда не водку пить, а работать.

— Хорошо, я постараюсь. Кто вас интересует в первую очередь?

— Вон тот импозантный мужчина, слева от Диановой, кто он?

— Это Крестьянинов, врач, он был вхож в этот дом, Лора мне рассказывала о нем много хорошего. Она еще говорила, что он лечил не столько органы, сколько душу. Как раньше земский врач...

— Понятно.

Все шло по русскому обычаю, пока уровень

выпитого не превысил общепринятой нормы, после которой поминки, как правило, превращаются в вечеринку. Так случилось и на этот раз. И хотя застольных пьяных песен не было, присутствующий люд в какую-то минуту расслабился, женщины пошли курить на кухню, мужчины — вышли в подъезд. Юля даже отметила про себя, что никто из сидящих за столом не смог произнести о Лоре и Сергее Садовниковых ни одной более или менее приличной речи. «Не умеют наши люди говорить. А жаль... Одни общие фразы: мол, были молодые и так рано ушли из жизни...»

Понятное дело, что спорили, убийство ли это было или самоубийство. Но, разумеется, уже не за столом, а все больше шепотком по углам.

Юля присоединилась к женщинам на кухне и тоже достала сигареты. Минута — и в пачке осталось три штуки. А было двадцать.

Лица подруг Лоры покраснели, особенно явно выпитое вино отразилось на внешности Гусаровой. Она громко икала и несколько раз пыталась заплакать.

— И вы тоже пришли? Зачем? — спросила Дианова, пуская Юле дым в лицо.

— Я пришла задать вам один-единственный вопрос... Все вы были ее подругами, любили ее, а теперь, когда ее убили...

— Да они сами себя убили, — проговорила Гусарова и снова громко и неприлично икнула.

— Девочки, не перебивайте ее, — встала на защиту Юли Елена Мазанова. — Она же не развлекаться сюда пришла, как вы, а работать. Мы поручили ей найти убийцу Лоры и Сергея...

— Кто это мы? — подала голос Соня Канабеева. Она была в мужском костюме-тройке черного цвета и белой блузке с рубиновой брошью на высоком воротничке-стойке.

— Мы с Мазановым и Арсиньевичем... Да и вообще, Соня, тебе не все ли равно? Да вам всем все до лампочки! И притащились вы сюда просто из любопытства, а некоторые... — Лена бросила переполненный презрением взгляд на захмелевшую Гусарову, — просто зашли выпить...

— Не смей со мной так разговаривать... — Гусарова, изловчившись, попыталась хлестнуть Мазанову рукой по щеке, но промахнулась. Она была агрессивна и очень опасна. Как мина замедленного действия. — Все знают, что это самоубийство.

— Не знаешь, не говори, — отмахнулась от нее Лена и, повернувшись к Юле, ободряюще кивнула ей головой: мол, продолжай.

— Повторяю, я пришла задать вам один-единственный вопрос. Вы же сами проговорились тогда, после морга. Помните, Света, вы еще сказали тогда про Сергея: «Разве что он узнал...» Что он узнал? Кого узнал? Быть может, разгадка их гибели кроется как раз в человеке, о котором вы все так упорно молчите... Я понимаю, конечно, что такое женская солидарность, но сейчас нам надо найти убийцу, поэтому вам лучше рассказать все, что вы знали о Лоре...

— Хорошо, — произнесла Анна Дианова, кутаясь в черную блестящую шаль. — Я сама расскажу, сниму с остальных этот грех. Хотя мне тоже мало что известно. Дело в том, что мы все, по очереди, в разное время видели Лору с молодым мужчиной. И те вечера, когда проходили заседания нашего клуба, она частенько проводила не в нашем обществе. Да, она иногда посещала рестораны, но это было баловство, ничего особенного... В другие дни она встречалась с мужчиной. Но никто из нас, я просто уверена, не знает ни его имени, ни фамилии, ни адреса, ни кто он вообще...

— Они встречались в гостинице? У него светлые волосы?

— Думаю, что да. Но это и все, что нам известно.

— Сергей, ее муж, догадывался?

— Наверно... Иначе не пришел бы к вам...

— Лора хотела выйти за этого мужчину замуж?

— Ничего конкретного она, конечно, не говорила... Просто надо знать Лору, чтобы предположить такое. Как-то она намекнула, что ее жизнь в скором времени переменится. Говорила что-то о контрастах, об ответственности за собственную судьбу... Она была довольно скрытная женщина.

— А вы не знаете, зачем Лиза незадолго до смерти Лоры стала спешно продавать все драгоценности сестры?

— Думаю, чтобы скопить денег на эту новую жизнь... А почему бы вам не спросить у самой Лизы?

— Я спрошу.

— Вот бы узнать, где теперь ее воздыхатель? — вдруг, всхлипнув, пробормотала Светлана Гусарова и с вызовом осмотрела подруг. — Что, я опять что-то не так сказала? А вдруг это действительно из-за него их и убили... Их или ее, а может быть, Сергей убил ее, страдая от ревности, а потом застрелился сам.

К компании, задымившей всю кухню, присоединилась Кутина, гинеколог. Она была трезвее всех и теперь с некоторым презрением оглядывала расхристанных, присмиревших и словно потерявших дар речи женщин, которые все, за исключением Юли, выглядели виноватыми, словно в отсутствие Кутиной выболтали постороннему человеку общую чрезвычайную тайну.

— Потрошите? — съехидничала Кутина, прикуривая от сигареты Диановой и глядя прямо перед собой на совершенно трезвую Юлю.

— Потрошу. Не все же вам этим заниматься... — отпарировала Юля и почувствовала, как кровь прилила к ее щекам и запульсировала в каждой клеточке кожи.

— Не поняла... — Кутина вела себя прямо-таки вызывающе.

— Потом поймете. Вам не нравится, что я в такой траурный день пытаюсь поговорить с подругами Лоры?

— Да, мне это не то что не нравится, а прямо-таки раздражает. Ходите тут, вынюхиваете... — Кутина состроила гримаску, вытянув губы и сморщив и без того небольшой носик.

— Приходится. Но так, как рассуждаете вы, может говорить только человек, не заинтересованный в том, чтобы убийцу Лоры нашли. Вы все, абсолютно все, твердили мне, что Лора — кристально чистая женщина, эталон, идеал и все в таком духе... Но если она такая дистиллированная, то почему же ее убили? Если эта жуткая смерть связана с ее мужем, то могли бы ограничиться убийством его... Кроме того, имеются веские доказательства, что это не самоубийство, как кому-то хотелось все представить. Поскольку их белье запачкано кровью в таких местах, которые никак не могли быть забрызганы, стреляй Сергей в голову Лоре и уж потом себе... Они были ОДЕ-ТЫ, когда в них стреляли, а уже потом их кто-то раздел. Я сообщаю вам эти ужасные подробности, чтобы вы немного протрезвели и помогли мне в моем расследовании.

— У вас что же, уже имеется и подозреваемый? Или подозреваемая? — не унималась Кутина, яростно втягивая в себя дым и так же, как Дианова, выпуская его в лицо Юле.

— Девчонки, да что вы к ней пристали? — вновь встала на защиту Земцовой Лена Мазанова.

— Вы действительно не знаете, от кого у Лоры был выкидыш? — Юля оглядела всех женщин по очереди, каждой заглядывая глаза.

— Да не знаем мы, не знаем... — ответила за всех Дианова. — Правда, не знаем... Лора бы в жизни не сказала. Вам лучше всего поговорить с ее сестрой. Хотите, я позову ее сюда?

— Да нет уж, спасибо. Я сама к ней подойду.

Но Лиза, которая едва переставляла ноги от усталости, не сказала ничего нового. На вопрос, зачем ей понадобилось продавать драгоценности сестры, ответила очень просто: «Лоре были нужны деньги. Она же как-никак собиралась разводиться!» В принципе все было ясно.

— Она намеревалась переехать в Питер?

И вдруг, задав этот вопрос, Юля поняла, кого она НЕ УВИДЕЛА на похоронах. Зорин! Он совершенно вылетел у нее из головы... А она еще боялась, что он устроит прямо на кладбище истерику.

— Извините, мне надо срочно позвонить...

Устроившись в прихожей среди плащей и курток, Юля набрала номер телефона Корнилова:

— Виктор Львович...

— Юля? Вот видишь, я уже стал узнавать тебя по голосу...

Ей показалось, что он не совсем трезв, если не сказать резче.

— Вы были на похоронах Садовниковых?

— Я-то был, а вот куда убежала ты? Вот только была, почти перед носом стояла, чуть не в обнимку со своей Щукиной, а потом гляжу — тебя и след простыл.

— Мне надо было поговорить с одним человеком... — Юле невыносимы были эти «кладбищенские» воспоминания, связанные с Ломовым.

— Понятно... Ты ведь звонишь, чтобы узнать про Зорина? Можешь меня поздравить: потревожил больного человека. Оказывается, его жена умерла три года тому назад, он ее похоронил, но никак не может успокоиться. Он находится в жутком состоянии... Он же приехал ко мне утром, начал нести какую-то околесицу, пришлось вызвать врача, тот сделал ему укол, и спустя некоторое время мы были просто вынуждены отправить его обратно в Питер...

— Грустная история, зато обошлось без скандала на кладбище.

— Вот это ты верно подметила. А у тебя как дела?

— Есть кое-что...

— Юлия Александровна, что ты все юлишь?

— Юля, потому и юлю... — попыталась отшутиться она.

— Пескова ушла, как песок сквозь пальцы... — зло проронил Корнилов. — Это ее Крымов предупредил?

— Пескова? А это еще кто?

— Девица рыжая, которая в тот же день хоронила своего брата, Германа Соболева, слыхала, наверно? Она и Садовникова, любовничка своего, сегодня схоронила... И как сквозь землю провалилась. Мне здесь Сырцов названивает, говорит, чтобы мы ее из-под этой самой земли достали... Но я же не уголовный розыск, они сыщики, вот пусть и ищут. И не валяй, пожалуйста, дурочку. Ты ведь знаешь, что Пескова имеет к этому делу самое прямое отношение.

— Виктор Львович, я правда ничего о ней не знаю... кроме того, что она с... Крымовым... А чтобы вам понятнее было, объясняю: у меня с Женькой был роман, пока он не встретил Пескову. Так что судите сами, могу ли я знать о том, кто кого предупреждал — Пескова ли Крымова или наоборот... В их отношениях сам черт ногу сломит.

— Я знаю, что ты работала. Результаты-то какие-нибудь есть?

— Пока ничего существенного. Прошло ведь всего три с половиной дня. Я вот что думаю, а не связано ли убийство Соболева с гибелью Садовниковых?

— Любите вы, молодые, вязать все в один узел. Ты еще пару-тройку покойничков к этому делу подшей, а потом сиди распутывай.

— Вам тоже СТАЛО удобным считать это самоубийством? — осторожно, затаив дыхание, спросила Юля, понимая, что рискует потерять расположение Корнилова, если не сделать его вообще своим врагом. — Звонок Сырцова для вас что-то да значит? Вы выходите из игры?

Но Корнилов ей не ответил. Послышались короткие гудки.

* * *

Она ушла с поминок незаметно, ни с кем не попрощавшись. Взглянув в машине на часы, поняла, что день прошел. «Вот так всегда — ничегошеньки не успела...»

Домой ехать хотелось меньше всего. Она нарочно так откровенничала с Корниловым, чтобы ему и в голову не могло прийти, что Полина прячется у нее в квартире.

И не хотелось думать о том, как вообще они будут уживаться с соперницей, вместе есть, спать, говорить... О чем говорить-то? Полина «задавит» Юлю всем, что у нее имеется в наличии: красота, самоуверенность, внутренняя сила, Крымов, наконец... А что осталось от Юли? Воздушный шарик надежд лопнул... причем неизвестно когда...

Черная меланхолия проснулась и запустила свои ледяные щупальца куда-то в область горла, мешала дышать... Садовниковых похоронили, Корнилов под давлением Сырцова закрывает дело, не хватало еще только, чтобы Мазановы потребовали назад свой аванс... Ведь следствие топчется на месте!

А Рита Басс? Что там хотел сказать Шубин?

Теперь Ломов. Она обидела его своим бегством? Кому должно быть стыднее? Мужчине, не сумевшему удовлетворить девушку, или девушке, которая потащилась вслед за этим мужчиной в глухие закоулки кладбища, чтобы отдаться ему среди могилок, пусть даже и в машине?

Она позвонила Наде.

— Господи, как же хорошо, что ты на месте! Надя, я не представляю, что бы я вообще делала без тебя... Мне так плохо...

— Приезжай ко мне. Тебе противно ехать домой, ты не хочешь видеть Полину?

— А ты бы захотела?

— Но ведь ты же намеревалась ее допросить, поставить, так сказать, к стенке... Мне, кстати, несколько раз звонил Корнилов, все спрашивал, где Крымов и не с Песковой ли они сбежали с кладбища...

— Я все знаю. Похоже, Полина была единственным потенциальным источником информации для всех. А как ты думаешь, Крымов будет разговаривать с нею об отпечатках ее пальцев, ее переодеваниях и прочем?

— А почему бы и нет... Ведь должны же они сейчас о чем-нибудь разговаривать... Как-никак, а Полина поехала к тебе ДОБРОВОЛЬНО, значит, у нее рыльце в пуху.

— Но я туда не поеду. Сначала загляну к Вале Кротовой, однокласснице Риты Басс, а потом снова тебе позвоню, хорошо? Послушай, Надюша, ты сегодня, случайно, с Чайкиным не встречаешься?

— Нет. Я поняла, можешь приезжать сюда, а потом мы вместе поедем ко мне, и ты переночуешь у меня... Не переживай, на улице мы тебя не оставим. Только ты предупреди Крымова, что домой не заявишься.

— Это еще не точно, я могу передумать... Причем настолько радикально передумать, что приду домой и всех к черту повыгоняю. Как представлю себе, что они лежат в моей кровати, меня аж в дрожь бросает. И что за собачья работа у нас?

* * *

«Электронная, 25». Юля, задрав голову, смотрела на светящиеся окна огромной, похожей на большой теплоход, девятиэтажки.

Она поднялась на лифте и позвонила в квартиру 156.

— Кто там? — и, не дожидаясь ответа, дверь открыла миловидная раскрасневшаяся молодая женщина с полотенцем в руках. — Вы к нам?

В квартире пахло печеным. Чистенькая прихожая, кожаные плащи на вешалке, под ногами черная ковровая дорожка. Юля сбросила обувь, а потом уже представилась и даже показала удостоверение.

— Вы из-за Риточки? Нужели она так и не нашлась? — Кротова-мама позвала дочь. — Валюша, это скорее к тебе, чем ко мне. Вы можете поговорить на кухне, там тепло, я только что чай заварила, будете с пирожками пить... Проходите, не стесняйтесь, у нас запросто...

Валя Кротова была угрястой некрасивой девочкой, худенькой, с короткими волосами и совершенно не походила на свою обаятельную темноволосую и кареглазую мать. На Вале был длинный фланелевый халат. Она смотрела на Юлю испуганным взглядом, если не сказать затравленным.

— Вы можете нас оставить вдвоем?

Мама Вали, пожав плечами, вышла из кухни, осторожно прикрыв за собой дверь.

— Валя, я из детективного агентства и занимаюсь розыском твоей одноклассницы, Риты Басс...

Валя за те несколько минут, что они сидели на кухне, еще не проронила ни слова. Она была страшно напряжена, а на лбу ее выступили капельки пота.

— Скажи, ты была дружна с Ритой?

— Ну... да...

— Ты не знала, с кем она встречается? Я имею в виду мальчика или парня?

— Нет. Но я видела, как Рита однажды садилась в машину.

— В машину? Какую?

— Белые «Жигули», «шестерку».

— А кто был за рулем?

— Мужчина.

— Рита сама села или ее заставили... попросили? Расскажи, что ты видела.

— Он ждал ее за школой, за гаражами. Она шла прямо к нему.

— А какое у нее было при этом лицо?

— Я не видела.

— А как ты там оказалась?

— Просто пошла посмотреть.

— Ты так следишь за всеми или только за Ритой?

— Она плакала в тот день... — Валя шумно выдохнула, словно только что сказала самое главное и теперь можно было уже ни о чем не волноваться.

— Ты раньше не видела этого мужчину?

— Нет.

— А его лицо ты тоже не разглядела?

— Нет... У него волосы темные. И все. Даже возраст сказать не могу.

— Хорошо. А теперь расскажи про стихи.

— Стихи? Какие? — и она густо покраснела.

— Ты же знала, что Рита пишет любовные стихи. Она давала тебе их почитать?

— Давала.

— Ты прочитала их и вернула ей?

— Вернула... Но не сразу. У меня их взяли. Попросили... Это было давно. Но почему вы спрашиваете про стихи?

— Видишь ли, стихи написаны как будто не Ритой, а другой, более взрослой девушкой...

— Это ЕЕ стихи. Можете мне поверить. Хотя некоторые... некоторые считали, что это стихи Сашки...

— Какого Сашки?

— Не какого, а КАКОЙ... Сашки Ласкиной.

Вот оно что! Наконец-то Юля вспомнила, где раньше видела эти стихи и читала их... Ну конечно же, они проходили в деле Зименкова. Ну точно!

— Эти стихи были у Саши?

— Нет, они были у меня... Но ко мне пришли родители Саши... и забрали их.

— Зачем?

— Не знаю. А потом вернули.

— Но Саша-то их домой брала?

— Брала. Мы были у нее дома и читали вместе.

— Скажи, а когда приходили к тебе родители Саши: до ее смерти или после?

— После. На другой день.

— А сама Саша стихи не писала?

— Нет.

— Она любила Экзюпери?

— Терпеть не могла, это родители заставляли ее читать его.

— Ты что-нибудь знаешь про Сашу?

— Знаю, но не скажу. Ее же все равно нет.

Женская солидарность. И куда только от нее деться? Про Лору Садовникову тоже молчали... Теперь вот про Сашу. А какой-то негодяй ходит по городу и высматривает себе новую жертву...

— Послушай, сначала была Саша, теперь вот... не дай, конечно, Бог, Рита... А ты молчишь. Ты считаешь, что поступаешь правильно?

— Я не знаю.

Девочка была слишком напряжена, чтобы разговаривать на подобные темы.

— Хорошо. Я дам тебе время подумать, а вечером вернусь. Но если окажется, что Рита Басс мертва, то знай, что ты могла нам помочь, но не захотела.

Валя облизала пересохшие губы и втянула голову в плечи.

В таком вот затравленном и перепуганном виде Юля и оставила ее, едва сдерживаясь, чтобы не хлопнуть дверью.

— Скажите, к вам приходили родители Саши Ласкиной? — спросила Юля у Валиной мамы.

— Да, приходили... Это ужасно...

— Что ужасно?

— Как что? То, что сделали с ее дочерью... Этот зверь, этот НЕчеловек, садист и убийца...

— А зачем к вам приходили Ласкины?

— Они приходили не ко мне, а к Вале. Я думаю, что они хотели у нее что-то спросить... А меня попросили подождать в прихожей.

— И вы потом не расспрашивали Валю?

— Расспрашивала, конечно. Но вы же видели ее: из нее слова-то не вытянешь. Она и на уроках такая. Вся зажатая, как пружина. Неизвестно только, когда выпрямится... Ох и натворит она, чувствую...

— Вы говорите загадками. Так зачем же, по словам Вали, приходили родители Саши Ласкиной?

— За ее стихами.

— Ее? В смысле Валиными?

— Да нет же, за стихами Саши... После ее смерти все, что имело к ней какое-то отношение, было дорого им... Тем более девочкины первые стихи...

— А почему вы решили, что это стихи Саши Ласкиной?

— Иначе зачем бы они пришли?

— Это стихи Риты Басс, которая, возможно, находится сейчас в лапах того самого мерзавца, который замучил Сашу... А ваша дочь что-то знает и молчит.

— Валечка ничего не знает...

— Знает, она мне сама только что в этом призналась. Так и сказала: знаю, но не скажу, потому что ее все равно уже нет...

— Кого, Риты?

— Да нет же, она знает что-то про Сашу Ласкину. Я не могу заставить ее рассказать, но вы — мать, попробуйте внушить ей, что она просто обязана... Иначе исчезнет и она сама. Тринадцать лет — это, очевидно, самый привлекательный возраст для маньяка.

— Постойте, вы что-то совсем запутали меня. О каком маньяке идет речь? Ведь Зименкова-то посадили...

— Посадили, но у него мог быть сообщник.

Юля понимала, что эта неожиданно возникшая версия не имеет под собой совершенно никаких оснований, но она чувствовала, что Валя Кротова, Саша Ласкина и Рита Басс связаны не только чтением стихов. Валя Кротова и Рита Басс учились в одном классе, Саша — вообще в другой школе. Но тогда зачем, спрашивается, родители Саши Ласкиной приходили к Вале за стихами? Каким образом они узнали про стихи?

— Кстати, а откуда Валя знает Сашиных родителей?

— Она их и не знала, пока они не пришли в тот вечер. Она была знакома с Сашей, они вместе ходили на английский к Альбине Георгиевне...

Вот теперь все встало на свои места. Наверняка Валя показывала стихи Риты Басс своей подружке Саше Ласкиной, выдавая их, разумеется, за свои. Подростки в таком возрасте склонны к вранью, они фантазируют и, как правило, выдают желаемое за действительное... Возможно даже, что Валя давала на время эти стихи Саше, родители которой могли знать об этом.

Юля чувствовала, что Саша Ласкина, невинный образ которой пытались представить на суде Сашины родители, та еще темная лошадка. Девочка жила по своим, только ей ведомым правилам, и пролить свет на ее вторую жизнь могли бы Валя или Рита Басс.

Юля поехала к Альбине Георгиевне.

* * *

Альбина Георгиевна представлялась Юле высокой худой и почему-то непременно черноволосой и носатой женщиной лет пятидесяти. Она была удивлена, когда дверь ей открыла моложавая и довольно красивая брюнетка, слегка за тридцать. Красный, искусно связанный свитер, красные узкие брючки, рыжий пушистый пекинес на руках...

— Вы Альбина Георгиевна?

— А вы сыщица? — надменно усмехнулась Альбина, впуская Юлю в квартиру. — Проходите, я знала, что вы придете.

Они разговаривали в просторной комнате с красными обоями. Видимо, хозяйка была неравнодушна к красному цвету. И, пожалуй, к золоту, которым была обвешана, словно рождественская елка.

Мебель, которой окружила себя эта любительница английского, пекинесов, красного, золотого и вязаного, была стилизована под старину, но на самом деле была совершенно новой и сверкала своей девственно-гладкой поверхностью.

— Вам рассказала обо мне Марта?

— Конечно, кто же еще? Задавайте вопросы, я вас внимательно слушаю.

Альбина держалась спокойно, если вообще не дремала на ходу. Глаза ее были полуприкрыты, а полные губы она то и дело сводила бантиками, превращая в сочную крупную вишню. По ней можно было сказать, что эта женщина никогда ни в чем не нуждалась, и то, чем она окружила себя, является частью ее, и воспринимать эту роскошную, породистую Альбину следует в комплексе с ее декором.

— Вы, наверное, думаете, что я буду задавать вам вопросы, связанные с исчезновением Риты Басс? — начала Юля, пытаясь по выражению лица «англичанки» определять моменты промелькнувшего волнения, а может быть, и страха.

— Разумеется, ну не английским же вы пришли заниматься.

— Правильно. Мне уже поздно. Тем более что я учила в школе французский. Мне бы хотелось поговорить с вами о Саше Ласкиной.

— Саше? — Альбина моментально побледнела. Управлять движением крови по жилам эта красивая и уверенная в себе дамочка еще не научилась. — Но что о ней говорить, когда она уже давно гниет под землей?

Вот это фраза! Сказать вот так цинично о своей погибшей ученице?

— Как вы можете так говорить о Саше?

— Обычно. Говорю что есть. Вы думаете, что исчезновение Риты и смерть Саши как-то связаны?

— Вполне возможно.

— Да бросьте вы! Если вы так думаете, значит, у вас НИЧЕГО НЕТ... Зименков сидит в тюрьме, кажется, его там убили...

— Рита не была даже знакома с Сашей...

— Как это незнакома? Кто вам сказал эту глупость? У меня много учеников.

— Значит, Саша и Рита были знакомы? А Валя Кротова?

— Она походила немного, я беру достаточно дорого, и не каждая семья может себе это позволить.

— А вы не знаете, какие отношения складывались между Сашей Ласкиной и Валей Кротовой?

— Видите ли, как я уже сказала, Валя ходила ко мне всего месяца три-четыре... Отсутствие денег сказывается на человеке. Валя очень страдала, что она одета хуже Саши и Риты, комплексовала по этому поводу.

— Они встречались ВСЕ ВТРОЕМ?

— Нет. Это точно. И знаете, почему я говорю вам об этом так уверенно? Да потому что Валя просто-напросто растерялась бы среди двух таких преуспевающих подружек. Они давили на Валю по очереди, если можно так выразиться...

— А вы знаете о том, что Рита писала стихи?

— Знаю.

— Откуда?

— От Саши. Она как-то призналась мне, что Валя читает ей якобы СВОИ стихи, а на самом деле это стихи Риты. Но Саша отлично понимала, что таким образом Валя хотела хотя бы как-то дотянуться до своих подружек... Это все так сложно в психологическом плане... Я считаю, что Кротовы правильно сделали, что перестали присылать девочку ко мне. Это была пустая трата времени. Вале все равно никогда не подняться до уровня, на котором чувствовали себя комфортно Саша и Рита.

— О каком уровне вы говорите? — Юля все прекрасно понимала, но хотела послушать Альбину.

— Богатые и бедные. Что ж тут объяснять? Вы и сами все понимаете, просто вам захотелось услышать это от меня. Так слушайте. Саша и Рита были предназначены для элиты. Наш город раскрашен в черно-белые тона. Белые — это элита, черные — все остальные. Белые идут на сближение только с белыми, они чистые, холеные, от них хорошо пахнет, они правильно питаются, хорошо одеваются, живут в дорогих квартирах и ездят на дорогих автомобилях, они женятся только на себе подобных... Вы напрасно улыбаетесь, это было всегда... и всегда будет... Валя же — существо, заполненное подростковыми амбициями, сексуальной неудовлетворенностью, гноем, наконец...

Юля от удивления чуть не уронила сумочку, которую держала в руках.

— Вам не нравится, что я говорю такие ужасные вещи? Она же вся в угрях, от нее всегда пахнет потом... А все почему? Да потому, что у ее мамы нет денег на косметолога и дорогие кремы... Кроме того, у Вали, по-моему, не все дома... Господи, да кому я все это рассказываю? Я знаю, зачем вы пришли ко мне... Вы хотите спросить меня, где бывала Саша, когда говорила родителям, что идет ко мне? Отвечаю — не знаю. Она давала мне деньги за молчание. А английский мы с ней наверстывали в любой другой свободный для меня день. Саша была красивая девочка... Я думаю, что у нее был парень, с которым она спала.

— А Рита?

— У Риты не было денег, хотя она так же, как Саша, начала пропускать занятия... Но если в Саше жизнь била ключом, то у Риты, похоже, все обстояло несколько иначе... Я допускаю, конечно, что у нее был какой-нибудь мальчик, но она, судя по всему, была в него влюблена. А это в тринадцать лет ни к чему. Занятия сексом — это я понимаю и даже одобряю, но любовь... К чему подросткам эти страдания?

— А если бы она платила вам, как Саша, все было бы иначе?

— Разумеется. Во всяком случае, я бы поняла, что она спит с мужчиной, у которого водятся деньги... А так... одноклассник, наверно, какой-нибудь... Думаю, что она с ним и сбежала...

Юля вышла от Альбины потрясенная услышанным. Ей не приходилось раньше встречаться с подобным типом людей, поэтому она всю дорогу домой думала только об Альбине, вспоминала ее голос, слова и никак не могла отделаться от ощущения того, что только что надышалась ядом.

Глава 15

Возле своего дома Юля вдруг поняла, что еще НЕ ГОТОВА к встрече с Полиной и Крымовым, и поехала навестить вдову Изотова. Тень погибшей девочки, Саши Ласкиной, не давала ей покоя. Изотов вскрывал ее, писал заключение. Что, если его убийство связано именно со смертью Саши Ласкиной?

Она долго звонила, стучала, но ей никто не открывал. Не выходя из подъезда, Юля позвонила по сотовому Чайкину:

— Привет, это ничего, что я так поздно тебя потревожила?

— Кто это? — Леша не узнал ее.

— Земцова.

— Надо же... У тебя так изменился голос.

— Все возможно. Тут поговоришь с монстрами, не то что голос, внешность изменится от гримас...

— Ты хочешь расспросить меня про очередного покойника?

— Я так думаю, ВНЕОЧЕРЕДНОГО... Я хотела узнать, где сейчас может находиться вдова твоего друга Изотова?

— А тебе это зачем?

— Да есть кое-какие соображения...

— Тогда вот что: подъезжай ко мне и потолкуем, — последнюю фразу он произнес как-то особенно сухо и жестко. Юле даже стало не по себе.

За окном синела ночь, окна Юлиного дома горели уютными разноцветными огнями. Неприятно было осознавать, что сейчас в ее квартире находится бывший любовник со своей подружкой, что они сидят на ее диване, а то, может, и лежат, трогают ее вещи, едят ее еду, дышат ее воздухом и при всем при этом ее просто ИСПОЛЬЗУЮТ.

Машина тронулась и медленно двинулась вдоль тротуара, освещая сиянием фар мокрую, похожую на парчовую ленту дорогу.

«Интересно, что делает Чайкин в морге ночью? Работает? А что, если он некрофил?»

«Некрофил» встретил ее в дверях, из чего она поняла, что он ждал ее приезда, глядя в окно, и как только увидел белый «Форд», вышел встречать. Лицо его выражало крайнюю степень растерянности.

— Ты извини, что я так разговаривал с тобой по телефону... — Юля вдруг поймала себя на мысли, что на этот раз от Чайкина не пахнет спиртным. «Неужели он трезв?» — Понимаешь, ОНА у меня.

— Кто? — сначала не поняла Юля, но потом, когда вошла в помещение, напоминающее бытовку, где стояли письменный стол, тумбочка с электроплиткой и умывальником да два колченогих стула, и увидела сидящую у окна женщину в черном, ей сразу все стало ясно.

— Познакомься, это Маша, — Леша выглядел совершенно расстроенным. — Маша — вдова Изотова.

— Здравствуйте, — произнесла осипшим, скорее всего от слез, голосом Маша и поднялась со стула. — Мне Леша рассказал, кто вы... Я вот смотрю на вас, и у меня все словно в тумане... Я не могу поверить, что Валентина нет... Он был такой... он никогда и никому не делал зла... Но его убили.

— Вы знаете, кто или за что? У вас есть какие-то подозрения?

— Есть... Это я во всем виновата. Я видела, как приходили эти люди, а потом у Вали появились деньги. Я часто болею, нам нужны были деньги на операцию, а тут это дело...

— Саша Ласкина? — вырвалось у Юли, и она почувствовала, как мурашки пробежали по ее телу.

— А вы... вы что-нибудь знаете об этом?

— Это было одним из самых громких дел в городе за последнее время... А у меня так вообще с именем этой девочки связаны определенные ассоциации... Словом... это я защищала Зименкова...

— Убийцу?.. — они понимали друг друга с полуслова. — Значит, вы и есть та самая адвокатша, которая... — она запнулась, и Юля поняла, что Изотова от кого-то уже слышала о суде над Зименковым и том скандале, а вернее, той травле, которую ей, адвокату Земцовой, устроили сразу же после окончания судебного заседания родители Саши Ласкиной. И это при том, что заседание было ЗАКРЫТЫМ. «Не таким уж и закрытым, — Юля вспомнила каких-то людей, занявших почти весь первый ряд зала. — Наверняка там были родственники и знакомые со стороны потерпевшей. Вполне вероятно, что среди них был человек, который знал Изотову и рассказал ей потом во всех подробностях о том, что там произошло».

— Да, я и есть та самая... Вы были на суде?

— Нет, просто слышала... Дело в том, что у нас с мужем никогда не было друг от друга секретов. Вы же знаете, в жизни бывают разные ситуации, когда надо бы и промолчать, но Валя был не таким... Он считал, что мы с ним — одно целое...

Слезы душили ее. Она прервала свою речь и закрыла лицо руками. Но потом, сделав несколько глубоких вздохов, опустила плечи и как-то обреченно посмотрела куда-то в пространство.

— Он мне рассказал про Ласкину. Поэтому я сейчас и вынуждена прятаться здесь, у Лешеньки... Уж не знаю, кто за этим стоит, но в том, что его убийство связано именно с этим делом, нисколько не сомневаюсь. С тех пор прошло довольно много времени, можно себе представить, сколько ему пришлось делать вскрытий и писать заключений... Но ничего такого особенного, за исключением мальчиков, отравленных рицином, не было. Но ЭТИ заключения он писал спокойно, на него никто не давил, я точно знаю. Знаю и

Анна Данилова

317

то, что долго не могли определить, каким именно ядом были убиты Берестов и Вартанов.

— Вы даже запомнили их фамилии?

— Как же их не запомнить, когда они так и врезались в память... Понимаете, я натура впечатлительная, и меня очень удивило название этого яда. Рицин — это яд, который использовали еще во времена КГБ. Нам с Валей приносили лет десять тому назад видеокассету, у нас тогда еще даже видеомагнитофона не было, мы брали у соседей и смотрели... Вот там как раз и шла речь об этом яде, конечно, вскользь, но я запомнила... И вдруг эти парни... В наше-то время!

— Вы, случайно, не были с ними знакомы?

— Нет, слава Богу.

— А Германа Соболева тоже не знали?

— Нет, не знала.

— Значит, к вам пришли, вернее, к вашему мужу пришли полгода тому назад и предложили деньги, чтобы он написал НУЖНОЕ им заключение. Кто это был: родители Ласкиной?

— Думаю, что да.

— Вы не уверены в этом?

— Дело не в том, КТО приходил, а что им было нужно...

— И что же им было нужно?

Маша посмотрела на Юлю так, словно потеряла нить разговора. Она, поеживаясь, достала из кармана жакета пачку сигарет и, как бы обрадовавшись их существованию, с наслаждением закурила.

— Послушайте, а вас не удивляет, что я так откровенна с вами? — вдруг спросила она, выпуская дым из ноздрей и продолжая глядеть куда-то в сторону.

— Я думаю, что вы боитесь...

— Правильно. Но я также знаю, что вы настрадались от этой семьи сами, и поэтому считаю просто своим долгом рассказать вам все, что было на самом деле.

Юля бросила взгляд на притихшего, притулившегося на стуле в углу Чайкина. Он казался подавленным.

— Кроме того, — продолжала, явно волнуясь, Изотова, — думаю, что после того, как я вам все расскажу, если со мной что-то произойдет, вы и только вы будете знать причину моей смерти. Я говорила Вале, что напрасно он связался с этими людьми...

— Значит, вы не знаете, что это за люди?

— Нет, правда не знаю... Это, пожалуй, единственное, что он мне не сказал.

— Саша Ласкина не была девственницей? — Юля уже приблизительно знала, какую «тайну» унес с собой теперь уже покойный Изотов.

— Не то слово. Валя мне сказал, что мало того что девочка жила интенсивной половой жизнью, она была еще и наркоманка... Тот образ Саши Ласкиной, который пытались навязать судье и всем присяжным ее родители, был сотворен из воздуха... Судя только по состоянию ее организма, она вела совершенно сумасшедший образ жизни... Это был маленький дьявол...

— Что это значит?

— Следы на ее теле свидетельствовали о том, что она, еще даже не достигнув половой зрелости, жила с мужчиной... Как бы это выразиться, она была разработана... везде...

— Скажите, на ее теле были обнаружены следы уколов?

— Ничего подобного — девочка нюхала кокаин. Никаких уколов, никаких следов...

— Мне кажется, вы рассказали мне не все...

— Конечно. Дело в том, что Валя, делая анализы спермы, понял, что до Зименкова в этот же день Саша имела половое сношение с другим мужчиной или даже... другими...

— Но в заключении стоит группа спермы Зименкова, не так ли?

— Да, все правильно...

— Скончалась-то она хотя бы действительно от ножевых ран?

— В остальном все соответствует, — вздохнула Маша.

— Я беседовала с подружкой Саши, которая и рассказала мне, что Саша была знакома с Зименковым больше полумесяца и что она, по признанию самой Саши, всячески пыталась спровоцировать его... Она сама назначала ему встречи, целовалась с ним, вела фривольные беседы... Эта же подружка рассказала мне и о том, что Саша предлагала ей за деньги переспать с Зименковым... Словом, девочка была еще та...

— А как вы думаете, зачем понадобилось подружке Саши рассказывать вам о ней такие вещи?

— Все очень просто — Саша была из обеспеченной семьи, и подружка ей просто завидовала... Думаю, что если бы я поговорила с ней еще пару раз, то узнала бы много интересного... Но я не стала этого делать, потому что Саша была все равно мертва, а к защите Зименкова я была в принципе готова. Судя по вашим словам, кроме Зименкова, в этом трагическом деле присутствовал еще один мужчина, который, возможно, был тоже знаком с Зименковым... Возможно также и то, что именно он и подкупил вашего мужа, а теперь почему-то испугался и решил убрать его как слишком опасного свидетеля... Но почему именно сейчас? А потому, я так думаю, что пропала Рита Басс... И этот ВТОРОЙ мужчина, может быть, связан с ее исчезновением. Возможно, Рита уже погибла...

— Пропала девочка?

— Да, и ей тоже тринадцать лет.

— И когда это случилось?

— 25 сентября. Я думаю, что, если ее исчезновение связано с убийством Ласкиной и, следовательно, с тем человеком, который подкупил вашего мужа, то мы на верном пути...

— Это вы ищете девочку?

— Да, наше агентство занимается этим... — Юля вспомнила, что так и не позвонила Шубину.

— То есть вы хотите сказать, что, расследуя новое дело, вы почти вышли на ТОГО человека, и он, испугавшись, решил убрать моего мужа?

— Во всяком случае, этого нельзя исключать. А вы что же, так и будете прятаться здесь, в морге?

— А что мне еще остается?

— Я не думаю, что человек, который убил вашего мужа, знает, что Валентин поделился с вами информацией. Думаю, то, что вы сейчас находитесь здесь, — результат вашей мнительности. Скажу и другое — попробуйте выбросить из головы Ласкиных, здесь может быть много других причин, о которых вы и не подозреваете... Поверьте, для того, чтобы убить человека, иногда достаточно самой малости.

Анна Данилова

— Я вас поняла. Он мог быть просто свидетелем. Умом-то я это понимаю, но страх — это страх...

— Постарайтесь взять себя в руки — все-таки вам предстоят похороны.

Маша Изотова окончательно раскисла и теперь сидела, обхватив голову руками и раскачиваясь вперед-назад.

Юля отвела Чайкина в сторону:

— Постарайся ее успокоить. Если даже ее мужа убили из-за Ласкиной (что маловероятно, но нельзя не принимать в расчет), то навряд ли убийца осмелится на второе преступление... И если рассуждать логически, то знай человек, подкупивший Изотова, что тот все рассказал жене, стал бы он убивать одного Изотова? Убил бы двоих разом, как Садовниковых, к примеру.

— Ты рассуждаешь с таким хладнокровием, что даже мне стало не по себе, — заметил ошарашенный услышанным Чайкин. — И вообще, Юля, не пора ли тебе домой? На тебе же лица нет.

Она хотела ответить, что ее и самой-то почти нет, а так, одна видимость, но промолчала.

— У Маши есть кому помочь в похоронах?

— Я вызвал по телефону родственников из другого города. Так что не переживай, иди отдыхать.

* * *

Из машины Юля позвонила Наде домой.

— Привет, — проговорила Щукина, что-то жуя. — Ты куда-то совсем пропала. Тебе Шубин звонил несколько раз...

— Я не понимаю, почему он звонит в агентство, а не на мой сотовый?

— Он звонит и туда, и сюда, да только ты, покидая машину, обычно оставляешь телефон на сиденье, и он никак не может до тебя дозвониться.

— Да, ты права, я это делаю время от времени. Надя, я боюсь идти домой. Там ОНИ. Я не знаю, о чем говорить с Полиной, как себя вести... Кроме того, я жутко проголодалась, у меня все внутри дрожит от слабости и голода, а нервы — ни к черту.

— Ты где была-то?

— У Альбины. Это чудовище. Все, Надя, у меня нет больше сил на разговоры... Мне пора возвращаться домой. Я бы могла, конечно, сейчас приехать к тебе, но мне необходимо вернуться домой, туда, где находится ОНА...

— Желаю тебе спокойной ночи... в самом прямом смысле этого слова.

* * *

Но оказавшись возле своего дома, Юля поняла, что у нее уже не осталось сил, чтобы увидеть Полину и Крымова вместе. Поэтому, заметив, что из припаркованной к обочине большой черной машины выходит Ломов и направляется к ней своей неторопливой и какой-то основательной походкой, она сдалась. Она уже знала, что поедет с ним. Причем куда угодно.

* * *

Это был охотничий домик за городом, почти в лесу.

Всю дорогу Ломов извинялся, говорил, что

вел себя, «как последняя скотина», умолял простить его и чуть было в порыве чувств не крутанул руль в сторону летящей навстречу машине.

Это протрезвило обоих.

— Да ладно вам, Павел Андреевич, успокойтесь... Я сама во всем виновата. Я же в душе авантюристка, к тому же, признаюсь честно, от вас исходит такая сексуальная энергия, что вы своим предложением не то что шокировали меня, вы словно угадали или подслушали мои сокровенные желания. Но все то, что я вам говорю сейчас, не имеет никакого отношения к настоящей минуте. Сейчас у меня только одно желание... нет, вернее, два: поесть и уснуть. Домой я не поднялась, потому что сейчас там... — Она вовремя остановилась и, набрав в легкие побольше воздуху, закончила фразу довольно-таки витиевато: — Потому что сейчас там никого, кроме автоответчика, нет... Там слишком тихо...

— Да, когда я тебя ждал, я постоянно смотрел на окна и думал, дома ты или нет... Но света в окнах не было, и я понял, что ты еще не вернулась...

— А разве вы не звонили и не стучали ко мне?

— И звонил, и стучал, но я же думал, что ты обиделась и теперь никогда не откроешь мне дверь...

— Значит, говорите, окна темные? — а она даже и не взглянула на них, когда подъехала к дому. Оставила машину, включила сигнализацию и тут же пересела к Ломову. Мысль о том, что окна не горят потому, что Полина с Крымовым СПЯТ, обожгла ее, сонливость исчезла.

— Осторожно, здесь ступенька...

Павел Андреевич помог ей выйти из машины.

Кругом была ночь, темный лес, мелкий дождь, хруст влажной хвои под ногами и оранжевые блики от горящего над крыльцом охотничьего домика одинокого, раскачивающегося от ветра фонаря.

Они вошли в дом, за спиной захлопнулась дверь, вспыхнул свет, и навстречу Юле вышел сонный и меланхоличный черный дог. Он широко зевнул, показывая желтовато-перламутровые клыки и нежно-розовую пасть, и, сухо перестукивая костяшками, плюхнулся на пол и положил квадратную морду на лапы: встретил.

— Привет, Франк... — Ломов, наклонившись, похлопал собаку по шее, но черный зверь даже и ухом не повел: зря стараешься.

Павел Андреевич снял с себя черное пальто, стряхнул с него дождевые капли, повесил черную велюровую шляпу на красивые оленьи рога, висевшие над дверью, и помог раздеться Юле.

— Проходи, здесь никого нет, очень тихо... Сейчас я покормлю тебя ужином, и ты мне расскажешь, почему ты такая бледная и что вообще с тобой произошло.

Под пальто на Павле Андреевиче оказались черные джинсы и длинный, крупной вязки свитер зеленовато-коричневых тонов. И сам он был каким-то уютным, домашним и почти родным.

— Вам еще не надоело ухаживать за мной? — спросила его Юля, когда он, усадив ее в прихожей на пуф, принялся снимать с нее забрызганные грязью ботинки и надевать ей на ноги какие-то смешные белые меховые тапочки.

— Нет, не надоело... Я еще только начинаю...

Проходи. Сейчас я подкину поленьев в камин, потому что эти уже прогорели... Я ведь перед тем, как поехать за тобой, здесь все хорошенько прогрел... Я ждал тебя...

Он обнял ее и прижал к себе:

— Ты должна мне сказать еще раз, простила ли ты меня.

— Я уже сказала... — на этот раз она от объятий Ломова не испытала и сотой доли того волнения, какое охватывало ее прежде. — Я прощаю вас, и давайте не будем больше возвращаться к этому.

— Хорошо, тогда пойдем, я покажу тебе дом.

На осмотр дома ушло меньше пяти минут.

— У меня совершенно нет сил, — призналась Юля и, едва увидев кресло, плюхнулась в него. — Можно отложить дальнейший осмотр до завтра?

— Конечно... Но до кухни дойдешь или тебя понести на руках?

— Понести на руках.

Он поднял ее и, прижимая к себе, как маленького ребенка, принес в просторную, расположенную на уровень ниже кухню. Здесь на столе стояла похожая на летающую тарелку электропечь с прозрачной стеклянной крышкой, под которой за крупными каплями испарений томился огромный кусок запеченного мяса.

— Что будем пить?

Она не помнила, что они пили в ту ночь. У нее в памяти остался вкус мяса, каких-то трав и неизвестных ей фруктов, ощущение сытости и затем... провал.

Юля проснулась в постели и с удивлением обнаружила, что проспала всю ночь одна. Да и в комнате-то она тоже была одна. Показавшееся за окном солнце напоминало подвешенный к ветке ели лимон.

Она пошевелилась, и словно ожидая этих почти неслышных звуков, на пороге тотчас появился Павел Андреевич в коротком и смешном черном халате.

— Ты проснулась? Завтрак почти готов, осталось только подогреть кашу... Ты ешь каши?

За завтраком она рассматривала темные мешки под его глазами и размышляла о том, что же движет мужчиной, который, ухаживая за женщиной, даже не может воспользоваться ею, доставить удовольствие хотя бы себе, не говоря уже об удовольствии, которое он мог бы доставить женщине... Неужели он надеется на то, что в одно прекрасное утро его омертвевшая плоть, забыв о своем бессилии, вдруг воспрянет и заявит о себе приятными утренними толчками разогревающей тело горячей крови? Юля уже и сама не знала, как реагировать на ухаживания Ломова, а потому приняла решение воспринимать его таким, каков он есть, и стараться из общения с ним выносить лишь самое приятное, доступное, то есть то, что само идет в руки.

Он рассказывал ей об экономической ситуации в области — она слушала раскрыв рот, настолько это было интересно и захватывающе. Он предложил ей сделать массаж — она не отказалась и доверила свое еще не проснувшееся тело его могучим и теплым рукам. Он кормил ее с ложечки — она ела, закрыв глаза от блаженства. Он не говорил ей о Крымове, не напоминал о существовании рыжеволосой Полины — и она была благодарна ему за это. Он не задавал ей вопросов, связанных с ее работой, — и она снова была благодарна ему. Он постепенно входил в ее жизнь, наполняя эту жизнь неизведанными ощущениями, вкусами, запахами... Он старался придать ее жизни новые оттенки, и у него это хорошо получалось.

И только перед тем, как им расстаться в тот день, он все испортил одним предложением. Она поняла, что он не успокоится, пока не добьется своего.

— Вы предлагаете мне сделать это с другим мужчиной в вашем присутствии?

— Почему ты не можешь обратиться ко мне на «ты»? Ты еще не привыкла ко мне? — ответил он вопросом на вопрос. — Да, именно это я тебе и предлагаю. Я понимаю, что для первого раза тебя это должно шокировать, как же иначе... Но потом ты привыкнешь и будешь видеть только меня...

— И у вас уже есть на примете такой мужчина?

— Мне все равно, кто это будет. Ты можешь выбрать его сама. Но только не Крымов.

— Тогда, может, Вениамин? — от злости у нее защипало глаза. Она в который уже раз отказывалась понимать этого человека. То ведет себя, словно ангел, ублажающий страждущую душу, а то превращается в параноика, во что бы то ни стало мечтающего реанимировать былые ощущения.

Он отвез ее домой, подарив на прощание коробку с хрустальными часами, по циферблату которых неторопливо двигались золотые стрелки, и она, приняв подарок, поблагодарила его «за все».

Оставшись одна возле своего дома и глядя вслед отъезжающей черной машине, Юля еще долго не могла прийти в себя от мучивших ее вопросов: почему все складывается так, а не иначе. Почему она провела ночь не в постели с желанным мужчиной, молодым и красивым, а с горбуном, да еще и импотентом? Почему сейчас в ее квартире в ее постели лежит не она с Крымовым (хотя он неоднократно ей это предлагал), а Полина с ним же? И что вообще позволяют себе мужчины по отношению к ней? Как могла она допустить, чтобы Крымов прятал у нее свою любовницу? Но, с другой стороны, разве не она сама это ему предложила? Разве не она первой поняла, что органы готовы начать «охоту на Полину»?..

Юля почти заставила себя войти в подъезд, поднялась на свой этаж и позвонила в дверь.

* * *

— Я предлагаю сделку... — Полина сидела напротив нее за столом и, уставившись на Юлю немигающим взглядом, пила кофе.

Прошло всего пять минут с тех пор, как Юля открыла дверь своими ключами, но за это короткое время она успела понять и оценить обстановку: Крымова нет, Полина извелась в ожидании хозяйки.

Тяжелые рыжие волосы стянуты узлом на макушке, бледное лицо с сиреневыми полукружиями под глазами, поджатые губы, потемневшие глаза с красными воспаленными веками... На Полине были Юлина ночная рубашка и халат.

— Какую еще сделку?

— Я рассказываю вам обо всем, что знаю и что

может вас заинтересовать, а вы прячете меня здесь, у себя, столько, сколько мне потребуется, прежде чем я уеду из этого мерзкого города...

— Точно такую же сделку я, помнится, не далее как позавчера, предложила Крымову. Я согласна. Только вот где гарантия, что вы расскажете мне правду?

— Сейчас я начну рассказывать, и вы сразу поймете, что я говорю чистую правду. Я была настолько неосторожна и оставила такую уйму следов, что у меня практически не осталось выбора: или я все рассказываю вам и вы помогаете мне выпутаться из этой истории, или же меня ждет тюрьма...

— Тогда не будем тянуть время. Итак, где вы были в ночь с 27 на 28 сентября?

— Сначала у Крымова, потом у Сережи.

— У Садовникова?

— Да, у Сережи Садовникова. Я дала Крымову снотворного и поехала к Сереже. Я знала, что Лоры дома нет, что к ней снова приехала сестра и она останется у нее в гостинице ночевать...

— Об этом вам сказал Сергей?

— Да, он сказал мне, что Лоры нет, а уж я сама догадалась, где она и с кем...

— И с кем же?

— Говорю же: с сестрой, Лизой. Я думаю, что они готовились к бракоразводному процессу. У Лоры появился молодой любовник, я видела ее несколько раз с ним на улице, а один раз даже в ресторане.

— Сергей знал об этом?

— Я-то ему не говорила, чтобы не расстраивать, но думаю, ему рассказал об этом кто-то еще. «Друзей»-то у нас предостаточно.

— Он тоже, насколько мне известно, собирался разводиться с Лорой?

— Он, знаете ли, и хотел, и не хотел. Мне было трудно его понять. С одной стороны, он, безусловно, любил Лору и был бы рад сохранить семью, но с другой — ему было **ПРОТИВНО** от того, что она ему изменяет... Почему я подчеркнула это слово «противно», потому что он до последнего не верил, что Лора вообще способна на такое... Он заидеализировал ее, он боготворил ее, а тут вдруг нате!..

— Он говорил с ней на эту тему?

— Думаю, что нет. Он ждал, как будут развиваться события.

— Кто ему подсказал мысль обратиться в наше агентство?

— Никто, он сам захотел все **УВИДЕТЬ** своими глазами.

— А как вы познакомились с Крымовым?

— Случайно. Это к делу не относится. Если вас интересуют наши отношения, то хочу сказать сразу: я никогда не любила Крымова. Больше того — он мне не нужен. Я знаю, что у вас был роман, поэтому понимаю ваши чувства... Но вы должны поверить мне — он мне действительно безразличен. Просто в моей жизни такое случается довольно часто: есть один мужчина — хорошо, есть пять мужчин — еще лучше. Для разнообразия, для острых ощущений... Как вы понимаете, меня мало волнует общественное мнение, тем более что я намеревалась уехать из этого города...

— Куда же, если не секрет?

— Сначала, разумеется, в Москву, а потом — в Европу.

— Эти планы как-то связаны с вашей артистической карьерой?

— И да и нет. Я в последнее время предпочитаю играть роли В ЖИЗНИ, а не в театре.

— Понятно. Тогда расскажите, что произошло после того, как вы приехали к Сергею Садовникову?

— Я приехала к нему поздно ночью, точное время, хоть убейте, не помню... Сначала мы с ним поужинали, я приготовила ему отбивные...

— Что случилось с вашим платьем?

— Ужас что! Я вылила на него вино, сбила нечаянно со стола фужер, короче, испортила платье, бросилась его замывать, повесила сушиться на балконе... Потом мы с Сережей переспали... И тут вдруг он мне говорит: «Лора возвращается...» Я сначала не поняла, думала, что он шутит. Но потом и сама услышала звон ключей... Хорошо еще, что Сережа поставил замок на предохранитель, не позволяющий отпереть квартиру снаружи. Словом, у нас было очень мало времени. Я даже не успела толком одеться, да и во что было одеваться, если мое платье еще сушилось на балконе. Поэтому я взяла висевший на стуле в спальне Лорин розовый сарафан, надела его и бросилась в кухню. Мне трудно объяснить, почему я решила спрятаться именно там... Наверно, когда я готовила ужин, мне в голову пришла мысль о том, что в случае неожиданного возвращения Лоры единственным местом, куда я могла бы от не спрятаться, был стол. Вернее, ПОД столом. Длинная скатерть до пола... Звучит смешно и нелепо, но мне тогда было не до смеха... Я залезла под стол со стороны двери и поэтому испачкала в крови только обувь. Оказывается, под столом образовалась лужа от размороженного мяса.

— Это вы достали мясо из морозилки?

— Нет, Лора.

— Хорошо, что было дальше?

— Как вы понимаете, сидя под столом, я ничего не могла видеть, но все отлично слышала. Дверь кухни выходит в прихожую, как раз рядом с наружной дверью. Я слышала, как Сережа открыл дверь, впустил Лору, они поговорили-пощебетали...

— Она сказала, что была у сестры в гостинице?

— Нет, что вы! Она говорила что-то про клуб... Вы же знаете о существовании женского клуба. Она прикрывалась им, равно как все остальные участницы этого так называемого клуба... Возможно, что раньше это действительно было клубом, где подружки развлекались, пробуя себя в роли роковых женщин или просто поглощая огромное количество домашних пирожных. Но потом, разумеется, им все это надоело, и они начали заниматься кто чем может... Думаю, что именно клуб и развязал Лоре руки. До него у нее и мысли не было о том, чтобы изменить Сергею.

— Но ведь и он тоже не был образцовым супругом?

— Разумеется, у него были другие женщины, и Лора об этом знала... Какой жене это может понравиться? Предполагаю также, что у нее на этой почве что-то произошло с головой...

— В смысле?

— В самом прямом смысле... Она стала заговариваться, нести какую-то чушь. Но я ничего конкретного сказать не могу — все это я слышала от Сергея.

— А как именно и при каких обстоятельствах он вам об этом говорил?

— Да никак... Сказал просто, что Лора от ревности с ума сходит.

— Но это расхожая фраза...

— Правильно. Но она начала нести что-то о каком-то муже, о том, что и у нее уже давно есть вторая семья... разве это не бред?

— Но вы же сами сказали, что у нее был любовник?

— То любовник, а она говорила о существовании МУЖА... Но разве это сейчас имеет какое-то отношение к смерти Сережи?

— Что было дальше? — Юля налила кофе и себе, отпила, прокашлялась. У нее от волнения пересохло в горле.

— Сижу я, значит, под столом, страдаю, мне противно. Это же так унизительно! Слышу смех Лоры. Я хотела было уже выбраться из-под стола, выскочить из квартиры и поехать к себе домой, как в кухню босиком прибежала Лора... Мне были видны только ее ступни... Она открыла холодильник, взяла что-то оттуда, наверно, минералку, и побежала снова в спальню. Я слышала, что она о чем-то рассказывает Сергею. У нее было хорошее настроение, но вела она себя несколько странно. А потом стало как-то подозрительно тихо. Я решила воспользоваться моментом, чтобы выбраться из-под стола, как вдруг услышала эти звуки. Они доносились из спальни. И тогда я подумала, что лучше было бы мне оставаться под столом. Сначала я подумала, что мне все это мерещится, ведь он сам мне говорил, что в последнее время у него в сексуальном плане что-то не ладится с женой, а тут эти вздохи-ахи... Я вообще не понимаю, как он мог заниматься этим, зная, что я прячусь на кухне и все слышу? Хотя, с другой стороны, мы с ним иногда оказывались и не в таких ситуациях. Мужчины, они ведь устроены совершенно иначе, нежели мы, женщины. Но от злости я готова была броситься в спальню и придушить его собственными руками... Понимаете, я, наверное, в некотором роде собственница. Я знала, что у Сережи, кроме меня и Лоры, есть другие женщины, и мне было очень трудно с этим смириться. Я постоянно закатывала ему сцены, провоцировала его, дразнила, появляясь перед ним в обществе других мужчин. Вот, к примеру, Крымов... Вам неприятно это слышать, но им я тоже пользовалась, чтобы подразнить Сергея. У меня вообще отвратительный характер, я иногда сама себе удивляюсь.

— Полина, что было дальше? Вы разозлились, когда поняли, что Садовников вместе с Лорой... скажем так, выполняет свои супружеские обязанности... А что было потом?

— А потом я услышала совершенно другие звуки. Кто-то открывал входную дверь. Уверенно звеня ключами, как будто кто-то СВОЙ... Я еще подумала тогда о Лизе, возможно, у нее были ключи от квартиры Садовниковых. Но я не видела, кто вошел. Не могу даже сказать, мужчина это был или женщина. Просто услышала глухие шаги, которые могли принадлежать кому угодно. Кто-то стремительной походкой прошел в квартиру, после чего я услышала два выстрела. Но я только потом поняла, что это были выстрелы. А тогда мне было трудно определить характер звуков. Думаю, что пистолет был с глушителем. Затем снова шаги, на этот раз к выходу, звук захлопывающейся входной двери, и тишина. Страшная тишина. Признаюсь, я тогда долго не могла покинуть свое убежище. Я словно уменьшилась в размерах от страха. Я почему-то сразу так и подумала, что этот КТО-ТО убил Сережу и Лору. Я это ПОЧУВСТВОВАЛА. Человек, который сделал это, конечно же, не мог знать, что в кухне под столом прячется любовница Сергея, иначе он пристрелил бы и меня.

— А у вас были ключи от квартиры Садовниковых?

— Почему «были»? Они у меня есть и сейчас. Вот в этой сумочке. Мне их сделал Сергей, на всякий случай.

— Он после развода не собирался жениться на вас?

— Не знаю, мы с ним не обсуждали этот вопрос. Думаю, что навряд ли он хотел бы иметь в женах такую женщину, как я... Я вообще не гожусь на роль жены. Я в этом смысле не талантлива.

— Когда вы вылезли из-под стола?

— Откуда же мне знать? Просто почувствовала, что надо сматываться, вылезла, на цыпочках прошла в спальню и увидела эту картину... два трупа, все в крови...

— Вы сказали, что убийца как-то очень быстро вышел из спальни... Но этого не может быть. Дело в том, что Лору и Сергея убили, когда они были ОДЕТЫ... Это уже потом их кто-то раздел и уложил в постель таким образом, чтобы создалась иллюзия самоубийства... И если убийца, о котором вы только что мне рассказали, ушел быстро, значит, их переодевал кто-то другой... Но, кроме вас, в квартире никого не было... А вы вышли из нее уже утром, около семи... Значит, это вы их переодели...

— Да вы что, спятили? — Полина отшвырнула от себя чашку, та перевернулась и упала на пол. Но не разбилась. Полина подняла ее и вернула на стол. — Значит, я немного перепутала со временем... В такой ситуации вообще все смещается, не говоря уже про время... Оно то останавливается, то несется вскачь. Мне тоже бросилось в глаза, что крови так много... на постели... И то, что они оба голые, а на теле — ни капли крови... Но это все обрывками, мысли все перепутались... И я в тот момент прежде всего думала не о том, что МЕНЯ могут заподозрить в убийстве, а о том, что меня тоже могут УБИТЬ... Что тот человек вернется и покончит со мной.

— Вы оставили на постели свое белье... трусы...

— Оставила. Со мной это часто случается.

Юля смотрела на нее и не могла понять: как можно так спокойно рассказывать постороннему человеку о своих «привычках»... Полина была совершенно без комплексов. Она жила как жила, и мнение окружающих ее нисколько не интересовало.

— И вы ушли из квартиры?

— Ушла.

— И ничего не взяли?

— Я же не грабитель. У меня и так все есть.

— Почему вы не надели свое платье, а вышли из квартиры в сарафане Лоры?

— А вы думаете, что я в тот момент могла еще думать о своем платье? Возможно, если бы я заметила его через стекло, то забрала или даже переоделась, но потом, уже дома, я вспомнила, что, вешая платье на веревку на балконе, я не воспользовалась бельевыми скрепками... Думаю, что это платье сейчас лежит где-нибудь под балконом, в траве...

— Уже нет, мы нашли его...

— Оно у вас? Отлично... Интересно, на нем осталось пятно или нет?

— Что было потом? — Юля уже начинала терять терпение.

— Да ничего особенного, — вдруг, гримасничая, затараторила бесстрастным тоном Полина, — я выбежала из квартиры и принялась очищать ноги о траву на газоне. Ко мне подошла собака и стала слизывать кровь, ту самую, которая натекла мне в туфли. А потом я поехала к Крымову и наплела ему что-то про молоко...

— Вы на самом деле такая легкомысленная и глупая или играете очередную роль?

— Понимаете, мне в жизни все слишком легко давалось. А это сильно развращает... — Полина, вытаращив глаза, уставилась на Юлю и явно насмехалась над ней. — Но теперь, когда я влипла в подобную историю, мне приходится унижаться, выкладывая вам все подробности... Если бы не это жуткое убийство, стала бы я рассказывать вам, где оставила свои трусики?! Это мое личное дело. Мне нравится спать с мужчинами, и это никого не должно касаться! Это моя жизнь. Вы сегодня тоже не ночевали дома, но вы же не станете отчитываться передо мной, где и с кем провели ночь...

— Вы хотите, чтобы я прятала вас у себя. Почему?

— Потому что никому и в голову не придет искать меня у вас. Это, по-моему, и ребенку понятно.

— А ОТ КОГО вы прячетесь?

— От Сазонова, Корнилова... От всех, кто знает о наличии моих отпечатков пальцев в квартире Садовниковых...

— Но ведь и мы ищем убийцу Садовниковых, и нам заплатили за это неплохие деньги, разве Крымов не говорил вам об этом?

— Говорил, но я же во всем честно призналась. Я никого не убивала, я просто рассказала все, что знала, чтобы помочь вам...

— Дело в том, что у меня столько улик против вас, что мне не составит труда доказать, что именно вы, Полина Пескова, убили Садовниковых... Все свидетельствует против вас... Абсолютно. Пистолет, которым было совершено убийство, принадлежал самому Сергею. Вы могли запросто взять его, скажем, из ящика письменного стола и застрелить им своего любовника и его жену. Затем стереть с оружия отпечатки своих пальцев и вложить пистолет в руку Сергея, предварительно раздев трупы и уложив их лицом друг к другу... Вы же только что сами признались мне, что вам было ПРОТИВНО слышать, как Лора со своим мужем занимались любовью... Учитывая особенности вашего характера, вполне можно допустить, что именно вы совершили это убийство.

— Но зачем мне было их убивать?

— Мало ли... Причин обычно существует предостаточно. Взять хотя бы ревность. Кроме того, женщина с таким вспыльчивым характером, как у вас, способна убить из чувства мести. Может, Сергей не дал вам денег. Ведь он был, кажется, вашим спонсором?..

— Он помогал не мне лично, а театру... Послушайте, ну что вы на меня так смотрите?! Я никого не убивала! Если бы я совершила это убийство, ну посудите сами, стала бы я оставлять повсюду отпечатки пальцев?

— Возможно, это как раз и входило в ваши планы... Кроме того, я же не сказала, что подозреваю вас в предумышленном убийстве... Вполне вероятно, что вы, входя в спальню, не собирались никого убивать... Вы — натура артистическая, вы, наконец, актриса, почему бы вам было не пощекотать нервы Лоры, ворвавшись в их гнездышко, где они занимались любовью, чтобы испугать ее, шокировать?..

— Я актриса, но не идиотка, — жестко и внятно произнесла оскорбленная в своих лучших чувствах Полина.

— Я не хотела вас обидеть. А теперь было бы неплохо, если бы вы объяснили мне суть предлагаемой мне сделки.

— Разве что-то непонятно? Я же вам все рассказала, а теперь вы должны каким-то образом защитить меня.

— С какой стати? Вы мне не рассказали абсолютно ничего нового. Все, что я только что от вас услышала, мне было уже известно. А поэтому ни о какой сделке не может быть и речи.

— А если я заплачу вам?

— Вы хотите меня подкупить? И только лишь за то, чтобы я на некоторое время предоставила вам свою крышу? Ну посудите сами, зачем мне вас прятать и защищать, если я получу несравнимо больше денег, выдав вас своему заказчику. Все против вас... У вас нет ни малейшего шанса...

— А вы стерва, Юлия Земцова... Крымов мне описывал вас совершенно иначе.

— Могу себе представить.

— Так, значит, вы собираетесь меня «выдать», как вы выражаетесь?

— Во всяком случае, дело Садовниковых будет закрыто, агентство получит гонорар, и на этом история моего расследования закончится. Но я готова принять ваши условия, если вы расскажете мне поподробнее о вашем брате.

— О Гере? — Полина заметно побледнела. — А это еще зачем? Он не имеет никакого отношения к гибели Садовниковых.

— Возможно. Но он может быть причастен к другому делу, которое тоже веду я. Пропала девочка по имени Рита Басс. Ваш брат, Герман Соболев, в прошлом году купил у ее матери дачу. Я предполагаю, что Рита сбежала из дому с вашим братом. Вы, наверно, не знаете, что Германа, уже мертвого, обнаружили на бывшей даче Бассов именно мы с Крымовым.

— Вы? Но он ничего мне не рассказывал!

— Приятно слышать, что он откровенничает с вами хотя бы через раз.

— Но как вы оказались на даче?

— Оказались и оказались, это не ваше дело. Я подозреваю, что у вашего брата с Ритой был роман, хотя это и звучит довольно нелепо, поскольку Рите всего тринадцать лет. У меня есть все основания предполагать связь между смертью Германа и исчезновением Риты... И я бы хотела узнать, какой образ жизни вел ваш брат. Расскажите мне о его сексуальных пристрастиях, о финансовом положении, о его предполагаемых врагах... Вы подозреваете кого-нибудь в его смерти?

Полина достала сигарету и закурила. Она довольно долго молчала, уставившись в окно, а потом все же заговорила. За окном показалось солнце, оно вызолотило часть лица Полины, несколько прядей ее чудесных волос. И Юля невольно залюбовалась ею.

— Мой брат всегда был при деньгах. Сначала он получал их от родителей, потом, когда их не стало, от меня. Я его очень любила и никогда ему ни в чем не отказывала. А потом он научился зарабатывать деньги сам. Перегонял из Германии машины. Дело рискованное, но весьма прибыльное. И я уверена, что, окажись я без денег, Герман содержал бы меня и даже баловал... Мы обожали друг друга. У него были какие-то девушки, он встречался с ними, приводил к себе домой...

— У него были друзья?

— Конечно. Но скорее не друзья, а приятели. Они тоже занимались машинами: у Берестова были связи на таможне, у Алика Вартанова сеть автомастерских, оставшихся ему от отца.

— Кто среди них был главным?

— Никто. Я понимаю, что вы имеете в виду. Я думаю, что и у них, таких благополучных, был хозяин. Но Герман мне ничего не рассказывал. Он хотел, чтобы я думала, что все то, чего он достиг, сделано им самим, без посторонней помощи.

— Откуда вы знаете про хозяина?

— В том-то и дело, что я ничего не знаю. Просто догадываюсь. Сейчас у каждого есть свой хозяин. «Крыша». Во всяком случае, у того, у кого есть деньги.

— Вы никого не подозреваете?

— Даже не имею понятия...

— Вам известно, что Берестова и Вартанова убили?

— Да, Женя мне сказал.

— Но почему он сказал это вам, ведь в городе каждый день убивают десятки людей...

— Потому что слышал от меня эти фамилии. Он расспрашивал меня об этих ребятах, но я рассказала ему лишь то, что сейчас говорю вам. Геру убили каким-то редким ядом, по словам Жени, Берестова с Аликом убили точно так же. Но за что? Гера был умным мальчиком и всегда исправно платил кому надо.

— Откуда вам это известно?

— Это НЕ конкретно, просто я вывела это из наших бесед. Он понимал, в каком государстве мы живем и каким законам надо следовать. Перед нами была масса примеров того, как расправляются с человеком, не выполняющим своих финансовых обязательств. Герман никогда не пошел бы на разрыв с хозяином, какие бы условия ему ни ставили. Он очень боялся физической боли, говорил мне, что не выдержит, если его будут бить по лицу. Он был красивым мальчиком и заботился о своей внешности. Что же касается его сексуальных пристрастий, то, думаю, здесь многое могли бы рассказать как раз его друзья, Берестов и Вартанов. Я как-то слышала от Геры, что они сообща снимают квартиру. Думаю, что они развлекались там. Но вот с кем и каким образом — ничего сказать не могу.

— Но хотя бы где находилась эта квартира, вы знаете?

— Где-то в центре, он как-то упомянул про сквер Победы. Об этом можно подробнее расспросить друзей или родственников Берестова и Вартанова.

Юля записала в блокнот: «Сквер Победы».

— Скажите, а ваш брат не был, случайно, знаком с Садовниковыми?

— С Сергеем, наверно, был, потому что они виделись и даже разговаривали о каких-то делах, связанных с машинами. Но если вы думаете, что их связывала ТА САМАЯ квартира, то навряд ли. Они жили на разных уровнях.

«Опять уровни, опять черно-белые дела».

— А вы не знакомы с Альбиной, преподавательницей английского?

— Да ее, по-моему, каждая собака в городе знает. В хорошем смысле, конечно. А почему вы про нее спрашиваете? Неужели и она как-то связана с Сергеем?

— Пока ничего определенного сказать не могу.

Разговаривая с Полиной, Юля все больше и больше убеждалась в том, что попусту тратит время: Полина ничего не знает либо делает вид, что ничего не знает. За час беседы они практически не сдвинулись с места.

— И до каких пор вы планируете прятаться здесь? — решила она спросить Полину прямо.

— Как до каких? Пока не найдут убийцу. Иначе убийца найдет меня и прикончит.

— Вы думаете, что он ВАС видел?

Наконец-то Полина проговорилась. Они обе это поняли. Разом. Прятаться в этой квартире от работников уголовного розыска — одно дело. Но прятаться от убийцы — совершенно другое. Значит, Полина его (или ее) ЗНАЕТ.

— Можно провести эксперимент... — вдруг сказала Полина, — пусть кто-нибудь спрячется под кухонный стол в квартире Садовниковых, а тот, кто войдет в квартиру, скажет, видно сидящего под столом человека или нет. По-моему, логично.

— Да я и без экспериментов могу ответить вам на этот вопрос: если приглядываться, то можно увидеть под столом даже кошку, а если не смотреть в сторону кухни, тогда не заметишь и стоящего посреди нее человека, не говоря уже о сидящем под столом... Неужели вы не видели даже обуви вошедшего?

— Говорю же — ничего...

— Хорошо, тогда живите, сколько потребуется, и проинструктируйте меня на тот случай, если вы пожелаете с кем-нибудь встретиться. Я тоже должна позаботиться о своей безопасности.

— Я не собираюсь ни с кем встречаться, даже с Крымовым, поэтому и попросила его уйти отсюда. Нас многие видели вместе, следовательно, проследив за Женей, могут выйти и на меня. Что касается телефонных звонков, тоже можете не беспокоиться — их не будет. Считайте, что меня здесь нет. Я даже не взяла никаких вещей. Я приготовила деньги на питание, они в хрустальной шкатулке на туалетном столике. Я человек неприхотливый, больше того, если вы будете приносить продукты, я буду готовить для нас обеих. А когда все закончится, я отблагодарю вас, уж в этом можете не сомневаться.

«Как же, сыпанешь мне яду в суп...»

— Скажите, — вдруг решила спросить Юля, вспомнив «последнее явление Лоры», — у вас дома в этом месяце не проживала какая-нибудь женщина? Блондинка?

— Нет. Я живу одна и очень дорожу своей свободой и независимостью.

«Чего сейчас нельзя сказать обо мне», — Юля тяжело вздохнула.

В это мгновение раздался звонок в дверь. Полина побледнела и выбежала из кухни. «Прятаться».

Юля подошла к двери. Но взглянув в «глазок», облегченно вздохнула: это был Игорь Шубин.

— Привет, — он сунул ей в руки два тяжеленных пакета, — отнеси на кухню. Это Крымов велел передать ВАМ. Ему сюда вроде бы вход воспрещен.

— Правильно. Игорек, ты извини меня, что я тебя не разыскала, запуталась окончательно. Устала. Значит, так, разговаривать здесь не будем. Сам понимаешь, почему. Подожди меня на крыльце, я выйду через минуту, и мы поедем с тобой куда-нибудь в нейтральное место, где нас никто не смог бы подслушать.

Закрыв за Шубиным дверь, Юля вернулась на кухню и принялась выгружать из пакетов продукты. Позвала Полину:

— Предлагаю на «ты», поскольку нас теперь

многое связывает. Значит, так. Приготовь что тебе по душе и поешь. Если тебе будет нужно что-нибудь из белья или, к примеру, зубная щетка, напиши список, я все привезу. А пока ходи в моей одежде, словом, действуй по принципу «на войне как на войне». Договорились?

— Хорошо, не переживай.

Полина действительно была обаятельной и довольно приятной в общении. Главное, что она была не дура, а это облегчало задачу. Что же касалось самой задачи, то поиски убийцы Садовниковых, похоже, зашли в тупик. А потому, как ее учил в свое время ПРЕЖНИЙ Крымов, надо бросить заниматься этим хотя бы на некоторое время и все усилия направить на поиски Риты Басс. Что Юля сейчас и собиралась делать, спеша на встречу с Шубиным.

Глава 16

Игорь был на своей машине, Юля — на своей.

— Давай-ка, подруга, пообедаем где-нибудь в приличном месте, а уж там и поговорим... Я знаю один небольшой частный ресторан...

— Случайно, не «Клест»?

— Нет, поскромнее. Там подают жареную речную рыбу с картошкой, вареных раков, местное пиво и блины с деревенской сметаной.

Заведение называлось «Тройка». Полуподвал, красные ковровые дорожки, канделябры, кабинеты, отгороженные бархатными занавесками, приглушенная музыка, краснолицый официант в темно-красном бархатном пиджаке с золочеными пуговицами. Претенциозно и дешево.

Увидев на столе шипящих в нежном и сочном кляре карасей, Юля поняла, что уже давно оторвалась от реальной жизни, раз позабыла о таких невинных удовольствиях, как еда. Ужин в обществе Ломова и последующий завтрак в его охотничьем домике скорее напоминали ритуал или дань вежливости, нежели процесс утоления здорового аппетита.

— Ты совсем заработалась... — Шубин неожиданно положил ладонь на руку Юли и ласково посмотрел ей в глаза.

Возникла пауза, и Юля успела подумать, что Шубин все последнее время много работал, добывая для нее информацию, носился по всему городу, собирая по крупицам сведения, касающиеся жизни Риты Басс и ее близкого окружения... Как же могло случиться, что она, неплохо усвоившая уроки Крымова, напрочь забыла о роли Шубина в расследовании, взвалив на свои плечи основную работу? Сказать, что она поступает как самонадеянная эгоистка, — это не сказать ничего. А ведь сколько раз Надя передавала ей желание Шубина встретиться с нею...

— Игорь, прости меня, я вела себя как последня дура... Впряглась в дело Садовниковых, позабыв обо всем на свете. Да, я почувствовала азарт, вкус расследования, но напрочь потеряла голову и способность рационально использовать силы. Я сама, именно САМА ЛИЧНО хотела со всеми встретиться, поговорить... Потрошила людей, а выпотрошила себя. Я обещаю тебе, что в следующий раз (если он, конечно, представится) буду вести себя более благоразумно. И еще... Не надо, не перебивай меня. Ты же знаешь всю эту историю с Крымовым... Скажи, неужели это ОН меня так подкосил?

— В каком смысле?

— В таком... Я чувствую за спиной его дыхание, мне постоянно кажется, будто он рядом и осуждающе смотрит на меня, слушает, как я допрашиваю людей, и ухмыляется. Я боюсь его, я теряюсь при нем, я ненавижу его... И сама же сделала так, что теперь в моей квартире живет его любовница, которая вполне может оказаться убийцей, а у меня нет моральных сил сдать ее Сазонову или Корнилову... Что со мной?

— Ты женщина... — Игорь подвинул к Юле тарелку с рыбой и салатом. — Успокойся и поешь. Это практически твое первое дело, и ведешь ты его, на мой взгляд, блестяще. Мне обо всем, если можно так выразиться, докладывает Щукина. Ты многого добилась. Ты связываешь между собой какие-то события, проводишь аналогии, анализируешь, рассуждаешь, подбираешь, словно ключ к замку, разные версии, одна сумасброднее другой, но ты мыслишь, действуешь, продвигаешься вперед... Давай сейчас сосредоточимся и постараемся представить себе картину преступления в целом. Ты как, не против?

— Нет, конечно, — она была благодарна Шубину за правильно выбранный тон и за предоставленную ей возможность перевести дух и наметить план работы. Именно это сейчас было ей так необходимо. — Тогда начнем с Полины. Я сегодня беседовала с ней. Она 27 сентября от Крымова поехала к Садовникову, зная, что Лоры нет дома, переспала с ним, и в это время Лора неожиданно вернулась. Сергей с Лорой как-то слишком быстро легли в постель, и Сергей принялся с необычайной страстью доказывать жене свою любовь. Полине, которая пряталась в кухне под столом, вполне естественно, это не понравилось. Она захотела поскорее сбежать, но в это время в квартиру вошел убийца, которого она не видела из-за длинной, свисающей почти до полу скатерти... Спустя какое-то время (точно она вообще ничего не помнит) Полина услышала два выстрела. Судя по ее словам и по тому, что соседи ничего не слышали (это мне рассказала Щукина, а она в свою очередь разговаривала с Корниловым), пистолет был с глушителем. Позже, когда убийца ушел, Полина (все с ее слов) вошла в спальню и увидела там ту же самую картину, которая спустя несколько часов предстала передо мной. Она клянется, что никого не убивала, но в то же время умоляет меня предоставить ей квартиру, поскольку считает мое жилище единственным надежным местом во всем городе...

— Кого она боится?

— Убийцу и милицию. Она осознает, что крепко влипла, и клянется заплатить мне, если ей удастся выпутаться из этой истории...

— У нее что, так много денег?

— Не знаю, но у нее много мужчин, она это не скрывает... Думаю, все, что у нее есть на сегодняшний день, подарили ей любовники. Она красива, умна, почему бы не воспользоваться этим для достижения жизненных благ. Во всяком случае, она настоящая женщина.

— Успокойся, она просто шлюха.

Юля вздрогнула. Раньше ей никогда не приходилось слышать от Игоря подобных резкостей в адрес женщин. Обычно он их защищал.

— Почему ты назвал ее шлюхой?

— Потому что она превратила Крымова в пирожное с кремом.

— Да уж, тут ты прав... Но мужская солидарность здесь ни при чем. Просто ты что-то скрываешь от меня...

— Я ничего от тебя не скрываю и не собираюсь скрывать.

— Хорошо, тогда пойдем дальше... Боже, какая вкусная рыба!.. Игорь, ты тоже ешь, не смотри на меня. Ты меня смущаешь. Теперь о Лоре. Судя по показаниям ее подруг, у нее был молодой любовник, с которым она встречалась в те дни, когда проходили клубные встречи. Все участницы этого клуба использовали его как ширму для удовлетворения самых разных своих прихотей и страстей... Кроме того, администратор гостиницы мне рассказал кое-что интересное из жизни сестер Казариных. Он считает, что Лиза и Лора приглашали к себе в номер молодого мужчину для развлечений. Что они заказывали себе дорогие ужины, цитирую: «стоимостью в несколько сот долларов...»

Шубин только присвистнул.

— Пока жена развлекалась таким образом, сам Садовников имел в своем распоряжении практически всех ее подруг. Судя по всему, он был весьма любвеобильным мужчиной и ни одну из них не обходил своим вниманием. И это при том, что, по словам Полины, любил свою жену. Полина сказала, что он даже не намекал ей о замужестве... Хотя разводиться с Лорой собирался, причем в самое ближайшее время, для чего и нанял Крымова. И Лора с помощью Лизы тоже готовилась к бракоразводному процессу и с этой же целью намеревалась прийти к нам...

— Да, но когда пришла, то начала нести какую-то ахинею...

— Полина сказала, что у Лоры бывали приступы бреда, что Лора и Сергею говорила о существовании какого-то другого мужа, другой семьи...

— Ну вот, а мы с тобой ломаем голову...

— Я что-то никак не пойму, разве слова Полины для тебя что-то значат? А что еще ей остается делать или говорить, если речь идет о ее сопернице, о жене любовника? Где это ты видел, чтобы любовница расхваливала свою законную соперницу? Но... не будем отвлекаться... Поговорим теперь о брате Полины, — и Юля сообщила Игорю все, что ей стало известно от Полины о Германе Соболеве.

— Значит, мне надо будет проработать окружение Вартанова и Берестова?

— Я думаю, это необходимо. И еще: проверь хорошенько по журналу Изотова, кого он вскрывал за последние полгода... Я торопилась, могла что-то пропустить. А то я зациклилась на Саше Ласкиной.

— Да я и сам бы зациклился: что ни говори, а это было, пожалуй, самым громким делом за последние полгода... Теперь вот... Садовниковы.

— Ты не разговаривал с Корниловым? Он что, по-прежнему считает, что можно закрывать дело? Версия самоубийства, кажется, очень устраивает его начальство?

— Начальство-то устраивает, но, похоже, они начали настоящую охоту на лис... Вернее, на лису...

— На Полину?

— Вот именно. Так что смотри, как бы чего не вышло... А что касается Корнилова, то он в последнее время что-то не просыхает. Хотя чего уж там... Крымов накачивает его коньяком. Каждый день.

— Мне все понятно. Работает на алиби своей подружки. Игорь, тебе не кажется, что мы ведем себя, как последние идиоты... В моей квартире, возможно, сейчас находится преступница, которую мы ищем, а мы бездействуем и идем у нее на поводу... Но, с другой стороны, не знаю, как ты, я лично просто уверена, что Полина никого не убивала. Возможно, потому, что я сама видела, как рано утром она вышла из подъезда... Ну не может убийца вести себя так легкомысленно и рисоваться во дворе, вытирая окровавленную обувь о траву... Кто ей мешал уйти ночью никем не замеченной? И зачем ей было оставлять повсюду свои «пальчики»?

— У тебя все?

— Не знаю, кажется, все... Если еще что-нибудь вспомню, расскажу...

— Тогда давай поговорим о Рите Басс.

— Хорошо. Я выяснила, что Рита написала стихи о любви, которые Валя Кротова выдавала за свои и которые родители Саши Ласкиной представляли как стихи своей дочери... Если бы ты знал, что рассказала мне вдова Изотова, того самого эксперта, вскрывавшего Сашу Ласкину, о самой Саше...

И Юля коротко изложила Игорю подробности

встречи в морге с Машей Изотовой, не забыв и о портрете девочки, который Маша нарисовала со слов своего мужа.

— А где, кстати, та подружка, которая сообщила тебе порочащие Сашу факты?

— Не знаю... Она даже на суде не присутствовала, кажется, уехала куда-то...

— А ты не помнишь ее фамилию?

— Фамилия есть в деле, это во-первых, а во-вторых, я знаю, где она жила. В том же доме, где произошло убийство Саши. Кажется, эту девочку звали Ириной...

— Просто я подумал, что если Изотова убили из-за истории с Ласкиной, то, значит, мы на верном пути. Но по этой же причине могут появиться новые жертвы вроде этой разговорчивой подружки.

— А ведь ты прав... Я как-то об этом не подумала. Ее ведь не было и на похоронах Саши... Послушай, мы должны ее найти и, если она еще жива, расспросить ее о Рите Басс или Германе Соболеве.

— Вот мы и подошли к самому главному. Угадай, почему отец Риты Басс оказался в больнице с сердечным приступом?

— Из-за Риты?

— Правильно. Ровно год тому назад, 25 сентября 1996 года, к одной моей знакомой, а именно к Светлане Саватеевой, ночью прибежала Марта Басс и сказала, что с ее дочерью случилась беда.

— Кто такая Саватеева?

— Врач из родильного дома, подруга моей сестры. Словом, мы с ней хорошо знакомы. Я ведь тоже не бездельничал все это время, искал в окружении Бассов врачей, которые могли бы пролить свет на внезапную болезнь отца Риты.

— Риту изнасиловали?

— Совершенно верно. Но это держалось в строгом секрете. И Светка рассказала мне это лишь потому, что Рита пропала. Она уверена, что исчезновение девочки связано с событиями годичной давности.

— Но как это произошло? Где?

— Этого она не знает, но девочка была в тяжелом состоянии. И физически, и, конечно, морально. Но природное здоровье победило, и она довольно быстро оправилась. Света сказала, что после изнасилований довольно часто бывает так, что насильники не отпускают свою жертву, они ее шантажируют, запугивают и продолжают насиловать. Она привела мне парочку примеров, после чего я просто покрылся мурашками. Это уже тенденция, причем необратимая. Больше того, жертве со временем это начинает нравиться, элемент взрослой жизни придает ей вес в ее собственных глазах. А потом таких девочек сажают на иглу.

— Игорь, что ты такое говоришь? Рита хорошая, воспитанная девочка, и если бы ее продолжали преследовать, она все рассказала бы матери...

— Отец после всего, что произошло с нею, заболел и умер.

— Как ты думаешь, ее насильником мог быть Герман Соболев?

— Пока не знаю, но мне кажется, что скоро мы все выясним. Я и сам чувствую связь между этими тринадцатилетними девчонками и тремя парнями, которых отравили рицином. Возможно, что где-то лежит и отравленный труп Риты, да вот только где? Ведь парней-то нашли в разных местах, и единственное, что в их историях общего, это то, что они были найдены за городом...

— А что Сотников? Ты проследил за ним?

— Проследил. Из школы домой, потом в магазин, оттуда обратно в школу, на биологический факультатив, и снова домой... Я поручил одному пацану проследить за ним два следующих дня, он мне позвонил сегодня утром и сказал, что вся семья уехала на дачу. Володя с ними. Выходные все-таки...

— Значит, ничего?

— Пока ничего.

— А что делать с Крымовым?

— Делать вид, что все идет как надо.

— То есть обращаться с ним, как с больным?

— Тебя раздражает, что он не принимает никакого участия в нашей работе?

— Меня в последнее время многое в нем раздражает... И вообще мне кажется, что я не смогу работать здесь дальше... Это, наверное, все-таки не по мне... Столько событий, столько впечатлений, у меня просто голова раскалывается от увиденного и услышанного... Никогда бы не подумала, что у нас не город, а потенциальный морг...

— Хорошо сказано. Но ты, как говорится, не горячись. Просто дело нам с тобой попалось довольно сложное. Я вот все жду от тебя одного вопроса, но, как мне кажется, уже не дождусь.

— Ты о чем?

— Неужели тебе не бросается в глаза, что дело

Садовниковых кто-то нарочно заминает? Ему не дают ходу. Уверен, что восемьдесят процентов заключений экспертиз, связанных с первичными анализами и исследованиями, а именно: отпечатки пальцев, разного рода биологические экспертизы белья и прочего — уже «утеряны».

— Ты хочешь сказать, что кто-то из областной прокуратуры...

— А почему бы и нет? Поэтому я хотел бы предложить тебе себя в качестве охранника. На нас посыпались трупы, а мы делаем вид, что ничего не происходит. Уверен, что Изотов, Берестов, Вартанов, Соболев каким-то образом связаны между собой. Возможно, мы наступили на шлейф, который тянется еще с дела Саши Ласкиной.

— А что там в прокуратуре у Сырцова?

— Информация тщательнейшим образом блокируется, но мне все же удалось узнать, что он продал акции телефонной компании, не свои собственные, разумеется, а принадлежащие дочери.

— Ты думаешь, что это он тормозит?..

— Но ведь и в нашем деле есть ниточка, ведущая прямо к нему домой.

— Ты имеешь в виду номер его домашнего телефона?

— Кстати, помнишь тот текст, который мы нашли на обороте записки с телефоном Сырцова?

— Щукина сказала, что это, цитирую, «бред сивой кобылы»...

— Да нет, этот бред я совсем недавно слышала по радио. И попросила Щукину выяснить, что это за радиопостановка.

— Ты еще по ней не соскучилась?

— По Наде? Соскучилась. Игорь... Мне надо с тобой поговорить еще на одну тему. Боюсь, что своим предисловием я напомню тебе Лору Садовникову.

— Что-нибудь случилось?

— Да. Или у меня что-то с головой, но только... ОНА приходила ко мне домой...

— Кто?

— Говорю же: Лора.

— Как же это понимать?

— А так и понимай.

— И когда это было?

— Да буквально на днях, как раз перед похоронами.

— Надеюсь, это было привидение?

— Откуда мне знать... Я разговаривала с ней, вот как сейчас с тобою... Она сидела у меня в квартире и даже ела торт... Кстати, о торте... — Юля достала из сумки снимок, сделанный ею с ломовского торта, и протянула его Шубину. — Как тебе этот кондитерский шедевр?

— Что это? — Шубин смотрел на красно-белое сооружение, напоминающее постель, и никак не мог понять, что ЭТО такое.

— Говорю же — торт. Мне прислал его один мой знакомый, о котором я тоже хотела с тобой поговорить.

— Чувствую, что пока мы с тобой не виделись, ты не скучала.

— Да уж... Обрати внимание на эти кремовые подушки, на них пятна крови... Это точная копия той самой постели, на которой лежали мертвые Садовниковы.

— Так уж и копия?

— Ты хочешь сказать, что такой торт мог сделать любой человек, обладающий фантазией?

— А что тут делать? Вот если бы на постели были фигурки людей, сделанные, скажем, из марципана да к тому же еще и похожие на Садовниковых, вот тогда да... Но кто этот твой знакомый?

— О нем потом... Давай сначала о Лоре. Она пришла ко мне и стала есть этот торт. Зрелище, я тебе скажу, запредельное. Просто фильм ужасов. Она ела с завидным аппетитом, и это при том, что вроде бы считается покойницей...

— У тебя в тот вечер не было температуры?

— Откуда мне знать... Вполне возможно, что мне подсыпали в чай или воду — я уж и не помню, что я тогда пила, — какой-нибудь наркотик... Потому что иначе объяснить это явление я никак не могу... Разве что у меня помешался рассудок. Но клянусь тебе, я видела ее и даже чувствовала запах ее духов... Потом, правда, ко мне пришел этот знакомый, и Лора ушла, вернее, сначала она спряталась в прихожей, а потом я увидела ее на лестничной площадке с простреленной головой... Вот такая картинка. Если бы ты знал, что я испытала в тот вечер... К тому же мне тогда нездоровилось, я была совершенно разбитая...

— Это нервы, — Шубин снова нежно опустил свою ладонь на Юлину руку. — Кроме того, кто знает, возможно, души умерших действительно блуждают какое-то время в пространстве, напоминая живым о себе, как бы привлекая к себе внимание...

— Спасибо тебе, Игорек. Я понимаю, что ты как можешь успокаиваешь меня... Но мне почему-то не стало легче. Как вспомню ее, так мне снова становится нехорошо.

— А что было после того, как ты ее увидела на лестничной площадке?

— Я бросилась в квартиру и принялась названивать всем вам, но, как назло, ни до кого не дозвонилась. Тогда я решила позвонить в милицию. Но перед этим догадалась еще раз выглянуть за дверь — на полу уже никого не было. И только запах ее духов остался в качестве напоминания... Теперь ты понимаешь, почему мне не стоит задерживаться в частном сыскном агентстве? Мне еще замуж выходить, детей рожать, я бы хотела прожить нормальную жизнь...

— Вот найдем убийцу, отработаем деньги, и отдохнешь как следует.

— Легко сказать: найдем убийцу...

— Какие у тебя планы на сегодняшний день?

— Хочу побывать на старой квартире Лоры, где она жила, когда еще носила фамилию Казарина... Поговорить с соседями, порасспрашивать... Хотелось бы навестить Марту Басс, но теперь я просто не знаю, как с ней говорить о Рите. Ведь если я скажу, что знаю про изнасилование Риты, она тотчас догадается, откуда эта информация, и, таким образом, я подставлю твою знакомую, Саватееву...

— Кстати, я говорил со Светланой об этом. Она сказала мне, что теперь, когда Рита пропала, можно воспользоваться ее сведениями, лишь бы девочка нашлась... Она так и сказала... Так что, думаю, Марта сама с ней как-нибудь потом разберется. Да и вообще Марта как мать просто обязана была рассказать нам о том, что произошло с Ритой... Ты собиралась поговорить со мной о твоем новом знакомом...

— Хочешь услышать от меня его фамилию? — Юля усмехнулась, поскольку была просто уверена, что это уже ни для кого не секрет.

— Ломов — оригинальнейшая личность, — проронил Игорь и шумно выдохнул. Юле показалось, что он собирается ей сказать что-то еще, но Шубин молча катал хлебные шарики и, казалось, рассматривал узор на тарелке.

— Это все, что ты о нем можешь сказать?

— Во-первых, он намного старше тебя. Во-вторых, он урод, я имею в виду его внешность. Я понимаю, что у меня нет права так говорить, но я без конца задаю себе один и тот же вопрос: зачем он тебе? Вот зачем ТЫ ему, мне понятно. Ты молодая, красивая, умная и прочее... Но он-то тебе зачем? У тебя что, денег нет? При всех недостатках Крымова он довольно щедр по отношению к своим рабам вроде нас... тебе нужен статус замужней дамы? Ты думаешь, что этот номенклатурщик женится на тебе?

— Вот об этом я как-то еще не думала... Больше того, я даже не знаю, есть у него семья или нет...

— Тогда что же ты о нем знаешь вообще?

— Практически ничего. Только то, что знают все. Что он занимает положение в правительстве города, что богат, горбат и непохож на остальных...

— Он тебе предложил стать его любовницей? Юля покраснела. В конечном счете она сама виновата в том, что Шубин заговорил о Ломове. Она так хотела поговорить с кем-нибудь о Павле Андреевиче, чтобы понять, чего от него можно ожидать в следующий момент.

— Он не то что предложил, я как бы сама этого хотела...

— Больше не хочешь? Он тебе не понравился?

— Игорь, мне трудно говорить с тобой на такие темы, но поскольку больше мне говорить не с кем — разве что с Надей, которая, я просто уверена, не поймет меня, — я признаюсь тебе, что Ломов, эта волосатая и огромная глыба, этот, как ты выразился, горбун, меня возбуждает. Мне нравится бывать с ним, разговаривать, слушать его... Он добрый, заботливый, но он все делает не так, как остальные... Я была замужем, я знаю, что представляют из себя мужчины... Так вот, Павел Андреевич — совершенно непредсказуем... Он вносит в мою жизнь что-то новое, он старается удивлять меня на каждом шагу, он делает мне подарки... Но самое главное — это ощущения... мои ощущения, когда он дотрагивается до меня.

— Ты извини, что я тебя перебиваю, но давай поговорим начистоту... С тех пор как ты рассталась с Крымовым, у тебя никого не было... Тебе просто нужен мужчина, поэтому ты и приписываешь Ломову несуществующие качества. Тебя тянет к нему, потому что ты изголодалась по мужской ласке.

— Прекрати, мне неприятно это слушать... Я ведь не животное какое...

— Я, конечно, могу прекратить, но не лучше ли тебе было бы переключить свое внимание на другого мужчину, более молодого...

— Мне никто не нужен.

— Нужен. И в этом нет ничего постыдного. Это естественно. Ты никогда не полюбишь своего Павла Андреевича. В тот день, когда ты ляжешь с ним в постель, спустя несколько минут ты пожалеешь о том, что произошло, но будет уже поздно. Все мужчины собственники, но этот — подавно. Он материалист до мозга костей. Ты ему нужна как собственность. И потом, захочешь ты или нет, он будет приезжать к тебе и делать с тобой то, что ему будет нужно... А если ты попытаешься от него избавиться, он начнет тебе вредить, он все сделает для того, чтобы ты, повторяю, стала его собственностью...

— Но откуда у тебя эти мысли? Тебе кто-нибудь рассказывал о нем?

— Я наводил о нем справки, только как о деловом человеке. Но я видел его, и хотя я не профессиональный психолог, в людях все же немного разбираюсь. Тебе нужен другой мужчина. Скажи, у тебя с Ломовым что-нибудь было?

Юля покачала головой.

— Это тоже ненормально. Он что, импотент?

— Не знаю. Может быть...

— Тогда он тебе не страшен. Разве что попросит тебя иногда раздеться.

— Игорь, я никогда не предполагала, что разговаривать на эту тему буду именно с тобой... Мне всегда казалось, что ты... что ты неспособен на...

— На что? Просто я вижу, как он обрабатывает тебя, чувствую, как кружится твоя голова, и хочу тебя предостеречь... Скажи, ты встречаешься с ним еще и ради того, чтобы позлить Крымова?

— Для Крымова я умерла. Он любит Полину. Если честно, я и сама не знаю, зачем мне Ломов... Наверное, от скуки... — Наконец-то Юля сказала то, что хотела сказать. Она оформила свои чувства и придала своим оправданиям нужную форму. — Но, с другой стороны, когда мы с ним однажды ехали в ресторан...

И она подробно рассказала Шубину о чувствах, которые охватили ее тогда в машине.

— Может, мне стоит попить какие-нибудь успокоительные таблетки, чтобы мое тело не опережало в своих желаниях мои чувства? Мне не нравится, что мною управляет физиология...

И тут произошло невероятное: Шубин подошел к Юле и, подхватив ее на руки, усадил к себе на колени. Он целовал ее, а она не сопротивлялась.

— Нет, постой, что ты делаешь? Игорь... — она вырвалась из его рук и пересела на его место. Привела себя в порядок и, тяжело дыша, отпила минеральной воды из бокала. — Ты хотел проверить, как на меня действуют мужчины вообще? Так вот знай... Или нет, что я такое говорю... Мне пора... У меня дела. Извини, но я очень жалею, что рассказала тебе все это... За меня не беспокойся. В конечном счете, даже если у меня с Ломовым что-нибудь и получится, мне это пойдет только на пользу...

— Позвони мне часов в десять вечера, — Игорь смотрел на нее широко раскрытыми глазами, он был возбужден, но вынужден был сдерживать свои желания. — Я не советую тебе ночевать в обществе Полины. Приезжай ко мне. Я знаю, вы с Надей считаете меня чуть ли не монахом...

В чем-то вы правы. Но я был бы счастлив, если бы ты согласилась провести со мной ночь... Быть может, тебе покажется даже неприличным, что я говорю тебе об этом прямо, не произнеся и слова о любви, но ведь если я скажу тебе, что люблю тебя, ты мне все равно не поверишь...

— Разве у тебя нет романа с Надей?

— У меня роман с тобой. Платонический.

— Вот пусть он таким и остается.

Юля встала из-за стола и, чувствуя себя неловко перед Игорем, поспешила выйти из кабинета. Губы ее горели, а колени ослабли... Она ненавидела себя в эту минуту.

* * *

Заехав на пару минут в агентство, Юля намеревалась, выслушав Надю, отправиться на старую квартиру Лоры, но Крымов, встретив ее в коридоре, затащил к себе в кабинет и запер дверь за ключ.

— Ты ждешь от меня публичных извинений? — возмущенным голосом спросил он, усаживаясь в свое вертящееся кресло напротив нее и нервно теребя подлокотники.

— Мне от тебя вообще ничего не нужно. Я от тебя уже ничего не жду. Вот закончу дело и уйду из агентства.

— Не дело, а ДЕЛА. Ты нарочно не посвящаешь меня ни во что, избегаешь меня и ведешь себя так, словно это не я, а ты руководитель агентства. Я согласен, ты много работаешь, но ведь должна быть какая-то дисциплина.

— Тебе недостаточно того, что в моей квартире поселилась твоя любовница?

— Но ты же сама хотела этого!

— Хотела. Я думала, что она поможет нам раскрыть это убийство, а твоя Полина словно воды в рот набрала... Она хитрая и все время молчит. У нее свои цели, о которых ни я, ни ты ничего не знаем... Ты-то сам ее хорошо знаешь? Как жила она до встречи с тобой? В каких отношениях была с Лорой? С Сергеем Садовниковым? Откуда у нее деньги, машина, квартира? И, наконец, как ты мог позволить ей превратить себя в тряпку?

Юля закрыла глаза, опасаясь шквала оскорблений в свой собственный адрес, но так и не дождалась. Открыла глаза и увидела, что Крымов курит, глядя на нее. Лицо — отрешенное, а в глазах плещется растерянность.

— Ты так вообще взяла в любовники Ломова, я же тебе ничего не говорю.

— Не имеешь права. В отличие от тебя меня с Павлом Андреевичем связывают только личные мотивы, в то время как ты затеял роман с женщиной, подозреваемой в убийстве.

— Она в любом случае будет проходить как свидетельница, и то только после того, как ее найдут... Она никого не убивала!

— Как можешь ты отвечать за поступки другого человека?

— Ладно, давай не будем снова ссориться. Я хотел тебе рассказать кое о чем... Знаю, что ты думаешь обо мне, но все равно... Не надо считать меня бездельником. Я тоже кое-что делаю. Надя ввела меня в курс. Но то, что я сейчас тебе скажу, пожалуй, удивит тебя. Понимаешь, я вспомнил Лору Садовникову.

— Как это?..

— Она звонила мне приблизительно за неделю до прихода к нам и своей гибели. Просто она не представилась, поэтому я сразу и не сообразил, что звонила именно она. Короче. Мне позвонила женщина и спросила, может ли она обратиться к нам с довольно-таки деликатным делом, связанным с ее мужем. Я сказал, что буду рад помочь ей... Больше того, я дал ей свой домашний телефон... на всякий случай.

— А почему ты решил, что звонила именно Лора?

— Потому что я был у Сазонова и попросил показать мне все вещдоки. Среди бумаг, которые они обнаружили в туалетном столике Лоры, лежала и записка с моим телефоном... На ней также были нацарапаны число и время, когда она намеревалась ко мне прийти... Я увидел эту записку и сразу понял, что это была она. И пришла она в точно в назначенный день и время — 27 числа, утром...

— Она-то пришла, да только тебя на месте не оказалось...

— Еще я был у Корнилова, он злой как черт, говорит, что надо прорабатывать версии с Арсиньевичем, Мазановым, короче, с учредителями, которые после смерти Садовникова загребут власть и «черный нал» в свои руки. Деньги, по его мнению, пожалуй, самый мощный стимул для такого беспрецедентного убийства.

— Мы все бьемся, копаемся в их прошлом, а что, если Садовниковы случайно стали нежеланными свидетелями другого преступления? Такое тоже бывает.

— Я тебе еще не все рассказал... Тот кусок говядины, в кровь от которого вляпалась Полина, взяли на экспертизу... Так, на всякий случай... Но дело оказалось не в самом мясе, а в полиэтиленовой оболочке и кассовом чеке, вернее, магнитном коде... Короче, я его украл. Они исследовали мясо, уж не знаю зачем, а я поручил Надюхе выяснить, в каком магазине и кем был куплен этот кусок... Понимаешь, мясо тянуло на четыре килограмма, это был очень большой кусок вырезки, вот я и подумал, с какой это стати Лора или Сергей перед смертью достали его из морозилки... И вот что я узнал. Это мясо было куплено в супермаркете «Хлоя», и когда бы ты думала?

— Не знаю, наверно, за пару дней до убийства...

— Вот и не угадала... Оно было куплено 27 сентября, как раз накануне убийства. Но, главное, КЕМ оно было куплено?

— И кем же?

— Я пришел в «Хлою» с фотографиями Лоры, но кассирша, работавшая 27 сентября, оказывается, очень хорошо запомнила девушку, покупающую такой большущий кусок мяса. Она еще тогда подумала, что навряд ли девушка пришла в магазин пешком, что у крыльца наверняка стоит шикарная машина...

— А почему именно шикарная?

— Да потому, что сама девушка была шикарная. Словом, по всем приметам, это была... Полина.

— Скажи, зачем понадобилось Полине покупать мясо для Садовникова, раз у того есть жена?

— Я думаю так. Либо Полина была уверена в том, что Лора не появится у себя в квартире пару дней, поскольку только в этом случае можно было бы без опаски что-нибудь приготовить и съесть, не боясь, что тебя застукают в переднике на чужой кухне, либо она намеревалась привезти это мясо к себе домой, но передумала и в последний момент привезла его на свидание к Сергею. Но тогда непонятно, зачем было оставлять его на столе, если лучше всего оно сохранилось бы в морозилке...

— Крымов, а почему ты исключаешь, что Полина везла это мясо К ТЕБЕ домой?

— Я бы не позволил ей тащить такую тяжесть... Да и вообще готовил в основном я...

— Тогда стоит подумать над другими версиями. К примеру, Сергей действительно ждал ее в машине возле магазина, поручив ей, как женщине, разбирающейся в продуктах, выбрать хороший кусок мяса. Возможно, ему хотелось, чтобы Полина собственноручно приготовила ему что-нибудь... Но постой, она мне только сегодня утром сказала, что приготовила ему вечером СВИНЫЕ отбивные...

— А не проще ли спросить об этом мясе саму Полину?

— Вряд ли она подойдет к трубке.

— А ты поговори с ней при помощи автоответчика. Убедившись в том, что звонишь ты, она наверняка возьмет трубку.

И вскоре Юля действительно услышала голос Полины:

— Говядина? Сережа сказал, что они ожидают гостей, и Лора поручила ему купить мясо. Вот он и попросил меня выбрать кусок получше, что я и сделала...

— В каком магазине?

— В «Хлое»... в тот же день... Лора ночевала у Лизы в гостинице, но утром должна была вернуться, чтобы подготовиться к встрече гостей...

— А что за праздник? День рождения?

— Вот этого я не знаю. Но у них довольно часто бывали гости, приходили знакомые, в основном Сережины, они пили, ели и обсуждали какие-то свои дела... Так, во всяком случае, он говорил мне.

— Полина, я хотела задать вам еще один вопрос... как могут отнестись к вашему исчезновению в театре, где вы работаете? Вы не боитесь, что они тоже станут вас искать, обратятся в милицию...

— Сейчас мне это безразлично... Разве вы еще не поняли, что речь идет о моей жизни, а не о карьере?..

— Мне никто не звонил?

— Какая-то Надя, я слышала ее голос на автоответчике, так что, когда придете, послушаете...

— Полина, если я не приду ночевать, не беспокойтесь. Еда у вас есть, самое необходимое — тоже... Вам что-нибудь привезти?

— Нет, спасибо...

Юля положила трубку и выразительно посмотрела на Крымова:

— Скажи, неужели ты не знал, с кем связался?

— Знал. Может, хватит меня отчитывать, как пацана?

— Хорошо, не буду. У тебя есть еще какие-нибудь мысли и соображения?

— У меня есть вопрос: где это ты сегодня собираешься ночевать?

— Не твое дело, — она, резко повернувшись

на каблуках, направилась к двери. Юля ждала, что Крымов окликнет ее, и даже замедлила ход, но он ей так ничего и не сказал. «Уйду», — подумала она, уже толкая дверь приемной, где ее ждала Щукина.

— Уйду! — повторила Юля вслух, принимая из рук Надюши сигарету.

— Хватит, успокойся... Главное — Крымов начал работать...

— Надя, набери мне, пожалуйста, Корнилова, а я пока покурю... После общения с нашим шефом меня трясет, как в лихорадке... Вернее, нет, лучше я поговорю с Сазоновым...

— Сейчас... подожди минуточку...

Юля отметила, что Надя сегодня непохожа сама на себя: не щебечет, лицо осунувшееся, уголки губ опущены...

— Петр Васильевич, — произнесла Юля, когда Надя соединила ее с инспектором уголовного розыска Сазоновым. — Это Земцова вас беспокоит... Можно я задам вам всего лишь один вопрос?..

— Задавай, чего там...

— Зачем ваши эксперты исследовали мясо?

— Да мало ли... Может, оно человечье... — загоготал Сазонов, и Юля скорчила рожицу, давая понять наблюдавшей за ней во время разговора Щукиной, что общается с полным идиотом.

— Вы что, дело закрыли?

— Пока еще не закрыли, но вроде бы все ясно... Вы ищите, конечно, у вас-то забот поменьше, надо же как-то оправдывать гонорары... А у нас вывод один — самоубийство. Ваш Крымов сам сказал мне, что они оба собирались разводиться... Психологическая комбинация, сплошная безысходность, так сказать...

— Но вы же знаете, что это убийство, что в квартире, помимо Садовниковых, были еще люди, что вся постель в крови, что их убили одетыми, а потом раздели... Как же так можно, Петр Васильевич?

— У нас, конечно, есть на примете одна особа, но она скрылась в неизвестном направлении... В городе ее нет, значит, выехала... Пескова, может слышали?

— Это еще кто?

— Любовница самого Садовникова, артистка. Что же это вы так работаете? Ничего и никого не знаете...

— У нас с вами неодинаковые возможности...

— Я про ваши возможности все знаю, так что давайте не будем...

Юля как можно вежливее попрощалась и положила трубку.

— По-моему, он пьян в дымину. Если бы ты только слышала, что он брякнул мне про мясо, то самое, которое лежало на столе... Человечина!

— Нора мне сказала, что слух один прошел... Будто Лора Садовникова была любовницей чуть ли не губернатора или еще кого из правительства, и теперь этот человек пытается сделать все, чтобы дело закрыть, чтобы не копали, не совали нос в его постель...

— Свиньи! Я не верю в это. У меня такое ощущение, что мы ходим вокруг да около, а самого главного ухватить, прочувствовать пока не можем... Допустим, у Лоры действительно кто-то был... Но из-за этого не убивают. Они что-то знали, причем ОБА. Если бы Лора была здесь ни при чем, убили бы одного Сергея...

— Но ведь Лоры и не должно было быть там. Ты же сама говорила, что она собиралась ночевать у своей сестры.

— А что, если позвонить Лизе и попробовать выяснить... Надя, ну почему я такая бестолковая? Мне же в первую очередь надо было узнать, почему вдруг Лора вернулась домой среди ночи... У тебя есть телефон Садовниковых?

Глава 17

Но телефон Садовниковых был таким же мертвым, как сами хозяева. Длинные гудки, казалось, сделали трубку ледяной, словно выстудили из нее все тепло.

— Она в гостинице, — сказала Юля, имея в виду Лизу. — Что ей делать в пустой квартире, из которой совсем недавно вынесли труп любимой сестры?

— Так позвони в гостиницу...

— Я лучше туда съезжу... Ты узнала что-нибудь про радиопостановку?

— Конечно, узнала. В тот же день позвонила в телерадиокомпанию и получила исчерпывающий ответ... Вот, держи, я даже записала название...

Юля взяла листок и прочитала: «Стивен Данстон. «Кто эта Сильвия?»

— Что это?

— Это автор и название радиопьесы.

— Мне кажется, я знаю, куда мне стоит сейчас отправиться в первую очередь...

— И куда же?

— В театр, конечно! Уж там, как мне кажется, я узнаю о Полине все... Она красива, молода и талантлива — у нее должна быть целая армия врагов. Быть может, там мне удастся узнать, откуда у нее деньги на покупку машины и квартиры...

— Игорь рассказал тебе про Риту?

— Рассказал. Не понимаю я эту Марту... Как можно было умолчать об этом?

— Она, кстати, звонила сюда несколько раз... Я уже стала узнавать ее по голосу.

— И что ты ей сказала?

— Что ты занимаешься ее делом.

— Спасибо, ты настоящий друг. Только вот выглядишь ты сегодня что-то неважно...

— Чайкин немного нервы подпортил... У него же там, в морге, сейчас Изотова живет... Бедная женщина, конечно... Я просила его приехать ко мне, что-то на меня такая смурь напала, а он не приехал...

— Надя, он же не мог оставить Машу одну...

— Ее он, значит, пожалел, а меня — нет? А мне, может, тоже страшно было одной ночевать дома... Думаете, что я железобетонная? У меня тоже нервы... Хочешь верь, хочешь не верь, но мне являлась Лора Садовникова...

— Дома? — как-то чересчур быстро среагировала на эту новость Юля и внимательно посмотрела на подругу.

— Если бы дома... Понимаешь, вчера я ждала тебя вечером, думала, хоть с тобой поговорю... Я же весь день одна... Между прочим, я до последнего надеялась, что ты приедешь ко мне ночевать... А потом я поехала к тебе...

— Ко мне? — становилось все интереснее и интереснее. — И что же?

— А то, что я приехала к тебе на такси часов в одиннадцать. Подхожу к подъезду и вижу... привидение... Я не знаю, как это можно еще назвать... Прямо на меня идет Лора... по улице, быстро так, торопливо, в каком-то светлом развевающемся пальто или плаще, я не разобрала... Волосы белые, распущенные, глаза горят... Она прошла мимо, и у меня внутри все застыло от ужаса... Потом свернула за угол и исчезла...

— Она вышла из подъезда?

— Да, из твоего подъезда... И тогда я поняла, что переутомилась... — Надя замолчала. Она сидела, опустив голову, и нервно теребила кончики пальцев. — Я не знала, говорить тебе или нет, но кому я еще могу рассказать о таком? Шубину? Он пожалеет меня, конечно, да только мне легче от этого не станет...

— А может, это была вовсе и не Лора? А просто блондинка?

— Нет, это была она. Точно. Она прошла совсем близко от меня.

«А у меня она вообще сидела на кухне и ела торт», — хотела сказать Юля, но промолчала.

— Сейчас бы в Евпаторию... Слышь, Надюха?

— Не помешало бы...

— Так, а что было дальше?

— Я не помню, как поймала такси и вернулась домой. Даже к тебе не стала подниматься, как представила, что из подъезда выйдет еще несколько лор.

— И ты позвонила Чайкину? Ну понятно... Просто мы с тобой переработали. Не бери в голову... Думаю, что сегодняшнюю ночь ты проведешь уже с ним, потому что к Маше должны приехать какие-то родственники... Кроме того, не забывай, что ее ожидают похороны любимого мужа. Поэтому успокойся и постарайся войти в положение Чайкина. Ну все, Надюша, я поехала... У меня сегодня много дел... А ты звони, если что...

— Как же, дозвонишься до тебя... Ты бы телефон в карман сунула, а то вечно оставляешь его в машине. Смотри, украдут...

* * *

Главный режиссер театра, Александр Иорданиди, выглядел лет на тридцать, не больше, хотя все в городе знали, что ему в этом году исполняется пятьдесят. Это о нем говорили, что он пьет человеческую кровь, горстями ест витамины и много спит. «Человек-загадка, человек-легенда, большой оригинал, умница, талантище...» Приблизительно такими эпитетами характеризовали местные журналисты этого темноволосого стройного мужчину с матовым светлым лицом, голубыми глазами и выразительными, словно нарисованными коричневой масляной краской, губами.

— Проходите, пожалуйста, — Иорданиди пригласил Земцову в свой просторный кабинет и усадил на желтый кожаный диван. На низком журнальном столике стояла большая черная керамическая пепельница, в которой тлела тоненькая дамская сигарета. Юля заметила в самом углу еще одну дверь, соединяющую кабинет с комнаткой, в которой сейчас наверняка пряталась женщина, не успевшая докурить эту сигаретку.

— Пусть дама спокойно выйдет из соседней комнаты, я отвернусь... Как вы понимаете, мне нет дела до такого рода вещей... Просто я должна быть уверена, что нас никто не подслушивает...

— Она уже вышла через другую дверь, — спокойно ответил режиссер и хрустнул длинными белыми пальцами. — Вы пришли поговорить о Полине Песковой?

— Вы сами догадались?

— У нас уже были люди, которые интересовались ею... Но ее в театре нет, можете даже не искать, только зря потратите время.

— А я и не собираюсь ее искать. Дело в том, что я занимаюсь расследованием дела об убийстве супругов Садовниковых. Я знаю, что Полина была вхожа в их дом, поэтому мне просто необходимо с ней встретиться. А по какому поводу ею интересовались другие?

— Думаю, что по этому же. Но я повторяю — Полины в театре нет.

— Скажите, сколько спектаклей в вашем репертуаре на сегодняшний день?

— Двенадцать.

— А в каких занята Полина Пескова?

— Уже ни в одном.

— Как это?

— Она ушла на другую работу. У нее открылся талант администратора, и она покинула сцену. Совершенно безболезненно, кстати.

— Она что же, подалась в билетеры?

— Нет, она возглавила Фонд поддержки театральных деятелей. Идея бредовая, я согласен, но зато в театре появились хотя бы какие-то деньги. Мы даже успели отремонтировать крышу и купить кое-что из сантехники. Кроме того, Полина нашла нам спонсоров для организации гастролей во Франции и Швейцарии...

Анна Данилова

— Но почему вы говорите об этом с какой-то совершенно непонятной мне иронией?

— Да потому что Полина сошла с ума! Она ушла со сцены, вы понимаете, что это такое для театра, для меня, для нее самой?! Согласен, она вздорная женщина, капризная, самолюбивая, самодурка... Боже, да как я только не обзывал ее в этих стенах! Но она мне ответила очень просто: надоело. Ей надоело, видите ли, играть на провинциальной сцене...

— Ей предложили роль в Москве?

— Москва ее тоже не интересует.

— И чего же ей захотелось?

— Не знаю... Должно быть, ей захотелось сразу всего: построить свой театр, стать там и режиссером, и ведущей актрисой... Но потом ей в голову пришла еще более идиотская мысль — поставить фильм! Знаете, что она выдала мне? «Я, — говорит, — Саша, задыхаюсь...»

— Скажите, откуда у нее деньги?

— Так она же была любовницей Садовникова... Об этом все знали. А теперь ее обвиняют в том, что она его убила. Она не дура, чтобы убивать человека, который был в ее жизни всем. Мне даже кажется, что она любила его. Хотя эта женщина любить не умеет, можете мне поверить.

— Она была... извините... Она считается талантливой актрисой?

— Безусловно. Но на сцене она всегда путала слова, импровизировала, допускала какие-то вольности. Непонятное существо! Непредсказуемое!

— У нее в театре были друзья?

— Вот, — он хлопнул себя кулаком в грудь. — Я ее единственный друг. Остальным она объявила войну. Всем. Без исключения.

— Но почему?

— Такой характер. Вы не найдете в театре ни одного человека, которому бы она не наговорила гадостей.

— Я не понимаю...

— А ее никто не понимает. Она — кошка, которая живет сама по себе...

— И вы ее терпели?

— Сначала она была ведущей актрисой, на которую ходила публика, а потом, когда ушла со сцены, стала приносить театру реальные деньги.

— Надеюсь, что она была знакома с основами бухгалтерии?

— Не то слово! Полина — талантливейший человек во всем, чего ни коснись... И вся документация у нее в полном порядке. Я вот сейчас разговариваю с вами, а у самого душа болит: ну куда она делась на этот раз? Что еще натворила? Чего учудила?

— Скажите, вам знакома пьеса Данстона «Кто эта Сильвия?»?

— Разумеется, я же ее и ставил на нашем радио...

— Полина там задействована?

— Нет, хотя она и учила роль... Думаю, что она просто разочаровалась в самой пьесе... Ее, видите ли, не устраивало, что ей пришлось бы играть таракана... Но это радиопьеса, причем довольно оригинальная... И в этом — вся Полина!

— У нее было много мужчин...

— Да вы не стесняйтесь... Об этом знают все, поскольку Полина никогда не скрывала своих романов и даже бравировала количеством любовников.

— Скажите, а чего она боялась больше всего на свете? Вот видите, я снова сбиваюсь и говорю о ней в прошедшем времени... Извините...

— Полина больше всего на свете боится старости, болезней, смерти... Впрочем, как все женщины. Просто у нее все это выражается в более гипертрофированной форме... Ах да... еще она страшно боится отсутствия денег.

— А кто ее родители?

— Да Бог ее знает... Она ни разу о них не упомянула.

— А вы знаете... Крымова?

— Нет, признаться, не знаю...

— Фамилия Сырцов... о чем-нибудь говорит вам?

— Говорит. Она в основном ассоциируется у меня с прокурором области. Это имеет какое-то отношение к Полине?

— Вот об этом-то я как раз и собиралась вас спросить...

— Не думаю... Она терпеть не может ни милицию, ни прокуратуру. Понимаете, Полина — бабочка. Она не живет, а порхает. Но порхает целенаправленно и очень бережет свои роскошные крылышки. Я смертельно скучаю без нее. Я люблю ее, а она смеется надо мной. Вот я вам все и рассказал. Вы, может, не заметили, но я выпил немного коньяку и потому такой возбужденный. Женщина, которая была здесь, сейчас играет роли, которые отводились для Полины. Она тоже молода, красива, но ее красота слишком холодна. Вы понимаете меня?

Иорданиди был типичнейшим представителем богемы. Он был приторным до безобразия и словно пропитан ромом и нашпигован миндалем и изюмом. Таких людей нужно либо воспринимать в комплексе, как, скажем, Альбину, либо не воспринимать вообще. Он был талантлив, самолюбив, влюблен и, одновременно чувствуя на себе власть огненно-рыжего дьявола в лице Полины Песковой, мечтал, возможно, о ее смерти.

Выйдя из театра, Юля вдруг поняла, что все то время, что она провела в кабинете Иорданиди, в ее ушах звучал голос самой Полины Песковой, которая свое жизненное кредо выразила в следующих словах: «Я в последнее время предпочитаю играть роли в ЖИЗНИ, а не в театре».

«По-моему, очень убедительно».

Юля хотела было уже сесть в машину, но передумала, поискала глазами таксофон и решила позвонить Сырцову. Как-никак, именно его телефон был записан на том самом листке с отрывком пьесы, роль из которой пыталась выучить Полина. Значит, Полина собиралась позвонить Сырцову. Но вот зачем?

Юля полистала блокнот и нашла все номера телефонов Сырцова, которые старательно собрала для нее Надя Щукина. Их было великое множество: как-никак прокурор области! Вот бы узнать, что могло его связывать с актрисой местного театра? Может, он тоже был ее любовником? Но тогда почему же об этом никто не знал, если Полина так любила бравировать своими любовными связями?

Первые три номера ответили длинными гудками. Четвертый хрипловатым мужским голосом пролаял:

— Кто тебя просил соединять меня?..

И тут же, очевидно, голос секретарши проше-
лестел нежно и испуганно:

— Евгений Петрович, вы же сами просили,
чтобы я вас переключила...

На проводе был лично Евгений Петрович
Сырцов.

— Это я, — прошептала Юля, стараясь подра-
жать голосу Полины. В принципе у Песковой
был довольно обычный голос, разве что с некоторым придыханием.

Послышался щелчок — секретарша отсоеди-
нилась. И тогда Юля, воспользовавшись тем, что
ее никто не видит и что у нее появилась редкая
возможность проверить Сырцова на предмет знакомства с Песковой, повторила, только уже более
настойчивым и даже злым тоном:

— Говорю же, это я... — и задышала часто-
часто. Она сознавала, что уровень артистических
способностей у нее всегда стоял на нулевой от-
метке, но понимала также и то, что человек,
ОЖИДАЮЩИЙ услышать чей-нибудь голос, услышит его, даже если в трубку проворкует голубь.

— Полина, сука, это ты? — прозвучал в трубке
преисполненный ненависти и злобы голос Сырцова. Казалось, он даже зарычал.

— Я...

— Обещаю тебе, сука, достать тебя из-под
земли и вырвать твой поганый язык. Ты подразни
меня, подразни... Я же все твои кишки на кулак
намотаю.

Юля не поняла, как получилось, что она бросила трубку. Очевидно, слова Сырцова прожгли
ее насквозь, и трубка сама выскользнула из ее
рук. Она снова взяла ее, но на том конце провода
уже положили трубку. А скорее всего — бросили.

Что же такого могла сделать Сырцову Полина, если он собирался вырвать ей язык и намотать кишки на кулак?

Юля вернулась в машину и позвонила Крымову. Передала разговор с Сырцовым.

— Полина и Сырцов? Это что-то новенькое.

— Помнишь, когда мы все сидели за столом и пировали, Шубин рассказывал, что Сырцов продал свои машины, особняк, что-то еще... И Щукина еще тогда заявила, что так поступают люди, которые собираются слинять. Она так и сказала «слинять»?..

— Да, что-то такое припоминаю... И ты думаешь, что это может быть как-то связано с Полиной?

— Да я просто уверена в этом. Нам надо бы поговорить с нею еще раз. Но она повела себя таким образом, что мы теперь чуть ли не обязаны защищать ее. Она постоянно прикидывается жертвой.

— Юлечка-а, успокойся... Ты просто ревнуешь, твои чувства не должны влиять на ход дела... Я бы поговорил с ней, но она запретила мне там появляться. И правильно, между прочим, сделала... Мне и так кажется, что за мной следят.

— Кто?

— Не знаю, черная «Волга» уже пару дней пасет меня. Хотя, кто его знает, может, у меня просто развивается паранойя?

— Полина явно чего-то или кого-то боится... А мы идем у нее на поводу...

— Но что же делать? Отдать ее на растерзание сазоновским ребятам или Сырцову? Давай подождем...

— Нет, Крымов, это не мои чувства влияют на ход дела, а ТВОИ... Я сейчас же позвоню домой и поговорю с ней!

Юля отключилась и набрала свой домашний номер телефона. Но сколько ни ждала, трубку так никто и не снял. Автоответчик, вежливо сообщив ее же голосом, что Юлии Земцовой сейчас дома нет, растворился в волнах эфира...

Секунду спустя ей на сотовый позвонил Крымов:

— Ну что, дозвонилась?

— Она не берет трубку.

— Правильно. Береженого Бог бережет.

— Крымов, жалко, что по телефону нельзя отвешивать оплеухи...

Неужели это была ревность? Но сколько же можно ревновать мужчину, который не обращает на тебя внимания?

Она позвонила Марте Басс. Там быстро взяли трубку:

— Юля? Я ждала вашего звонка. Не удивляйтесь, что у меня такой бодрый голос, я стала принимать какое-то сильнодействующее успокоительное средство. Я теперь как танк. Думаю, что это наркотик. Но мне уже все равно...

У нее действительно был очень возбужденный, чуть ли не радостный тон.

— Новостей никаких? — спросила Марта.

— Никаких. Но вы не должны увлекаться наркотиками... Сейчас, в нашем положении, может быть, даже и хорошо, что нет никаких новостей. Во всяком случае, раз ее не нашли, то не нашли не только живую, но и... сами понимаете... А это означает, что есть надежда... Что же касается моего расследования, вернее, НАШЕГО, поскольку мне помогают мои коллеги, то, как мне кажется, мы находимся на верном пути. Нам с вами необходимо встретиться, чтобы поговорить о том, что произошло с Ритой год назад... Я не понимаю, как вы могли ничего не рассказать мне об этом? Вполне вероятно, что Рита находится сейчас в руках тех самых людей, которые с ней это сделали.

Послышались короткие гудки: Марта не желала говорить об изнасиловании дочери.

«Может, это ее знакомые?» В голову лезли самые невероятные предположения. Но как можно объяснить иначе, что Марта молчит, ведь тем самым она тормозит следствие!..

* * *

Четырехэтажный желтый дом в старом районе, возле городского парка. Тишина, накрапывает дождь, кусты потемнели и вымокли, с деревьев опадают оранжевые полумертвые листья. Во дворе ни души. В этом доме больше двадцати лет назад жила девушка по имени Лора. Лора Казарина.

Второй этаж, квартира шесть. Звонок, еще один... Юля чувствовала, что в квартире кто-то есть. Более того, она заметила мельканье теней за прозрачным зрачком «глазка» в двери, но тот, кто находился в квартире и увидел стоящую перед дверью Юлю, почему-то не пожелал открыть. Кто это? Новый хозяин или хозяйка? Или человек, имевший отношение к Лоре?

...ла в соседнюю квартиру. Там ей тоже долго не открывали, а потом, очевидно, из любопытства, все же открыли, и она увидела за

Анна Данилова

массивной цепочкой сморщенное старушечье лицо в коричневых пигментных пятнах.

— Вы к кому? — раздался почти детский голос, и Юля подумала, что к старости люди все больше и больше становятся похожими на детей...

— Я ищу одну свою знакомую, которая жила здесь очень давно... Мы с ней вместе учились... — произнесла Юля первое, что пришло в голову.

— Это кого же?

— Ларису Казарину.

— Так она здесь давно не живет. У нее большая квартира, муж... Сколько лет-то уж прошло...

— А вы не знаете ее адреса или телефона?

— Нет, сейчас она сменила фамилию, и вы можете узнать ее адрес в справочном бюро. Садовникова она теперь. Вышла замуж и стала Садовниковой.

— А когда вы видели ее в последний раз?

— Недавно... Она квартиру-то не продавала... Приходила сюда иногда — цветы полить, со мной поговорить... Она хорошая, помогла мне пенсию переоформить.

— А сейчас кто здесь живет?

— Никто.

— Но там сейчас кто-то есть, я видела тени в «глазок»...

— Да вы входите ко мне... поговорим... А то мне все равно скучно. Я и чайку согрею.

Соседку звали Яной Яковлевной. Учитывая полное отсутствие зубов, было довольно сложно повторить произнесенное ею имя-отчество.

— Зовите меня бабой Яной, — махнула рукой соседка, приглашая Юлю сесть в кухне за стол.

— Вам кто-нибудь помогает? — спросила

Юля, осматриваясь и отмечая безукоризненную чистоту квартиры. Казалось, здесь только что закончили уборку: все блестело и пахло свежестью.

— Это я сама все мою. Делать-то больше нечего. Постираю и сажусь перед телевизором. Поглажу — опять в кресло фильмы смотреть. Посуду перемою, полы подотру — время сериала подошло. Так и живу.

— Расскажите мне про Лору.

— Так вы же и сами ее знаете...

— Вы не могли бы вспомнить, когда видели ее в последний раз?

— Несколько дней тому назад.

— Она была одна?

— Нет, не одна. Но я не должна отвечать на ваши вопросы. Вы не из милиции?

— Нет... Вернее, почти... Вы знаете, что случилось с Лорой?

— Когда?

— Недавно...

Яна Яковлевна оказалась не такой простой, как подумала Юля в самом начале. Она была очень осторожна и вела себя так, как обычно ведут люди, которые дорожат чужой тайной и даже гордятся ею.

Юля не знала, как рассказать ей о смерти Лоры. Она замолчала.

Вскипел чайник, баба Яна налила заварку по чашкам, плеснула кипятку и достала из холодильника масло и сыр.

— Угощайтесь...

— Яна Яковлевна, мне надо сообщить вам грустную новость. Но только я не знаю, с чего начать, чтобы вы не волновались...

Анна Данилова

— А ты не думай, а говори... — вздохнув, произнесла своим тоненьким голоском старая женщина. — У меня все мои давно на том свете, я одна осталась. Мне уже ничего не страшно. Так что с Ларисочкой-то? Заболела или померла?

— Ее больше нет.

— Померла, значит, — баба Яна еще раз вздохнула. — Но она ведь молодая. Машина сбила или как?

— Ее убили, Яна Яковлевна. А мне, частному детективу, поручили найти убийцу. Я уже несколько дней занимаюсь этим делом и никак не могу выяснить для себя, кто и за что мог убить Лору и ее мужа.

— И мужа тоже убили? Ну тогда все ясно. Он же бизнесмен, вот за это и убили. А за что же еще?

— Я пришла, чтобы расспросить вас о прошлом Лоры, извините, что пришлось обмануть и сказать, что я ее подруга.

Женщина, кутаясь в шерстяную шаль, усмехнулась и придвинула Юле масленку:

— Да ты делай себе бутерброды, не стесняйся... Лора, Ларисочка... Бедняжка... Я как чувствовала, что ничем хорошим это не кончится... — она как бы разговаривала сама с собой.

— Вы о чем? О том мужчине, с которым она сюда приходила?

— А о ком же еще? Я видела его много раз. Особенно этим летом. Красивый парень, а она тоже молодая и красивая. Но он моложе ее... Они здесь и встречались. Разве могла я спросить ее, кто это? Кто я такая? Это ее жизнь. Иногда они приходили сюда втроем. Это, значит, с Лизой, с ее сестрой. Вот, думаю, и сестра одобряет эту связь.

— Вы знаете давнюю историю со стремянкой?

— Со стремянкой? Знаю. Я же тогда и врача вызывала, то есть «Скорую»...

— На каком месяце беременности Лора тогда была?

— Беременность? Да какая может быть беременность, когда она еще совсем девчушкой была? Это вам уже напраслину наговорили... Она тогда еще в школе училась. Лиза вышла замуж и уехала в Ленинград, а я присматривала за Ларисой. Родители-то их погибли. Был у нее, кажется, дядя, но я его ни разу не видела. Он ей деньгами помогал. Лариса мне часть денег отдавала, я и готовила для нее. Лиза часто ей звонила, приезжала...

— Так что же это получается: Лариса жила одна?

— Так и получается. В Ленинграде у Лизы тогда еще была коммуналка, ее муж учился, да и она тоже, денег не было... А здесь все-таки квартира... Говорю же, у них родственник какой-то был, помогал им. Я как ни приду, Лариса показывает мне то коробку конфет, то сапожки новые, то платье...

— И сколько же ей тогда лет было-то?

— Да в классе седьмом-восьмом училась.

— А фамилию этого дяди не помните?

— Как же я могу помнить, если Лариса мне ни разу его имени не называла?

— Он жил в нашем городе?

— В нашем, иначе как бы он сюда заходил?

— Вы позволите мне позвонить?

Юля достала из кармана телефон и позвонила Щукиной:

— Надя, срочно свяжись с Сазоновым или Корниловым и попроси выяснить, был ли у Лоры Казариной какой-нибудь родственник, дядя? А потом позвони мне, хорошо?

— Хорошо... Ты сейчас где?

— Надя, пожалуйста, сделай, как я сказала... Я тебе потом все объясню.

Юля спрятала телефон в карман и отодвинула от себя чашку с уже остывшим чаем.

— Может, у Лоры был тогда парень, с которым она встречалась?

— Были у нее мальчишки, конечно... Но домой она их не водила. Она была хорошая девочка, хорошо училась, деньги умела тратить, квартиру содержала в чистоте... А ты не путаешь ничего? Точно ее убили? И как же? Застрелили?

— Застрелили.

— И мужа?

— Да, в одну ночь. Их вместе нашли.

— Вот ужас-то! А я ведь ничего не знала... Да и кто мне доложит?

— А кто сейчас находится в Лориной квартире?

— Правда, не знаю. Может, Лиза, а может, и тот, друг Ларисы... Да вы позвоните еще, вдруг откроет...

— Да я уж сколько звонила и стучала — все без толку. А у вас ключей, случайно, нет?

— Нет, откуда же быть ключам-то...

Послышалась трель телефона.

«Щукина?! Так быстро?»

— Слушаю тебя, Надя...

— Это я, — услышала она голос и вздрогнула. — Не узнала?

— Узнала, Павел Андреевич... Что это вы решили мне позвонить по сотовому? Ведь я же на работе.

— Хочу пригласить тебя пообедать...

— Но я сейчас занята...

— Отложи дела и подъезжай к своему дому. Я жду тебя здесь. Не приедешь — обижусь. Я приготовил для тебя сюрприз.

— Хорошо, — она поняла, что не сможет ему отказать, к тому же действительно пришло время обеда, а разговор с Яной Яковлевной был в принципе завершен. — Я приеду...

— Кавалер?

— Просто знакомый, — сказала Юля и покраснела до ушей.

* * *

— Что мы будем делать в лесу в дождь?

— Обедать... Кроме того, какой же это дождь?

Она сидела в его черной машине и пыталась представить себя уплетающей шашлык на мокрой поляне.

— Костер-то не разгорится, не говоря уже об углях... Скажите лучше, что вы хотите другого...

— Я хочу всего. Но я сегодня видел сон... Я видел тебя, обнаженную, стоящую на поляне посреди мокрых деревьев... Ты была так прекрасна... Я проснулся и понял, что не дождусь вечера, что мне просто необходимо увидеть тебя, дотронуться до тебя...

Она почувствовала, что Ломов, как в ТОТ раз, когда она впервые села к нему в машину, властным движением запустил руку ей под юбку... Она старалась не смотреть в его сторону, но все равно как бы видела его, ощущала его и чувствовала исходящее от него тепло. На улице было прохладно и сыро, а в машине сухо и уютно. Ее ласкал мужчина, он звал ее, он хотел ее...

— Павел Андреевич, вы же знаете, как я сейчас занята...

— Мы все заняты. А ты все ищешь убийцу Садовниковых?

— Ищу. Вы произнесли это с такой иронией... Думаете, что не найду?

— Думаю, что нет.

— Почему?

— Потому что когда речь идет о женщине, да еще такой красивой, как Лора, причин для убийства может быть слишком много.

— Вы тоже думаете, что одной из причин могла стать ее личная жизнь?

— А почему бы и нет?

— Но это было бы слишком просто. Ну, предположим, у нее действительно был любовник, с которым она встречалась... Но зачем ему было убивать ее? Было бы естественнее, если бы ее убил муж... из ревности... А так...

— И в каком же направлении ты сейчас ведешь расследование, или это секрет?

— Да какой уж там секрет: у меня нет ни единой зацепочки, ни единой версии. Создается впечатление, что я топчусь на месте. Я опросила всех ее подруг и поняла, что все они в какой-то мере любили Лору, восхищались ею, и тот факт, что в ее жизни появился молодой мужчина, вызвал у них недоумение. Кроме того, обнаружилось, что бесплодной была она, а не ее муж, хотя они и пытались представить обратное... Полная неразбериха. Лора собиралась разводиться, и Сергей тоже. Что послужило причиной этого? У Сергея всегда были любовницы, но Лора почему-то решила развестись именно теперь... То же самое касается и его решения развестись с Лорой... Не думаю, что он собирался жениться на Полине...

— Полина это кто? Пескова?

— А вы что, тоже ее знаете?

— Да кто ж ее не знает?

— Тогда, может быть, вы и поможете мне во всем разобраться?

— Полина Пескова — солнышко для нашего города. Она красива, умна и знает, чего хочет. Я думаю, что она просто еще не встретила мужчину, который сумел бы крепко держать ее в своих руках... Она слишком самодостаточна.

— Вы не пробовали за нею ухаживать?

— Я ужинал с ней несколько раз...

— И все?

— И все. Просто мне интересно было рассмотреть ее вблизи. Если ты думаешь, что я собирался спать с ней, то напрасно... У нее было слишком много мужчин, чтобы она предпочла меня, а я — ее. Она бы все равно ушла от меня, потому что в нашем городе есть мужчины повлиятельнее, побогаче и покрасивее. Вот видишь, как я откровенен с тобой? Кроме того, не стоит забывать и о моем возрасте... Я уже далеко не тот, каким был раньше. Ты и сама могла в этом убедиться.

— И поэтому вы решили встречаться со мной? Потому что я не такая красивая, как Полина, и потому что у меня сейчас нет мужчины? — Юля разозлилась не на шутку. Она не понимала, как можно вот так запросто говорить с нею о Полине?

— Не злись. Ты тоже очень красива и умна. Но вы совершенно разные. Ты более тонкая и изысканная женщина, нежели Полина. Ты — это ты, а она — это она. Ты думаешь, я не знаю, что она сейчас является любовницей твоего друга Крымова?

— Это уже ни для кого не секрет...

— Но я слышал, что Полина исчезла, кажется, уехала куда-то...

Юля и не заметила, как с разговора о пикнике в осеннем лесу они перешли на ее дела. И ведь это было в первый раз. Раньше Павел Андреевич не интересовался ее работой.

— А с Лорой Садовниковой вы, случайно, не ужинали?

— Нет, — рассмеялся он. — Я ее практически не знал, только видел несколько раз со стороны... Я был знаком с Сергеем, мы иногда даже бывали в одних компаниях.

— Скажите, могли Сергея убить его же соучредители? Чужими, конечно, руками?

— Все может быть... Но он как будто никого не обижал... Он был умным человеком, а это подразумевает многое. И осторожность — прежде всего.

Ломов уже давно убрал руку с ее бедра. За окнами шумел дождь.

— Да, похоже, пикник не получится. Тогда приглашаю тебя к себе домой...

— В охотничий домик?

— Да нет, просто ко мне домой... Вот только заедем в «Клест» пообедаем...

— А зачем тогда ехать к вам? Пить чай?

— Нет, конечно, нет... — Павел Андреевич повернулся к ней, обнял и попытался ее поцеловать.

— Я не могу вот так... мы же только что говорили про Лору... У меня уже все прошло... Извините.

— Ты не хочешь меня?

— Я не могу, я же сказала... У меня в голове сейчас совершенно другое...

— А вот у меня в голове только ты... Я постоянно думаю о тебе.

— Но почему? Что во мне такого?

— Ты ничего не понимаешь... Однажды... это было давно, я увидел тебя, и ты показалась мне такой недосягаемой, чистой, умной, необыкновенно высокой... Ты понимаешь меня? — он заглянул ей в глаза и снова поцеловал в губы.

— А где вы могли меня видеть? На одном из процессов? Адвокат из меня еще хуже, чем следователь... У меня ничего не получается, я никак не могу связать обрывки своих мыслей и имеющихся у меня фактов в одно целое, чтобы получилась цельная картина... Я ни на что не способна... От меня и Крымов ушел, потому что я слабая... А вы говорите...

— У тебя все получится... — он вдруг взял ее руку и положил себе пониже живота. — И у меня получится...

Она резко дернулась и чуть не стукнулась лбом о стекло машины.

— Нет, только не здесь и не сейчас...

— Но почему? Поедем ко мне, я прошу тебя... Это для меня очень важно...

Она никогда еще не оказывалась в такой ситуации. Она понимала, что после всего, что они

Анна Данилова

пережили вместе с Ломовым на кладбище и в его охотничьем домике, она просто должна предоставить ему возможность как-то реабилитировать себя в ее глазах, доказать, что он мужчина. Но все ее существо почему-то противилось этой близости. А ведь еще каких-то полчаса назад она хотела его.

— Мы можем подняться к тебе...

— Нет, только не здесь!..

— Хорошо, я понимаю, здесь ты была с Крымовым...

— Да не была я здесь ни с кем... Просто не могу, не хочу...

— Тогда поедем ко мне.

И она сдалась.

А двумя часами позже Юля уже стояла под душем в его квартире и плакала от досады на самое себя. Это было самое настоящее насилие. Этот огромный мужчина терзал ее, рыча и кусая ее грудь и плечи... Когда он оставил ее, в ее сжатых пальцах оказались клочки выдранной черной шерсти с его спины, с его отвратительного горба... А она не испытала ничего, кроме отвращения.

Стоя в ванной перед зеркалом и разглядывая образовавшиеся на ее теле кровоподтеки, она не могла объяснить себе, зачем вообще согласилась сюда приехать. Чтобы стать любовницей этого зверя?

Накинув на себя халат, она вышла из ванной комнаты и, стараясь не смотреть на кровать, на которой отдыхал Ломов, начала быстро собирать раскиданные по всей спальне свои вещи, лихорадочно одеваться...

— Ты куда-то опаздываешь? — услышала она голос Павла Андреевича и теперь уже просто вынуждена была посмотреть на него. — Не уходи... Это еще не все...

— Я думаю, что все... Прошу вас, забудем все, что было между нами... Я не должна была приходить сюда...

За то время, что она находилась в его квартире, Юля поняла, что здесь никогда не жили женщины. Хотя все было шикарно, дорого и чисто — наверняка за домом следила приходящая домработница. Ни одной женской вещи — ни расчески, ни флакончика духов, ни домашних тапочек... Ломов жил один. Как бирюк. Как волк-одиночка.

— Тебе не понравилось? — он приподнялся на локте и теперь лежал, глядя, как Юля одевается. — Я все равно не выпущу тебя отсюда... Ты только посмотри сюда... Я давно не испытывал ничего подобного...

— Вы не посмеете...

Но он уже поднимался с постели.

— Ну что с тобой? Разве ты не знала, когда я приезжал к тебе, ЧТО мне от тебя нужно? И почему теперь ты хочешь сбежать от меня? Тебе не нравится мой горб?

— Он здесь ни при чем...

— Я выбрал тебя, потому что знал, что только с тобой буду счастлив... Не надо плакать... Я сделаю для тебя все, разве ты еще не поняла этого? Я женюсь на тебе, у нас будут дети... Просто должно пройти какое-то время, чтобы ты привыкла ко мне... ну же, не бойся... Все будет хорошо... Ты отвыкла от мужчин. Крымов сделал из тебя неврастеничку. Обещаю, что тебе не будет больно...

— Но я не хочу... Отпустите меня, прошу вас... Я хочу домой... Пустите...

Глава 18

Ночевать она поехала к Щукиной.

— Смотри, что он со мной сделал... — Юля разделась в спальне и показала Наде следы укусов Ломова.

— Тебе было больно?

— Сначала да, а потом я уже ничего не чувствовала. Знаешь, у меня такое ощущение, словно у меня до него вообще не было мужчин... Прошу тебя, сначала выслушай, а уж потом будешь комментировать...

— Тебе понравилось?

— Не то слово! Потом это повторилось еще несколько раз... Я бы и не уехала, если бы не испугалась за свое здоровье...

— Значит, не все так страшно... Ты взгляни на себя в зеркало. Да нет, я имею в виду лицо... глаза! Я никогда не видела тебя такой...

— Надя, что же мне теперь делать? Я пообещала, что выйду за него замуж... Мне кажется, если бы он предложил мне спрыгнуть вместе с ним с крыши, я бы и минуты не колебалась... Что же я за человек такой? Меня насилуют, а я получаю от этого удовольствие... Зато после этого я выспалась так, словно отоспалась за полгода... Потом он меня покормил и отпустил домой.

— Он не знает, что ты здесь?

— Нет. Он думает, что я дома.

— Скажи, что ты сейчас чувствуешь?

— Спина болит... А в душе плещется теплый мед... Я не знаю, как объяснить свои ощущения... Мне хочется вернуться к нему, забраться к нему в постель и снова уснуть... Я хочу быть с ним... Но ведь я же его совсем не знаю... А замужество... Он же сразу запретит мне работать, скажет, чтобы сидела дома, варила суп и время от времени беременела...

— А ты не расспрашивала его о прошлом? Он был женат?

— Говорит, что был. Но они разошлись.

— А почему?

— По его словам, он много работал, постоянно ездил в командировки, пропадал месяцами в Москве, а однажды вернулся и понял, что жена от него ушла...

— Если хочешь, я могу навести справки о ней.

— Надь, на меня что-то жор напал... Я снова хочу есть.

— Так одевайся и пойдем на кухню.

— А что у тебя на ужин?

— Пельмени. Дежурное блюдо. Это мы с Лешкой их еще третьего дня лепили.

— Надя, я же совсем забыла, что вы сегодня должны встретиться с Чайкиным.

— И правильно сделала, что забыла. Чайкин ночует у Маши. К ней приехала сестра, но она тоже боится ночевать в квартире с покойником. Поэтому Маша и попросила Лешу поехать вместе с нею за телом мужа, а потом провести ночь в ее доме. Он позвонил мне, объяснил ситуацию, и я посоветовала ему оставаться там. Все-таки Изотов был его другом...

— Игорь тебе не звонил?

— Звонил, расспрашивал о тебе. Мне показалось, что он переживает за тебя. Даже спросил, не приезжала ли ты в агентство пообедать. Знаешь, по-моему, он неравнодушен к тебе...

— Ко мне? — Юля из всех сил постаралась выразить свое удивление, как будто и не было у нее нынче за обедом откровенного и душещипательного разговора с Игорем, будто и не приглашал он ее к себе переночевать. «Что-то будет, когда он узнает, с кем я провела сегодня столько времени в постели?..»

Надя поставила перед ней тарелку, полную пельменей, и, положив туда ложку густой сметаны, весело подмигнула:

— Ешь, поправляйся, а то еще похудеешь...

— Надя, я так много собиралась сегодня сделать, а из-за этого дурацкого секса позабыла обо всем на свете. Что со мной происходит?

— Взрослеешь, мать. Созрела для настоящей любви.

— Но я не уверена, что люблю его. Просто он необычный, он меня возбуждает. А что я скажу маме, когда она увидит моего жениха?

— Вот насчет мамы, кстати, можешь не переживать. Все мамы примерно одинаково устроены: как только она узнает, что он министр экономики области, что богат и обожает тебя, она лишь перекрестится и благословит тебя на этот брак.

— Плохо ты знаешь мою маму. Она сразу заподозрит что-то неладное. Ей и в голову не может прийти, что ее дочь предпочла старого горбуна, покрытого густой жесткой шерстью.

— Ну ты его и обрисовала!

— Говорю тебе — он именно такой и есть...

— Но тебе же хорошо с ним?

— БЫЛО хорошо... А вот сейчас, как вспомню его, как просил он меня остаться, как смотрел на меня... Если бы ты знала, как я тогда испугалась... Правду он сказал: он как бы не один, а их двое...

— Не поняла... Тебе подложить еще пельменей?

— Ладно уж, добавь несколько... Я вот о чем... Он как-то сказал мне, что у него на спине не горб, а вторая голова. И вот что я подумала. Этот его горб, наверно, вырос от усердия. Ведь он очень много работает. Я видела его кабинет. Там стоит стол, заваленный бумагами и заставленный разной техникой вроде факсов и компьютеров. И я еще тогда представила его себе за работой. Это машина, робот... А в постели он тоже... как бы тебе сказать... работает... Вот я и подумала, откуда он берет энергию? Ой, Надя, что-то я совсем запуталась... Мне нельзя быть такой впечатлительной. Это только вредит делу. Знаешь, чего бы я сейчас хотела на самом деле?

— Нет... даже и предположить трудно...

— То-то и оно, что трудно. А мне бы хотелось, чтобы у меня все было по-прежнему. И чтобы Павла Андреевича в моей жизни не было. Это слишком большая нагрузка для меня...

И они обе расхохотались.

* * *

Утром Юля вместе с Надей поехала в агентство и встретилась там с Шубиным.

— Доброе утро... Как спалось? — спросил Игорь, не сводя с нее глаз.

— Она спала прекрасно... Мы открыли форточку в спальне, и хотя было чуточку прохладно, все равно хорошо поспали... Ну что ты, Шубин, так на меня смотришь? Юля ночевала у меня. А что, нельзя? Устроили у девчонки в квартире тайное убежище и хотят, чтобы она еще там и жила спокойно. Ты мне лучше скажи, ты не видел Крымова?

— Я же пришел вместе с вами.

Юля боялась смотреть в его сторону. Ей казалось, что он знает про нее ВСЕ.

— Юля, мне надо с тобой поговорить. — Шубин уселся перед нею на стуле, задом наперед, и уперся подбородком в поставленные на спинку стула кулаки.

— Говори. — Юля вжалась в кресло, словно Шубин мог ударить ее. Она и представления не имела, о чем сейчас пойдет речь.

— Послушай, а ведь я нашел ту самую квартиру, в которой отдыхали наши ребята...

— Какие еще «наши ребята»?

— Соболев, Вартанов и Берестов. Я вчера весь день встречался с их родственниками и знакомыми, пока один из них не показал мне дом, где эта троица устраивала свои вечеринки.

— И когда ты узнал об этом?

— Вчера вечером.

— А почему же ты мне не позвонил?

— Подумал, что никуда от нас эта квартира не денется...

— Да ты с ума сошел! — Юля даже подскочила с места. — Поедем, поедем туда немедленно... Я просто уверена, что мы там найдем что-нибудь, имеющее отношение к Рите...

— Подожди, не спеши... У меня для тебя есть и еще кое-что... Володя Сотников. Тот парнишка, которому я поручал проследить за ним, сообщил, что Володя хоть и поехал со своими родителями на дачу, но его там почему-то не было... Его мать сказала, что он отправился на рыбалку...

— Ну и что?

— А то, что Володю видели в продуктовом магазине в деревне, неподалеку от дачного поселка... Парень мой зашел в этот магазин, показал фотографию Володи и объяснил, что ищет его, что он его брат и приехал издалека... Продавщица сказала, что Володя часов в двенадцать заходил в магазин, купил две буханки хлеба, пять банок тушенки, чай, сахар и сто граммов конфет.

— Ну и что?

— А то, что он эти продукты домой не приносил. Продавщица еще заметила, что он сел на велосипед и поехал в сторону, противоположную той, где находится его дача...

— И что же было дальше?

— А то, что мой парнишка прождал его весь день, наворачивая круги вокруг дачи, но Володя так и не вернулся. Даже к ночи. Сашок, так зовут паренька, постучался к Сотниковым и попросился переночевать, раскрылся, объяснил, что он от меня... А родители и так уже переполошились: темно, а сына нет. Ни про какие продукты они ничего не знают, да и денег у Володи никаких не было. Разве что карманные, но на них столько продуктов не купишь...

— И что, он так и не объявился?

— Нет. Саша вернулся в город и позвонил мне. Мы с ним встретились, он мне все рассказал, я дал ему денег и снова отправил к Сотниковым на дачу. Думаю, что уже сегодня он мне позвонит из деревни, как мы с ним договаривались, и расскажет что-нибудь новенькое...

— Ты думаешь, что Володя покупал еду для Риты?

— Думаю, что да. А кому еще он мог покупать тушенку и хлеб? Только человеку, который вынужден скрываться... Но я могу и ошибаться...

— Вот это новости... Но знаешь, мне почему-то стало как-то спокойнее... В конечном счете Володя найдется и будет вынужден все рассказать нам... Не думаю, что у него была еще пассия, кроме Риты...

— А что новенького у тебя?

Юля рассказала про свой поход на старую квартиру Лоры Казариной. Про Яну Яковлевну и дядю...

— Юля, мне не удалось узнать что-нибудь об этом дяде так быстро, как тебе этого хотелось, — подала голос Надя, которая варила у окна кофе и внимательнейшим образом следила за разговором. — Но если эта информация тебя еще интересует, я сейчас же перезвоню и спрошу... Быть может, мы что-нибудь узнаем.

Юля почувствовала угрызения совести — прошли почти сутки, прежде чем она сама вспомнила о своей просьбе относительно Лориного дяди. Видимо, звонок Ломова, прозвучавший в квартире Яны Яковлевны, настолько выбил ее из колеи, что она в постели Павла Андреевича растеряла не только весь свой стыд, но и рассудок... «Если вообще им не тронулась...»

— Конечно, позвони, пожалуйста...

Они переглянулись, и Юля заметила, как Надины губы тронула едва заметная и какая-то добрая усмешка. Надя подтрунивала над ней, она, быть может, завидовала ей самую чуточку.

— Игорь, если честно, то я выдохлась. Я уже не знаю, что мне делать. Кажется, всех расспросила, практически все имеющиеся версии отработала... остался только молодой человек, развлекавший сестер Казариных, да Лиза, которая, возможно, сумеет объяснить, что же произошло в ту злосчастную ночь и почему Лора неожиданно вернулась к себе домой... Крымов почти не помогает, он озабочен только одним: как бы уберечь Полину... Они все ждут от меня, точнее — от нас, какой-то грандиозной развязки... Но ее не будет. Моя интуиция молчит. И только с одним я не могу согласиться: как же можно вот так спокойно закрывать дело...

— У них еще масса времени, возможно, Корнилов не отступится, и они вместе с Сазоновым придумают какую-нибудь хитроумную комбинацию... Но на них явно давят сверху.

— Понимаешь, чует мое сердце, что это рука Сырцова... Но что может связывать Сырцова с Садовниковыми, с Лорой, наконец...

И Юля рассказала Шубину о своем звонке Сырцову и его реакции на голос псевдо-Полины.

— Никогда бы не подумал, что ты такая авантюристка! Да что же ты молчишь-то? Сырцов — это фигура! И если он так заволновался, значит, Полина ему чем-то насолила...

— Как ты думаешь, то, что он так активно распродает свою недвижимость, может быть связано с Полиной?

— Трудно сказать что-либо... Сырцов — прокурор, это власть, это страх, это глыба... А Полина кто? Актриска. Красивая, правда. Не думаю, что они могли быть как-то связаны... разве что на личной почве... Возможно, она пыталась шантажировать его какими-нибудь откровенными снимками с его и ее участием... Я не вижу между этими людьми ДРУГИХ точек соприкосновения...

— Ты все-таки думаешь, что они были любовниками?

— Коллекционировать мужчин, по-моему, единственное хобби этой женщины.

— Не знаю, Игорь, я уже, кажется, потеряла всякую способность соображать... Я не понимаю, за что можно было убить двух молодых и красивых людей... Кроме того, я не понимаю, почему так пассивен Сазонов... В принципе, конечно, это меня не должно касаться, поскольку мы ведем совершенно самостоятельное расследование, но то, что в деле появился Сырцов, наводит на некоторые размышления... Понимаешь, все было бы слишком просто, если бы они были любовниками... А рассчитывать на то, что Полина расскажет мне об отношениях с прокурором области, глупо. Она лишь рассмеется мне в лицо... «Да, — съехидничает она, — он тоже был моим любовником, и что дальше?» В конце-то концов, это ее личное дело... Вот если бы я попыталась связать ее с каким-нибудь проходимцем, человеком недостойным, неинтересным и небогатым, тогда бы она не стала бравировать подобной связью... А тут сам прокурор области!.. Ну все, хватит рассуждений... Мне не терпится взглянуть на квартиру этих троих покойничков, где, возможно, происходили не менее интересные и страшные вещи...

Надя, которая в это время как раз закончила разговор по телефону, сказала кому-то «до свидания» и положила трубку.

— Порядок, записывай: Казарин Илья Владимирович. Родной брат отца Лоры и Лизы. Есть даже адрес...

— Он что, и живет здесь?

— Нет, он живет в Москве. Записывай, Бескудниковский бульвар...

Юля записала адрес Казарина.

— Игорь, кто-нибудь из нас обязательно должен съездить к нему и поговорить... Между прочим, он тоже является родственником Лоры, а Лиза нам почему-то сказала, что у них больше никого из родни нет... Вот поеду к ней в гостиницу, заодно и спрошу... Я думаю, она пробудет здесь еще долго и не уедет до тех пор, пока не уладит все дела с наследством...

— Могу поехать я. Сейчас съездим к скверу Победы, посмотрим, что это за квартира... Я не думаю, что мы найдем там Риту... Все-таки центр города...

— После того как ты рассказал мне про Володю Сотникова, мне тоже начинает казаться, что все вопросы, связанные с исчезновением Риты, мы должны задавать именно ему. Потом я заеду к себе домой, посмотрю, как поживает Полина, затем отправлюсь в гостиницу и поговорю с Лизой...

— А если приедет Крымов, скажи ему, чтобы приготовил мне командировочные... — сказал Игорь, надевая куртку и направляясь к двери. — Пожелай нам ни пуха...

— Ни пуха... — улыбнулась Надя.

* * *

— Как ты собираешься открывать дверь? — спросила Юля Шубина, когда они поднялись на третий этаж солидного, сталинских времен, дома и остановились перед массивной дверью, обитой потертым дерматином.

— Старым, проверенным способом... — Шубин достал из кармана отмычки. — Тяжелое детство, деревянные игрушки...

— Ты обещал и меня научить...

— Говори потише, а то не хватало, чтобы нас застукали и позвонили в милицию...

— А ты бы сходил к Сазонову, попросил бы выделить тебе участкового...

— Участковый может быть подкуплен, поэтому обойдемся своими силами... Тем более что замочек-то оказался из легких... Проходи... — он открыл дверь и, легонько подтолкнув Юлю в спину, вошел вместе с нею в квартиру. — А квартирка-то немаленькая...

— Ты будешь разговаривать шепотом?

— Да, и тебе тоже советую. Вот только включу свет в прихожей.

Яркая лампа осветила длинный широкий коридор. Ремонт здесь делали лет десять тому назад. Старый, потемневший от времени и грязи паркет, обшарпанные желтые обои на стенах, выкрашенные коричневой краской двери, ведущие в большие и полупустые комнаты. Из открытого окна на кухне пахло дождем и мокрыми листьями. По квартире гулял ветер. «Идеальное место для убийства».

В квартире было необычно мало мебели — только самое необходимое: в каждой из четырех комнат по кровати или дивану, на кухне — буфет и стол с табуретами, в прихожей — большой шкаф, в ванной — корзина для грязного белья. Несколько стульев, вытертые ковры на полу... Все старое, пыльное, линялое.

В холодильнике, который, кстати, был включен, Юля обнаружила рыбные и мясные консервы, засохший батон, коробку с остатками яблочного сока, в морозилке — кусок колбасы... В буфете, как ни странно, было много конфет, засахаренных орехов, упаковок с финиками, инжиром и черносливом, банки со сгущенным молоком, шоколадной пастой, печеньем...

— Смотри, Игорь, какой странный набор...

— Да чего же тут странного, — Шубин достал коробку шоколада, раскрыл ее и зачем-то понюхал фигурные, уложенные в гофрированные розеточки конфеты, — просто кто-то из них ел колбасу, а кто-то предпочитал сладкое... Вот как я, например...

Одна конфета отправилась в рот.

— А я думаю, что дело не в этом. Все эти сладости наверняка предназначались для девушек, с которыми они развлекались. Пойдем дальше, я хочу осмотреть шкаф и постели. Уверена, что найду много интересного.

В шкафу на плечиках Юля увидела два халата — мужской и женский. На полках лежало несколько смен постельного белья с бирками прачечной, четыре одинаковые ночные рубашки, ситцевые, почти детские, в мелкий разноцветный горошек.

Под диваном в гостиной Юля нашла шерстяные носки, маленькие, 33-го или 34-го размера, когда-то они были белого цвета, а теперь покрылись серым пыльным пухом...

Все постели были застелены старыми выцветшими покрывалами, причем небрежно, словно наспех. Под подушкой на кровати в дальней комнате Шубин нашел два тонких кожаных ремня, толстую крученую веревку с расщепленными концами приблизительно метровой длины, крохотные розовые трусики с белой каймой...

Юля, увидев их, побледнела. Быстро достала блокнот и начала его лихорадочно листать.

— Смотри, Шубин... Вот описание одежды, в которой была Рита Басс... так... синие джинсы, белый свитер, белая майка с красными бабочками и розовые трусики с белой каемкой... Погляди, какие они маленькие... Неужели девочка была здесь, в этом притоне?

— Притоне? Я вот все хожу, ищу бутылки, но пока еще ни одной не нашел...

— А зачем им бутылки, если у них было кое-что посерьезней, а вернее, нечто совсем несерьезное, от чего все хохочут...

— Наркотики?

— Я думаю, что это был кокаин...

— Почему именно кокаин?

— Да потому что у меня из головы не выходит Саша Ласкина... я уверена, что все эти истории с убийствами и изнасилованиями как-то связаны... Только вот как? Послушай, Игорь, у меня не голова, а кочан капусты... Я снова забыла о той девочке, Ирине, подружке Саши Ласкиной, которая жила или живет в ее доме... Ведь если истории Риты и Саши как-то связаны, то Ирина, которая давала мне подлинные сведения о Саше, является единственным живым свидетелем тех событий. Возможно, она знала не одного, а нескольких мужчин, имевших к этим грязным играм какое-то отношение. Сейчас дети совершенно не такие, какими были, скажем, мы... Для них секс является не столько даже развлечением, сколько верным источником заработка. И если Саша Ласкина предлагала Ирине за деньги переспать с Зименковым, то почему она не могла предложить ей сделать это с другим мужчиной или мужчинами?

— Ты думаешь, что здесь могли быть замешаны Соболев, Вартанов и Берестов?

— А почему бы и нет? Посмотри, какие маленькие рубашки мы нашли в шкафу... Здесь наверняка была Рита... Ей тринадцать лет, Саше тоже было тринадцать...

— Ты предлагаешь встретиться с этой самой Ириной?

— Конечно! Только чувствую, что мы опоздали.

* * *

Она оказалась права. Ирина Сконженко, одноклассница погибшей Саши Ласкиной, уже полгода назад уехала из города. Об этом Юле и Игорю сказала женщина, снимавшая теперь квартиру, в которой раньше жила семья Сконженко.

— А куда они все уехали?

— Они купили дом в Поливановке и переехали туда еще весной...

— И Ирина с ними?

— Ну да, муж с женой и дочерью...

Юля из машины связалась с Корниловым и попросила его выяснить адрес в Поливановке, куда переехала семья Сконженко. Она бы не стала обращаться к нему, если бы не чувствовала, что находится где-то совсем близко от цели. Ее вполне удовлетворила бы работа Щукиной в этом направлении. Но с семьей Сконженко Юля связывала не только смерть Саши Ласкиной, но и убийства Соболева и его друзей...

Наверное, поэтому она не удивилась, когда через полтора часа, уже в агентство, ей позвонил Корнилов и сказал, что отец и мать Сконженко сейчас действительно проживают в Поливановке в собственном доме, но только без дочери: Ирина Сконженко, тринадцати лет, пропала еще полгода тому назад... Оказывается, об этом писалось в газетах, а розыскной материал по этому делу сейчас находится в областном УВД, куда Корнилов посоветовал ей съездить, чтобы ознакомиться с ним.

— Думаешь, это связано с Ласкиной? — спросил он прямо.

— Вы что, мысли читаете на расстоянии?

— Вот уж нет... Я такими способностями не обладаю, просто, насколько мне известно, эту девицу искали именно в связи с тем, что она была подружкой Ласкиной... Я имею в виду версии, которые прорабатывались в уголовном розыске по делу о ее исчезновении. Ведь это именно она рассказала про убитую подружку то, что вывело из себя родителей Ласкиной. Я очень хорошо помню это дело, думаю, что и ты его не забыла.

— Да уж, это вы верно заметили. Вот и я сейчас намереваюсь пройтись по чужим следам, глядишь, и найду что-нибудь... Кстати, у меня для вас есть кое-что интересное...

— Так подъезжай...

— Хорошо, сейчас приеду. А вы не могли бы послать в управление своего помощника, чтобы он привез мне дело Сконженко? Честное слово, здесь медлить нельзя... Дорога каждая минута.

— Так и быть... Приезжай, я тебя буду ждать.

Через сорок минут она уже входила в кабинет старшего следователя прокуратуры Виктора Львовича Корнилова.

— Присаживайся, сейчас вернется Сергей, и ты сможешь ознакомиться с материалами дела. Чайку выпьешь?

Юля смотрела на худое со впалыми щеками лицо Корнилова, на его морщины, которыми была изрыта вся кожа вокруг глаз и рта, и вдруг поймала себя на мысли, что видит перед собой человека, в тысячу раз опытнее и умнее ее, настоящего профессионала, волка... И сразу почувствовала себя совершенно слабой и беспомощной.

— Ну что там у тебя? Нашла убийцу Садовниковых?

— Нашла, — сказала она как можно спокойнее. — Но мне еще понадобится время, чтобы доказать это.

Корнилов широко раскрыл глаза и, склонив голову набок, с некоторым недоверием посмотрел на Юлю:

— Ты? Нашла? Убийцу?

— А что, не похоже?

— Блефуешь?

— Не знаю... — она и сама не смогла бы объяснить, зачем вообще сказала, что нашла убийцу. Это теперь даже шуткой невозможно назвать. Так, ребячество какое-то, «детский сад на лужайке». — А вы по-прежнему считаете, что Лору убил ее муж?

— Видишь ли, дело настолько сложное и одновременно простое, что у нас мнения разделились — пятьдесят на пятьдесят: это могло быть и самоубийство, и убийство. Но если это убийство, то убийство настолько дерзкое и совершено оно настолько профессионально, что найти того, кто это сделал, почти невозможно. Ну посуди сама: пистолет, которым были произведены выстрелы, принадлежал Сергею Садовникову, на нем мы нашли отпечатки пальцев только его и Лоры. На посуде, мебели, дверях и прочих предметах — отпечатки Лоры, самого Сергея да их знакомой Полины Песковой, которая никак не могла совершить это преступление, поскольку в это время находилась... ты уж меня извини... у твоего шефа, Крымова... Разве это не алиби?

Юля похолодела. Значит, она была права — Крымов приходил к Корнилову и поил его коньяком, внушая ему мысль о том, что в ночь с 27 на 28 сентября Полина была у него дома... И, похоже, ему удалось убедить Виктора Львовича в непричастности Полины к убийству... Разве может теперь она, Юлия Земцова, в создавшейся ситуации, в которой она выступает прежде всего как бывшая любовница Крымова, рассказать Корнилову о своем разговоре с Полиной, о том, что Полина ПРИСУТСТВОВАЛА в ту ночь в квартире Садовниковых, провела какое-то время под кухонным столом и даже слышала, когда приходил и уходил убийца... Больше того — она слышала и звуки выстрелов!

В который раз уже Юля упрекала себя за то,

что позволила Песковой прятаться в своей квартире.

— Ты о чем-то задумалась? — Корнилов тронул ее за руку, пытаясь вернуть в действительность. — Очнись. Смотри, кто к нам пришел!

Юля вздрогнула и повернула голову: в кабинете, кроме нее и Корнилова, присутствовал высокий тоненький паренек в сером костюмчике. «Помощник».

— Спасибо, — Корнилов сделал знак, и помощник вышел из кабинета. На столе появилась толстая коричневая папка. — Ну вот, сиди, изучай... Может, в голову что-нибудь свежее и придет... А что касается нашего с тобой телефонного разговора... Помнишь, ты тогда спросила меня, кто на меня давит или что-то в этом роде... Так вот, я отвечу тебе прямо: на меня ДАВЯТ всю мою сознательную жизнь. И это не касается какого-то конкретного случая. В нашем городе в последнее время совершается много преступлений, много убийств... И не тебе рассказывать, как порой сложно складывается ситуация, когда нет ни одной зацепки, ничего... Сколько на моей шее уже таких дел! Если бы ты работала в нашей системе, то сама бы почувствовала всю тяжесть этого, так сказать, давления... И это при том, что раскрываемость у нас в этом году неплохая... Меня действительно пригласил к себе Сырцов, задал несколько вопросов, после чего просто, откровенно говоря, махнул рукой... Мол, все основания для того, чтобы считать это самоубийством, налицо...

— Но вы же сами мне говорили о том, что он просил вас из-под земли достать Пескову...

— Я? Я тебе говорил такое? — Корнилов явно почувствовал неловкость, потому что на его щеках появились красные пятна, а взгляд заметался по стенам.

— Ну да, я очень хорошо запомнила наш разговор по телефону...

— Всякое может быть, да... что-то такое припоминаю... Кажется, Сырцов приказал мне допросить Пескову, я позвонил Сазонову, а тот мне сказал, что Пескова исчезла... Да-да-да, ну вот, теперь я вспомнил...

— Виктор Львович, а вы не знаете, почему Сырцов продает свои машины и дачи?..

— А тебе уже и об этом известно?

— Об этом говорит весь город, — уклончиво ответила Юля, превозмогая в себе желание просто наорать на Корнилова. Это было странное чувство, поскольку, с одной стороны, она очень уважала этого человека, он был ей даже симпатичен, но с другой стороны, он явно принимал ее чуть ли не за ребенка... И причина такого отношения Корнилова к Юле, как ей казалось, крылась в разговорах, которые вели между собой Крымов и Корнилов в стенах этого кабинета за стаканами с коньяком, в тех характеристиках, которые явно были даны Крымовым своей молодой и неопытной сотруднице. И цель этих не очень приятных для нее слов тоже была понятна: убедить Корнилова в излишней и бессмысленной суете Земцовой, ее непрофессионализме, чрезмерной эмоциональности, склонности к фантазиям, чтобы на этом фоне образ Полины Песковой вызывал симпатию и даже сочувствие.

— Вот как? Говорит весь город? А я ничего не слышал.

— Значит, еще услышите... Вы позволите мне посидеть за свободным столом?

Этой фразой она как бы положила конец диалогу, и Корнилов, который понял ее, пожал плечами и жестом предложил ей сесть за стол у окна.

— Все, я молчу. Работайте... — он достал сигареты и вышел из кабинета, оставив ее наедине со своими обидами, неудовлетворенностью и досадой.

* * *

Спустя полтора часа Юля уже имела достаточно ясное представление о том, когда и при каких условиях исчезла Ирина Сконженко. Это произошло через два дня после первого заседания суда над Зименковым — все даты Юля помнила досконально, а потому могла без труда представить себе ход событий в строгом хронологическом порядке. Значит ли это, что человек, с помощью которого девочка исчезла с лица земли (а в том, что она уже мертва, Юля нисколько не сомневалась), избавился от нее для того, чтобы Ирина не смогла участвовать в остальных заседаниях? Где найти ответ на этот вопрос? Ведь если все происходило именно так, то почему этот мужчина, связанный с обеими девочками на сексуальной почве, не убрал Сконженко раньше, сразу же после убийства Саши Ласкиной, чтобы Ирину никто не смог допросить и вызывать в дальнейшем как свидетельницу... Почему убийство Ирины произошло только после первого заседания? Почему?

Ирина Сконженко, семиклассница, вышла из

дома 15 апреля в 19 часов, сказав родителям, что идет к подружке (родители предполагают, что имелась в виду Валя Кротова) за заданием по литературе, и не вернулась. Ее никто не видел, нигде никаких следов девочки обнаружить не удалось, она исчезла... В тот вечер на ней были зеленая трикотажная кофточка, черная юбка, черные колготки, черные туфли-лодочки. Из нижнего белья — белые трусики и кремовый бюстгальтер. К Вале Кротовой, если судить по материалам дела, она не заходила. И вообще никто и никогда ее больше не видел. Юля отметила, что в принципе была проведена большая розыскная работа: опрошены соседи, жильцы близлежащих домов, допрошены свидетели, позвонившие в милицию после объявлений в средствах массовой информации... Все оказалось безрезультатным. По следу девочки пускали собаку, но и это не принесло практически ничего: собака, покрутившись возле подъезда, дала понять, что где-то здесь следы обрываются. В тот вечер шел дождь, который смыл возможные следы колес автомобиля, на котором могла уехать Сконженко.

Юля позвонила знакомому, Валерию Кирееву, журналисту, специализирующемуся на криминальной хронике, задала ему несколько вопросов, связанных с исчезновением Ирины Сконженко, и удивилась, когда узнала, что объявление с просьбой к жителям города помочь в розыске девочки печаталось всего лишь в одной газете, причем только один раз. Что касается объявления по радио и телевидению, то Валера обещал узнать и перезвонить. Спустя четверть часа он действительно позвонил по телефону, который ему дала

Юля, и сказал, что таких объявлений не было вообще.

— Но почему? Почему никто не искал девочку?

— Такое случается обычно, если ребенок из неблагополучной семьи. Нет денег на объявления, нет сил вообще что-либо делать... Родители дружно уходят в запой...

Юля вспомнила свое первое впечатление от матери Ирины, которая открыла ей дверь в их первую встречу с Ириной, и вынуждена была согласиться с версией Валеры: от женщины действительно пахло спиртным, а из квартиры несло какой-то тухлятиной и запахом застарелого табака.

— Тебе что-нибудь стало известно о девочке? — вопрошал профессионально любопытный Киреев на другом конце провода.

— Нет, к сожалению, ничего. Просто я надеялась с ее помощью разыскать другую девочку...

И тут же поняла, что проболталась. Разве можно говорить на такие темы с журналистом-криминалистом?

— Я подъеду к тебе? — сразу же среагировал на ее слова Валера.

— Извини, но я очень занята. Обещаю тебе, что, если будет что-нибудь интересное и пригодное для печати, я сама найду тебя...

— Хорошо, договорились. Забыл тебя спросить, как тебе работается на новом месте?

— Спасибо, никак. Вот об этом, кстати, можешь запросто написать.

— Не прибедняйся, я как-то недавно виделся к Крымовым, так он хвалил тебя.

— Это чисто психологический прием, но,

боюсь, что как раз на мне-то он и не сработает. Я — личность конфликтная, болезненно эгоистичная и самовлюбленная, к тому же предпочитаю все делать своими руками. А начальство этого не любит. Но я работаю, и меня терпят. Приблизительно такая ситуация.

Юля скомкала конец разговора, чтобы поскорее вернуться к папке с документами. Пока что ее больше всего привлекла фамилия Кротовой. Эта прыщавая девочка снова дает о себе знать. Вернее, наоборот — она ничего не дает знать. Она словно улитка — сама в себе. «Ты что-нибудь знаешь про Сашу?» — «Знаю, но не скажу. Ее же все равно нет».

Вернулся Корнилов:

— Ну, как твои успехи?

— Похоже на то, что ее украли инопланетяне. Ни одной ниточки. Ничего.

— Вот и я про то же. Приблизительно такая же ситуация и с Садовниковыми. Мы проработали линию Арсиньевича, Мазанова и других соучредителей — пока ничего... Да и какой смысл им было убивать Садовникова, если все равно большая часть его средств, имущества, недвижимости и вообще всего, чем он обладал, переходит по наследству сестре Лоры Лизе... Но мы и эту версию отработали. У Лизы железное алиби — она в ту ночь была в гостинице, ее запомнили и администратор, и соседка по номеру, у которой Лиза спрашивала болеутоляющее, и дежурная по этажу, с которой Лиза разговаривала... Кстати, нам также известно, что у Лизы был (а может, есть до сих пор) знакомый, судя по всему, любовник, который живет в соседнем номере. Но и он в ту ночь тоже был в гостинице. Поэтому я действительно не исключаю самоубийство... Другое дело — причина... Но в душу-то к человеку не залезешь... Может, ревность, а может, и психическое расстройство Садовникова, поскольку оба выстрела были произведены им самим... Его жена в момент убийства могла спать. Смерть и мужа, и жены наступила практически одновременно. А то, что одежда вымазана в крови не так, как могла она быть перепачкана, будь они с самого начала раздеты, то это вопрос не такой уж и простой, как это может показаться на первый взгляд.

— Значит, дело практически закрыто?

— По сути, да.

— Понятно. — Юля поднялась из-за стола и протянула Корнилову папку: — Спасибо за помощь.

Она чуть было не добавила: «Крымов отблагодарит вас отдельно».

— Мы же коллеги и должны друг другу помогать.

* * *

В Поливановку она поехала одна, поскольку Шубин после разговора с Крымовым по телефону отправился в аэропорт — ему поручено было разыскать Казарина Илью Владимировича, родного дядю Лоры Садовниковой, проживающего в Москве, на Бескудниковском бульваре.

— А где же сам Крымов? — спросила Юля по телефону Щукину. — Он что, отдает теперь приказания на расстоянии?

— Не знаю, где его черти носят.

У Нади был какой-то непривычный тон, словно она говорила о том, во что сама не верила. В ее голосе напрочь отсутствовала искренность. Таким тоном разговаривают люди, которым есть что сказать, но по какой-то причине они не могут произнести это вслух.

— Надь, у тебя все в порядке? Какой-то у тебя голос странный... Ты случаем не заболела?

— Нет-нет, со мной все в порядке. Просто немного нездоровится. Ты сейчас куда?

— В Поливановку, искать родителей Ирины Сконженко, той самой, которая пропала полгода назад... Надь, я все-таки думаю, что и Сконженко, и Изотов, и трое парней — Соболев, Вартанов и Берестов, а теперь уже и Рита Басс — все они каким-то образом были связаны между собой... И если родители Сконженко мне ничего не расскажут о своей дочери, то я выпотрошу Кротову... Эта девчонка что-то знает, но молчит... И она не из тех, кто развяжет язык под чьим-нибудь давлением. Для того чтобы рассказать то, что она знает, она должна сама поверить в необходимость этого. Возможно, что для этого ей надо будет создать ситуацию, при которой она просто не сможет молчать... Понимаешь меня? Она должна испугаться. Другого выхода я не вижу. Она же сама сказала мне, что знает что-то про Сашу Ласкину...

— И как ты себе это представляешь?

— Есть у меня одна мысль... Но я намеревалась попросить помощи у Шубина, а он, наверно, уже в воздухе...

— Так попроси меня!

— Я тебе перезвоню, и мы с тобой обо всем договоримся, хорошо?

— Конечно. Я весь день буду здесь.

Глава 19

Поселок Поливановка утонул в тумане. Пожелтевшие сады, раскинувшиеся в низине, показались голодной и уставшей Юле Земцовой похожими на гигантскую яичницу, подернутую тонкой перламутровой пленкой белка...

Спустившись с трассы на мягкую и влажную дорогу, ведущую в глубь застроенной старыми, запущенными домишками деревни, которую кому-то пришло в голову переименовать в поселок, Юля медленно повела машину вдоль центральной улицы, настолько широкой, что на ней смогли бы разъехаться два таких же «Форда».

Она понимала, что следует расспросить местных жителей, как ей проехать на улицу Весеннюю. Но вместо этого, притормозив у ворот одного из покосившихся домишек, спросила сидевшую на лавочке пожилую женщину, где в Поливановке можно перекусить.

— На центральной усадьбе есть кафе, — ответила сонным голосом старушка. «А еще говорят, что все деревенские разговорчивые и любопытные...»

Центральная усадьба — это жалкое подобие городской площади с довольно приличным зданием местной администрации, поликлиникой и универмагом. Здесь же, прилепившись к домику крохотной юридической консультации, за стеклом которой можно было разглядеть мутноватую бумажную вывеску «Нотариус», Юля и увидела вожделенное кафе со скромным названием «Натали». Очевидно, кафе назвали по имени жены или подружки хозяина заведения.

Электричество здесь не экономили — все пространство стилизованного под парижское бистро кафе было залито неоновым светом. В самом центре возвышалась склеенная из картона Эйфелева башня, на подоконниках цвели искусственные голландские розы и тюльпаны, на столиках, покрытых красными клетчатыми скатертями, стояли светильники с ярко-красными колпаками, а за стойкой бара, полки которого просто ломились от красивых бутылок, скучала местная красавица в черном платье, плотно облегающем ее располневшую фигуру. Здесь пахло претензией на европейский дизайн и обслуживание, а еще жареным мясом, духами и лимоном, который, ломтик за ломтиком, отправляла в рот меланхоличная барменша.

— Девушка, мне бы поесть чего, — обратилась Юля к девушке. — Только все самое хорошее, свежее и дорогое. У меня капризный желудок.

— Хотите, я дам вам меню, а вообще-то могу и на словах рассказать...

— Давайте лучше на словах... — Юле показалось, что они как-то сразу понравились друг другу.

— Хорошо. Тогда могу предложить вам жареных цыплят, куриные котлеты, поджарку из говядины, азу по-татарски, плов из баранины...

— Вы что, серьезно? И у вас все это есть? Или вы так шутите?

— Я вовсе не шучу. Вы не смотрите, что сейчас здесь так тихо и никого нет. Вечером приедут строители, и здесь начнется такое...

— Какие еще строители?

— У нас тут животноводческий комплекс неподалеку возводят, кто-то большие деньги отмывает, зарплату такую платят, можно вообще из ресторанов не выходить... Но и работать приходится много...

— Это что же, местные, что ли, работают?

— Откуда? Все городские, приехали на вахту... Вот и заказывают кто плов, а кто блинчики с творогом. Платят хорошо, у нас тут после девяти вечера музыка, ансамбль из города приезжает... Жизнь, короче, цивилизация... Ну и пьют, конечно, много, безобразничают...

— А как же вы-то? Вам здесь не страшно?

— А у меня муж — директор этого кафе, и они это знают, не пристают, к тому же мне скоро рожать, кому до меня дело?

— Вы местная?

— Местная... почти.

— Вы не знаете, где живут Сконженки?

— Новенькие, что ли? Знаю. На самом краю Поливановки. Но не уверена, что они живут... В смысле, живы... А зачем они вам? Такая шикарная девушка, приехала на «Форде» и спрашивает про каких-то алкоголиков...

— Я — частный детектив, занимаюсь одним делом, и Сконженки мне нужны в качестве свидетелей. Но если они, как вы говорите, пьют, то даже и не знаю, сумею ли я у них что-нибудь узнать... А на какие деньги они пьют?

— Он работает на ферме, навоз таскает... Людмила убирает в магазине, кое-как перебиваются, а пьют самогон, который сами и гонят... Я вообще не понимаю, зачем они сюда приехали... У них здесь когда-то давно тетка жила, но потом померла, вроде бы дом им оставила... не знаю я всех подробностей, но пропащие они люди, это факт... Так вы кушать-то будете?

Анна Данилова

— Буду. Принесите цыпленка, салат какой-нибудь, я вот вижу, у вас тут пирожки с яблоками... И компот.

После обеда Юля, узнав у Кати — так звали барменшу, — как проехать на Весеннюю, отправилась разыскивать дом, где жила семья Сконженко. Она бы не удивилась, если бы, войдя в дом, увидела там два трупа. Но и мать, и отец пропавшей девочки были живы и относительно здоровы. Большой старый дом, просторный двор с двумя тощими дворнягами на привязи, покосившееся крыльцо, пахнущие керосином сени, захламленная кухня, сковородка с жареной колбасой на столе, и мужчина с женщиной — сонный взгляд, прозрачные от алкоголя глаза...

Катя подсказала ей взять для «свидетелей» пару бутылок водки и закуску, и вот теперь, когда на столе появился холодец, котлеты, цыплята и две волшебные бутылки с прозрачной жидкостью, хозяева, до того времени пытавшиеся о чем-то спросить неожиданную гостью, заметно повеселели. Юля, с отвращением глядя, как он и она выпивают большими глотками водку из стаканов, чувствовала себя самой настоящей преступницей, спаивающей и без того больных людей. Она спрашивала их о дочери, Ирине. Разговор был тяжелый, муторный, запутанный... Видимо, испитые мозги супругов Сконженко были не в состоянии вспомнить в деталях весь ход событий, которые произошли еще в городе... Они помнили дочь, помнили, что она ушла из дома и не вернулась. Но с кем она встречалась, был ли у нее мальчик, знают ли они девочку по имени Валя Кротова, вспомнить так и не смогли... И только одна фраза насторожила Юлю. Ее произнесла с какой-то горечью в голосе мать Ирины:

— Она была хорошая, деньги нам приносила, я купила себе и ей сапоги, а этот дурак их пропил на следующий день...

— Но откуда у нее могли появиться деньги?

— Оттуда... — произнесла мать многозначительно и икнула. Кожа на лице этой женщины истончилась, стала почти прозрачной и нездорово розовой. Водянистые глаза казались заплаканными. Под черной вязаной кофтой болтались плоские длинные груди. Это была полностью опустившаяся, с грязной головой и грязным, дурно пахнувшим телом женщина. Вернее, существо с первичными признаками женского пола. Ее муж выглядел еще хуже — он был небрит и грязен, как бомж.

* * *

На обратном пути Юля снова заехала в кафе. Там уже появились первые посетители. Катя встретила ее приветливой улыбкой, спросила, не перекусит ли она еще чего-нибудь... Обе рассмеялись.

— Катя, мне бы руки помыть...

— Пойдемте, я вас проведу в туалет... Что, не понравились вам Сконженки? И такие люди бывают... Мне их даже жалко... Говорят, у них дочь убили.

— Убили? Я слышала, что она пропала.

— А мне кто-то рассказывал, что ее убили. Она на трассе «работала», шоферюг обслуживала...

— Да ей же всего-то тринадцать было...

— Ну и что? К нам в кафе тоже такие же девицы приходят, надо же им как-то деньги зарабатывать...

— И как же?

— Понятное дело как... У нас для этого даже специальные кабинеты имеются, за кухней... А врач в нашей больнице так вообще на окладе — следит за девочками, чтобы никого не заразили... Но у нас их всего две, а так кто только не приходит, здесь такого насмотришься, не знаешь, куда бежать... Вот деньги накопим и в городе квартиру купим. Если не пристрелят или не прирежут раньше. Водка — она до чего угодно доведет...

— Катя, я бы на вашем месте уже давно отсюда уехала. Судя по тому, что вы мне рассказали, вам здесь вообще опасно оставаться.

— А куда ехать-то? У меня муж...

— А что же он вас за стойку бара поставил, неужели нельзя было остаться дома? Или средства не позволяют? — хмыкнула Юля.

— Он говорит так: зернышко к зернышку...

— Скотина он у вас... Вы уж извините...

Разговор происходил в тесном коридорчике перед дверью туалета.

— Там точно занято? — спросила Юля, чувствуя, что еще немного, и она начнет вспоминать все услышанные ею когда-то матерные слова и выражения. Ей было противно находиться уже не только в кафе, но и вообще в Поливановке... Какая-то черная дыра... И здесь еще живут люди... Вот Катя, например. Красивая, молодая и даже умная. Она все понимает, но сделать ничего не может.

— Занято, — вздохнув, ответила Катя и, опершись о стену, встала, скрестив руки под грудью. — Сейчас выйдут...

И точно, не успела она договорить, как за дверью послышался звук отпираемого засова, где-то в глубине скрипнула одна дверь, потом еще одна, затем распахнулась последняя, и показался черноволосый худощавый мужчина... Закатив глаза, он вел за руку растрепанную девушку в белом полурасстегнутом халатике...

— Салют, Кать... — девушка пьяно улыбнулась и, спотыкаясь, поплелась за мужчиной. Размазанная по лицу губная помада, разодранные колготки, бессмысленный взгляд...

— Это наша посудомойщица Валентина... — громко, в голос, вздохнула Катя и пригласила Юлю в туалет — помыть руки. — Вот мыло, а это горячая вода...

Юля заметила в выложенном голубым кафелем помещении, действительно похожем на просторную душевую, кушетку, какие бывают в поликлиниках. На вытертой поверхности ее влажно блестела размазанная кровь...

— Катя, послушай меня... Когда-нибудь, когда твоего мужа не будет рядом, с тобой поступят точно так же, как только что с Валентиной... Поговори с мужем, объясни, что ты не должна работать в кафе... Тем более что никакое это теперь не кафе, а так... бордель какой-то... Тебя сначала изнасилуют, а потом убьют. Вот тебе на всякий случай мой телефон, позвони, когда будешь в городе... Я тебе помогу и с работой, и с жильем... Я не обманываю тебя. Просто мне жалко твоего будущего ребенка, да и тебя тоже. Я, конечно, не миллионерша, но в состоянии помочь... У меня есть знакомства, связи...

Произнося все это, Юля понимала, что ее слова пока еще не доходят до сознания Кати, но она свою миссию выполнила — вручила ей визитку.

* * *

В город Юля возвращалась, нарушая все Правила дорожного движения, — на огромной скорости, вспарывая туман желтым светом фар и прорываясь сквозь вязкую пелену и сотни тусклых автомобильных огней вперед, быстрее, к Наде, в чистый и уютный офис, где через стенку от приемной есть чудесная ванная комната с горячим душем, душистым мылом и даже халатами... И все это — идея Крымова. Он предупреждал, что в их работе случается всякое, а потому в агентстве должны быть созданы все условия для нормального существования, начиная с горячей воды и кончая горячей едой.

Уже стоя под душем и намыливаясь, Юля прониклась вдруг к Жене Крымову самыми нежными чувствами и даже простила ему Полину...

— Господи, Надюха, как же мне мало надо для полного счастья... — сказала она, выходя из ванной комнаты и кутаясь в длинный махровый халат.

— Такое впечатление, словно ты только что вернулась с городской помойки, где пыталась отыскать какую-нибудь особо важную улику... Что с тобой? У тебя проблемы? Что за патологическая тяга к чистоте? Тебя что, уже успели облить грязью? — Надя стояла на пороге приемной и смотрела на прислонившуюся к стене коридора ослабевшую от горячей воды Юлю.

Но Юля не успела ответить. В это мгновение в окне, в свете уличного фонаря, промелькнула чья-то тень, раздался грохот рухнувшего оконного стекла, затем несколько выстрелов, и Юля упала, инстинктивно прижимаясь к полу... Последнее, что она увидела, это быстро расплывающуюся на паркете лужицу ярко-красной, необычного, красивого оттенка крови...

* * *

Чайкин бинтовал ей плечо и говорил о том, как полезно для крови есть гранаты или пить красное вино.

— Ты бы еще посоветовал ей пить кровь новорожденных младенцев... — всхлипывая и шмыгая носом, говорила потрясенная всем происшедшим Надя. — Юлечка, какая же ты бледненькая... Господи, как хорошо, что они промахнулись...

— Щукина, не ной... — слабым голосом произнесла Юля, морщась от боли, потому что Чайкин в это время как раз надавил натянутым бинтом на рану. — И так тошно... Зато теперь я точно знаю, что мы на верном пути... И разным там Корниловым, Сазоновым и Сырцовым пусть будет стыдно...

— Может быть, добавишь, что если бы тебя пристрелили насмерть, то было бы еще лучше — это означало бы, что ты уже держала убийцу за руку...

— Но так оно и есть... Считай, что я покойница... Вот бы ко всему этому узнать — кто в меня стрелял?

— Тот, — говорил, сосредоточенно бинтуя Чайкин, — кто видел, как ты подъехала сюда... Окно-то — вот оно, все, что происходит в коридоре, отлично просматривается... Я вообще не понимаю, как это вас до сих пор не перестреляли...

— Так ведь мы не в Чикаго... — попыталась пошутить Юля. — Ой, ребята, спасибо, что не вызвали «Скорую», я бы вам этого никогда не простила... Леша, а тебе особая благодарность... Я эту пульку сохраню на всю жизнь... И как это ты только умудрился ее извлечь?

— Элементарно. Просто я как представил, что если ты помрешь и тебя надо будет вскрывать, сколько мне работы прибавится, так сразу ее, свинцовенькую, и зацепил... ну вот и все, готово... Теперь будешь, как новенькая...

Юля поднялась с дивана, на котором лежала после того, как Надя принесла ее из коридора и уложила в приемной, предварительно закрыв все жалюзи на окнах:

— Предлагаю выпить красного вина и закусить гранатами...

— А минометами тебе закусить не хочется? — но Надя уже кинулась к двери. — Лежи спокойно, не поднимайся, ты еще очень слаба, а я пойду принесу вина... Надо же обмыть твое спасение...

Надя вернулась из магазина с красным вином, красными гранатами, красным вишневым соком и красным, в малиновом желе, тортом.

Подругу она нашла рыдающей в объятиях Чайкина. До Юли, оказывается, только сейчас дошло, что она была на волосок от смерти...

Юля проспала три с половиной часа, и когда проснулась, за окнами была уже ночь. Дождь барабанил по стеклам и подоконникам, тихо и уютно постукивала на компьютере Надя, попивая кофе, аромат которого приятно щекотал ноздри...

— Ты как? — Надя выпорхнула из-за своего огромного, заставленного тарелками с остатками вечерней трапезы стола и уселась на краешке дивана рядом с Юлей. Поправила плед осторожным движением, боясь потревожить забинтованное плечо.

— Ты знаешь, нормально, вот только побаливает чуть-чуть... Главное, что нет жара... Как ты думаешь, я правильно сделала, что запретила вам вызывать врача?

— Это довольно сложный вопрос... Его можно вызвать СЕЙЧАС...

— Как это? Зачем? Ведь мне хорошо...

— Тот, кто стрелял в тебя, наверняка не знает о том, ранена ты или убита...

— Все. Я поняла. Ты хочешь, чтобы мы инсценировали мою смерть? Ну уж нет... Я в такие игры не играю. С меня довольно и того, что ко мне наведываются призраки... А так я и вовсе свихнусь. К тому же это довольно пошло... Я приблизительно представляю себе, как это будет выглядеть... Нет, нет и еще раз — нет! Пусть мой потенциальный убийца ЗНАЕТ, что я осталась жива, а это означает, что я сумею до него добраться... И вообще это черт знает что! У меня на сегодня были запланированы визиты к Лизе в гостиницу и к Вале Кротовой... Понятное дело, что в таком состоянии я уже никуда не поеду...

Но с ними просто необходимо встретиться. Кроме того, мне почему-то кажется, что и Гусарова имеет ко всему этому какое-то отношение...

— Гусарова? А она-то тут при чем?

— Просто интуиция. Понимаешь, я много времени провожу в машине, и мне в ней хорошо думается. Вот и промелькнула мысль... Дело в том, что она пьет. Надо бы узнать настоящую причину. У нее какие-то проблемы, и мне почему-то кажется, что и она тоже была в той квартире, которую снимали для своих забав Соболев с дружками... У Светланы Гусаровой, по словам Сони Канабеевой, с Сергеем Садовниковым был долгий роман. Словом, все они — и подружки Лоры, и брат Полины со своими приятелями — сделаны как бы из одного теста... Они все жадные до развлечений. Вот только развлечения их не такие уж безобидные. Увидев в первый раз Гусарову, я поняла, что она неравнодушна к молоденьким мальчикам, а мальчики, Соболев, Берестов и Вартанов, в свою очередь были неравнодушны к совсем молоденьким девочкам... Я думаю, что эти пристрастия идут от пресыщения, ну и, конечно, зависят от предрасположенности человека к подобного рода играм... Сказывается и влияние окружающих. И мне непонятно, как, находясь в этом пестром котле, Лора Садовникова могла оставаться чистой? Всех, кто ее окружал, связывали определенные грязные желания... А что же сама Лора? Тебе не кажется, что Лора тоже могла иметь какие-то свои пристрастия? Причем такие, о которых мы, быть может, и не подозреваем? Человеческий мозг — уникальное природное явление и способен на все. Мне кажется, что я что-то нащупала, что я уже близка к цели.

— Ты, кстати, не забыла, что выходишь замуж за Ломова?

Юля какое-то время сидела молча, словно переваривая услышанное. Конечно, она не забыла об этом, но мысли о возможном замужестве пока что гнала от себя прочь... Они казались ей лишенными какой-то очень важной для нее основы.

— Я же не люблю его, — произнесла она вдруг и натянула плед до самого подбородка. — Он будет по два раза в день насиловать меня, запретит мне работать и заниматься тем, что мне нравится, а затем и вовсе перекроет мне кислород...

— Что ты имеешь в виду?

— Я имею в виду свободу, которой я сейчас располагаю... Я могу сесть в свою машину и поехать куда угодно — полная свобода перемещения в пространстве... Больше того, я чересчур любопытна, чтобы прикипеть к одному месту и пялиться на пусть даже и золотого мужа... Я вся переполнена желаниями, а он уже прожил жизнь. Мне будет с ним скучно. Уверена, что при всей его оригинальности и склонности ко всему необычному, даже, скажу, сюрреалистическому и мистическому, у него не хватит сил, чтобы удивлять меня постоянно. Он выдохнется, и после этого начнется полоса разочарований... А мне бы этого не хотелось. Знаешь, пожалуй, я сейчас позвоню ему и скажу, что не выйду за него замуж.

— Кто же так поступает? — возмутилась Надя. — Разве можно вот так, спонтанно, по телефону делать такие заявления... У меня даже возникло подозрение, что я выступила в роли провокатора, подбивающего тебя на ссору с Ломовым. Мне бы хотелось, чтобы ты вышла замуж, чтобы у тебя была семья... Отсутствие любви это, конечно, важный фактор, и над ним стоит призадуматься, но вот отсутствие денег, по-моему, фактор еще более важный... Ломов богат, а если, как ты говоришь, он тебя еще и любит, то и определенная свобода тебе обеспечена... Ты умна, ты всегда сможешь его убедить в том, что не намерена сидеть дома, как в клетке, и развлекать его... — Щукина сделала паузу и перевела дух. — Послушай, Юля, можно я задам тебе не совсем приличный вопрос?...

— Интимный? Валяй. Только налей мне, пожалуйста, чего-нибудь выпить... У нас осталось вино или какой-нибудь сок?

Надя налила ей красного вина.

— Скажи, тебе с ним... не... не страшно?

— В каком смысле?

— Но ведь он же страшен, как атомная война!

— Да брось ты, Щукина, может быть, именно его внешность меня и возбуждает... Я и сама-то еще толком не разобралась, что к чему... Но мне нравится принадлежать ему. Наверно, это и есть самый настоящий мазохизм. Понимаешь, в моей жизни было очень мало мужчин, и поэтому я могу сказать только одно: мне не хватает опыта. Павел Андреевич в этом смысле превосходный учитель. Он знает, что мне нужно. Он понимает меня... А что касается страха, то я трусиха по природе и боюсь просто выходить из дома... Я постоянно оглядываюсь, прислушиваюсь, принюхиваюсь... Я очень боюсь смерти, как, впрочем, и всякий нормальный человек. И если Ломов страшноват внешне, то внутри он добрый и даже, я бы сказала, красивый... И вообще в нем словно бы сидят два человека, причем совершенно разных... Один присылает мне тот самый торт с окровавленной постелью...

— Какой-какой?

— Как, я тебе еще до сих пор не показала это чудо? Подай мне, пожалуйста, сумку... Вот, взгляни, — она достала снимок торта. — Ну как он тебе?

— И это торт? — Щукина, еще не веря своим глазам, вертела фото в руках. — Только больной мозг способен на такое, честное слово... Но почему? Как это произошло? Когда?

И Юля подробнейшим образом рассказала ей об утреннем визите Вениамина, который принес этот торт.

— А ты говорила Ломову, что была в квартире Садовниковых?

— Кажется, нет. Но не в этом дело. Он и так бы все узнал. У него есть свои, причем прекрасно информированные источники... Шубин сказал, что такой торт мог бы сделать любой человек, обладающий долей фантазии.

— Понятно. Твой Павел Андреевич просто решил тебя шокировать... Ну и как? Ему это удалось?

— Конечно... Но если он рассчитывал на то, что я не стану есть это творение, то он ошибся... Торт оказался на редкость вкусным... А на самом дне я обнаружила маленький пистолет. Это его подарок.

— Тогда выходи за него замуж. Действительно

неординарная личность... А тут встречаешься с каким-то вонючим потрошителем...

— Надя... Разве можно?..

— Да нет, Лешка, конечно, неплохой человек, но он почти все время на работе, занят... Он беден, ему очень мало платят, и пойми — от него постоянно пахнет моргом. У него дома целая коллекция разных духов и одеколонов... Он моется хорошим, дорогим мылом, но этот запах неистребим... И меня мутит при одной мысли о том, что он ласкает мою грудь той же самой рукой, которая всего несколько часов назад путешествовала по внутренностям покойников...

Послышался тихий пиликающий звук: подавал о себе знать сотовый телефон, который теперь лежал на столе Щукиной.

— Возьмешь? — спросила она Юлю.

— Конечно. Я даже знаю, кто это... — она приняла телефон и, закрыв глаза, стала слушать, что ей говорили в трубку. Прошла минута, затем другая, третья... — Хорошо, подъезжайте...

Она положила трубку рядом с собой и вздохнула:

— Надя, сейчас он приедет за мной и увезет к себе...

— Это был Ломов?

— А кто же еще? Не Крымов же... Тот бы не стал звонить, он ждал бы, пока не позвоню я. Кстати, куда он исчез? Может, лежит теперь в объятиях Полины в моей кровати... Надо бы позвонить ей...

Юля набрала свой номер. И через несколько мгновений услышала голос Полины.

— Добрый вечер, это Юля. Ты жива?

— Жива... Сама не знаю, как я взяла трубку... Боялась даже подходить к телефону... Нервы на пределе. Я нашла у тебя настойку пустырника и валериановые капли... У меня кончились фрукты и йогурты. Ты бы не смогла мне их привезти?

— Да-да, конечно... Что-нибудь еще?

— Если можно, соленой рыбы... Кстати, у тебя прекрасная квартира, чудесная ванна... Да и телевизор просто блеск! Отдыхаю, ем, развлекаюсь просмотром видеокассет... Ты собрала неплохую коллекцию.

— Я рада за тебя...

— Ты не приходишь ночевать, и я чувствую себя неловко... Я все понимаю, тебе неприятно видеть меня. Но поверь, пройдет какое-то время, и все закончится. Я отблагодарю тебя. Кстати, ты не можешь мне сказать, МЕНЯ ИЩУТ?..

— Да, конечно... И ты правильно делаешь, что не берешь трубку. Лишний риск.

— Как там поживает Крымов? Я надеялась, что он мне хотя бы позвонит, но он профессионал и поэтому, наверно, не хочет рисковать...

— Все, я не могу больше разговаривать. Я в течение часа подъеду к тебе и привезу все, о чем ты просила. Я позвоню пять раз, а потом еще три. Ну все, до встречи...

Юля спрятала телефон в сумку и попыталась встать.

— Ты все-таки решила поехать к Ломову?

— Не знаю, Надя, пока еще ничего не знаю... Только заеду за фруктами и йогуртами... Актриса не может жить без витаминов...

— У тебя такой вид... Ты расстроилась? Неужели ты все еще любишь Женьку? — в сердцах произнесла Надя и даже приобняла подругу. — Так нельзя. Это нехорошо. Но если ты решила назло ему выйти замуж за Ломова — это еще хуже. Он недостоин такой жертвы. Это называется «финт ушами». Это глупо.

— Надя, прекрати. Я и сама все понимаю. Помоги мне подняться. Сейчас я куплю лимонов и винограда этой рыжей стерве и отвезу их, а потом попрошу Павла Андреевича, чтобы он привел меня в чувство... У него имеются какие-то восточные благовония, масла́, словом, он быстро поднимет меня на ноги...

— Ну смотри... А вот и он... — Надя со страхом выглянула в окно. Прямо к крыльцу, чуть слышно шелестя шинами, подъехала большая черная машина.

Вздрогнула от ее слов и Юля.

— Надюша, спасибо, мне пора... Думаю, что тебе следует позвонить Крымову, Шубину, да и Корнилову, сообщить, что в меня стреляли... Опиши все подробно, особенно время... Ты помнишь, который был час?..

— Конечно, помню. Да и пульку я спрятала в надежное место...

— Кстати, а где Чайкин?

— На работе, где ж ему еще-то быть?

— Позвони и ему, поблагодари от меня...

— Тебе, конечно, повезло, что пуля засела неглубоко, думаю, что ты в рубашке родилась...

Юля попрощалась с Надюшей и, пошатываясь, вышла из приемной. «Все-таки надо было вызвать врача...»

На крыльце ее уже поджидал Павел Андреевич. Черная шляпа и черный плащ спасали его от дождя. Внимательные глаза сразу заметили неестественную бледность Юли, да и легкое пальто сидело на ней как-то неловко, потому что она так и не смогла просунуть в рукав раненую руку.

— Что с тобой? — он обнял ее и повел к машине. — Садись, расскажешь... У тебя нездоровый вид...

Ломов усадил ее на заднее сиденье, а сам сел за руль. Юля вздохнула с облегчением: хорошо, что он приехал без Вениамина.

— В меня стреляли... Совсем недавно...

* * *

Всю дорогу он слушал ее не перебивая.

— Вот что, ласточка. Тебе надо прекращать эти дурацкие расследования. Я все обдумал и пришел к выводу, что тебе надо уходить с этой чертовой работы. Ты выйдешь за меня замуж и будешь жить в свое удовольствие... И я тебе это, слава Богу, смогу предоставить... Ты как, согласна?

Он спрашивал, не видя ее лица, и если бы вдруг увидел ее глаза, то понял бы, что Юля растерянна... Она не знала, что ему ответить. Теперь, когда у нее ныло плечо, а на лбу выступила испарина, когда в горле запершило от нахлынувшего леденящего ужаса перед смертью, которая была от нее так близко, на расстоянии вытянутой руки, даже нет, всего в нескольких сантиметрах от ее перепуганного насмерть сердца, слова Павла Андреевича о возможном блаженном безделье были как нельзя кстати. В принципе она всегда была бездельницей. И никто не знает, что она пробездельничала всю свою сознательную жизнь. Она училась легко, весело, и у нее была масса времени, которое она убивала, валяясь на своем диване с книжкой... И не было ничего более прекрасного, чем, обложившись яблоками, конфетами или семечками, читать и перечитывать Мопассана, Золя, Бальзака, Моруа... Но кто мог упрекнуть ее в этом? Пожалуй, никто. Она росла, как растение, которому были предоставлены наилучшие условия для развития... В доме всегда было тихо, спокойно, за стеной в таком же блаженном забытьи пребывала ее мама... Они обе, и мать, и дочь, находили умиротворение в чтении книг... Они жили иллюзиями и, наверно, все же немного лукавили, когда признавались друг дружке в любви... Они были счастливы наполовину, потому что в их жизни не было мужчины — мужа и отца. Но потом все резко изменилось. Появился ОН, будущий мамин муж. А спустя какое-то время — Земцов. «Боже, как же давно это было!»

— Вы вызывали милицию? — спрашивал Ломов, ловко выруливая на Кировский проспект и на огромной скорости двигаясь в сторону своего района. — В принципе это было покушение на убийство...

— Нет, но Щукина обязательно сообщит о том, что произошло, Корнилову... Вы вот говорите, чтобы я все бросила... Неужели вы не понимаете, что мне уже просто необходимо поймать этого негодяя?! Во-первых, это мое первое самостоятельное дело, во-вторых, мне хочется довести его до конца уже по той причине, что меня не поддерживает Крымов... Я уверена, в душе он смеется надо мной... Кроме того, должна же я каким-то образом оправдать те усилия, которые потратили на меня, помогая в расследовании этого дела, Шубин и Надя. Что касается моего замужества, то мне показалось, что вы уж очень спешите... Мы ведь практически не знаем друг друга. Тот факт, что мы переспали, ни к чему вас не обязывает... Можете считать меня безнравственной особой, но, честное слово, я спокойнее буду себя чувствовать, находясь на некотором расстоянии от вас, чем будучи вашей женой, вашей собственностью... Вы думаете, я не понимаю, что означает быть ВАШЕЙ женой? Да это же полная зависимость... А мне бы этого ПОКА не хотелось. К тому же я не уверена, что вам действительно это так важно и нужно... Ведь семья подразумевает прежде всего детей, а вам достаточно много лет...

Ломов молча вел машину. И Юля, которая тоже не могла видеть его лица, а потому была лишена возможности определить его реакцию на ее тираду, лишь пожала плечами и, откинувшись на спинку сиденья, замолчала. Но по прошествии нескольких минут она вдруг услышала:

— Это твое последнее слово? — он проговорил слегка хрипловатым, каким-то судорожным голосом.

— Последнее слово мне дадут в суде, — нахмурилась она — ей не понравился тон его голоса. «Можно себе представить, как ты будешь со мной разговаривать, когда я стану твоей женой...» И снова, как тогда, с Земцовым, ее начало охватывать чувство сродни безысходности... Она не потерпит ни от кого насилия, грубости... Она никогда и никому не будет принадлежать полностью. Ответственность в конечном счете совсем не то же, что зависимость. Хотя и зависимость бывает разная: приятная или навязанная кем-то.

— Хорошо, я больше не буду на тебя давить, но спрашивать тебя время от времени, созрела ли ты для того, чтобы выйти за меня замуж, я все-таки буду. — Теперь его голос звучал намного мягче, и уже это радовало. — Ты по-прежнему не хочешь, чтобы тебя осмотрел настоящий доктор?

— А откуда вы знаете, осматривал меня вообще кто-то или нет? — спросила Юля и тут же вспомнила, что совсем недавно сама рассказала абсолютно все, что с ней произошло в агентстве. И про Чайкина, разумеется, тоже.

— У меня есть хороший доктор, он сделает тебе укол, который полностью снимет боль.

— Если это наркотик, то сразу заявляю — мне это ни к чему. Я вполне смогу справиться и сама. Поболит-поболит и перестанет. В крайнем случае можете предложить мне обычное болеутоляющее, например, анальгин. А если честно, то мы едем совсем не туда, куда бы мне хотелось, — она вспомнила, к своему ужасу, о Полине и ее просьбе. И тут же поймала себя на том, что побаивается Ломова. Но, с другой стороны, она должна вытравить из себя это чувство, и чем скорее, тем лучше. Где это видано, чтобы любовники трепетали друг перед другом от страха. Подумаешь, Ломов!

— Не понял... — опять этот недовольный тон.

— Послушайте, Павел Андреевич, мне не нравится тон, которым вы обращаетесь ко мне... Я же не ваша подчиненная, и вы не вызывали меня на ковер... И если я сказала вам, что не собираюсь выходить за вас замуж, это не дает вам права так разговаривать со мной. Короче, если вам что-то не нравится, отвезите меня снова в агентство. У меня сейчас нет сил разговаривать с вами на повышенных тонах. Я все понимаю, не маленькая. Вы — мужчина с большой буквы, и все такое прочее... Но пресмыкаться перед вами я не намерена. Мне надо заехать в магазин, купить там кое-что и вернуться домой. — Мысль о том, чтобы провести ночь в обществе Полины, теперь показалась Юле почему-то даже привлекательной. — Я не готова к тому, чтобы ложиться с вами в постель. Как хотите, так меня и воспринимайте. Я только должна извиниться перед вами, что вспомнила о необходимости заехать в магазин так поздно.

«Кажется, у меня все-таки начинается жар...»

— В какой тебе магазин? — спросил он глухо. Ей уже начало казаться, что она разговаривает с какой-то заведенной куклой — до того неестественно звучал его голос, как-то бесцветно и тихо.

— Супермаркет «Хлоя». — Она специально назвала этот огромный магазин, поскольку только в нем можно было купить абсолютно все, начиная с салфеток и кончая жирными французскими лягушками.

— Хороший магазин, — заметил он и резко свернул влево.

* * *

Остановившись у входа в магазин, Павел Андреевич вызвался сопровождать ее, но Юля категорически заявила, что предпочитает делать покупки сама и уж ни в коем случае не с мужчиной.

— Вы все равно в этом ничего не смыслите, — зачем-то сказала она, выходя из машины и опираясь на его руку.

— Вот деньги... — он достал из кармана сотенные. Она хотела было тоже отказаться, но услышала: — Не возьмешь — обижусь.

В принципе он был прав. Теперь, когда она действительно стала его любовницей, у нее появились не только определенные обязанности, но и права. Хотя бы право спокойно принимать от него деньги и подарки.

И она взяла деньги. Слегка покачиваясь от слабости, Юля вошла в магазин и, зацепив пальцем невесомую сверкающую тележку-корзинку, покатила ее вдоль нескончаемого прилавка.

— Вот тебе, Полина, яблоки, вот тебе, дорогая, груши... — складывала она красивые плоды в корзинку и, усмехаясь собственной щедрости, представляла себе, как ее соперница обрадуется такому изобилию фруктов. — Может, тебе еще и персиков?

Она произносила эти слова тихо, почти незаметно, но они почему-то развлекали ее. Словно Полина сидела у нее в кармане и могла все слышать. «Должно быть, у меня начинается бред».

Мальчик-консультант помог ей докатить нагруженную тележку прямо до машины, где Ломов принял и уложил в машину пакеты с продуктами.

— Теперь домой? — спросил он убитым голосом.

— Домой. — Затем, помедлив немного, добавила: — А там видно будет...

Возле ее дома Ломов, задрав голову, насколько позволял ему горб, заметил, разглядывая ее светящиеся окна:

— У тебя горит свет... Там кто-то есть?

— Я всегда оставляю свет включенным, чтобы те, кто собирается ограбить меня, думали, будто бы в квартире кто-то есть... А разве вы так не делаете?

— У меня квартира на сигнализации.

— Понятно. Скажите, а если я соглашусь выйти за вас замуж, вы и меня поставите на сигнализацию?

— Юля, ты — прелесть... Но давай сделаем так: мы с тобой сейчас поднимаем эти пакеты к тебе домой, а потом ты возвращаешься ко мне, и мы едем в охотничий домик. Я так соскучился по тебе. — Он помог ей выйти из машины, и она тотчас оказалась в его объятиях. — Ну же, соглашайся.

— Я не знаю. Вы делаете мне больно.

— А дома я тебя быстренько вылечу и поставлю на ноги.

— Не уверена, что то, чем вы намерены со мной заниматься, поможет мне встать, как вы говорите, на ноги... Ведь я же знаю, что будет там, в охотничьем домике... Или я ошибаюсь?

Она провоцировала его скорее из кокетства или по инерции, чем сознательно. Просто в ней иногда просыпалась женщина, которая в силу своей принадлежности к этому полу просто не могла вести себя иначе, но очень скоро, утомившись, засыпала в ней опять. До следующего объятия, до следующего эмоционального толчка.

— Я хочу тебя... — услышала она и вдруг усмехнулась, представив себе лицо Павла Андреевича в тот момент, когда он увидит в ее квартире Полину Пескову. — Пойдем, я помогу тебе отнести все это домой.

И она поняла, что отказаться от его помощи означало бы сейчас расписаться в своем вранье. Сказать ему, что она сама дотащит эти тяжелые, набитые фруктами и соками пакеты и что это даже доставит ей удовольствие? Но что же делать?

— Конечно, не думаете же вы, что я потащу все это сама.

Он с легкостью поднял все четыре пакета и быстрым шагом двинулся к подъезду. Несколько минут — и они уже стояли у двери ее квартиры.

— Если вы наброситесь на меня прямо сейчас, едва я войду в квартиру, вы меня больше никогда не увидите, — произнесла она как можно серьезнее.

— Как скажешь. Я могу подождать тебя внизу. Господи, извини, как же я не догадался. Ведь тебе, наверно, нужно переодеться. Извини меня... — он привлек ее к себе и нежно поцеловал, и все это, не выпуская из рук тяжелой ноши.

— Я рада, что вы такой догадливый...

Он ушел, оставив пакеты в прихожей.

— Я уж думала, что ты разрешишь этому мужику войти сюда... — услышала Юля голос и почему-то вздрогнула, хотя и знала, что Полина присутствует где-то здесь, совсем рядом.

Она вышла из полумрака гостиной, закутанная в ее халат, и молча унесла пакеты на кухню.

— Спасибо, — донеслось оттуда. Вскоре Полина вернулась с бананом в руке. — Как идут дела? Что-нибудь узнали?

Юля в этот момент раздевалась, осторожно высвобождая из тесного рукава плечо. Полина, увидев пропитанную кровью повязку, ахнула.

— Что с тобой?

— В меня, Полина Пескова, стреляли... И все потому, что ты молчишь и не хочешь мне ничего рассказать...

— Но ведь я же все рассказала!

— Да ничего ты толком не рассказала... — Юля сморщилась от боли и швырнула пальто на столик в углу, затем разулась и прошла в гостиную. — Кем тебе приходится Сырцов?

— Сырцов? Кем? Да никем! Переспала с ним разок, да и бросила. На что он мне? Ни денег, ничего другого. Так, посредственность какая-то, серятина, а еще прокурор. Да в гробу видала я таких прокуроров! — Полина говорила спокойно, без истерики.

— А что ты знаешь о квартире, где развлекался твой братец со своими приятелями?

— Ничего особенного... Молодые ребята, что они могли там делать, как не девок трахать?

— А ты знаешь, сколько лет было этим девкам?

— Откуда ж мне было знать?

— А почему ты мне ничего не рассказала о том, что твой брат спал с Гусаровой? — эту байку Юля слепила из воздуха и теперь замерла, ожидая, что скажет Полина.

— А какое это имеет отношение к делу Садовниковых? Да мало ли с кем спал Герман?! Это меня не касалось. Он был взрослым мальчиком.

— Кроме того, ты мне ни слова не сказала о фонде, которым руководишь.

— Ха! Тоже мне фонд. Одно название. Да если бы Сергей не давал мне денег, мы бы до сих пор крышу в театре не отремонтировали. Фонд — это, конечно, хорошо, но только мне от него ничего, кроме головной боли, не перепадало. Я все надеялась, что туда будут время от времени поступать деньги, чтобы мы организовали приличные гастроли, пошили костюмы...

— Но вы же организовали гастроли в Швейцарию.

— Наш театр достоин лучшего.

— А почему ты ушла со сцены?

— Не поладила с Иорданиди. Он слишком много на себя берет. Я текст телом чувствую, а он ушами, что ли... Мне с ним неинтересно... Кроме того, мне надоело играть роль его любовницы... Ведь все мужики — как дети малые. А ты что, встречалась с ним, с Сашкой-то? Представляю, что он тебе про меня понарассказывал... Он меня ревновал страшно... Послушай, да у тебя открылось кровотечение... В тебя действительно стреляли? Но кто?

— Забыла спросить. Какой-то тип шел мимо агентства, увидел меня, наверное, я ему понрави-л ь, вот он в меня и выстрелил... — Юля разозлилась и разговаривала с Полиной на повышенных тонах.

— Похоже, ты совсем близко подгребла... — вдруг шепотом произнесла Полина. — Послушай, Земцова, я понимаю твои чувства ко мне, но все же постарайся послушаться меня... Уезжай из города. Я знала, понимаешь, знала, что этим дело закончится... Это же просто счастье, что ты осталась жива... Но ведь ты могла бы сегодня не прийти сюда... Неужели тебе не страшно? Ты презираешь меня за мои страхи и сама готова подставить свою голову, чтобы только не уподобиться мне? Но ведь это глупо... Я не знаю, на какой стадии расследования ты сейчас находишься, но раз в тебя стреляли, значит, ты коснулась оголенного нерва... Произошла реакция. Кстати, а кто этот мужик, который подвозил тебя?

— Ломов, а что? — Юля решила произнести фамилию своего любовника лишь с тем, чтобы иметь возможность услышать что-нибудь и о нем: похоже, Полина была близко знакома со всеми представителями мужского населения города.

— Так это машина Ломова? А ты-то с ним как познакомилась?

— Какая разница...

— Большая... Уж не роман ли ты с ним закрутила? Не советую. Довольно опасный тип, хотя и не лишен оригинальности.

— Ты и с ним спала?

— Нет, не пришлось... Хотя, думается мне, он бы меня не разочаровал.

— В каком смысле?

— В известном.

— Послушай, Полина, неужели тебя действительно так интересуют мужчины, что ты готова лечь со всяким? Ты уж извини, что я так прямо тебя об этом спрашиваю, но у меня просто в голове не укладывается, как такое вообще возможно?..

— Если бы я сама знала... — вдруг надсадно и горестно выдохнула Полина. — Должно быть, судьба у меня такая...

— Ты, я вижу, скучаешь... Не здесь, не в моем доме, а вообще в жизни... Почему бы тебе не уехать отсюда? Ты — девушка красивая, мужики тебе на шею все вешаются, как загипнотизирован-

Анна Данилова

ные... Вышла бы для начала замуж за какого-нибудь нашего миллионера, я имею в виду московского, конечно, а потом уж повыше поднялась бы...

— Это ты из-за Крымова со мной так разговариваешь? — усмехнулась Полина, откусывая от банана, и, дурачась, закатила глаза кверху, словно от неслыханного наслаждения. А потом вдруг как-то истерично захохотала и схватилась за живот.

— Не вижу здесь ничего смешного. Помоги мне лучше перевязать плечо. Принеси бинты из аптечки.

Юля пробыла дома около сорока минут. Знала, что ее ждут, но все равно старалась все делать не торопясь, словно подсознательно оттягивала свидание с Ломовым. За это время Полина успела сделать ей перевязку, причем отменную, словно актриса всю жизнь только этим и занималась. Затем Юля переоделась в брюки и свитер и, слегка перекусив черничным рулетом, вышла из дома.

— Так ты мне не советуешь встречаться с Ломовым? — все-таки не выдержала она и спросила Полину уже перед самым выходом. — Но почему? По-моему, приличный человек или, как говорят обычно в таких случаях, достойная партия. Я, может, замуж за него собралась.

— Смотри сама. Но уж больно он большой и страшноватый. Один горб чего стоит.

— Ты-то его где видела?

— Да встречались как-то в одной компании... По-моему, даже у него дома... Я ведь уже говорила, кажется, что он большой оригинал... Так вот, он кормил нас фаршированными яйцами, причем сделанными таким образом, что они своей формой и расцветкой напоминали человеческие глаза: карие, зеленые, голубые... Затем еще было одно блюдо из курицы. Причем эта курица изображала лежащую в постели женщину в кружевном пеньюаре... из нежного солоноватого крема с сухариками... А вместо головы у этой курицы была миниатюрная, искусно сделанная из гусиного яйца женская головка с волосами из шоколадного волнистого крема... Жуткое зрелище... Но мы ее скушали за милую душу...

— А ты не знаешь, как Ломов стал министром экономики? Я, к своему стыду, до последнего времени не интересовалась политикой, в этом плане у меня огромный пробел. Что вообще представляет из себя Ломов?

— Я думаю, что он гений. Никто не знает, откуда он взялся. Возник, так сказать, ниоткуда с совершенно потрясающими разработками, касающимися реорганизации местных оборонных заводов. Там, говорят, было все: расчеты, схемы, перспективные планы будущих производств и даже список живущих в нашем городе специалистов, способных поднять производство... Кажется, он всю жизнь проработал в каком-то закрытом предприятии, в какой-то лаборатории, где ему больше приходилось бездельничать, чем реализовывать себя... А потом он решил, что хватит спать, пора приниматься за серьезную работу. Он вышел напрямую на губернатора, втерся к нему в доверие и, понимая, что имеет дело с дилетантом в экономическом плане, объяснил ему все на пальцах... И губернатор понял, что Ломов ему нужен как воздух... После того как Павлу Андреевичу было дано место скромного чиновника при нашей администрации, он развернулся не на шутку. Убедил губернатора поехать со своими идеями и планами в Москву... Вот после Москвы все и началось. Колесо завертелось, с нашими местными предприятиями стали заключать долгосрочные договора...

Полина вдруг остановилась на полуслове.

— Откуда тебе все это известно? — спросила Юля, чувствуя себя совершенным недоумком.

— Газеты надо читать, госпожа Земцова... Ты бы спросила у Крымова про своего Павла Андреевича, он о нем еще больше знает.

— А что он знает?

— Что его пытались поймать на взятке, да кое-кто сильно обжегся. Он большая умница, не дал себя поймать, потому как взяток не берет... Он и так имеет все, поскольку тесно сотрудничает с директорским корпусом, я имею в виду вполне конкретных людей, которые буквально питаются его идеями... Поэтому меня раздражает, когда я слышу вокруг себя, что, мол, мы связаны по рукам и ногам, нам не дают работать, негде развернуться... Все это чушь собачья... Были бы мозги...

— Послушай, но раз он такой хороший, как ты говоришь, тогда почему же ты не советуешь мне с ним встречаться? То, что он не такой, как все, я и сама поняла.

— Все очень просто. Он поработит тебя. Рядом с ним ты сойдешь с ума, свихнешься... Он какой-то странный... С сумасшедшинкой, что ли... Не знаю даже как тебе объяснить...

— А друзья у него есть?

— Есть. Начиная с губернатора... Но дружат с ним в основном из страха... Слишком много в нашем городе связано с именем Ломова...

— А чего его бояться-то? Я не понимаю...

— У него свои принципы работы... Возможно, он таким образом проворачивает свои идеи, что человеку, хотя бы раз с ним связавшемуся, просто невозможно будет потом обходиться без Ломова.

— Полина, ты несешь какие-то несуразности... То есть, говоря проще, Ломов давит на директорский корпус психологически?

— Да нет же... Тут дело сложнее и во многом зависит от того, какое прошлое у руководителя предприятия... Процедура банкротства, списание долгов — вот «золотые» рычаги, которые использует в своей работе Ломов. Он как паук, который оплел весь город... В конечном счете заводы работают, проблема безработицы решается, люди начинают получать деньги, но больше всех будет иметь твой Ломов...

— Но почему? Ведь он только чиновник?

— Ценные бумаги, Юля... Он — держатель основных пакетов акций, он акула, готовая сожрать в любое время то, что плохо лежит, или то, что перестает ему подчиняться...

— А как к этому относится губернатор?

— Ломов ему необходим как воздух...

— ... или как мозг?

— Ну вот ты все поняла... Я тебя, кажется, задержала? — Полина улыбнулась и даже подмигнула Юле: — Но ты должна знать, с кем проводишь ночи...

— Но откуда у тебя такая информация? Ты

что, тоже интересовалась Ломовым как потенциальным любовником?

— Я вообще много чего знаю о местных воротилах... Но все это довольно скучно...

Она снова закрылась, как раковина-беззубка.

* * *

Ломов был недоволен, что его заставили ждать. Но тем приятнее было Юле осознавать, КТО ее ждет, особенно после всего, что она услышала о Павле Андреевиче.

— Извините, что задержалась. Я попыталась сделать себе перевязку, и, по-моему, у меня это довольно-таки неплохо получилось... Вы сердитесь на меня?

— Скажи, — он повернулся к ней, и в бледных бликах салонного освещения она увидела его крупное, с выразительными темными глазами лицо. Мешки под ними показались и вовсе черными, они словно бы являлись продолжением глаз и пугали своими размерами. — Скажи, тебе доставляет удовольствие мучить меня?

— Если вы будете разговаривать со мной в таком духе, то я вернусь домой... Вы не должны забывать, что я женщина, что у меня могут быть свои дела, которые необходимо выполнять без свидетелей... Я переоделась, сделала перевязку, привела себя в порядок, наконец, распихала продукты в холодильнике, выпила анальгин... Что в этом особенного? Вы прекрасно понимаете, что я ранена, что мне нездоровится и что я согласилась поехать с вами только лишь из уважения к вам... Кроме того, я надеялась на вашу реальную помощь.

— Извини... — он положил руку ей на плечо и, склонившись к ней, поцеловал в щеку. — Просто я нервничал... Я подумал, что ты меня обманываешь, что у тебя дома кто-то есть, с кем ты обсуждаешь наши с тобой отношения... Ну что, поедем?

— Конечно, — она тоже клюнула его в щеку. И они поехали.

— Знаешь, ласточка, тебе будут говорить обо мне самые ужасные вещи... Но ты не должна никому верить. У меня достаточно много врагов в этом городе. И не потому, что я такой плохой, просто у меня работа такая... Я выбрал тебя, и мне бы хотелось, чтобы ты теперь выбрала меня.

— Павел Андреевич, я все это уже слышала, только никак не могу взять в толк, зачем я вам? Вы действительно хотите создать семью, чтобы у вас появились дети?

— Разумеется...

— Вам уже за шестьдесят, не кажется ли вам, что как-то поздновато вы решили взяться за ум? Это что же получается, у вас до сих пор нет детей?

— Представь себе, нет...

— Но почему? Вы бесплодны?

— Не думаю... Просто у меня до сегодняшнего дня не складывалась личная жизнь.

— Уверена, что у вас было много женщин... Вы — влиятельный человек, богатый к тому же... Что мешало вам встречаться с женщинами и выбирать среди них потенциальную жену?

— Я и выбирал... Понятное дело, что я не монашествовал, просто мне бы не хотелось говорить с тобой на эту тему...

— А вы, случайно, не гомосексуалист?

— Нет, успокойся. Мне даже показалось, что я смог убедить тебя в том, что способен сделать женщину счастливой...

Юля замолчала, вспомнив все, что произошло между ними в их последнюю встречу. Она уже открыла было рот, чтобы сказать, что вряд ли подобную близость можно назвать счастьем, но вовремя опомнилась и, чтобы не обидеть Ломова, промолчала. А ведь она не забыла о кладбище, о том, что ей пришлось пережить, наблюдая полное бессилие Павла Андреевича, и, наконец, о предложении Ломова заниматься сексом с другим мужчиной в его присутствии.

Глава 20

Всю ночь Юля проспала одна на широкой кровати, а утром, проснувшись, поняла, что видит эту спальню в последний раз. Ломов — увлечение, не больше. А потому с ним необходимо немедленно расстаться, пока они не стали врагами. Мужчины — самолюбивые звери, с ними нельзя вести себя резко. Особенно с Ломовым.

Она встала, подошла, обнаженная, к окну и взглянула на улицу. Шел дождь. Глубокая осень. Глубокая печаль.

Она помнила, как Ломов раздевал ее, как разбинтовывал плечо, осматривал рану, а потом смазывал ее целебным бальзамом и вновь бинтовал, шепча в каком-то неописуемом восторге совершенно бредовые молитвы. Он был восхищен ею. Он был влюблен в нее. Он страдал. Он так и не смог овладеть ею.

Плечо не болело. Юля нашла свою одежду на кресле, оделась и поняла, что не готова к встрече с Ломовым. Она не знала, о чем с ним говорить, что обещать, о чем договариваться. Он захочет ее увидеть снова, но с нее хватит.

Решение бежать из этого дома пришло само. Охотничий домик, нафаршированный чучелами животных, шкурами убитых зверей, ружьями и кинжалами, меньше всего напоминал ей тюрьму, в нем имелись открывающиеся окна и двери... Пройти к выходу, минуя комнату, где спал Павел Андреевич, было невозможно, оставалось одно — выбраться из спальни через окно.

Юля долго открывала его, стараясь не шуметь, чтобы не разбудить спящего в соседней комнате хозяина. Наконец это удалось, и в лицо ей хлынул влажный и холодный воздух, настоянный на ароматах умирающего осеннего леса...

Юля достала блокнот и, черкнув несколько строк, вырвала листок и оставила его на видном месте, после чего с необычайной легкостью взобралась на подоконник и, придерживая полы длинного пальто, спрыгнула на мягкую влажную землю... На ее счастье, окно спальни выходило на лесную дорогу, тогда как окна других комнат были обращены в сад... Ей повезло, она даже не подвернула ногу.

До основной трассы было километра три. От утренней тишины ломило в ушах. Удаляясь от охотничьего домика, Юля лихорадочно соображала, как же могло случиться, что Ломов живет здесь, почти в лесу, совершенно один, без соседей. Кто проводил сюда воду, газ, тянул телефонный и электрические кабели? И почему он выбрал именно это место? И только отойдя примерно на километр и поднявшись на пригорок, она поняла, что более живописного места во всем пригороде, пожалуй, не сыщешь. Хвойный лес, переходящий в березовую рощу, небольшое озеро, отдаленность от трассы... Это было идеальное место для охоты и отдыха.

Она остановила первую попавшуюся машину и попросила подбросить ее до города. Водитель, шестидесятилетний, скромно одетый мужчина, угостил ее мятными конфетами.

— Что, характерами не сошлись?

— Не поняла... О чем это вы?

— С губой-то что?

Она приподнялась и посмотрелась в зеркальце. И ей стало нехорошо. Верхняя губа распухла и покрылась коричневой коркой запекшейся крови, словно ее прокусили... Юля провела по ней языком и ничего не почувствовала, как после анестезии. Что же он с ней такого сделал? Она ничего подобного не помнила. После попытки овладеть ею Ломов нежно, как ей показалось, поцеловал ее и, пожелав спокойной ночи, ушел спать в соседнюю комнату. Неужели он что-то сделал, чтобы она потеряла сознание, отключилась и он мог вытворять с нею все, что угодно?...

Юля достала из сумочки пудреницу и, глядя в встроенное в нее зеркальце, оттянула вниз ворот свитера. От страха у нее засосало под ложечкой. На шее темнели иссиня-бордовые кровоподтеки. Она провела по ним рукой — полное онемение. Что он сделал с ней? И почему она ничего не ощущает? Кажется, он давал ей выпить какой-то целебный чай, который должен был снять боль...

И чай действительно снял боль, Юля напрочь забыла о раненом плече, и ее сразу же потянуло в сон.

«Негодяй, мерзавец!»

Она достала сотовый телефон и позвонила на квартиру Крымову. Но он не брал трубку. После этого позвонила домой Щукиной. Ее тоже не было дома. Не брала трубку и Полина.

— Скажите, наш город не посыпали дустом? — спросила Юля, обращаясь к водителю.

— Что? Дустом? Почему дустом?

— Да потому что все вымерли, как тараканы...

— У тебя деньги-то есть?

Он, этот обычный трудяга-водитель, который наверняка возвращался со своей дачи, чтобы успеть утром на работу, уже обращался к ней на «ты». И это после того, как увидел ее разбитую или искусанную губу. Он принял ее за шлюху, сбежавшую от своего очередного партнера...

— У меня есть деньги, не волнуйтесь, я вам заплачу. Мне бы не хотелось перед вами оправдываться, но мир так тесен, и кто знает, может, мы когда-нибудь еще встретимся. Я просто хочу, чтобы вы знали, что я не та, за кого вы меня принимаете. Думаю, что со мной случилась беда. Я совершенно не чувствую ни своей раны на губе, ничего. Возможно, мне сделали укол, пока я спала. Чувствую только, что теряю силы. Поэтому я вас очень прошу, довезите меня до Абрамовской, где находится наше агентство, даже если я сейчас отключусь.

— А что это за агентство?

Юля с трудом, превозмогая слабость, открыла сумку и достала свое удостоверение. Водитель взял его и быстро пробежал взглядом по фотографии, очевидно, сравнивая ее с лицом своей странной утренней пассажирки.

— Вы частный детектив? Ну хорошо, тогда поехали.. а то еще умрете здесь, чего доброго... — и он прибавил скорость...

Они познакомились. Его звали Александр Петрович.

Когда приехали на место, Юля была уже вся мокрая от пота. Ее трясло. Александр Петрович, перепуганный не на шутку, помог ей выйти из машины, открыл по ее просьбе ключами двери агентства и проводил до приемной. Он несколько раз спросил, надо ли вызвать врача, но она умоляла не делать этого. Она боялась осложнений, боялась Ломова. Никогда в жизни она не чувствовала себя настолько уязвимой. Про обещанные Александру Петровичу деньги она забыла и теперь лежала, скорчившись, на диване в приемной, кутаясь в плед. Посиневшими губами Юля попросила набрать домашний номер Чайкина, который, на ее счастье, всплыл в памяти и снова исчез, растаял в ее сознании.

— Дайте мне трубку... — она снова забыла о существовании сотового телефона.

Александр Петрович принес ей аппарат со стола и сел рядом с ней, поддерживая ее и боясь, что она может упасть с дивана на пол.

— Леша? Я в агентстве... Я не знаю, что со мной... Меня всю трясет, если не приедете с Надей, я умру... Ты меня слышишь?

После разговора с Лешей, который обещал взять такси и примчаться, она вспомнила про Александра Петровича:

— Подайте мне, пожалуйста, сумку.

Она заплатила ему и попросила оставить свой адрес и номер телефона.

— Когда приду в себя, я обязательно найду вас... Возможно, вы спасли мне жизнь...

Она не слышала, что он говорил, ее тело ввинчивалось в какую-то темную, душную дыру, после чего движение прекратилось, и она полетела в пропасть...

* * *

Уже к вечеру Юля перестала бредить. За нею ухаживала Надя.

— А ты, дурочка, думала, что тебя отравили? — она сидела возле Юли и гладила ее руку. — Скажи ему спасибо, что он так быстро поставил тебя на ноги. Он просто ускорил наступление кризиса. Теперь ты быстро пойдешь на поправку.

— Но что это был за чай?

— Лешка говорил название, но я не запомнила... Теперь и рана у тебя затянется быстрее... Ничего страшного, просто тебе надо было хорошенько выспаться, а ты потащилась в дождь... Не представляю, как ты будешь теперь с ним объясняться?

— Да никак... Я ему оставила записку, где черным по белому написала, что мы больше не должны встречаться...

— Вообще-то нормальные люди так не поступают...

— А кто тебе сказал, что я нормальная? Разве нормальный человек ведет себя так, как я? Я — аномалия, и этим все сказано. Вечно влипаю в истории... Эмоций слишком много, они захлестывают меня, не спрашивая позволения. Знаешь, у меня сейчас такая легкость во всем теле.

— Еще бы — так пропотеть!

— Надя, ты видела, что он со мной сделал? Эти жуткие пятна, засосы, укусы...

— Не вижу в этом ничего удивительного. У меня у самой один похожий есть. Что ты паникуешь? Это же такое дело. Ну воспользовался он тем, что ты крепко спала. Не выдержал мужчина, завелся. Тебе же самой это нравилось?

— Но у меня болит губа. Мне стыдно показаться перед людьми.

— Пластырем заклеим, как будто у тебя там герпес. А под свитером вообще ничего не видно.

— У меня дела, мне надо встретиться с Лизой, навестить Ласкиных. А голова пустая, как воздушный шар.

— Это я тебе еще ничего не рассказывала... У нас здесь такие события произошли, хорошо, что ты лежишь...

— Крымов нашел убийцу?

— Нет, убийцу никто не нашел. Но Шубин, кажется, нашел Риту...

— Нашел Риту? — Юля поднялась и села, обхватив пальцами лоб. — Это невероятно... Но где?

— Вернее, почти нашел. Я не так выразилась. Они с тем парнишкой идут по следу Володи Сотникова. Он звонил мне откуда-то, не помню название станции, какой-то километр, есть такие станции, и сказал, что позвонит еще... Теперь мазановы-арсиньевичи. Приходили, интересовались ходом расследования. Крымова нет, я здесь одна, Арсиньевич разговаривал со мной, как с молью...

то есть он меня даже и не видел, голос у него замогильный, тяжелый...

— Надя, говори конкретно!

— Короче, они требовали деньги назад, говорили, что работа не ведется, что произошло самоубийство, и нечего здесь суетиться.

— Наконец-то прорвалось... Я так и знала, что этим все кончится. Вот черт! А ведь я чувствую, что уже где-то совсем близко ходит этот человек...

— Ты снова бредишь?

— Да прекрати ты! Не могу тебе объяснить, но я его ЧУВСТВУЮ. Послушай, но ведь Шубин должен был лететь в Москву?

— Значит, не полетел... Думаю, что он ограничился несколькими звонками в Москву, у него там друзья... Во всяком случае про Москву он мне ни слова не сказал...

— Странно...

— Потом приходила Марта Басс, она тоже говорила про деньги...

— Послушай, а где же все это время был Крымов? Он вообще-то живой?

— Он звонил, спрашивал про тебя...

— А ты ему хотя бы сказала, что из тебя клиенты душу готовы вынуть, только бы вернуть свои деньги?

— А как же... С этого и начала, но он и слышать ничего не хочет. А мне как-то даже страшно стало. Он постоянно про тебя спрашивал. Но и это не все. Вчера вечером Сырцов, помнишь, прокурор, лег в больницу с инфарктом... Его подобрали на улице... А ночью... его убили... неизвестный вошел в палату и прикончил его выстрелом в упор...

Анна Данилова

— Сырцова? Вот это новость так новость! Значит, сначала шантажировали, а потом убили... Отлично! Кто сказал, что мы живем не в Чикаго? В меня стреляли вечером, а в него — ночью...

— Я тут без тебя отправила твою пульку на экспертизу, специально съездила к Норе... Теперь надо ждать результатов... А что, если стрелявший — один и тот же человек? Слушай, может, нам с тобой уволиться к чертовой бабушке?

— Если ты уволишься, то кто тогда будет варить мне кофе и делать бутерброды? Купи себе бронежилет, каску и сиди себе спокойненько в офисе.

— Ты все шутишь?

— А что еще остается делать, когда все рушится? Клиенты требуют назад деньги, прокурора убили в больнице, меня ранили, а могли бы тоже убить, после этого накачали какими-то наркотиками, искусали. Видела бы меня сейчас моя мамочка...

Послышался шум подъезжающей машины.

— Боже, да это же господин Крымов собственной персоной! — Щукина засуетилась, включила кофеварку, метнулась к холодильнику, достала оттуда сыр и ветчину.

В приемную действительно вошел Крымов. Нет, не вошел — ворвался. Увидел Юлю и встал перед ней, широко расставив ноги и сложив руки на груди. Молча уставился на нее.

— Крымов, когда ты последний раз брился? — спросила Юля, отворачиваясь от него, поскольку не в силах была выдержать его взгляд.

— Где ты была вчера ночью? — спросил он жестко, переводя дыхание.

— Может, еще раздеться перед тобой? — ответила она ему в тон.

— Я тебя спрашиваю, я не шучу. Где ты была этой ночью?

— Какой ночью: вчера или сегодня?

— Хорошо. В половине первого ночи.

— В постели. Одна. Еще вопросы будут?

— Но тогда почему я видел тебя входящей в ту самую клинику, где убили Сырцова? Я видел тебя, ты слышишь? Какую игру ты ведешь? За что ты его убила? Не шевелись! — заорал он, когда Юля попыталась натянуть на себя плед. — Устроила здесь лежбище... Изображаешь из себя больную? Щукина, что с ней? У нее несварение желудка?

— Женя, вчера вечером ее ранили, вот здесь, в нашем агентстве... Юля, — повернулась она к Земцовой, — ты извини меня, но я не успела рассказать ему об этом по телефону, он орал на меня, как сумасшедший... Я растерялась...

— Она тебе еще не то расскажет! Не верь ей, она ведет двойную игру... Она нас всех водит за нос... У нее были дела с Сырцовым, она ходила к нему домой, я следил за ней... Два раза, правда, упускал из виду...

— Крымов, ты что, сошел с ума? — Юля попыталась встать, но он снова закричал, чтобы она не шевелилась.

— Где тебя ранили и кто? Чего ты плетешь?

— Женя, в нее стреляли вчера здесь, при мне... разбили окно, я приглашала мастеров, заплатила им двести рублей. Еще я вызывала Лешку Чайкина, он достал из ее плеча пулю и делал ей перевязку... Что с тобой? Ты что, и мне уже не веришь? Так позвони ему и спроси...

— Пусть она покажет мне рану.

— Больше тебе ничего не надо показывать? — Юля едва сдерживалась, чтобы не вскочить и не влепить ему пощечину.

— Надя, ты не верь ей, она работает на Ломова и Сырцова.

— Женя, да успокойся ты! — Надя, испуганная, чуть не плакала, она вжалась в стену и с ужасом смотрела на обезумевшего Крымова.

— Как же я могу успокоиться, если я САМ, ты понимаешь, глупая курица, САМ ЛИЧНО видел, как Земцова входила в больницу.

— А ты-то сам как там оказался? Может, ты его и убил? Это не с его помощью ты приобрел агентство? Где ты взял столько денег, чтобы купить дубовую мебель в свой кабинет, чтобы оплачивать весь свой штат и «нештат», откуда у тебя взялись деньги на покупку огромной квартиры и машины? Это ты убил Сырцова? — Юля встала и теперь, раскрасневшаяся, смотрела ему прямо в лицо. — А может, это вы вдвоем водите всех за нос? Ты и Полина, может, это вы убили Сырцова? Я не была ни в какой больнице и никого не убивала... Я занималась расследованием. Я работала, а вот где тебя черти носили, это еще надо проверить... Я почти весь вчерашний день была с Шубиным, мы были на квартире Соболева... Ты меня с кем-то спутал!

— Но это была точно ты!

— И в чем же «я» была? В этом пальто? — она кивнула в сторону вешалки, на которой висело то самое пальто, в котором она вчера вышла из дома и отправилась в охотничий домик Ломова.

— Нет, ты была в своей кожаной куртке и коричневых брюках, а на шее желтый клетчатый шарф...

— Я не сумасшедшая, чтобы в желтом клетчатом шарфе входить в больницу и убивать прокурора области... Если бы мне понадобилось его убивать, я бы сделала это в другом месте и оделась бы поскромнее... А... — и вдруг она все поняла. — Крымов, скорее, ко мне на квартиру! Мои куртка, шарф и брюки... Там же Полина... Это она надела мою одежду, это ее ты видел. Она же не снимает трубку... Она же актриса, она способна на все... Какая же я дура!

Крымов в растерянности смотрел на Юлю, которая с трудом натягивала на себя пальто. Он не мог решить, кому верить, потому что предположение Юли действительно напоминало правду.

— Женя, очнись, — это уже сказала Надя. — Я думаю, что она права, вам нужно срочно поехать к Полине, хотя ее наверняка там уже нет...

— А я вчера привезла ей фрукты и йогурты. — Юля вернулась к Наде и внимательно посмотрела ей в лицо. — Слушай, я говорю это тебе, потому что Крымов не в своей тарелке. Позвони Корнилову и скажи, что... Вернее, нет, может, это и не Полина... Вот черт, не знаешь, как себя вести! Вернее, я все знаю...

Юля почти выбежала из кабинета, Крымов поплелся вслед за ней.

* * *

— Ее нет...

Они обошли всю квартиру. Полины нигде не было. Ни записки, ничего...

— Ты говоришь, что следил за мной? — Юля

села в кресло и закурила. — Присаживайся, в ногах правды нет... Ты даже не знаешь, где ее сейчас искать...

— Все началось с того, что я никого не послушался и приехал сюда в первый же день, когда она поселилась в твоей квартире... Я ждал, что она начнет куролесить. Она непредсказуемая, невероятная, у нее свои планы... в которые она никого не посвящает.

— Дальше, не отвлекайся.

— Я ходил вокруг дома, смотрел в окна... Боялся, что ты меня заметишь... Но и ты здесь не ночевала... Ты по-прежнему спишь с Ломовым?

— Это тебя не касается. Что было дальше?

— А потом ты приехала. В куртке, позавчера...

— Но я не надевала куртку вообще... Ты увидел Полину, которая откуда-то возвращалась...

— Не знаю, может быть... А потом она, или ты... снова вышла, пошла на автобусную остановку, я следом... Она поехала к дому Сырцова. Она звонила из автомата...

— Крымов, ты совсем потерял голову. Зачем мне было ехать на автобусе, если у меня есть машина, зачем мне было звонить из автомата, если у меня есть сотовый телефон?

— А я знаю? Мне еще Щукина говорила, что ты постоянно забываешь про сотовый. Кроме того, я же видел — это была ты! Светлые волосы уложены на макушке, как вот сейчас у тебя... Фигурка, походка... Стройные ножки...

— У Полины тоже ножки в порядке. Дальше!

— А потом она быстро вошла в подъезд и вышла оттуда минут через двадцать с сумкой...

— А откуда ты знаешь, что это дом Сырцова? Ты что, был знаком с ним?

— Нет, но после того, как господин прокурор стал продавать свои машины, я насторожился...

— Но почему? Ты связал это с убийством Садовниковых?

— Если честно, то нет. Я в первую очередь вспомнил о том, что Сырцов — любовник Полины.

— Это она сама тебе рассказывала?

— Нет, она всегда это отрицала, но я знал, мне сообщили...

— Кто?

— Я не могу тебе сказать, да это и не имеет никакого отношения к делу. Просто я сразу подумал о том, что Сырцова шантажируют... А тут Полина просит спрятать ее... Все сошлось. Но чем бы таким могла Полина шантажировать Сырцова, как не интимными отношениями?

— Ты думаешь, это могло бы сыграть какую-то роль? Мы же не в Москве. Хотя у Сырцова семья...

— Думаю, что факт продажи прокурором своей недвижимости мог бы шокировать его жену не меньше, чем измены супруга. И тогда я подумал, что их связывает нечто большее... Посерьезнее.

— Ты опять отвлекся... Это все рассуждения. Что было потом, после того, как Полина в моей одежде вышла из дома Сырцова? Теперь-то ты понимаешь, что она звонила ему, чтобы проверить, есть кто дома или нет... Скорее всего у нее были ключи от его квартиры, она вошла к нему и взяла сумку... Но вот что было в этой сумке?

— Не знаю. Но навряд ли деньги, может, какие бумаги... Может, он как прокурор был нечист на руку?

— Как это?

— У прокурора огромная власть.

— Я догадываюсь. Ты поехал за Полиной?

— Ну да... Только она снова села в автобус, и я ее потерял... Так и не понял, на какой остановке она вышла, я-то ехал на машине...

— А как ты оказался в больнице?

— Никак. Я вернулся домой и лег спать. А перед этим я звонил Щукиной и расспрашивал про тебя. Она сказала мне, что ты в Поливановке. Я не поверил. Что ты там делала?

— Искала родителей Ирины Сконженко.

— А это еще кто?

— Та самая девочка, которая давала показания против Саши Ласкиной, ее подружка. Она, оказывается, пропала...

И Юля рассказала ему про Сконженко.

— Ты все-таки думаешь, что Рита Басс и Саша Ласкина — жертвы одного и того же насильника?

— Я могу только предполагать и работаю в этом направлении... Причем связующее звено в этом деле — Герман Соболев.

— Так вот, после того, как я выспался у себя дома, я снова поехал к тебе. Но по дороге позвонил Корнилову, он обещал мне кое-что рассказать...

— Так это он тебе рассказал о том, что Полина была любовницей Сырцова?

— Ну он...

— И чего это она от тебя скрывала подобное? Насколько мне известно, ей нравилось шокировать публику своими откровениями...

— Если молчала и отказывалась, значит, на это была причина...

— Разумеется. И что дальше? Что сказал тебе Корнилов?

— То, что Сырцова увезли в клинический городок с инфарктом.

— Надеюсь, ты связал это с сумкой, которую Полина вынесла из его квартиры...

— В доме, кроме Сырцова, живут десятки людей... Но, конечно, я думал прежде всего о твоей связи с Сырцовым...

— Моей?

— Земцова, какая же ты бестолковая, я же думал, что это ты!

— Извини, я забыла, что меня уже записали в преступники. И что же, ты видел, как «я» вышла из своего дома в кожаной курточке и на такси поехала в больницу?

— Откуда ты знаешь, что на такси?

— Но ведь Сырцова убили поздно ночью. Автобусы в моем районе уже не ходят, поэтому Полина, переодевшись в мою одежду, взяла такси и поехала в больницу...

— Нет, она поехала не в больницу...

— А куда же?

— Ко мне... Я ехал следом за ней. Я видел, как Полина поднимается ко мне... Но я же думал, что это ты...

— И что дальше?

— Ничего, меня же дома не было. Я сидел в машине в нескольких метрах от своего подъезда... Я бы удивился, если бы увидел СЕБЯ выходящим из дома...

— Это уже из области сюра. Дальше, — требовала Юля.

— А вот после этого она поехала уже в больницу...

— Но как Полина узнала, что Сырцов там?

— Об этом раструбили по телевизору...

— Все правильно, она целыми днями смотрела телевизор... Услышала, куда именно его отвезли, и поехала к нему — проведать... А ты — за ней?

— Ну конечно! Я видел, как ты вошла... вернее, она вошла в приемный покой... И удивился еще тогда, что ее впустили... Но она вошла не сразу, сначала разговаривала с дежурной через дверь, только я ничего не слышал. А потом ей открыли, и я не удивляюсь — она кого хочешь уговорит.

— Ты видел, как Полина выходила оттуда?

— Нет, я так и не дождался. Я даже уснул, обхватив руль... А проснулся оттого, что послышался шум, вой сирен и все такое... Моя-то машина стояла возле крыльца, меня сразу же вытряхнули из нее, заломили руки, надели наручники... Я ничего не понимал... Весь двор был заполонен милицейскими машинами... И только позже я понял, что произошло — убили прокурора...

— И тебя отпустили?

— Приехал Корнилов...

— И ты ему рассказал про меня?

— Нет, я сказал, что следил за другим человеком...

— Ты врешь, Крымов... Что ты сказал Корнилову?

— Сказал, что следил за Сырцовым...

— Вот это уже больше похоже на правду. Ведь у Сырцова не было никакого инфаркта?

— Не знаю, но думаю, что действительно не было. Так мне, во всяком случае, сказал Корнилов...

— Тогда зачем же ему было прятаться в больнице?

— Да он и не прятался, ведь к нему даже не была приставлена охрана.

— Прокурор области, и без охраны? Разве ему не полагается охрана?

— Ты не поверишь, но он отказался от нее, просто отпустил ребят, и все...

— Но зачем же он ложился в больницу?

— Это самый главный вопрос.

— Тогда я тебе отвечу на него: алиби.

— Алиби?

— Больница — это алиби.

— Юля, тебя понесло...

— И я тебе скажу больше — прикрываясь больницей, он хотел убить Полину. Я же слышала его голос, когда он думал, что разговаривает с ней, а на самом деле разговаривал со мной... Я даже могу вспомнить дословно все то, что он ей наговорил: «Обещаю тебе, сука, достать тебя из-под земли и вырвать твой поганый язык... Ты подразни меня, подразни... Я же все твои кишки на кулак намотаю...»

— Красиво. Это что же она ему такого сделала, что он собирался с ней так расправиться?

— Теперь ты понимаешь, зачем Сырцову было необходимо алиби? Он собирался убить Полину, чтобы она никому ничего не сказала. Она что-то знала.

— Знала и боялась, потому и попросила спрятаться у тебя... Понимая, что Сырцову да и вообще никому в голову не придет искать ее у тебя, ведь вы — соперницы... Уверен, что и Сырцову доложили об этом, поскольку он интересовался делами Полины...

— О чем доложили?

— О том, что она встречается со мной, а я работаю в агентстве и у меня с тобой был роман... Кроме того, Корнилов говорил ему про тебя, про то, что ты ведешь расследование...

— А зачем он ему это сказал?

— А почему бы и нет? Сырцов всегда интересовался нашей деятельностью...

— Он знал, что Корнилов тоже имеет к агентству какое-то отношение?

— Думаю, что да.

— Ты что же, еще и Сырцову приплачивал?

— Я плачу только Корнилову, а уж они там сами разбираются...

— Крымов, и зачем тебе столько сложностей?

— Я и сам не знаю.

— Отмываешь денежки?

Он пожал плечами.

— После того как тебя отпустили, никого не нашли? Я имею в виду Полину, переодетую в мою куртку?

— Нет, она исчезла. Думаю, что она успела выйти из больницы прежде, чем обнаружили мертвого Сырцова...

— Ты проспал ее, Крымов...

— Выходит, проспал... А я ведь был уверен, что это ты... И привязал к этой истории и Ломова...

— А он-то здесь при чем?

— Да ведь он твой любовник, а тут такое дело... Сырцов с Ломовым — бо-ольшие друзья... Думаю, что и Полина была когда-то знакома с

Ломовым, она мне много про него рассказывала... Мучила, понимаешь, вызывая во мне ревность.

— Какую еще ревность?

— Она знала, что мне не по душе то, что ты с
ним встречаешься...

— Тебе не по душе? Но при чем здесь ты?

— А то...

— Тебе было неприятно осознавать, что я могу
принадлежать не только тебе, но и еще кому-нибудь?

— Неприятно. Это же так просто.

— Значит, тебе можно спать со всеми подряд,
а мне нет?

— Не шуми... Соседей разбудишь... — он вдруг
резко поднялся с кресла и подхватив ее за руку,
притянул к себе. Она зажмурилась от боли.

— Крымов, у меня же плечо... — Юля сморщилась и зашипела, едва сдерживаясь, чтобы не
заплакать. — Дурак, в меня же стреляли...

— Вот черт, забыл, извини... У меня в голове
сейчас гвозди — тяжелые и острые... Бедняжечка,
сядь к дяде на колени...

— Пусти, — она вырвалась из его рук и пересела в другое кресло. — Меня могли убить.

— Но кто? Кому понадобилось убивать тебя?
Ты что-нибудь нарыла?

— Не знаю, но просто так бы не стреляли...
Разве что в Надю... Но она была в приемной, а я
в коридоре, я как раз выходила из ванной комнаты, когда в меня выстрелили... Кто-то стоял у
окна и, видимо, ждал, когда откроется дверь...

— И во сколько это было?

— Ты спроси Надю, она тебе поточнее скажет... Вечером, уже стемнело... Но магазины еще работали, может, часов в семь? Она же покупала потом гранаты и красное вино...

— В семь... Как раз в это время или где-то около этого Сырцова привезли с улицы с инфарктом...

— Он что, просто шел по улице, и ему стало плохо?

— Да, он вышел из прокуратуры, как мне сказал Корнилов, просто подышать свежим воздухом.

— Он что же, упал на улице?

— Нет, он успел позвонить в прокуратуру, назвал адрес, где он находится, и попросил срочно приехать за ним.

— Ты, случайно, не знаешь этот адрес?

— Нет.

— А ты позвони Корнилову, может, Сырцову стало плохо на Абрамовской, в метре от нашего окна?...

Крымов покачал головой — только что не покрутил пальцем у виска.

— Да, конечно, станет прокурор области охотиться, так сказать, ВРУЧНУЮ за такой птичкой, как ты? Зачем ему это нужно?

— Вот уж не знаю... Просто одни совпадения.

— Тогда рассказывай, что конкретно тебе удалось раскопать за последние дни... А то я действительно с этой Полиной совсем рассудок потерял... Ты уж извини, что я так, но слаб человек, сама понимаешь...

И Юля, достав блокнот, начала свой отчет. Крымов слушал ее, без конца перебивая и подвергая сомнению любое ее предположение. Особенно его заинтересовала история с Ириной Сконженко. Но больше всего ему, конечно, захотелось побывать в, как он сам выразился, «притоне Соболева».

— Говоришь, там девчоночьи ночные рубашки? Ничего себе, осиное гнездо... Ты хотя бы знаешь, сколько за последние полгода пропало девочек? Семь! Две интернатские, две из приемника-распределителя, остальные — из нормальных семей. И всем им как раз по двенадцать-тринадцать лет... Я это узнавал, чтобы как-то проанализировать ситуацию, потому что Рита Басс могла оказаться в их числе, и, быть может, расследуя одно исчезновение, мы, потянув за ниточку, вышли бы и на Ритин след... Но Корнилов сказал, что девчонки исчезли практически бесследно. И только носовой платок одной из них обнаружили на автобусной остановке как раз возле ее дома... Он был втоптан в грязь...

— Носовой платок? Как странно... И кто же нашел?

— Да отец и нашел. Они жили вдвоем с дочерью. Девочка сказала, что пошла к подружке, и не вернулась. Отец, подождав, пока стемнеет, начал обзванивать всех подруг, знакомых, обошел весь район и уже поздно ночью заметил на остановке носовой платок, в точности такой, какой был у его дочери... Он обратился в милицию, ему там, естественно, отказали, сославшись на то, что прошло всего три или четыре часа, что девочка просто где-то заигралась...

— Обычное дело, такие отказы встречаются сплошь и рядом... Неужели печальный опыт ничему не учит милицию?

Анна Данилова

— Сложно что-то сказать...

— И что произошло потом?

— Ничего. Отец подключил к розыску всех своих знакомых, продал старенький «Москвич» и дал денег Сазонову...

— Сазонову?

— Но девчонку до сих пор не нашли... Такие дела.

— А где находится тот носовой платок?

— В милиции, где же еще...

— А ты бы не смог найти мне адрес отца этой девочки?

— Зачем тебе? У тебя что, времени много, чтобы заниматься бесплатными делами?

— Просто он, возможно, рассказал бы мне что-то такое, что натолкнуло бы меня на верную мысль... Знаешь, как это бывает...

— Занимайся своими делами и не распыляйся... Ты и так на верном пути, раз тебя хотели прихлопнуть...

— Слушай, Крымов, а ты негодяй!.. — вдруг взорвалась Юля. — За все то время, что я тебе докладывала о проделанной работе, ты ни разу не похвалил меня... Знаешь ведь, как я переживаю, какими нервами и здоровьем мне дается вся информация, которую я по крупицам собираю и обрабатываю, и только критикуешь меня... Так бы и заехала тебе в ухо...

— Успеешь еще... У меня вот мысль одна появилась... внезапная... Ты говорила что-то про Гусарову... Что пьет она и все такое... Что личная жизнь у нее на нуле... Давай-ка я займусь ею.

— Каким образом? Ты что, решил заняться

благотворительностью и осчастливить всех опустившихся женщин?

— Я хочу пригласить ее в «притон» трех подонков, убитых ядом.

— Вот это мысль! Мне кажется, что я тебя поняла... Ты хочешь, чтобы она, оказавшись в этой квартире, чем-то выдала себя?

— Ну конечно... Другое дело, как ее туда заманить...

— Думаю, что нет ничего проще... Звонишь ей или приходишь, словом, показываешься ей на глаза, заливаешь полные уши меда, уговариваешь... Думаю, что тебе пяти минут хватит, чтобы уломать ее... А я в это время поеду к Вале Кротовой и постараюсь тоже привезти ее на эту квартиру... Мы с тобой созвонимся, чтобы все совпало, хорошо?

— Думаешь, что и она тоже что-то знает?

— Ну конечно, она сама мне это сказала...

— Тогда давай действуй...

— А что будем делать с Полиной?

— Ничего. Она появится, проявится, засветится... Она слишком яркая, чтобы ходить по улицам незамеченной и никем не узнанной... Я позвоню Корнилову и скажу, что она исчезла...

— Ты думаешь, что уже можно?

— Она сама виновата... Кроме того, за укрывательство нам с тобой может влететь по первое число... Мало того, что она была в квартире Садовниковых в ночь убийства, теперь еще она, кажется, пристрелила Сырцова... При всех моих чувствах к ней я не могу позволить тебе рисковать своей жизнью... Ты не смотри, что я такой веселый, я же все понимаю... Другое дело, что

Анна Данилова

иногда мужчина не принадлежит сам себе... Я же говорю: слаб человек...

— А может, не надо звонить Корнилову? Ты человек импульсивный... может, тебе показалось, что ты видел возле больницы женщину?

— Я вот смотрю на тебя и думаю, а может, это была все-таки ты?

Крымов не шутил. Юля почувствовала кожей холод, который исходил от этих слов... Он действительно и сам НЕ ЗНАЛ, кто же был в больнице и убил Сырцова... Он запутался в своих женщинах, чувствах, обязанностях...

— Ладно, оставим этот разговор... Я никому не буду звонить, ПОКА... разве что Гусаровой...

Глава 21

Крымов ушел. Она взглянула на часы. Десять.

— Добрый вечер, могу я поговорить с Романом Станиславовичем? — Юля звонила в гостиницу «Европа».

Услышав голос администратора, она приободрилась: такие люди, как Роман Станиславович, конечно, отравляют мир, но зато с ними всегда легко и просто можно найти общий язык — достаточно заплатить, и они продадут хоть черта лысого, хоть маму родную...

— Вас беспокоит Юлия Земцова. Чтобы вы меня вспомнили, достаточно...

— Юлия Александровна, я вас отлично помню, — промурлыкал в трубку словоохотливый администратор, и Юля сразу же представила себе, как плотоядно он сглотнул в предвкушении очередного гонорара. — Что вас интересует на этот раз?

— Елизавета Гейко.

— Вас понял, она сейчас находится в своем номере.

— А тот молодой человек, который живет в номере, снятом покойной Садовниковой?..

— Гм?.. Как вы сказали, покойной?..

— Лора Садовникова погибла больше недели тому назад. Разве вы ничего об этом не знали?

— Н-нет... не знал.

— Я вас поняла: номер был оплачен на месяц вперед?

— Приблизительно так.

— Значит, молодой человек по-прежнему живет в этом номере? Как вы думаете, какое отношение он имеет к Гейко?

— Думаю, что самое непосредственное. Практически он у нее и живет.

— Так я и знала. Скажите, если я сейчас подъеду, вы позволите мне вот так поздно пройти к Гейко?

— Смотря что вы собираетесь с ней сделать...

— Все будет очень тихо и пристойно. Мне надо просто переговорить с ней. И звоню я вам, чтобы избежать каких-либо недоразумений.

— Я вас понял. Приезжайте.

И она приехала, вошла в ярко освещенный просторный холл, и первый, кого она увидела, был, конечно, Роман Станиславович. Он подошел к ней и поцеловал руку. «Как в дешевом кино». От него пахло чем-то жареным, из чего Юля сделала вывод, что он только что вернулся из кухни ресторана, где тоже наверняка был своим человеком.

— Добрый вечер...

Юля выдавила из себя улыбку и, не останавливаясь, прошла к лифту. Ей незачем было афишировать свое знакомство с администратором. Роман Станиславович получит свои чаевые или «коньячные», но чуть позже, когда Юля будет возвращаться. И если потребуется, он прождет ее здесь, в холле, не час и не два.

Юля поднялась на третий этаж. Комната 303. Она постучала и почти сразу же услышала далекий женский голос: «Войдите».

Она вошла и увидела закутанную в розовый пеньюар Лизу Гейко с чалмой из банного полотенца на голове и с лицом, густо намазанным жирным желтоватым кремом.

— А, это вы... — протянула Лиза разочарованно и пригласила Юлю в тускло освещенную гостиную. — Проходите...

Она свалила несколько подушек с дивана прямо на ковер и предложила Юле сесть рядом с ней.

— Ну что, у вас есть какие-нибудь новости или вопросы? Ведь не просто так вы пришли ко мне в столь позднее время. Вы извините, что я в таком виде, но вы сами виноваты, что не предупредили меня о своем визите.

— Лиза, к чему все эти церемонии? Вы и так прекрасно знаете, зачем я к вам пришла... — Юля изо всех сил старалась держаться и говорить твердым голосом, и судя по тому, какой взгляд бросила на нее перепуганная Лиза, ей это как будто удавалось. — Кто этот молодой человек, который проводил с вами вечера или даже ночи... Скажите, он имеет какое-нибудь отношение к Лоре?

— Если вы говорите о нашем соседе по этажу, то нас связывал только покер.

— Если вас связывал только покер, почему тогда этот парень живет в номере, оформленном на имя Лоры? Что все это значит?

— Когда мы с ним познакомились, у него не было при себе документов, и Лора записала номер на свое имя. В конце концов, это было ее право...

— Они были любовниками?

— У Лоры не было никаких любовников! — заносчиво и даже со злостью в голосе произнесла Лиза и принялась машинально счищать остатки крема с лица носовым платочком, извлеченным из кармана ее пеньюара. Уже через минуту она превратилась из бледной мумии в прежнюю Лизу Гейко-Казарину.

— Тогда, быть может, это ВАШ любовник?

— Он просто мальчик, который живет по соседству. Очень милый и приятный в общении.

— А почему у него нет документов?

— О, это его личное дело... Он вполне состоятелен, и если у него нет паспорта, это еще ни о чем не говорит...

— Скажите, почему в ночь убийства, с 27 на 28 сентября, Лора не осталась с вами, хотя явно намеревалась переночевать именно здесь, о чем и сообщила мужу, который, решив воспользоваться этим обстоятельством, пригласил к себе любовницу... Что случилось между вами и Лорой? Вы поссорились?

— Напротив. У нас все было хорошо. Мы поужинали втроем: я, она и наш молодой сосед, после чего она решила немного прогуляться по городу. Матвей предложил сопровождать ее, и она согласилась. Они ушли, а примерно через полчаса Лора позвонила мне с улицы и заявила, что поедет ночевать домой. Если честно, то я тогда сказала ей, что она поступает опрометчиво, что их отношения с Сергеем и без того накалены, что не надо провоцировать его...

— Провоцировать? На что?

— Понимаете, я чувствовала, что Полина находится там. Сергей был слабым человеком, он не мог без чьей-либо поддержки справляться со своим горем или одиночеством. Они с Лорой начали отдаляться друг от друга, но тот факт, что они оба были в какой-то мере сентиментальны, не позволял им разбежаться раз и навсегда. Думаю, что они и после развода продолжали бы встречаться.

— Тогда, может, им и не следовало расходиться? Может, это у них судьба была такая — жить на некотором расстоянии и по-прежнему любить друг друга? Знаете, такое иногда случается...

— Если бы у вас была такая сестра, как Лора, вы поступили бы точно так, как я...

— Что вы имеете в виду?

— А то, что я не могла спокойно смотреть, как Сергей изменяет ей со всеми подряд. Он пользовался ее добротой.

— Но откуда у вас такая уверенность, что Лора сама не изменяла ему... хотя бы даже с вашим Матвеем? Ведь его так зовут? — Юля кивнула в сторону двери, за которой всего в нескольких метрах от них находился номер «молодого соседа».

— Я знаю, что говорю.

— А я тоже знаю, что вы были просто ослеплены своей сестрой, как, впрочем, и все окружающие вас люди... Вы заидеализировали Лору, вознесли до небес, а она была обыкновенной, живой женщиной, которой не чужды были вполне естественные желания и чувства... Она тоже имела право на личную жизнь. Быть может, зная о том, на каком она счету у своих подруг и сестры, она страдала... Вам это не приходило в голову? Мне рассказывали, как Лора ходила с Соней по ресторанам, «играла» в другую жизнь... Неудачный брак, разочарование, одиночество — все это могло толкнуть Лору в объятия Матвея, и это естественно. И почему она должна была вам обо всем докладывать?

Но Лиза отвернулась и ничего не ответила. Она твердо стояла на своем. Она не хотела разрушать миф об идеальной сестре Лоре, тем более покойной.

— Извините, я не должна была так резко разговаривать с вами... Простите меня Бога ради.

Юля поднялась с дивана и некоторое время стояла в нерешительности, не зная, что ей еще говорить или делать.

— Как вы думаете, ОН уже спит? Будет удобно разбудить его?

— Матвея? — Лиза вскинула брови. — Не думаю, что он вам что-нибудь скажет. И вообще... вы меня разочаровали. Я-то думала, что вы уже что-нибудь нашли.

— Я действительно много чего нашла, но сказать точно, кто убийца, пока еще не могу...

— Скажите честно, вы подозреваете всех ее подруг разом? Так? — Лиза усмехнулась и подошла вплотную к Юле. — Ну что вы молчите? Ведь я угадала?

— Да, вы угадали. Но еще я подозреваю ВАС, Лиза. Потому что вам, как это ни странно, была выгодна смерть вашей сестры. Двойное убийство — и вы богаты. Вы ОЧЕНЬ богаты.

— Но меня не было в ту ночь в квартире Лоры, вот в чем все дело. Понимаете, НЕ БЫЛО! И Матвей ночевал здесь, у него полное алиби. После того как Матвей вернулся с прогулки, проводив Лору домой, мы с ним почти до утра играли в шахматы. В гостинице многие могут подтвердить это. У вас есть ко мне еще какие-нибудь вопросы?

— Вы не знаете, почему у Лоры не было наличных денег? Кажется, она всегда страдала из-за этого.

— Меня об этом уже спрашивали. Откуда мне знать, почему Серж не давал ей денег? Он считал, что у нее и так все есть. Ее счастье, что он не знал, сколько у нее украшений и нарядов... А так, она имела возможность их продавать.

— Ей нужны были деньги на поездки в Питер?

— А что ей было делать в Питере?

— Навещать вас, да мало ли...

— Не скрою, она несколько раз приезжала ко мне, но я сама оплачивала ей проезд. А что касается наличных, то они нужны всегда. Хотя бы для ощущения свободы, которого ей так не хватало...

Юля простилась с Лизой и вышла из номера

подавленной: она не узнала ничего нового. Абсолютно. Холостой поход. Она постучала в соседний номер. Но там ей никто не ответил.

— Матвей, вы спите? — спросила она неуверенным голосом и вся съежилась, не представляя себе, о чем она может говорить с этим красивым плейбоем.

Она услышала шаги. Дверь распахнулась, и она увидела Матвея. Почти голого, с растрепанными волосами и заспанным, но от этого еще более красивым лицом.

— Кто вы? — спросил он раздраженно.

— Мне надо с вами поговорить. Меня зовут Юлия Земцова, я занимаюсь поисками убийцы вашей приятельницы, Лоры Садовниковой.

Он молча впустил ее к номер. Ушел, вернулся уже одетый и сел в кресло, предложив Юле выпить. Она приняла из его рук бокал с вином и подумала, что плесни он ей туда яду, она бы все равно выпила. Конечно, Лора была его любовницей. И теперь он тоскует по ней, страдает...

— Вы не могли бы рассказать мне, как прошла ваша последняя прогулка с Лорой? Ведь вы проводили ее до самого дома?

— Вы от Лизы? — догадался он. — Это она вам рассказала?

— Конечно, кто же еще?

— Мы просто гуляли... А потом Лора сказала, что не может вот так поступить с Сергеем, она приняла решение совершенно неожиданно... Я постоянно думаю об этом... Понимаете, то, что их УБИЛИ, это совершенно определенно, но ведь убийца НЕ МОГ ЗНАТЬ, что в квартире будет и

Лора... Стало быть, убить собирались одного Сергея, а она оказалась в спальне случайно.

Он плакал. По-видимому, Лора была очень дорога ему. Юля подумала, что сюжет мог быть и другим, не таким, каким его представляли Матвей с Лизой. Что, если предположить, будто Матвей все же любовник Лизы и они решили убить богатую сестричку Лору с мужем, чтобы присвоить себе их деньги. Тогда Матвей мог войти в дом ВМЕСТЕ с Лорой. По ее ли инициативе, по его ли... А что, если в ту ночь именно Сергей НЕ ДОЛЖЕН БЫЛ НОЧЕВАТЬ ДОМА? Почему никто не подумал об этом? И Лора, соблазненная Матвеем, не подозревая, что он является любовником ее сестры, привела его к себе домой, зная, что Сергей в это время ночует у Полины. И вдруг в самый неподходящий момент в квартиру входит Сергей, Матвей успевает спрятаться... Сергей, ничего не замечая, проходит к себе, видит Лору, раздевается и ложится с нею. И в это время их убивает Матвей... А то, что в квартире не осталось отпечатков его пальцев, — разве о чем-нибудь говорит? Он мог надеть перчатки, а пистолет взять из письменного стола Сергея... Но тогда как же отнестись к свидетельству Полины? Да и была ли она там в ту ночь? А если и была, то в какое время? Ведь она могла лежать в постели с Садовниковым еще днем и оставить там свое белье и волосы. Но тогда как же она оказалась под столом и вымазалась в крови? А что, если она вошла в квартиру ПОЗЖЕ Матвея? Зашла в спальню, увидела трупы... Матвей в это время мог мыть руки в ванной... Услышав плеск воды, Полина могла испугаться и забраться под стол... А что, если Матвей действовал заодно с Полиной?

Прокручивая все это в мозгу, Юля пила вино и смотрела на Матвея. Глядя на его прекрасное лицо, она вдруг поняла, что уже никогда не сможет лечь в постель с Ломовым... Зачем дарить свою молодость старому горбуну, пусть даже и с золотыми мозгами, когда на свете существует такое чудо, как Матвей... Молодой красивый мужчина. Пусть даже она никогда не получит его любовь, но хотя бы будет знать, что такая совершенная красота существует и что надо просто ждать, искать, надеяться... Юля вспомнила свой утренний побег из охотничьего домика и даже зауважала себя за столь дерзкий и решительный поступок. Конечно, она еще извинится перед Ломовым, это уж обязательно, но и избавится от его домоганий.

— Значит, вы считаете, что их убийство связано лишь с Сергеем?

— Я просто уверен в этом...

— Скажите, Матвей, я слышала, что вы здесь устраивали вечеринки... оргии даже... Лора была вашей любовницей?

— Это не имеет никакого значения. Какими бы ни были наши отношения, что бы нас ни связывало, Лору убили СЛУЧАЙНО... Поэтому не тратьте время и ищите убийцу среди «друзей» Сергея... Кому это было выгодно? Кому он помешал, встал поперек дороги? Поверьте мне, позже, когда все прояснится и вы найдете этого негодяя, вы вспомните мои слова... И не надо копаться в чужом белье, разве что в белье Сергея... Он был негодяем и обманывал Лору... А она... она хотела начать новую жизнь...

— Уж не с вами ли?

— Может быть, и так...

* * *

Пухлая ладошка Романа Станисловича смяла зеленую купюру. Юля покидала гостиницу психологически раздавленная, уничтоженная собственными сомнениями.

* * *

Была ночь, Юля возвращалась домой. Остановившись возле светофора приблизительно в двух кварталах от своего дома, она увидела стоящего на тротуаре человека. Его лицо показалось ей настолько знакомым, что она, даже после того, как загорелся зеленый свет, не могла тронуться с места. Ей почудилось, что и человек узнал ее, потому что он, резко развернувшись, выбросил сигарету, которую курил, и быстрыми шагами пошел в противоположную сторону. Юля открыла дверцу и, не обращая внимания на то, что водитель стоящей сзади машины сигналил ей, поскольку она сдерживала движение, окликнула человека... И вдруг он побежал. Да так быстро, что развевающиеся полы его плаща напомнили ей крылья гигантской летучей мыши... Казалось, что он сейчас взлетит в воздух... Но он исчез, растворился в темноте.

Юля вернулась в машину и потрогала лоб: он горел. Неужели ее стали посещать призраки? Сколько можно!

Она подъехала к дому, вышла из машины и, включив противоугонное устройство, открыла дверь подъезда. И сразу же почувствовала знакомый аромат духов. ТОТ САМЫЙ. С каждой ступенькой он становился все явственнее и явственнее.. Словно ОНА стояла и поджидала ее там, наверху, у ее квартиры...

Это произошло всего несколько минут назад... Потому что тело распростертой на полу женщины было еще теплым. Юля дрожащей рукой дотронулась до ее бледной щеки и ощутила шелковистость кожи... Кто же она, эта женщина в черном костюме, которая так и не дошла до ее квартиры? Кто она, эта несуществующая женщина, которую пытались убить несколько раз, пока, наконец, не убили? Светлые прямые волосы теперь были залиты густой алой кровью, жирно поблескивающей в тусклом свете лампочки, освещающей лестничную площадку. Белая блузка тоже напиталась кровью, черная узкая юбка слегка задралась, оголив затянутые в прозрачный шелк колени... Лора Садовникова? Женщина с двойным дном? На ней был темно-зеленый плащ и черные перчатки. Большая дорожная сумка такого же зеленого оттенка, что и плащ, была выпотрошена... Часть вещей вывалилась рядом с телом, это были какие-то шарфики, чулки, трусики... Но, очевидно, не было самого главного... Денег? Документов? Писем?

Лору Садовникову убили зверским образом: ей перерезали горло. Не пристрелили, как тогда, в ПЕРВЫЙ И ВТОРОЙ раз, а зарезали, как животное, принесенное в жертву... Так же, как был убит Изотов?

Она что же, не кричала, когда убийца, появившись перед ней, достал свое страшное оружие? Почему она не подняла шум, чтобы привлечь внимание соседей? Или она сознательно промолчала, понимая, что заслужила такой страшный конец?

Юля, облокотившись о перила, стояла, закрыв руками лицо, и пыталась взять себя в руки. Опять Лора, и снова труп — не слишком ли много за последнюю неделю? Так недолго и сойти с ума.

Она отняла пальцы от глаз — видение не исчезло. Женщина по-прежнему лежала на цементном полу... Глаза ее были закрыты.

Юля обошла убитую и трясущимися руками открыла свою дверь. Она бы не удивилась, если бы увидела перед собой того СТРАШНОГО человека, которого только что встретила на улице... Но его не существовало. Она это знала. Как знала и то, что стоит ей сейчас выйти из квартиры, и выяснится, что лестничная площадка пуста, что на полу никого нет... И только слабый запах духов напомнит ей о призраке.

Она вошла в квартиру и закрыла за собой дверь. Но потом снова открыла дверь — женщина с перерезанным горлом словно ждала, когда же ее, наконец, начнут воспринимать всерьез. И тогда Юля, не закрывая двери, протянула руку и, схватив со столика в прихожей телефонный аппарат, начисто позабыв о существовании сотового телефона, набрала домашний номер Крымова... Но его не было дома. Должно быть, ему все же удалось соблазнить Гусарову и повести ее в соболевский притон. Надя? И у нее телефон молчал.

Оставался Шубин. Если и его не окажется, ей придется звонить в милицию.

Когда после пяти длинных гудков раздался голос автоответчика, говорившего голосом Шубина, Юля от досады чуть не заплакала. Но тут послышался характерный щелчок, затем она услышала:

— Кто это?

— Шубин, это ты?

— Юля? Слава Богу... Я уже и не знал, где тебя искать... Я только что от тебя...

— От меня? Ты что, был ЗДЕСЬ?

— Ну да... Ты откуда звонишь?

— Из дома... Игорь, у меня на лестничной площадке на полу лежит женщина... Она как две капли воды похожа на Лору Садовникову... Она мертва, Игорь... — Юля уже рыдала в трубку. — Ей перерезали горло... Что мне делать? Я звоню тебе, а дверь у меня открыта, чтобы это привидение не исчезло... Я так больше не могу... Мне страшно...

— Ничего не предпринимай. Запрись и жди меня. Я приеду, ты посмотришь в «глазок» и только после этого впустишь меня, договорились?

— Да, я тебя жду.

Ей казалось, что прошла целая вечность. Шубин не летел, а полз к ней по городу, как самая старая и обессилевшая черепаха. И когда наконец раздался звонок, Юля, сидевшая все это время неподвижно на пуфе в прихожей, вздрогнула так, что чуть не свалилась с него на пол.. Встала, дрожа всем телом, и подошла к двери. Посмотрела в «глазок». Шубин с искаженным, расплывающимся лицом смотрел на нее... «А вдруг это он убил Лору? Ведь он же сам сказал, что недавно был здесь...»

Но она все равно открыла. За Шубиным лежала Лора. Значит, это был не призрак.

— Какую лютую смерть она приняла... — сказал Игорь, обнимая Юлю, словно на месте Лоры должна была оказаться она сама. Он бережно прижимал Юлю к себе и целовал в волосы, щеки... — С тобой все в порядке?

— Я все ждала, что она исчезнет, а она не исчезла... Кто это? И как могла она здесь оказаться, если ее уже давно похоронили?

— Бедняжка... Ты так ничего и не поняла? Пойдем, я тебе покажу кое-что... Смотри...

Игорь вышел на лестничную площадку и, присев возле трупа, пальцем подцепил белую прядь с головы покойницы... Произошло какое-то движение, волосы словно сместились, и под белыми волосами показался ярко-оранжевый локон...

— Полина?!

— Ну конечно... Она зачем-то вернулась к тебе, наверно, хотела тебя поблагодарить за все, что ты для нее сделала... А тебя не оказалось дома... Похоже, у нее в сумке было что-то такое, за что ее и убили...

Игорь говорил это таким обыденным тоном, что Юля начала понемногу успокаиваться. Ну труп, ну Полина, дальше-то что? Это ее работа, и не стоит так паниковать.

— Что будем делать?

— Звонить Крымову.

Она объяснила, что его нет дома.

— Тогда позвоним Сазонову или сразу Корнилову...

— А может, осмотрим ее сумку? — неуверенно предложила Юля. — Вдруг да отыщем что-нибудь интересное?

— Может, немного выпьешь?..

— Да уж, не помешало бы...

Игорь принес из кухни бутылку коньяку, и они отпили по очереди прямо из горлышка. Затем еще немного.

— Преимущество двойных дверей. Соседи спят себе и в ус не дуют, а прямо у них под носом убивают человека, — сказал Шубин, оглядывая лестничную площадку.

Юля между тем опустилась на корточки рядом с телом и, едва дыша, запустила пальцы в карман черного шерстяного жакета. Выудив оттуда носовой платок, она положила его в предварительно приготовленный ею полиэтиленовый пакет. Затем проделала то же самое с найденными на дне сумки духами «Рококо», губной помадой, стянутыми с рук покойницы перчатками, ключами...

— Возьми парик.

— Но он в крови.

— Это не важно, поищи новый пакет... Это мы с тобой знаем, что Полина время от времени превращалась в Лору, а другим это знать необязательно... Я даже понял, зачем она это делала...

— И зачем же?

— Да просто так, чтобы попугать тебя... Она же самая настоящая извращенка. Ее хлебом не корми, дай покуражиться, помистифицировать...

— Это да, но ты забываешь, что она находилась в розыске и не могла показываться на улице в своем естественном виде...

— Тем более... Я только одного не могу понять: как ты умудрилась принять ее за Лору Садовникову, когда она на нее совсем непохожа?

— Не знаю... Наверно, дело не в чертах лица, хотя они довольно схожи, а в том образе, который создавала благодаря своему таланту Полина... Понимаешь, она же ее хорошо знала, она могла ИЗОБРАЗИТЬ Лору, начиная от мимики, манеры разговаривать, голоса и кончая походкой и движениями.

— Не надо забывать, что ты видела Лору ЖИВОЙ всего один раз, когда она пришла в агентство... В морге ты видела уже ее останки... Да и запомнились тебе, пожалуй, только белые волосы... А если к этому прибавить, что обе женщины были приблизительно одного роста и возраста, обе стройные и красивые, то сбить тебя с толку не составляло никакого труда... Вот если бы ЭТУ Лору увидел Крымов, он сразу же распознал бы в ней Полину...

— А ты знаешь, ЕЕ видела и наша Надя... Можешь у нее спросить, она расскажет тебе, что однажды ночью, когда у нее не состоялось свидание с Чайкиным, она поехала ко мне и встретила «Лору» возле моего дома... Надя еще сказала, что ЛОРА шла прямо навстречу ей в светлом развевающемся плаще с горящими глазами или что-то в этом духе... Я теперь понимаю, что это была Полина, которая вышла в таком виде из моей квартиры и поехала по своим делам... Быть может, даже к... Сырцову...

— Послушай... мне кажется, что я все понял...

К нам в агентство приходила не настоящая Лора Садовникова, а Полина... Вот поэтому-то ты и принимала потом Полину за Лору, потому что настоящую Лору ты видела только мертвой.

— Но зачем это было нужно Полине?

— А вот это уже другой вопрос...

Во время разговора Юля, несмотря на подкатившую тошноту, сняла с головы убитой окровавленный парик и положила его в пакет. Вот теперь она точно видела перед собой мертвую Полину Пескову.

— Ну что, звони Корнилову... Только что я ему скажу, если он спросит меня, почему Полину зарезали именно у моей двери?

— А ты ему ничего не обязана отвечать: это он пусть у Полины теперь спрашивает, что ей понадобилось делать в твоем подъезде. Так-то вот. Если ты боишься, что станет известно, что ты прятала ее у себя, так это напрасно... Никто ничего не узнает.

— А Крымов? Ведь он с ума сойдет, когда услышит, что она погибла... Подумает еще, что это дело моих рук.

* * *

Шубин остался ночевать у нее. Они допили вино, помянув Полину, съели предназначавшиеся ей груши и виноград и легли спать в разных комнатах. Но перед этим он успел рассказать ей, что его знакомый паренек, который пас Володю Сотникова, кажется, напал на след Риты. Но в последний момент он упустил Володю — тот сел на электричку и больше его уже никто не видел. К розыску подключились и родителя Володи.

Они обещали позвонить Игорю в город, если найдут его.

Утром Шубин разбудил Юлю и сказал, что ее хочет видеть Корнилов.

— Привет, красавица... — Корнилов заслонил собой все пространство за проемом двери, не говоря уже о коренастом Шубине.

— Вы что, не могли подождать, когда я переоденусь? Я же в пижаме...

Юля подумала, что ее пришли арестовывать.

— Говорят, ты ночью нашла у себя под дверью мертвую девушку? — он шумно уселся на стул.

— Если вы хотите меня спросить об этом, то отвечу сразу: я ничего не знаю. Уж не меня ли вы подозреваете в убийстве?

— Да нет, успокойся... Просто хотелось бы порасспросить поподробнее... Ты когда видела Крымова в последний раз?

— Вчера. А что?

— Во сколько?

— Не помню. Мы поговорили с ним и разъехались в разные стороны.

— Значит, время не помнишь? Да быть такого не может, ты внимательная девушка, все помнишь, да только говорить почему-то не хочешь. Ведь убитая была близко знакома с Крымовым, так?

— Не знаю.

— Понятно. А ты знаешь, что на лестнице, на той самой, где убили Полину, нашли отпечатки его башмаков?

— На них что, был его экслибрис? — усмехнулась Юля, натягивая на себя халат и усаживаясь поудобнее на кровати.

— Нет, но эти отпечатки мы заливали гипсом сначала возле больницы в клиническом городке, как раз возле того корпуса, где убили Сырцова, а потом наш эксперт нашел точно такие же на сырой земле возле подъезда твоего дома, а потом уже их обнаружили и возле трупа Песковой. Так что твой дружок и шеф наследил будь здоров! Мы сверили отпечатки — это действительно Женька. Вот я и подумал, что ты должна что-то знать...

— Но я ничего не знаю, кроме того, что он следил за Сырцовым, когда узнал, что тот распродает свое имущество. Он подозревал, что Сырцов лег в больницу не из-за инфаркта, а по другой причине...

— И по какой же? Может, он прятался, скажешь?

— Он отпустил охрану, и вам это хорошо известно. А вот зачем ему было симулировать инфаркт, еще предстоит выяснить. Возможно, он хотел обеспечить себе алиби...

— Какое еще алиби, ты что, в самом деле, заработалась? Зачем еще алиби прокурору?

— А затем, что как раз в то время, когда его подобрали на улице якобы с инфарктом, в меня стреляли... — она расстегнула пижамную кофточку и показала перебинтованное плечо. — Меня, слава тебе Господи, только ранили, но ведь могли и убить... Я понимаю, конечно, что все это звучит нелепо, я и сама не могу объяснить, почему я связываю Сырцова с покушением на собственную жизнь, но ведь вы и сами знаете, что Сырцов замешан в убийстве Садовниковых, как замешана была в нем и Полина Пескова... Вы же сами говорили мне о том, что Сырцов просил вас достать

Полину из-под земли... А я слышала, как господин прокурор разговаривал с ней по телефону и обещал намотать ее кишки на свой кулак... Похоже, она ему сильно насолила... И будь Сырцов сейчас жив, я бы в первую очередь в убийстве Полины заподозрила его... Она его чем-то шантажировала, разве непонятно? Скажу больше, я нарочно говорю вам все это, чтобы в случае, если на меня будут покушаться еще раз, я и мои друзья уже знали, что и вы по уши в дерьме...

Стало тихо. Корнилов смотрел на нее, вытаращив глаза. За его спиной переминался с ноги на ногу Шубин. И хотя Юля не видела Игоря, она ощущала его присутствие и чувствовала, что в эту минуту он С НЕЮ. Что он поддерживает ее. Что она права.

— Где Крымов? — вздохнул Корнилов и поднялся со стула. — Скажешь или нет?

— Если Крымов и был здесь, то только ДО убийства... Он был у меня, и мы разговаривали с ним.

— Но почему же тогда его подошвы в крови? В крови Песковой?

— Я не думаю, что у вас уже готовы результаты экспертизы на этот счет... Вы блефуете. В крови? У Полины тоже туфли были в крови, но ведь не в человеческой.

— Где Крымов, ты скажешь или нет?! — уже гремел на всю квартиру Корнилов.

— Нет, не скажу. Но он не убивал Полину. Он любил ее. И даже ревнуя ее ко всем мужчинам на свете, он никогда бы не поднял на нее руку... Она была слишком красива для этого.

Корнилов ушел, а Юля, заперев дверь, принялась шарить в квартире в поисках той самой одежды, в которой находилась Полина, когда, выдавая себя за нее, отправилась убивать Сырцова.

Шубин следил за ее движениями и шараханьем из одного угла в другой, а потом взял ее за руку и усадил на стул.

— Что с тобой? Что ты ищешь?

— Желтый шарф. Кожаную куртку. А что, если Крымов здесь действительно был, увидел мертвую Полину и, открыв ее сумку, нашел в ней МОЮ одежду? Что бы ты сделал на его месте?

— Уничтожил ее.

— Правильно. Молодец. Если бы милиция нашла мою одежду, то Корнилов бы сейчас со мной не церемонился, а просто арестовал по подозрению в убийстве не Полины уже, а прокурора области Сырцова... И где бы ты стал уничтожать мою одежду?

— А почему обязательно уничтожать? Он мог ее спрятать где-нибудь поблизости...

— Скажи еще, в мусорном контейнере...

— А почему бы и нет?

— Да потому, что он вроде бы спасал меня, поэтому мою одежду, в которой я якобы убила Сырцова, наверняка отнес как можно дальше от моего дома... Думаю, что он побежал или поехал на набережную и бросил ее с моста в воду... Я лично поступила бы именно так.

— Но почему он тогда не позвонил тебе по сотовому и не предупредил ни о чем?

— Не знаю... Видимо, очень спешил. Но ведь мы с тобой все это придумали, а как было на самом деле, никто, кроме Крымова, не знает... Но в любом случае я успокоюсь только тогда, когда буду уверена в том, что моя одежда уничтожена. А теперь мне надо отправляться за Кротовой. Думаю, что квартира Соболева уже освободилась...

— А я позвоню в Москву и потом поеду за Володей Сотниковым... Жди моего звонка.

* * *

— Вы нашли Риту?

Они разговаривали в комнате Вали. Она была дома одна. Все самые крупные прыщи девочка тщательно замазала ярко-розовой крем-пудрой и теперь лицо ее напоминало мухомор наоборот.

— А ты хочешь, чтобы мы нашли Риту?

Она молчала. И Юля едва сдерживалась, чтобы не ударить по этому неприятному лицу, до того Кротова казалась ей отвратительной, лживой и лицемерной.

— Мы нашли ее... Ты довольна?

Другая бы на ее месте спросила, почему с ней так разговаривают, что она такого сделала... Но только не Валя Кротова. А это означало, что она ВСЕ ЗНАЛА.

— Я только не уверена, что это Рита... Ты должна ее опознать...

— А что, другие не могут? Мама ее, например...

— Ты пойдешь со мной. Ты, и только ты. Одевайся.

Она молча надела кофту и вышла в прихожую. Юля наблюдала, как Валя снимает с вешалки пальто, черно-белое, в клетку, как, не торопясь, сопя, надевает его, как накидывает на голову капюшон, обувает черные ботинки.

— Ты готова?

В ответ лишь колючий взгляд из-под капюшона.

— Пристегнись, — приказала Юля, когда они оказались уже в машине. — Не хватало мне только платить из-за тебя штраф...

Пошел дождь, Юля включила «дворники». Музыку включать было нельзя — не по правилам. Они изводили друг друга тишиной, молчанием, слушанием скрипящих «дворников» да шума ветра и дождя за окнами...

Сквер Победы мок под дождем. Машина свернула в маленький переулок и остановилась возле «сталинки». Валя Кротова сидела без движения.

— Выходи, приехали... — Юля вышла из машины и обошла ее, чтобы в случае, если Валя надумает бежать, успеть задержать девочку. Она открыла дверцу, приглашая Кротову выйти.

Валя, низко опустив голову, скрытую капюшоном, шла рядом с Юлей, словно уже знала, куда идти. Юля даже замедлила ход, чтобы понять, действительно ли Валя знает о существовании этой квартиры или это ей только кажется, и девочка просто идет прямо. Но предчувствие не обмануло Юлю: Валя уверенно вошла в ТОТ САМЫЙ подъезд и не оглядываясь поднялась на третий этаж. Остановилась напротив ТОЙ САМОЙ квартиры.

— Ты уже была здесь? — волнуясь, спросила Юля, пытаясь заглянуть под капюшон.

Валя молчала. И тогда Юля поняла, что совершила ошибку. Что они станут делать здесь без ключа? Как войдут в квартиру?

И тут Валя постучала. Но не обычно, а выстукивая характерный ритмический рисунок: та-та-тата-та.

И дверь сразу же открылась. Но не сама. Ее открыл Крымов.

Глава 22

— Ну заходи, Валя Кротова, — сказал он, беря ее за руку и почти втаскивая в квартиру.

Следом вошла Юля. Кажется, все шло так, как было задумано.

— Сюда, — Крымов снял с головы девочки капюшон и повел в гостиную. — Ты готова?

Валя кивнула. Юля посмотрела на нее сбоку и успела увидеть огромные, расширенные от ужаса глаза. Валя словно находилась под действием гипноза. Она была в шоке.

В гостиной на диване лежало тело, накрытое простыней.

Валя бросилась бежать из комнаты, Крымов едва удержал ее.

— Выпустите меня отсюда, я ничего не знаю... Это все они, они сами... — у нее началась истерика. Но после того, как Крымов влепил ей пощечину, истерика сразу же прекратилась.

— Садись. Юля, дай ей воды...

Валя, икая, пила воду. Зубы ее стучали о края стакана.

— Откуда ты узнала об этой квартире? — спрашивала ее Юля.

— Они ходили сюда: Сашка и Ирка. Я следила за ними. У них были деньги, а у меня не было.

— Сашка? Ласкина? А Ира, кто такая эта Ира?

— Сконженко, подружка Сашки.

— А потом они пригласили тебя?

— Не они пригласили, а Гера. Он ехал на машине, а в машине были Сашка с Иркой. Они пригласили меня в гости. И мы приехали сюда.

— Кто здесь был?

— Всегда Гера и два его друга, Алик и еще один... Андрей, вот, вспомнила... Но вообще-то мы не называли друг друга по именам.

— И все?

— Нет. Были еще мужчины, разные.

— Чем вы занимались?

— Я сначала только смотрела, а потом была с Герой... Я начала приходить сюда каждый день после школы. Здесь всегда кто-нибудь был.

— Тебе нравилось это? Ты понимала, чем ты занимаешься?

— У меня дома видик есть. Мне это нравится делать, если только они не пьяные.

— Они платили вам?

— Давали деньги, конфеты, иногда покупали колготки...

— Никто не оставался здесь на ночь?

— Нет, никто... Кроме Риты. Но она не сама пришла сюда, ее привезли сразу после школы.

— И ты была в тот день?

— Была, но она меня не видела. Она плакала, просила, чтобы ее отпустили, но Гера показал ей капсулы и сказал, что если она будет кричать, он ее убьет. Он и нам всем говорил, что у него есть такие капсулы, он показывал их, когда мы не хотели делать то, что они требовали.

— А Рита?

— Утром ей стало плохо, ее отвезли домой... И потом она перестала ходить в школу.

Юля слушала Валю и понимала, что видит перед собой недоразвитое существо, умственно отсталую девочку, которая вообще неизвестно почему учится в общеобразовательной школе и для которой некоторых хрестоматийных истин, таких, как честь, страх и даже инстинкт самосохранения, как бы не существовало вовсе. Она ложилась под всех мужчин подряд, не испытывая при этом ни страха, ни отвращения...

— Неужели тебе не было больно заниматься этими вещами? Ты себя хорошо чувствовала?

— Было больно, когда приходил Илья Владимирович...

— А это еще кто?

— Не знаю. С ним никто не любил... — и Валя спокойно произнесла это слово, этот чисто русский глагол, означавший половой акт. И потом, рассказывая обо всем, что здесь происходило, она еще несколько раз совершенно обычным голосом произносила это емкое и соленое словцо.

Из ее рассказа выходило, что Саша Ласкина и Ира Сконженко были здесь постоянными посетительницами, которые за деньги отдавались друзьям Геры. Риту Басс просто силой посадили в машину, привезли сюда и надругались над нею, продержали всю ночь, мучая ее, после чего отвезли домой и, угрожая капсулами с ядом, сказали, чтобы она никому ничего не говорила. И она молчала. Вернее, молчали Марта и ее бабушка, молчал и ее отец, не выдержавший этого потрясения и скончавшийся в больнице от сердечного приступа. Но по прошествии нескольких месяцев Рита появилась в этой квартире снова. По словам Вали, ее опять привез Герман. Рита не хотела, но

508

боялась Германа, и время от времени он привозил ее сюда и отдавал своим друзьям. И еще Валя сказала, что Рита денег не брала. Но как ни бились Юля с Крымовым, узнать, кто же такой Илья Владимирович, им все же не удалось.

— Она умерла? — спросила Валя, кивая на дверь головой и подразумевая ту, что лежала сейчас в гостиной на диване. — Значит, с ней был Илья Владимирович. У него на кровати умерла Сконженко.

Юля похолодела. А Валя, подняв на нее свои совершенно безразличные глаза, пожала плечами:

— Он ее нечаянно задавил. Мне Рита сказала. И еще она сказала, что раз мы об этом знаем, то нас могут убить. Но меня скоро переведут в другую школу, поэтому мне все равно никто не поверит, а Рита убежала. Но раз она умерла, значит, они ее нашли.

— Кто?

— Гера, Андрей и Алик...

— А ты видела, как умерла Сконженко?

— Нет, мне Рита сказала, что они с мамой закопали ее в парке.

— Кто? С какой мамой? — Крымов курил уже тысячную сигарету. В кухне все было синим от дыма.

— С мамой Ирины Сконженко, я же говорю. Они вместе с Ритой закопали Иру здесь, недалеко, в парке возле клумбы, ночью, я могу показать...

— А где же в это время были Гера с Андреем и Аликом?

— Они отвезли мертвую Иру на машине, а сами вернулись сюда, напились...

— А Илья Владимирович?

— Он пришел на следующий день с другим мужчиной, говорят, что этот мужчина потом и зарезал Сашу...

— Зименков?

— Я фамилию не знаю. Мне Рита сказала.

— Ты нюхала кокаин?

— Нюхала. Я все делала, как мне говорили. Мне снились цветные сны, я летала и ходила по горам. А потом опять летала.

— А сегодня ты тоже нюхала?

— Нет еще. Он вчера почему-то не пришел.

— Кто? — хором спросили Юля и Крымов.

— Как кто? Илья Владимирович... кто же еще.

— А где же ты с ним встречаешься? Здесь?

— Нет. Он сказал, что здесь нельзя. Он отвозит меня к себе домой.

— А где он живет?

— Если я скажу, он сделает со мной то же, что и с Ритой...

— А что он сделал с Ритой?

— Ну она же лежит ТАМ... Я не знаю, что...

Крымов дал Юле знак, чтобы она вышла за ним из кухни. В коридоре он тихо сказал:

— Там, в гостиной, спит пьяная Гусарова... Это я ее напоил. Твоя Кротова говорит сущую правду. Мне и Гусарова всю ночь рассказывала о том, что устраивал Герман на этой квартире. Ты что же, думаешь, что они сюда привозили одних малолеток? Да кого здесь только не было! Я мужик, но и мне от всех этих рассказов не по себе стало... Ты видела ее, она же настоящая малень-

510

кая наркоманка... Только не колется, а нюхает... Кокаинистка. А родители ничего не замечают.

— Не уверена. Сейчас многие семьи так бедствуют, что порой просто закрывают глаза на то, откуда берутся деньги... Только я никак не пойму, где же Рита?

— Думаю, что она скоро найдется... Кажется, она жива, потому что Володя Сотников постоянно покупал кому-то еду и куда-то не то относил, не то отвозил ее. У Шубина есть знакомый мальчишка, который сейчас живет у Сотниковых на даче и пытается проследить, куда Володя прячет свою подружку.

— Но откуда такая уверенность? Может, это вовсе не Рита?

— Не знаю, что тебе и сказать... Ладно, пора возвращаться к этому маленькому монстру... осторожнее, не наступи, ты уронила свой платок... — Крымов поднял с пола Юлин платок и протянул его ей. — Про Полину поговорим позже... — произнёс он изменившимся голосом...

* * *

Юля отвезла Валентину домой и сдала на руки ее матери.

— Вы куда-то ездили с Валюшей? — спросила встревоженная мамаша.

— А вы не знаете, куда? — жестко бросила Юля и, не вдаваясь в объяснения, поспешила поскорее уйти.

Она вернулась на квартиру Соболева, где Крымов приводил в чувство Гусарову.

— О, Джульетта! Сколько лет, сколько зим! — Светлана, сгибаясь в три погибели, вышла из туалета, где она прочищала желудок, и грязно выругалась. Юля заметила на ее лице сеть красных сосудов и подумала, что и Гусарову сюда тоже, наверное, привело безденежье. Но вот откуда были деньги у Германа и его друзей?

Она задала этот вопрос Крымову, который, отведя Гусарову снова в комнату и уложив в постель, вернулся на кухню и принялся курить.

— За девчонок деньги получали. Но, думаю, это был не единственный источник их заработка. Я узнавал — все трое нигде не работали. Про автомастерские — это миф. Для друзей и родственников... Кокаин стоит бешеных денег. Думаю, у них были хорошие покровители. Тот же Илья Владимирович... Слушай, я уже где-то слышал это имя...

— Я тоже... — И Юля вспомнила: — Казарин Илья Владимирович. Тот самый, который живет в Москве. Дядя Лоры Садовниковой.

— Нет, этого не может быть... Это просто совпадение. Илья Владимирович, который развлекался здесь, живет в нашем городе и наверняка занимает какое-нибудь положение, раз у него столько денег, чтобы содержать этот притон... Согласись, что при всем том, что здесь происходило, они вели себя достаточно тихо, иначе бы об этом осином гнезде знала милиция... У нас не такой уж большой город, чтобы скрыть подобное.

— А ты видел, какие толстые стены в этом доме? Думаю, что они остановили на нем свой выбор не случайно.

— А я подумал еще о том, что капсулы, о которых говорила Валя, и были теми самыми, от которых умерли все трое... Рицин.

512

— Сырцов! А что, если Илья Владимирович — это и есть Сырцов? Он придумал себе это имя! Господи, это же все так просто... Он — главный прокурор, человек, обладающий фантастическими связями... Это у него Герман брал рицин. А Полина... Полина тоже бывала здесь, но только не как Валя или Сконженко... а просто в качестве сестры Германа... И она, конечно же, знала все про слабости Сырцова... Возможно, что у нее имеются компрометирующие его фотографии... Вернее, имелись. Ты был вчера ТАМ?

Она и не заметила, как перешла к убийству Полины.

— Был. Меня, наверно, ищут?

— Откуда ты знаешь?

— Я же наследил и в больнице, и у тебя... Вляпался в кровь... Я тебе еще раньше хотел сказать, что она могла переодеваться Лорой, но почему-то не сказал...

— Это ты потрошил сумку Полины?

— Я только взял твою одежду и выбросил ее с моста на набережной в реку. В сумке кто-то хорошенько пошуровал до меня.

— Но если не Сырцов, то кто?

— Юля, во что мы с тобой ввязались? Только бы Риту найти, жалко будет девчонку...

И вдруг они не сговариваясь, как по команде, вскочили и бросились к дверям.

В машине Юля причитала:

— Какая же я идиотка... Я так разозлилась на эту Кротову, и на младшую, и на старшую, что не сообразила предупредить их, что ОН может появиться в любую минуту...

— Но если это Сырцов, то он уже не появится...

— Правильно. Но тогда Вале потребуется доза. Ее надо немедленно класть в больницу... Но перед этим она должна показать место, куда закопали Иру Сконженко. Хотя мне не очень верится... думаю, что она все это придумала.

Кротова открыла и, увидев Юлю и Крымова, нахмурила брови:

— Что вам на этот раз нужно?

— О таких вещах не говорят через порог...

Она нехотя впустила их в дом. Разговор длился около получаса. Мама Вали не могла поверить в то, что ее дочь наркоманка.

— Я же сама ее купаю, я бы заметила на ее руках следы уколов...

Она имела самое смутное представление о наркотиках, тем более о кокаине, который просто вдыхают через нос.

— Только не вздумайте сейчас кричать на Валю, она тяжело больна. Скажите, вы не знаете человека по имени Илья Владимирович?

— Нет, — сказала она, немного подумав, — кажется, нет... А что?

— А то, что именно он приучил вашу дочь к наркотикам. Разве вы не замечали, что она стала такая худенькая, что от нее одна тень осталась?

— Она всегда такая была... Кроме того, у нее сейчас такой возраст, она растет, на это уходит много энергии, она много спит... А что с Ритой? Ее нашли? Валя сказала мне, что ее возили опознавать Риту, но лица почему-то так и не показали...

— Нет, Риту еще не нашли, ее еще можно

спасти, но необходимо, чтобы ваша дочь показала нам кое-что...

— Что?

— Она утверждает, что в каком-то парке якобы похоронена Ирина Сконженко. Звучит неправдоподобно, но на всякий случай нужно проверить...

И тут до Юли донесся кисловатый запах перегара, и она только сейчас поняла, что мама Вали Кротовой пьяна. Слегка, но все равно какая-то не такая, чересчур расслабленная...

— Конечно, я сейчас скажу ей...

Валя вышла из своей комнаты и так же молча, как накануне, начала собираться, надела это жуткое клетчатое пальто, от которого рябило в глазах, и прошла с Юлей и Крымовым к машине.

— Это в сквере Победы. Неподалеку от аттракционов.

* * *

В запущенном, заросшем дикими яблонями и ивовой порослью уголке парка, а точнее, сквера Победы, неподалеку от озера с лодочной станцией, расположенной между колесом обозрения и русскими качелями, возле самого забора действительно отыскался небольшой холмик с воткнутым в него самодельным деревянным крестом. И если бы не Валя, эту могилку, возможно, никогда бы не нашли.

Когда прибыла опергруппа, стало совсем темно, и вскрытие могилы пришлось производить при свете прожекторов, направленных на место захоронения.

Валя стояла и смотрела на все происходящее с

завидным равнодушием. Она не вздрогнула даже, когда из-под земли подняли завернутые в целлофан останки ее подруги, которые еще предстояло опознать.

Увидев полуистлевшие, вымазанные в грязи длинные темные волосы, клочок зеленой кофты и подол черной юбки с торчащей из-под жесткого целлофанового обрывка тоже черной ногой, Юля отвернулась... Она вспомнила, что именно так была одета Ирина Сконженко, когда родители видели ее в последний раз. И отправилась она не к подружке, как девочка им сказала, а к Соболеву.

Поднялся ветер, тяжелые капли дождя застучали по крышам милицейских машин... И в это время кто-то крикнул: «Здесь еще что-то...»

И снова в ход пошли лопаты.

* * *

Крымов привез ее домой продрогшую, смертельно уставшую, да к тому же у Юли опять разболелось плечо. Надо было срочно сделать перевязку.

— Может, тебе все-таки вызвать «Скорую помощь»? — он уложил ее на постель и помчался на кухню за спиртным. — Или ты позволишь мне стать твоей «Скорой помощью»? Я тебя быстро поставлю на ноги...

Он вернулся с бутылкой мартини, на которую некоторое время смотрел с возмущением, как на живое существо, сильно разочаровавшее его в последнюю минуту и не оправдавшее самых светлых надежд.

— И как вы, женщины, можете пить такую

дрянь? Какой-то одеколон, духи... Нет бы держали в доме виски, джин, это я еще понимаю, или, на худой конец, водку с солеными огурчиками... А это что еще за эстетство? Кому оно нужно? Тебе со льдом или без?

— Мне бы чего-нибудь горяченького и побольше анальгину, а то я не усну...

Она не знала, говорить или нет... Глядя, как Крымов заботливо укрывает ее одеялом, как суетится, стараясь ей во всем угодить, она боялась сейчас одним только словом, одним признанием разрушить все в одночасье. Ей, так же как всякой другой женщине на ее месте, хотелось, конечно, чтобы за ней ухаживали, как за больной... но только как за ФИЗИЧЕСКИ больной, а не ПСИХИЧЕСКИ.... Разве может она сейчас сказать Крымову, что видела в парке, в толпе любопытных, человека, которого уже не существует. Как это было и с Лорой Садовниковой... Она все молчала, боясь показаться душевнобольной, а оказалось, что ее пугала какая-то взбалмошная актриса, которой наскучила жизнь в этом провинциальном городишке и она таким образом решила поразвлечься, помучить свою соперницу?! «Кстати, надо бы выяснить и хорошенько подумать над тем, зачем Полине вообще понадобилось приходить в агентство с этой дурацкой историей о второй жизни...»

Но с другой стороны, человек, которого она увидела сначала на улице, бегущим от нее в плаще с развевающимися полами, а потом в толпе людей всего лишь час назад в парке, учитывая ее состояние, мог ей просто померещиться. Все-таки они нашли пять трупов, включая Сконженко...

Она знала, что Корнилов сам поехал к Кротовым вместе с Валей, чтобы поговорить с девочкой в присутствии матери. Юля успела его предупредить, что Валя больна, что она наркоманка и вообще находится на грани нервного срыва, если ее психика вообще не расстроилась окончательно.

— Так я останусь? Мне, если честно, и самому не по себе. Я все еще вижу перед глазами Полину в этом дурацком парике...

— Женя, и все-таки: что произошло? Почему ты стал таким... я не знаю, как сказать... чужим, что ли? Пусть даже ты и влюбился, ну так что же? Ты перестал бывать в агентстве, стал раздражительным, словно тебе все мешали... Неужели все дело только в Полине? Она что, настраивала тебя против нас?

— Да не против вас, а против всего, что нас окружало... Она постоянно говорила, что скоро уедет отсюда и что у нас с ней начнется новая жизнь... Она рвалась из этого города, из этой страны... Она была похожа на птицу, которой пообещали, что выпустят из клетки... Строила какие-то планы и звала меня с собой. Понимаешь, после того, как поговоришь с ней полчаса о Швейцарии — а она была там на гастролях, которые сама и организовала с помощью Садовникова и какого-то там фонда, — захочется действительно все бросить, сесть в самолет и улететь отсюда... И это был не гипноз, просто мне передавалось ее настроение... А потом появились Мазанов с Арсиньевичем, они принесли деньги, да еще Марта Басс... — он замолчал и покраснел.

— И ты хотел уехать с ЭТИМИ деньгами?.. — Юля с трудом верила в то, что слышит.

— Были у меня такие мысли...

— Крымов, ты — опасный человек... Неужели такое вообще возможно? Чем же она тебя так заворожила?

— Понимаешь, Юля, мне трудно говорить на эту тему именно с тобой, но Полина в смысле внешности была... совершенством... У нее была такая матовая кожа, совершенно гладкая, изумительная... А глаза... волосы... А когда она раздевалась, я понимал, что за обладание этой красотой можно отдать все, совершенно все... Плюс ум. Я никогда еще в своей жизни не встречал такую совершенную женщину...

— Ты несколько раз произнес слово «совершенная»... Но ты же обладал этим совершенством, что тебе еще было надо?

— Удержать ее при себе. Быть с нею рядом. А она... у нее было много мужчин. Она принадлежала многим и никому. Она хотела взять у СВОИХ мужчин побольше денег, чтобы уехать отсюда...

— Мужчины сделаны из другого теста, нежели женщины, поэтому мне все равно не понять этого. Разве что и ты нюхал кокаин... который выбивал тебя из ритма нормальной жизни...

— Кокаином в данном случае для меня была сама Полина... А теперь она в морге... и принадлежит Леше Чайкину. И у меня сердце разрывается в груди.

— Ты любил ее?

— Наверно.

— А как вы с ней познакомились?

— Это непринципиально.

— Ты знаешь, что это она была у меня в тот день в агентстве, а не Лора...

— Я не понимаю, зачем она это сделала... Ведь настоящая Лора была тогда жива, значит, она пришла не столько испугать тебя или запутать, а...

— ... а для того, чтобы я относилась к Лоре, как к сумасшедшей. И, возможно, чтобы все, что впоследствии произойдет с Лорой, мы бы могли связать с ее нездоровой психикой. Даже сам факт самоубийства был бы более оправдан, знай мы, что Лора психически больна. Но существует еще одна версия. Ты же сам говорил, что Лора звонила тебе перед своим приходом. Настоящая Лора. Больше того, разговаривая с тобой, она записала дни и часы приема... Кажется, там даже стояла точная дата, когда ты ей назначил встречу, — 27 сентября. Этот листочек нашли в ее туалетном столике...

— И что из этого следует?

— А то, что раз Полина была вхожа в квартиру Садовниковых, она могла увидеть там эту записку. Но Лора могла прийти к тебе не по поводу слежки за мужем... Причина ее визита могла заключаться не только в связи с ее предполагаемым разводом... ОНА МОГЛА ЧТО-ТО ЗНАТЬ. И тот, чей интерес она могла затронуть своим визитом в частное сыскное агентство, не мог допустить, чтобы ее слова были восприняты всерьез. Возможно, это связано с какими-то денежными махинациями Сергея Садовникова, возможно, Лора оказалась свидетельницей преступления... Как бы то ни было, но теперь мне уже не кажется, что Садовниковых убили из-за Сергея, его могли убить ЗАОДНО с Лорой — главным источником грозивших убийце неприятностей...

— Ты хочешь сказать, что Полина, появившись в агентстве и представившись Лорой Садовниковой, выполняла задание убийцы?

— Теперь-то я в этом просто уверена. Больше того, это Полина сделала для убийцы слепки ключей, а то и вовсе открыла ему (или ей) дверь квартиры Садовниковых. Возможно, она действительно находилась в этой квартире до прихода Лоры, и только после того, как Лора пришла, дала знать об этом убийце... Она сама могла организовать убийство и быть если не исполнителем, то инициатором... И, конечно, сидя под столом (но прятаться она могла не столько от убийцы, сколько от Сергея Садовникова или Лоры), она ВИДЕЛА убийцу. Она все знала. И после убийства попросила меня приютить её, потому что боялась, что убийца уберет ее как свидетельницу.

— Ты думаешь, что это был Сырцов?

— А почему бы и нет? Полина начала шантажировать его, причем достаточно активно, если он был вынужден продать свои машины и недвижимость... Он испугался. И крепко. И тогда Полина, переодевшись в мою одежду, поехала в больницу, куда он лег, и убила его. Удивительно дерзкое убийство.

— Но кто же стрелял в тебя?

— Не знаю... Мне было бы, конечно, ЛЕСТНО, если бы в меня стрелял сам прокурор области, но я не вижу особых причин для этого... Я слишком ничтожна для такого человека... Кроме того, я же ничего особенного не узнала...

— Выходит, узнала. Но я вижу, что ты утомлена... Давай отложим этот разговор на утро... Я думаю, что теперь нам надо поработать уже мозгами. Трупов у нас с тобой — хоть отбавляй... Кто знает, может, все эти убийства как-то связаны между собой?

— Но их столько, что я уже сбилась со счета...

— Смотри сама, — Крымов достал из кармана куртки записную книжку, где по пунктам в хронологическом порядке были записаны фамилии убитых за последние дни людей, каким-то образом связанных с деятельностью агентства.

Юля взяла список в руки:
«1. Садовникова Лора
2. Садовников Сергей
3. Соболев Герман
4. Берестов Андрей
5. Вартанов Алик
6. Изотов Валентин
7. Сырцов Евгений П.
8. Пескова Полина».

— Думаю, будет правильным присоединить к этому списку убитых девочек... — вдруг сказала она. — Ирину Сконженко и Сашу Ласкину.

— Самое страшное, что в этом списке могла быть и ты, — заметил Крымов тихим голосом. — Поэтому нам действительно нужно все обдумать, проанализировать, послушать, что расскажет Шубин... Он занимается Сотниковым, мне Надя сказала...

— Да, а еще он должен был позвонить в Москву и справиться там о Казарине...

И вот сейчас как раз можно было рассказать Крымову о своем подозрении и добавить к этому черному списку еще одну фамилию, но у Юли просто язык не повернулся. Она даже зубы стиснула, чтобы не открыть рот... А ведь она видела этого человека, видела...

Крымов еще раз спросил ее, можно ли ему остаться, но Юля отправила его домой. Оставаться с Крымовым в одной квартире на ночь означало наплевать на все свои принципы и подчиниться ему. Кроме того, она хотела не спеша раздеться, освободиться от грязных бинтов, принять душ, привести себя в порядок, спокойно, ни о чем не волнуясь, поужинать и хорошенько выспаться, приняв предварительно снотворное и болеутоляющее. И еще. Она ждала звонка. ОН должен был позвонить. После тяжелого, наполненного кошмарами дня ей почему-то захотелось снова оказаться во власти этого большого человека, чтобы он вдохнул в нее жизнь...

И она не ошиблась. Едва за окном стихли звуки отъезжающей машины, как послышался шорох шин... Она подошла к окну и совершенно не удивилась, увидев черную машину. ОН приехал. Сейчас он будет ее расспрашивать, что-то выяснять, притворится обиженным... Ведь она сбежала от него.

Сначала промурлыкал телефон. Павел Андреевич был воспитанным мужчиной и знал, что перед визитом лучше позвонить и предупредить, чем не быть допущенным к объекту желаний.

— Ты одна, моя ласточка?

Она облегченно вздохнула: он не сердился на нее. Он был спокоен и полон надежд.

— Вы же сами знаете... Вы видели машину Крымова...

— Видел и только поэтому приехал к тебе.

Если бы ты, негодница, оставила его у себя на ночь, я бы тебе этого никогда не простил... — Он мягко шутил, вкладывая в каждое слово нежность и сдержанность. — Ты позволишь мне подняться к тебе?

— Конечно. Только при условии, что вы не будете задавать мне вопросы по поводу моего утреннего бегства.

— Не буду. Я рад, что ты раскаиваешься. Ведь ты раскаиваешься?

Она поняла, насколько ему важен ее положительный ответ, и сказала, что раскаивается.

— Я привез тебе хорошую мазь для твоей раны и готов сделать тебе перевязку.

— Это как раз то, что мне нужно...

— Тогда я поднимаюсь к тебе...

Ворох чувств, словно ворох прохладных осенних листьев, закружился, обдавая ее горько-пряным ароматом надежд и желаний. Ей хотелось тепла, и сейчас она его получит. Одиночество серой безмолвной птицей вылетит через форточку, уступив место если не любви, то хотя бы нежной дружбе или, быть может, страсти...

Ей было неловко от собственной непоследовательности, но она, поджидая Ломова, успокаивала себя мыслью, что ей простительны такого рода выходки уже хотя бы потому, что ей просто-напросто на хватает опыта в общении с мужчинами, да еще такими, как Павел Андреевич, который старше ее почти на сорок лет.

Он позвонил, она открыла ему и была приятно удивлена, когда он вручил ей букет желто-белых, крепко пахнущих осенью и дымом хризантем. За цветами она увидела улыбающееся, раскрасневшееся то ли от волнения, то ли от радости лицо Павла Андреевича.

— Ну здравствуй... — он обнял ее и прижал к себе. Она вскрикнула от боли — он сильно надавил ей на плечо.

— Ох, извини... Забыл... Вернее, не забыл, а ЗАБЫЛСЯ... Смотри, что у меня для тебя есть... — с этими словами он достал из кармана коричневый флакончик с яркой этикеткой. — Это хорошая мазь... Сейчас я тебя перевяжу, и мы с тобой поговорим...

— А может, не надо?

— Что «не надо»?

— Говорить... Вы это сказали так, словно собираетесь меня отчитывать... — Юля разговаривала с ним тоном маленькой девочки.

— Упаси Боже... Ничего подобного. Просто мне бы хотелось, чтобы наши отношения как-то определились и ты больше не позволяла себе подобных вольностей... Ты очень огорчила меня, но, как видишь, я тебя простил... Я бы хотел, ласточка, жениться на тебе... Но моя жена должна быть предельно дисциплинированна... Прими у меня этот пакет...

Она только сейчас заметила, что в ногах у него поблескивает позолотой большой полиэтиленовый пакет.

— А что там?

— Хорошее вино, закуска из «Клеста»... Как видишь, я приготовился к встрече с тобой основательно... Кроме того, я собираюсь сделать тебе сегодня сюрприз... Но давай все по очереди...

* * *

Намыливаться с забинтованным плечом было довольно сложно, и Павел Андреевич посоветовал ей наложить на повязку целлофановый пакет и стянуть все это прорезиненной сеткой, какой пользуются обычно хирурги.

— Так тебе в рану не натечет вода, и ты сможешь спокойно помыться...

Он с удовольствием поглаживал ее тело мягкой губкой, то и дело целуя его... Он был в домашней теплой рубашке с закатанными рукавами и темных брюках. Юля представила себе, что она замужем за этим человеком и что он вот так каждый день моет ее в ванне, как маленькую девочку, как дочку... Ей нравилось, что о ней заботятся. Она знала, что жизнь с молодым мужем принесет ей только разочарования, поскольку она всегда будет ревновать его к другим женщинам. С мужем, который будет значительно старше ее, в этом плане будет легче. Жизнь ее станет спокойной и размеренной. Они будут путешествовать, жить в свое удовольствие, ей не придется поздним вечером присутствовать при вскрытии могил... У нее появятся деньги, и она сможет чаще ездить в Москву к маме, сможет делать ей дорогие подарки, купить себе новую машину, наконец...

И вдруг она услышала:

— Я решил сделать тебе свадебный подарок. — Ломов вытер мокрую, в мыльной пене руку о полотенце и достал из кармана брюк ключи. — Это тебе...

— Что это? — у нее в груди произошло какое-то движение, там стало горячо от предчувствия небывалого счастья.

— Это ключи от машины. Не той, конечно, что стоит под твоими окнами, эта уже старая, ей около полутора лет. Я решил подарить тебе новенький «мерс»... А то моя малышка разъезжает на «Форде», который давно пора сдавать в металлолом...

Юля взяла из его рук ключи и позвенела ими, находясь в какой-то прострации... Все происходящее с нею напоминало ей волшебный, почти детский сон.

— Ты счастлива?

— Конечно...

Он помог ей выйти из ванны, закутал в большую махровую простыню и, подхватив на руки, принес в спальню на кровать. Опустился перед ней на колени и принялся вытирать ее тело, после чего осторожно снял старую повязку, обработал рану, которая заметно уменьшилась в размере, перекисью, затем приложил к розоватому отверстию марлевую подушечку с белой густой мазью и крепко забинтовал плечо.

— Ну вот, теперь ты у меня, как новенькая... Одевайся, сейчас поужинаем...

— Одеваться? Это как, совсем? Или можно остаться в пижаме?

— Как хочешь, но потеплее, потому что после ужина я отвезу тебя смотреть машину...

— Может, завтра... — робко предложила она, чувствуя, как ее тянет в сон.

— Нет, сегодня, я хочу, чтобы ты не забыла этот день...

Он ушел на кухню, и Юля, которая сушила голову феном, изредка слышала доносившееся до нее характерное позвякивание посуды, а потом в спальню проник аромат жареного мяса... Павел Андреевич разогревал, наверно, принесенную горячую закуску. Разве Крымов стал бы так беспокоиться? Уложил бы ее на постель, сделал с ней все, что хотел, и в лучшем случае принес бы ей после этого стакан минералки...

— Ласточка, все готово... — позвал Ломов ее спустя какое-то время.

И Юля, накинув на пижаму длинный розовый балахон, едва переставляя уставшие ноги, пришла на кухню, где увидела накрытый стол. Павел Андреевич хозяйничал на кухне так, словно жил здесь и был своим человеком. Он налил Юле вина.

— Выпей, чтобы у тебя была хорошая кровь...

— Вот и Надя мне говорила, чтобы я побольше пила красного вина, ела свежую вишню и гранаты, словом, все красное...

— Она умница, твоя Надя... Как там ваши дела? Все ищете убийц? Как дети, честное слово... Не боитесь, что денежки придется отдавать назад?

— Боимся. Это вы верно заметили, — говорила Юля уже с набитым ртом, уплетая вкусное жаркое в горшочке и запивая его вином. — А что поделать, должен же кто-нибудь работать...

— Я бы на твоем месте искал твоего потенциального убийцу... И вообще, я буду не я, если не вытащу тебя из этого дурацкого агентства... И ты, если уважаешь мои чувства, сделаешь так, как я тебе сказал... Или ты там из-за Крымова?

Юля густо покраснела.

— С какой стати?..

После выпитого вина она заметно повеселела и усталость ее как будто прошла. Но скорее всего к ней пришло так называемое «второе дыхание»... Она знала, что Ломов не успокоится, пока не покажет ей ее новую машину и наверняка постарается использовать эту неординарную обстановку, чтобы заняться любовью. И поэтому, отъехав в его машине на приличное расстояние от дома, Юля не удивилась, когда он предложил ей завязать глаза черным платком.

— Завяжите сами, — сказала она, закрывая глаза. — А то у меня... плечо...

Она сидела рядом с ним на переднем сиденье и старалась представить себе, что ее ожидает этой ночью. Куда он повезет ее с завязанными глазами? И какую машину она увидит, едва он снимет с ее глаз черный платок?

По дороге он расспрашивал ее о том, как прошел день, говорил ей, что она не должна подвергать себя такому риску... Она рассказала ему про притон Соболева, про Валю Кротову...

— Неужели ее родители ничего не замечали? Ведь если девочка вела активную половую жизнь, то на ее теле должны были оставаться какие-то отметины... А она хотя бы красивая?

— Да нет, страшненькая, угрястая, бледненькая... Не понимаю, кому она могла нравиться...

Машина остановилась. Юля слышала, как Павел Андреевич вышел из машины и, открыв с ее стороны дверцу, помог ей выйти. Дождя не было. Но сырой и прохладный воздух сразу же отрезвил ее, охладил ее разгоряченные от вина и всего происходящего щеки.

Анна Данилова

Ломов взял ее за руку и повел за собой. Юля ждала, когда же ее охватит то приятное волнение, которое обычно сопровождало их поездки и ассоциировалось у нее именно с первой поездкой в «Клест». Но Павел Андреевич даже ни разу не прикоснулся к ней, он просто вел ее за собой.

Они вошли куда-то, должно быть, в гараж, затем он сказал ей, чтобы она была осторожной, потому что сейчас начнутся ступеньки... Послышался какой-то скрежет, словно открывали тяжелую металлическую дверь. И действительно начались ступеньки, но только не крутые, а какие-то скошенные, всего четыре...

— Пригни голову...

В лицо ей ударил запах сырой земли, и впервые за весь вечер ей стало немного страшновато...

— Это гараж?

— Почти. Сейчас увидишь... Вернее, услышишь. Понимаешь, ласточка, — он резким движением усадил ее на что-то жесткое, вроде цементной балки, — я считаю, что самое высочайшее наслаждение достигается только путем контраста. Ты со мной согласна?

— Да, наверно... — ей ужасно хотелось сорвать повязку с лица и осмотреться. Но Павел Андреевич предлагал ей какую-то замысловатую игру. И она должна была решить для себя — играть или нет. Но призом была машина и, возможно, замужество... Хотя последнее вряд ли можно было назвать призом. Скорее — результатом сознательного отношения к жизни.

— Тогда внимательно выслушай меня. Что такое человеческий мозг? Не знаешь? А я знаю —

это источник наслаждения, причем разного рода... Делая блистательно что-то одно, ты получаешь за это деньги и покупаешь себе все, начиная с материальных благ и кончая властью. Это, я думаю, понимают все. Мне, к примеру, всю жизнь мешало мое тело. И те желания, которые его терзали. По́зднее половое созревание позволило мне спокойно закончить школу и поступить в университет, и вот тогда-то и начались мои муки. Мне было двадцать лет, когда я впервые увидел обнаженную женщину. Раньше я видел только голых девочек, особенно в детском саду и в пионерском лагере... Мы подсматривали в разбитое окошко душа. Обнаженная женщина, с которой лежал мой приятель, пригласивший меня на квартиру к этой проститутке, не вызвала у меня ничего, кроме отвращения. Хотя по всем общепринятым канонам она была просто эталоном красоты: грудь, бедра, стройные ноги... Но она меня не взволновала. Я сказал об этом приятелю, он поднял меня на смех... И в тот же год, летом, на даче я увидел купающуюся в пруду голую девочку... Понимаешь, меня тогда словно подбросило... Никогда в жизни я уже больше не смогу испытать это сладостное чувство обладания чистейшим и нежнейшим существом, которым стала для меня та девочка... Это была обыкновенная деревенская девчонка, которую имели все местные парни за конфеты и игрушки... Она была без комплексов. Но у нее была тонкая кожа, детское личико, невесомые хрупкие ножки, которые, когда раздвигались, открывали для меня настоящий рай...

Потом моя семья переехала, и я понял, что

Анна Данилова

потерял ее навсегда. Но затем появилась еще одна девочка. Она заразила меня нехорошей болезнью, после чего я долгое время вообще не смотрел ни на женщин, ни на девочек. Я в ту пору много учился, потом устроился на работу. Удовлетворялся я тем, что рисовал на чистом листе бумаги пляж, в точности такой, какой был возле нашей старой дачи, а на пляже, на желтом песке девочку в желтом коротком платье с тонкими ножками... И удовлетворялся сам. Потом я повзрослел и женился. Но жена бросила меня. Я снова учился, работал, я очень много работал, я знал, что мне нужно... И вот когда мне исполнилось тридцать семь лет, судьба подарила мне встречу с девочкой, ей было тринадцать. В отличие от моих прежних увлечений она была ангелом во всех отношениях. Она ничего не понимала, не смыслила. Я поработил ее...

Юля задыхалась, слушая эти признания. Кровь пульсировала где-то в затылке и билась в висках. Ей казалось, что черный платок мешает ей дышать, что он врос в ее кожу и вот-вот перекроет ей нос и рот... Но пошевелиться и предпринять хотя бы что-то она не могла. От ужаса.

— Она забеременела, у нее вздулся живот, она стала отвратительна...

— Подождите... Мне нужно снять платок... Я должна вас видеть...

— Надеюсь, ты понимаешь, что это всего лишь игра? — вдруг услышала она его насмешливый голос. — Просто мне хочется, чтобы ты уяснила себе, что ты не знаешь жизни, и то, чем ты занимаешься, сплошной дилетантизм... Я расскажу тебе все так, как представляю сам...

— Но о чем?

— Об убийствах... Ведь ты же расследуешь убийства! Значит, ты хочешь знать истинные причины, мотивы убийств. Ты можешь обещать мне, что не испугаешься?

Нет, она не могла этого сделать. Она предпочитала оставаться страусом, зарывшим голову в песок. В черноту душного платка.

— И вы подпилили ей стремянку? После чего она упала на живот и лишилась ребенка?

— Совершенно верно. А ты, оказывается, не так глупа, как мне показалось сначала... Тогда, быть может, мы будем вести этот рассказ вдвоем?

Она подумала о том, что никто во всем городе не знает, где она. Да и она сама не знает этого. Гараж — не гараж... Стройка — не стройка. Страх парализовал Юлю. Она чувствовала, что от волнения у нее пересохло в горле, а по вискам заструился холодный пот. Она засунула руки в карманы пальто, чтобы найти там носовой платок или — вдруг! — сотовый телефон. Но достала лишь два носовых платка. Она машинально приподняла один из них и вдруг поняла, что у нее в руках два СОВЕРШЕННО ОДИНАКОВЫХ носовых платка. Но откуда два? «Пора возвращаться к этому маленькому монстру... Осторожнее, ты уронила свой платок...» — услышала она голос Крымова, когда тот поднял якобы ее носовой платок в квартире Соболева. Чей это платок? Вали Кротовой? Значит, у нее был точно такой же. Но откуда в этой семье быть такому дорогому платку?

— Да, она лишилась ребенка...

— Девочку звали Лора Казарина, — прошептала Юля, сжимаясь от страха. — И это не игра...

— Это игра в игре. — Голос Павла Андреевича был сочный, уверенный. Он-то знал, что Юля никогда не выберется отсюда...

— Правильно. Твой Шубин никогда не найдет в адресном столе Москвы Илью Владимировича Казарина. Потому что он перед тобой. Что стоит в наше время поменять фамилию? Я очень боялся скандала после всего, что произошло с Лорочкой... Ее сестра — по натуре боец. Но все вышло как нельзя лучше. Я упал с высоты, когда осматривал второй этаж строящегося дома, это было в Подмосковье, где я жил уже три года после того, как с Лорой случилось несчастье... Я повредил себе позвоночник, и у меня начал расти горб. Я очень болел, принимал сильнодействующие гормональные препараты, от которых стал волосатым, как обезьяна... Я за деньги купил себе другое имя. Я стал ДРУГИМ. Я стал Павлом Андреевичем Ломовым. Я вернулся сюда и начал быстро делать себе карьеру. У меня появились деньги. Друзья. Первый человек, родственная душа был Сырцов. Мы понимали друг друга с полуслова. А у него была Полина, которую я терпеть не мог. Но Полина помогла нам с организацией фонда, куда стекались все средства, называемые в народе взятками. Со мной и Сырцовым расплачивались через фонд. Он, как прокурор, решал вопросы, связанные с уголовными делами, выкупал людей, помогал им выпутываться из разных историй, прекращал дела или, наоборот, создавал их из воздуха... Я работал по-крупному, создавая и разоряя предприятия... Ты знаешь, что такое

534

ощущение вседозволенности? Нет, не знаешь, потому что ты — простая смертная, которой недоступны изощренные удовольствия... Вседозволенность — это аллегория счастья. Через мои руки проходили перепуганные до смерти девочки, с помощью которых я наконец-то достиг того, о чем мечтал практически всю жизнь. Я реанимировал свою страсть, свои желания... И многих, очень многих девочек я потом отпускал, потому что у них от страха перехватывало дыхание и они не кричали, а только постанывали или хрипели... А те, кто кричал, умирали. Потому что я не переношу крика...

— Вам доставляет удовольствие рассказывать мне, что вы и есть самый настоящий убийца? Маньяк? Но зачем вам было убивать девочек? Не проще ли было убить себя, грязная скотина...

— Вот как? А еще совсем недавно ты боготворила меня и позволяла бинтовать твое красивое плечико... Я кормил тебя, я ублажал тебя...

— Но зачем? Я не понимаю! Зачем я была нужна вам? Ведь мне не тринадцать лет, а двадцать шесть.

— В том-то и дело, что двадцать шесть. Ты — молодая женщина, красавица, умница... Я хотел доказать самому себе, что я могу иметь нормальную жену, нормальную семью и детей... Что я НОРМАЛЕН. Понимаешь, ласточка, человек НЕ статичен, он находится в постоянном развитии. Очевидно, кончилась полоса острых ощущений, и мне захотелось иметь детей. Да, вот такое чудовище, как я, захотело иметь детей. Я очень богат и не хочу, чтобы мои деньги достались неизвестно кому... Я выбрал тебя, потому что там, на суде, где я присутствовал в качестве заседателя, ты так защищала Зименкова, так умно и бесхитростно себя вела, была так обаятельна, красива и элегантна и одновременно слаба и неуверенна в себе, что я испытал совершенно новое чувство, чего со мной прежде не было...

— Вы были знакомы с Зименковым?

— Был, конечно...

— Так вот откуда мне запомнилось ваше лицо... Да, вы правы, тогда на суде я никого не видела, кроме родителей Саши Ласкиной...

— Саша Ласкина была очень сексуальной девочкой. Она и Евгению Петровичу тоже нравилась.

— Вы бывали у Соболева?

— Ты лучше спроси, кто у него не бывал... Мы там неплохо развлекались... Но у всех, кроме меня, были семьи... Теперь ты понимаешь, почему я позвонил тебе? Ты была нужна мне...

— Нужна? А теперь я уже не нужна вам?

— Видишь ли, ты оказалась такой же стервой, что и остальные, которых интересовали только мои деньги... Я же импотент для нормальной женщины. Меня возбуждают только малышки вроде Валюши Кротовой или Сашки Ласкиной... Но однажды... ОДНАЖДЫ это случилось, и я почувствовал себя счастливым...

— Зачем вы мне все это рассказываете?

— Я хочу, чтобы ты поняла, что такое взрослая жизнь, хочу указать тебе на те золотые рычаги, которые управляют человеческими желаниями, особенно желаниями смерти ближнего... Во-первых, это страсть, животная страсть, которая толкает человека на безрассудства. Во-вторых, это страх смерти, страх разоблачений, страх потери... В-третьих, это желание обладать материальными ценностями, которые дают ощущение власти и свободы, причем свободы безграничной... Об этом мечтала Полина, когда брала билет в Москву... Она собиралась смыться с нашими денежками, нашим фондом, за границу, дурища... Я предупреждал Сырцова, чтобы он закруглялся с ней, что надо ликвидировать фонд и создать что-нибудь новое, с ТОБОЙ во главе.

— Со мной? И вы думаете, что я бы согласилась?

— Деньги делают чудеса, и не мне тебе рассказывать об этом.

— Полина шантажировала Сырцова, ведь так?

— Ты хочешь узнать правду? Пожалуйста... расскажу тебе все, но лишь для того, чтобы ты еще раз уяснила, что ты все это время ходила по ложному следу, что ты, пренебрегая моим обществом и ссылаясь на занятость и серьезность своей работы, на самом деле топталась на месте...

— Вы хотите сказать, что я не выйду отсюда?

— Думаю, что так... Это зависит от того, будешь ты кричать или нет...

И вдруг она почувствовала, как Ломов приблизился к ней и, устроившись где-то на полу, обнял и прижал к себе ее озябшие, в тонких чулках ноги. Он целовал ее колени и что-то бормотал про себя...

— Павел Андреевич... Скажите, чем Полина шантажировала Сырцова? — Юля хотела понять, понять ВСЕ, понять во что бы то ни стало. Все равно она отсюда не выйдет, так хотя бы поймет... Кроме того, у нее кружилась голова.

— Тогда начинать нужно не с Полины, а с Садовникова. У нас с ним, то есть у Сырцова, у меня и Садовникова, была отличная задумка. Мы через Садовникова взяли грандиозный кредит в пятьдесят миллионов долларов на спутниковую связь. Понятное дело, она стоит много меньше, но деньги были получены от банка «Порт-Легион», от самого Елизарова, и с ними надо было что-то делать... Я разработал очень хитрый ход и использовал для перевода денег в Латвию счета Садовникова. И вот об этом узнала Лора. Совершенно случайно. Думаю, что Сергей ей сам все рассказал... Возможно, он предчувствовал, что его могут убрать. И тогда Лора собралась идти к Крымову. Мы с Сырцовым узнали об этом у Полины, которая постоянно бывала в их доме и через которую мы были осведомлены обо всем, что делается в городе... Она же была самой настоящей шлюхой...

— И тогда она, решив опередить Лору, надела парик и пришла ко мне?

— Ба, да ты, оказывается, знаешь и это?

— Скажите, она хотела, чтобы мы поверили в сумасшествие Лоры?

— Приблизительно так.

— Но кто убил Лору и ее мужа?

— Сырцов и убил. Полина открыла ему дверь, он вошел и застрелил обоих Садовниковых...

— ... затем раздел их и попытался инсценировать самоубийство?

— В принципе ему было все равно. Главное для него заключалось в том, чтобы их убрать.

— А каким образом он узнал, что Лора подозревает о переводе денег?

— Она сама рассказала это Полине, настолько ее удивила и насторожила сумма... Она думала, что это нечистые дела Арсиньевича, и хотела проверить этого Арсиньевича с помощью вашего агентства...

— А разве она не собиралась разводиться с мужем?

— Собиралась. Но это не имело никакого отношения к убийству. Сырцов убил их и, насколько я его понял, собирался убрать и Полину, поскольку она-то знала в тысячу раз больше, но та исчезла...

— Она спряталась под кухонным столом... А я ведь чувствовала, что она все знает...

— Что у нее было в голове, знала только она одна. Но то, что она собиралась уехать отсюда, было абсолютно точно... После того как Полина позвонила Сырцову и сказала, что ей нужна такая-то сумма денег и он завертелся, как черт на сковородке, продавая свои машины, я понял, что очень скоро эта рыжая потаскуха доберется и до меня... У нее был доступ к средствам фонда. Я сам помогал ей оформлять все документы.

— И вы убили ее?

— Убил, а что мне еще оставалось делать? Ведь она прикончила Сырцова, оставался только я... Но в одном ты перехитрила меня...

— Когда спрятала Полину у себя?

— Да, я бы до такого не додумался, потому что знал, что ты была влюблена в Крымова...

— А кто убил Соболева?

— Яд был только у Сырцова. А Сырцов мог дать его только Герману. Следовательно, у Германа эти капсулы кто-то украл, чтобы убрать и его, и Вартанова с Берестовым...

— Это Рита... — вырвалось у Юли. — Поэтому она и ушла из дома... Она хотела отомстить своим мучителям...

— Я тоже ее искал, потому что эта кудрявая мышка слишком много знала... Но с другой стороны, она была умная девочка и понимала, что ее ждет, если она откроет свой маленький ротик... У тебя тоже маленький ротик... — Ломов еще плотнее придвинулся к ней и запустил свою большую руку ей между бедер. — Тебе нравится вот так? Ты сегодня снова в чулочках... ты можешь снять платок...

Но она не хотела. Ей казалось, что все происходящее — сон, а потому снять платок означало посмотреть реальности в глаза...

Ломов сам сорвал с ее глаз повязку, и она издала сильный горловой вскрик, после чего Павел Андреевич наотмашь ударил ее по лицу, прошептав резкое: «Заткнись...»

Она узнала это место и онемела от ужаса... Горячая кровь струилась из носа по губам и капала на грудь... Ломов привез ее в тот же самый подвал, где была убита Саша Ласкина. Юля повернула голову, и ей показалось, что между трубами все еще белеет труп девочки с окровавленными ляжками...

— Ты, кажется, узнала это место? А ты думала, что я привезу тебя в гараж и покажу тебе новый «Мерседес»? Я бы действительно подарил тебе его, но ты меня презирала, презирала всегда, с самого начала, ты держала меня, как держат экзотическое животное, способное удовлетворять твое молодое ненасытное лоно... Ты потребляла меня, ты питалась мною... И когда у меня ничего не получалось, ты сбегала от меня... Но вот сейчас ты не сбежишь от меня, потому что бежать тебе некуда...

— Откуда тебе известно это место? — она неожиданно перешла на «ты». — Откуда ты знаешь, что именно в этом подвале была убита Саша? Ты был здесь, когда Зименков издевался над ней?

— Зименков вообще был ни при чем... Он взял все на себя, потому что задолжал мне... Но я пообещал ему, что его отпустят...

— Ты лгал ему, он погиб за тебя... Какой же ты урод! Ты мерзкая, грязная свинья... И Изотова, Изотова убил ты! Потому что он знал, что перед смертью Саша была не с Зименковым и что она была наркоманкой... — Юля вскочила и побежала в сторону выхода. Она хорошо ориентировалась теперь, когда поняла наконец, куда ее привез Ломов и для чего.

Но Ломов догнал ее и, подмяв под себя, опрокинул на спину, задрав ей пальто и юбку, принялся сдирать с ее ног чулки...

— Не вздумай кричать... — у нее перед глазами блеснуло лезвие ножа.

— Послушай, Павел Андреевич, зачем ты достал нож... Может, у тебя получится все и без крови? Что тебе нужно, чтобы ты почувствовал себя мужчиной? Что? Ну хочешь, я разденусь... Хочешь, я надену детскую одежду, завяжу банты, заплету косы... Что надо твоему члену, чтобы он пробудился от летаргического состояния? Что ты носишься с ним, как с отморозком, и не знаешь, как вдохнуть в него жизнь? Да ты хотя бы раз в жизни любил, ты изведал это сладостное и жгучее чувство, от которого поднимается все на свете... ты урод, урод, урод... Я ненавижу тебя, и пусть ты меня сейчас убьешь, ты все равно не сможешь взять меня, потому что ты горбатая уродина...

— Еще, еще... — он навалился на нее, и она, к своему ужасу, поняла, что он возбудился и теперь, раздирая на ней белье, пытается освободиться и от своей одежды...

И тут силы покинули ее. Резкая боль в плече отдалась где-то в затылке. Ломов, хрипя и закатывая глаза от обуревающих его чувств, уперся правой рукой ей в грудь и перекрыл Юле доступ воздуха. Она, всхлипнув, обмякла и затихла.

Глава 23

— Нам надо уходить отсюда...

Этот голос она уже где-то слышала. Юля разлепила веки и увидела склоненное над собой лицо мужчины.

— Это ты... Я так и думала, что это ты... Что мне не показалось... Что со мной? Где Ломов?

Мужчина помог ей подняться, и когда она, опираясь на его руку, встала, то голова ее вновь закружилась, и Юля едва удержалась на ногах... В метре от нее на земляном полу подвала лежал Ломов. Лицом вниз. В спине его торчал большой охотничий нож.

— Зименков, дружище, спасибо тебе... — Юля повернулась к нему и обняла.

— Да что вы, Юлия Александровна, это вам надо сказать спасибо за все, вы же и меня освободили от этого Ломова. Он из меня всю кровь выпил... Но я вам потом все расскажу, а теперь нам надо уходить отсюда. Если меня схватят здесь еще раз, то освобождать из тюрьмы будет уже некому.

— Но куда ты меня ведешь? Ведь выход в другой стороне...

— Здесь тоже есть выход, я сам разбирал стену, еще в прошлом году.

Она шла за ним спотыкаясь, пока они не вышли на свежий воздух.

Была ночь. Зименков усадил ее на скамейку.

— Отдышитесь, Юлия Александровна... Сейчас позвоним кому-нибудь из ваших, пусть за вами приедут.

— А ты?

— А мне надо уезжать из города.

— Ты спас мне жизнь. Но скажи, как ты оказался в подвале? Ты знал?..

— Конечно, знал. Он сам велел мне прийти. Он не любил делать черную работу. Мне надо было убрать потом труп и отвезти его в парк.

— Значит, у тебя есть машина?

— Есть, но не хотелось бы сейчас появляться в ней на пустынных дорогах... Ведь я же весь в крови...

— Скажи, но зачем ты тогда взял на себя вину и сказал, что убил Сашу? — Юля дрожа, прижалась к Зименкову. Ей казалось, что из-за стука зубов он не понял вопроса, как вдруг услышала:

— Я был ему должен. Если бы я не сделал так, как он меня просил, Ломов убил бы меня. Сам или чужими руками.

— А что за деньги-то?

— Они подбросили мне наркотики, Сырцов

подстроил так, чтобы меня взяли, а Ломов — он сосед мой, правда, бывший, когда еще Казариным был, — вроде бы выкупил меня у Сырцова... Ну и меня отпустили. А я за это должен был отрабатывать у Казарина. То есть у Ломова. Я бы лучше умер, чем видеть все это и хоронить девчонок... Я конченый человек, я ведь тоже без кокаина не могу...

— Скажи, Зименков, значит, и ты бывал в квартире Германа Соболева?

— Не просто бывал... Я жил там, убирался, мыл посуду, стирал простыни, ухаживал за всеми, подавал еду, готовил... Я же кондитер...

— Выходит, ты и у Ломова на квартире бывал?

— Да живу я — и там, и там, где скажут...

— А торт, такой большой, с подушками и кровью, ты делал?

— Я, а кто ж еще... Он же с сюрпризом был, я все надеялся, что вы воспользуетесь пистолетом, а вы... пришли сюда без оружия, без всего... Неужели вы ни о чем не догадывались? Неужели не разглядели этого человека?

— Нет, Зименков, не разглядела.

— Тогда вы и меня не разглядели, хорошо? Сейчас позвоню, кому скажете, и уеду... Обещаете никому не рассказывать про меня?

— Обещаю.

— Слово даете?

— Даю. А это правда, что тебе в камере сломали челюсть и отбили половые органы?

— Побили немного, конечно... А потом ночью выпустили и перевели — по бумагам — в мертвецы. Так я пойду позвоню?

* * *

Она уже сидела в машине Крымова, но перед ее глазами все еще стояло тонкое бледное лицо с огромными темными глазами, полными боли и страдания. Зименков... А она даже не запомнила его имени.

Крымов говорил ей что-то, задавал вопросы, но она молчала. Очевидно, он спрашивал ее, почему у нее пальто такое, словно по нему прошелся целый батальон солдат, почему у нее чулки спущены и порваны, а ноги в крови, почему разбито лицо и искусаны губы...

— Крымов, я жива, а Ломов мертв.

Машину кинуло в сторону. Мотор отключился, и стало слышно, как за окнами воет ветер. Ночь, октябрь, холод...

— Это ты убила его?

— Нет. Не останавливайся. Поехали отсюда. Утром я тебе все расскажу.

* * *

В девять утра к Крымову позвонил Шубин и спросил, нет ли у него Юли. Она, сонная, взяла трубку:

— Привет, Шубин, ты не удивляйся, что я здесь... Я — как переходящее красное знамя — достаюсь победителю... Как дела, нашел Сотникова?

— Нет... Я нашел только заброшенную дачу, место, где они прятались, там остатки еды, все брошено так, словно их кто-то спугнул. Но их точно двое... Я уверен, что Рита с ним...

— Сейчас холод, дачный сезон закончился... Мне кажется, я знаю, где они... Подъезжай сюда,

Анна Данилова

сейчас Крымов сварит мне кофе, и мы все вместе отправимся на дачу Бассов... Ты же знаешь, как я люблю кататься на машине... Можешь взять с собой и Надю, ей тоже полезно будет подышать свежим воздухом...

— У тебя что-то голос такой, словно ты выиграла в казино миллион долларов...

— Я выиграла жизнь. Так ты приедешь?

* * *

Выехали на машине Шубина. Вчетвером. Надя, увидев распухший нос и губу Юли, принялась причитать и охать.

— Ты бы посмотрела, в каком состоянии мое тело, — вздохнула Юля.

— Тебя что, изнасиловали?

— Если бы...

И она всю долгую дорогу рассказывала о том, что перед смертью успел сообщить Ломов.

— Но кто же тогда стрелял в тебя? — спросил Шубин.

— Я думаю, что Сырцов, который после того, как мы обнаружили квартиру Соболева, запаниковал...

— Не забывай, что ты встречалась с Ломовым, и Сырцов вполне мог допустить мысль о том, что Ломов предал его... Ведь он же сам говорил тебе, что хотел убрать Полину и завербовать вместо нее тебя...

— Сырцов знал о неприязненном отношении Ломова к Полине, как знал он и то, что Полина могла проболтаться и рассказать Крымову, что Садовниковых убил Сырцов. Уверена, что господин прокурор лег в больницу сразу после того, как стрелял в меня, еще и для того, чтобы потом убрать и тебя, Женя... Больница бы обеспечила ему алиби, да и кому же в голову могло бы прийти, что прокурор области развлекался отстрелом частных детективов.

— Интересно, а Лора узнала в Ломове своего дядю? — спросила Щукина.

— Думаю, что теперь об этом нам сможет рассказать только Лиза... Теперь, когда Ломова нет в живых... И если она сама знала, кто такой на самом деле Ломов...

— Послушай, — подал голос Крымов, — но если он убил Полину, значит, он взял себе и все деньги, с которыми она собиралась выехать...

— Наверно...

— И где они?

— В его квартире или в охотничьем домике.

— Надо бы заняться этим вопросом, пока Ломова не нашли...

— Я не против, в конечном счете, мы честно заработали эти деньги... Но мы, кажется, приехали...

Машина плавно остановилась возле уже знакомой дачи, той самой, где Крымов с Юлей нашли мертвого Германа Соболева.

— Зря мы подъехали так близко, надо было остановиться подальше, чтобы не привлекать к себе внимания...

Стараясь не хлопать дверцами, все четверо вышли из машины.

— Они могут быть вооружены, — предупредила Юля, — если Рита могла украсть у Германа капсулы, то могла прихватить и пистолет...

Крымов вошел в дом первым. Входная дверь

оказалась открытой. Он сделал несколько шагов и, быстро спрятавшись за угол, стал наблюдать за дверью, ведущей в спальню. Рывок — и он распахнул ее. Картина, которая предстала перед его взглядом, потрясла Крымова и всех, кто вошел следом.

На кровати лежали двое: Володя Сотников и Рита. Они лежали, обнявшись, и крепко спали. Одетые, неподвижные, бледные и похожие на мертвецов.

— Рита, Риточка... — позвала Юля, входя в спальню и присаживаясь рядом со спящими. Она взяла Ритину руку в свою и облегченно вздохнула, убедившись в том, что она еще теплая. — Они живы... Думаю, что они находятся в бессознательном состоянии... Они отощали, обессилели, замерзли...

— Смотрите... — Крымов склонился над чашкой, в которой лежали две черные крошечные капсулы. — Это последние? Может, они уже приняли по одной?

— Господи, да они же приготовили их для себя... Их надо срочно везти в больницу... — Надя вместе с Юлей попытались поднять Володю и Риту с постели.

Шубин сбегал в машину и принес из аптечки нашатырный спирт.

Первой в себя пришла Рита. Увидев Юлю, она долго смотрела на нее, пока из глаз ее не полились слезы. Спустя минуту девочка уже рыдала у Юли на груди, повторяя при этом: «Я уже думала, что никогда больше не увижу маму... и бабушку...»

А Володя Сотников, когда тоже пришел в себя, признался Шубину, что у них кончились деньги и консервы, и они решили лечь и умереть.

«А если не получится, то у нас были капсулы. Понимаете, она отомстила за себя всем троим, но очень боялась тюрьмы...»

— Ты все знал про Соболева и про ту квартиру? — спросил Шубин Володю.

— Нет, не знал. Рита рассказала мне обо всем уже после того, как решилась украсть капсулы и убить Соболева, Вартанова и Берестова. А я обещал помочь.

* * *

— Тебя проводить? — спросил Юлю Шубин, когда они возвращались из больницы, куда доставили Володю и Риту, а следом привезли Марту Басс, которая никак не могла прийти в себя, получив известие о том, что ее дочь нашлась, и нашлась — живая.

Крымов и Щукина были в агентстве, готовили отчет клиентам об окончании дела.

Юля вышла из машины и посмотрела на окна своей квартиры. Ей не верилось, что Полины больше не существует.

— Да нет, Игорек, я доползу сама. Посплю немного и тоже подъеду к вам в агентство...

Он поцеловал ее в щеку и уехал, а она вошла в подъезд и, поднявшись на пол-этажа, открыла по инерции почтовый ящик. Оттуда выпал большой толстый конверт. На нем красным маркером было выведено: «Ю. Земцовой».

Она вскрыла его, лишь оказавшись дома. В конверте была пачка стодолларовых купюр и письмо. Юля развернула сложенный вчетверо листок и стала читать. «Дорогая Юля, спасибо тебе за все. Ты здорово мне помогла. Эти деньги принадлежат тебе — это за хлопоты, за Крымова, за украденный у тебя пистолет, который мне очень пригодился, за съеденные бананы и йогурты, за твою пижаму, наконец... Теперь меня ничто не удерживает в этом городе. Я знаю, что должна была родиться не здесь и не сейчас. Я космополит во времени и пространстве. Прости меня за маскарад, я вела свою игру... А теперь будь внимательна и не пренебрегай моим советом: разорви свои отношения с Ломовым, пока не поздно. Он — больной человек, убийца... На нем кровь невинных людей. И поскольку я об этом знала, то и на мне... Крымов тоже не для тебя. Он — ни для кого. Он — сам для себя. Он — в себе. Лору Садовникову и ее мужа убил Сырцов из-за денег, которые проходили через их счета. Кажется, речь шла о каком-то фантастическом займе, так что перетряхни Сережину бухгалтерию. Я знала, что Сырцов должен был прийти ночью к Сереже, и даже сама открыла ему дверь, но поверь, я даже не предполагала, что он собирается их убить... И если бы я не спряталась, то он убрал бы и меня. Поэтому-то мне и пришлось застрелить его. Что касается моего непутевого братца, то, думаю, его смерть связана с той последней девочкой, кажется, ее звали Ритой... Я ему всегда говорила, что держать в квартире капсулы — большая глупость. Вот он за нее и поплатился. Моя жизнь не удалась, во всяком случае — здесь. Поэтому я уезжаю. Далеко, насколько это вообще возможно. Может быть, я смогу начать все с самого начала... Полина Пескова».

Юля перечитала фразу «... я уезжаю. Далеко, насколько это вообще возможно...» и разрыдалась.

* * *

Перед тем как поехать в агентство, Юля решила вернуть долг Александру Петровичу, тому
самому водителю, который привез ее от Ломова в
город. Позвонив ему, она предупредила о своем
приезде.

— Как ваше самочувствие? — спросил он по
телефону, явно обрадованный ее звонком.

— Спасибо, более или менее...

Она привезла ему в подарок хорошего коньяку
и конверт с деньгами.

— За коньяк спасибо, а деньги... это вы зря...
Деньги — не самое главное.

— А вы докажите мне это...

Александр Петрович, стоя посреди убогой
прихожей, пожал плечами.

— Вам когда последний раз выдавали пенсию
или зарплату?

Он усмехнулся, но ничего не сказал.

— Так что берите, они вам пригодятся...

— Так я же доллары ни разу в руках не держал...

— Вот и подержите... Можете даже понюхать,
не могу сказать, что они пахнут Америкой...

* * *

Деньги фонда нашли в тот же вечер в машине
Ломова. Именно в ней он привез Юлю к дому, в
подвале которого намеревался ее убить.

Крымов, на свой страх и риск, вскрыл машину и достал оттуда «дипломат» и большую дорож-
ную сумку.

— Ломову и Сырцову теперь уже все равно...
да и Полине тоже... — говорил он Шубину, кото-

рый поджидал его в машине за углом. — Ну а теперь самое время звонить Корнилову и сообщить, что правительство города потеряло министра экономики... Представляешь, какая это головная боль для него!

* * *

А вечером в агентство позвонила приятельница Щукиной, Нора, и сказала, что в нотариальную палату с опозданием в несколько дней пришло завещание Садовниковой Ларисы Львовны, содержание которого ей пока неизвестно...

— Эта Нора всегда обо всем узнает в первую очередь... — вздохнула Надя, наливая кофе и предлагая его лежащей на диване в приемной Юле. — Теперь еще это завещание... Интересно, что в нем?

— Вот бы узнать... То-то будет нервотрепка Лизе... — пробормотала Юля и вдруг резко поднялась с дивана. — Послушай, Щукина... Ты хороший человек, но только никому не говори, что я уехала... Я скоро вернусь, я только на полчасика...

Надя и глазом не успела моргнуть, как Юля исчезла из приемной. Даже кофе не выпила.

* * *

Кладбище осенью представляет собой унылое зрелище. Скопище бомжей у центральных ворот, запах гари, дыма и дождя... Шорох сиреневых кустов и чье-то глухое и надсадное рыдание.

Небо над головой, несмотря на полдень, потемнело, налилось чернильной влагой и грозило обрушиться на все живое и затопить мир.

Юлю интересовал вопрос: знала ли Лора о том, кто такой на самом деле Ломов, что это тот самый дядя, Казарин, который сначала сделал ее беременной, а потом подпилил стремянку... Но разве могла Лора ответить ей из могилы?

Юля остановилась в нерешительности рядом со свежим холмиком. Великое множество венков. Но ЕГО венок должен быть сверху, потому что если он и приходил сюда, то уже ПОСЛЕ похорон. Он не мог не проститься со своей племянницей.

Она подошла поближе и, разворошив мокрые полумертвые розы, зацепила пальцем черную ленту с надписью, выведенной позолотой... И обмерла... «..от Ломова ...я Павл...» В нескольких местах лента была необратимо размыта, и прочесть буквы оказалось невозможным. Но фамилия Ломова все же была. Может, он решил назваться своим настоящим именем? Но тогда было бы написано: от Ломова Ильи Владимировича. Что означают эти буквы:»...я Павл...»

Она обернулась и увидела приближающегося к ней человека. Он шел, не видя ее и глядя куда-то в пространство. Красивый и отсутствующий, как призрак... Белые волосы развевались на ветру.

Он подошел к могиле и положил на нее два кроваво-красных георгина. И она все поняла. И волна стыда опалила ее щеки. Матвей...

— Ломов, — окликнула она его и не ошиблась: он тотчас повернулся и, сразу же смутившись, замотал головой... Значит, подпиленная стремянка не убила ребенка, а дала преждевременную жизнь сыну Лоры и Ильи Казарина. Значит, Юля видела перед собой Матвея Павловича Ломова, сына Лоры, который был взят на воспитание Лизой... И Лора всю жизнь это скрывала. Особенно от своего мужа. Ведь она родила Матвея в тринадцать или четырнадцать лет, да еще и от собственного родного дяди... Так вот, значит, для чего ей всегда были нужны наличные! У нее рос сын, а Лиза, возможно, злилась на сестру, что та не в состоянии обеспечить его, в то время как сама купается в роскоши. Вот тогда-то Лора и стала продавать свои платья и украшения. Лиза убедила ее в том, что ей необходимо развестись с Сергеем Садовниковым... А ведь Лора любила мужа, и если бы затеяла развод, то только для того, чтобы получить половину денег Сергея. Она знала о его изменах, но продолжала его любить. Вот и в ту ночь, гуляя с сыном по улицам, она вдруг захотела домой, к мужу, и, вернувшись туда и ничего вокруг не замечая (даже Полины, спрятавшейся под столом), легла к нему в постель, где и нашла свою смерть... Из-за двух негодяев, решивших, что им принадлежит весь мир.

— Матвей, простите нас... — сказала Юля, подходя к нему и кладя ему руку на плечо. — Я ведь только сейчас поняла, что Лора — ваша мать...

— Если бы вы только знали, какая она была... Я хотел увезти ее в Питер, и мы бы жили там счастливо... — он плакал, как мальчик, некрасиво и отчаянно...

А она смотрела на него и думала о том, что в эту ночь он осиротел еще раз: ведь Зименков убил его настоящего отца, Ломова. Казарина.

Она вернулась в агентство и снова легла на диван, словно никуда и не уходила. Собравшиеся там Шубин и Крымов помогали Наде накрывать на стол. Предполагалось отметить окончание сразу двух дел и, как сказала Надя, «напиться в стельку». Кроме того, надо было решать, что делать с ломовско-сырцовскими деньгами.

— Нет, вы видели ее? Уехала, приехала, и все молчком... А, между прочим, к тебе приходила Марта Басс, она принесла деньги и вот этот огромный торт... Она сказала, что Рите уже лучше, что она через пару дней сможет вернуться домой... Она плакала, и я, глядя на ее радость, тоже разревелась... А еще приходил Арсиньевич... Крымов, рассказывай сам...

— Да чего тут рассказывать, я отчитался перед ним в письменном виде... Мне кажется, что он так и ушел с разинутым ртом... Представляю, какой разговор мне еще предстоит с Корниловым...

— Женька, скажи, что Арсиньевич завтра принесет остальные пятьдесят процентов гонорара... Живем, ребята!

— А ты не считала, Надечка, сколько мы задолжали экспертам и кое-кому еще?

— Ну тебя, Крымов... Ты лучше налей Юле вина, а то она вон какая бледная...

— А хотите я вам скажу, на кого Лора оставила завещание? — вдруг проронила Юля.

И сразу стало тихо.

— Уж не на тебя ли? — хохотнула Щукина.

— На Ломова...

— Да ты спятила, Юлька... — Надя говорила

громко, наверно, уже выпила и теперь не знала, куда выплеснуть свое хорошее настроение.

— На Ломова Матвея Павловича, потому что тот самый молодой человек, которого все принимали за любовника то Лоры, то Лизы, — сын Лоры и Ильи Казарина...

— А что с Лизой? — спросили хором Шубин и Крымов.

— Понимаете, это всего лишь мое предположение...

— А это мы сейчас проверим! — и неугомонная Щукина бросилась к телефону. Она разговаривала с Норой. Через пару минут Надя издала возглас удивления или восхищения и положила трубку.

— Ты права, Земцова, как всегда. Действительно, Лора оставила большую часть наследства Матвею Павловичу Ломову. Нора и все там в недоумении — они же не знают, о ком идет речь. А остальное — сестре, Елизавете Гейко.

— Меня больше всего удивляет то, — подал голос Игорь, — что в нашем городе за деньги можно узнать не только текст любого завещания, но и цвет трусов любого из нас. Противно...

Крымов налил вина и поднес бокал Юле:

— Поздравляю тебя, Земцова... Я просто счастлив и горд, что знаком с тобой... — он куражился, веселье так и рвалось наружу. — Вот только скажи нам всем, мы же здесь все свои... КТО убил Ломова?

— Ведь не ты? — с надеждой в голосе спросил Шубин, протягивая ей очищенный апельсин. — А если ты, мы поймем...

— Ребята, это не я... Разве я могла бы справиться с таким здоровым мужиком?

— Но кто?

Юля вдруг снова увидела перед собой бледное лицо своего подзащитного, и слезы затуманили ее взгляд.

— Понимаете, я дала слово. И я его сдержу... — она закрыла глаза, и все происшедшее с ней за последние две недели промелькнуло перед ее внутренним взором, словно ледяной пестрый вихрь.

«Как же тебя звали, Зименков?..»

Литературно-художественное издание

Данилова Анна Васильевна
КРЫЛЬЯ СТРАХА

Редактор В. Татаринов
Художественный редактор *С. Курбатов*
Художник *С. Атрошенко*
Технические редакторы
Н. Носова, Л. Панина
Корректор *Н. Хасаия*

Изд. лиц. № 065377 от 22.08.97.

Налоговая льгота — общероссийский классификатор
продукции ОК-005-93, том 2; 953000 — книги, брошюры

Подписано в печать с готовых диапозитивов 06.07.98.
Формат 84×108 $^1/_{32}$. Гарнитура «Таймс».
Печать офсетная. Усл. печ. л. 29,4. Уч.-изд. л. 21,0.
Тираж 30 000 экз. Зак. № 655.

ЗАО «Издательство «ЭКСМО-Пресс»,
123298, Москва, ул. Народного Ополчения, 38.

Отпечатано с готовых диапозитивов в Тульской типографии.
300600, г. Тула, пр. Ленина, 109.